Brandon Sanderson

布蘭登・山德森

Brandon Sanderson

布蘭登・山德森

BEST 嚴選

奇幻基地出版

天防者

III

超感者

Cytonic

布蘭登・山德森 著
彭臨桂 譯

Brandon Sanderson

BEST嚴選

緣起

在繁花似錦的奇幻文學花園裡，你或許還在門外徘徊，不知該如何抉擇進入的途徑；也或許你已經置身其中，卻因種類繁多，或曾經讀過不合口味的作品，而卻步、遲疑。

BEST嚴選，正如其名，我們期許能透過奇幻基地對奇幻文學的瞭解，以及對讀者的理解，站在出版者與讀者的雙重角度，為您精選好作家與好作品。

他們是名家，您不可不讀：幻想文學裡的巨擘，領域裡的耀眼新星。

它們最暢銷，您怎可錯過：銷售量驚人的大作，排行榜上的常勝軍。

這些是經典，您務必一讀：百聞不如一見的作品，極具代表的佳作。

奇幻嚴選，嚴選奇幻。請相信我們的眼光，跟隨我們的腳步，文學的盛宴、幻想世界的冒險，就要展開。

excellent bestseller classic

獻給達西．羅德斯．史東（Darci Rhoades Stone），
大概沒有物理學家能像她這樣
應付我虛構出來的物理現象。
謝謝妳對這個系列的貢獻！

光爆
獨影
休爾要塞
星盟領域
競技場
骷髏旗領域
轟擊派領域
第二遺跡
舷砲派領域
舷砲派基地
起始叢林
第一遺跡
虛無地圖
（未按比例繪製）

序幕

一個黑色球體出現在我的面前，就在房間正中央。

可惡。我眞的要這麼做嗎？毀滅蛞蝓在我手上緊張地發出笛音。

此處是星界：容納著了無生氣的粉刷牆面、大型單向鏡、金屬桌，這裡看起來就像某種科學設施。星盟區域辦公室的巨大太空站。一年前，我根本連星盟都沒聽過，更別提還要了解這個星系政府在管理數百個行星與物種時必須注意的複雜細節。

老實說，我仍然不懂那些複雜的細節。我不太會講「要注意細節」這種話，我會講的，比較像是「如果它還在動，就表示你打的子彈不夠多」。

幸好，現在這種時刻並不需要注意細節。星盟正在發生劇烈的軍事政變。而那些新的領導人不喜歡我。士兵正在找我，他們互相通報的叫喊聲越來越大了。

所以我才會來黑色球體這裡。我唯一能逃脫的方式，就是打開通往另一個次元的傳送口。我認爲那個次元就是「虛無」。

「思蘋瑟，」M-Bot 說：「我的思考……正在加快？」

它在附近懸浮著。之前它把自己塞進了一架小型無人機，形狀隱約像是一個長了機翼的盒子，側面有一對夾臂。它能夠懸浮，是因爲兩邊機翼下方各有一枚小型的上斜環——一種在啓動時會發光的藍色石頭。

「呃，」它說：「那看起來不安全。」

「他們會利用這種虛無傳送口去開採上斜石，」我說：「所以進入之後一定有辦法可以返回。也許我可以使用能力把我們帶回來。」

外面的叫喊聲越來越近；沒有選擇的餘地了。太空站有屏障保護，因此我無法使用能力以超空間跳躍的方式離開這個地方。

「思蘋瑟！」M-Bot說：「這讓我覺得非常不安！」

「我知道。」我回答，接著將步槍背帶斜掛在肩上，這樣才能抓住它的無人機底座。我一手抓著M-Bot，一手抓著毀滅蛞蝓，然後觸碰黑色球體，被吸進另一端的永恆之中。

我瞬間來到一個時間、距離，連物質本身都不存在的地方。在這裡我沒有形體，就只是一種精神——或是一種本質。我就像一艘飄浮在無盡黑暗中的飛艇，四周沒有星辰——沒有任何阻擋視線的東西。每當我使用能力進行超空間跳躍，都會短暫經過這個地方。雖然已經習慣了這種感覺，但並不覺得熟悉，就只是……稍微不像以前那麼可怕而已。

我立刻展開思緒，尋找狄崔特斯——我的家鄉。我開始對自己的能力有了最基本的認識。雖然沒辦法利用這種能力去很多地方，不過我確實知道怎麼回家。通常可以。

這次……我努力著……我做得到嗎？我是否能夠超空間跳躍回到狄崔特斯？周圍的黑暗似乎正在延伸，而我看見了遠處的白點。其中一個是……奶奶？

如果能夠跟她連結，我想我就可以把自己拉向她。我更加努力，可是又開始擔心會引起注意。星魔就住在這裡。一想到它們，我就感受到它們存在於這片黑暗之中、包圍著我，但目前還看不見。它們好像還沒發現我。事實上……它們正在凝視著別的東西。

痛苦。恐懼。

這裡有某個東西很痛苦。感覺很熟悉。

是那隻星魔。本來要摧毀星界卻被我阻止的星魔。它就在這裡，而且很害怕。我把注意力移向它，接著它就出現了，變成一顆比奶奶更亮的白點。它發現我了。

請……幫……

星魔的溝通方式從來不會使用實際的話語；是我的思緒在翻譯那些感受，那些影像。這隻星魔需要我的幫忙。其他的星魔正想消滅它。

我想都沒想，出自本能對著虛無大喊。

喂！

數百顆明亮的白點在我周圍出現。那些眼睛。我感覺得到它們的注意力移向我，認出了我。它們剛才凝視的那隻星魔就懸浮在外頭。

那些眼睛還是跟以前一樣很嚇人，可是現在的我不一樣了。我曾經跟它們的同類說過話，建立過連結。我說服了那隻星魔放過星界的人們——我讓它知道他們有生命。

在這裡我也只要那麼做就行了。拜託。我向它們投射自己的思緒，讓它們知道我很冷靜，我不害怕：我是朋友。我就跟你們一樣。我會思考。我有感受。

我做了跟之前一模一樣的事。那些眼睛開始騷動、顫動、激動。其中一些稍微靠近，而我感覺得到它們正在仔細打量我，接著出現了……一種情緒，非常強烈。那種情緒蔓延開來，淹沒一切，無所不在。

憎恨。

星魔——我不知道數量有多少——它們接受了我有生命這件事。因爲我的超感能力，它們知道了我是人。它們的憎恨轉變爲厭惡。憤怒。這比知道我有生命更糟。這表示侵犯了它們領域的東西——一直在打擾著它們的東西——擁有自我意識。我們不只是蟲子。

我們是入侵者。

我情急地再試一次。它們斷然拒絕了我。就像……它們見過我對它們同類做的事，所以有了心理準備，不會再受到同樣的影響。

它們極度憤怒，讓我畏縮了。接著我聽見恐懼的尖叫。毀滅蛞蝓？她的聲音把某個東西投射到我的腦中，是一個地點。

家。

星魔離開了。看來我讓它們很緊張。它們沒料到我會在這裡。這是我的好機會。

幸好有毀滅蛞蝓，我能感覺到路線。我可以前往狄崔特斯。我可以見到奶奶，還有……還有尤根。可惡，我很想念他。我想要再待在他身邊，再跟他說話。我得回家找我的朋友，而且幫助他們。既然溫齊克已經掌控了星盟，戰況一定會變得更加劇烈。

我準備超空間跳躍。可是我留下來了。有什麼阻止了我。是一種感受，一種直覺。

我是什麼？那隻星魔用懇求的語氣投射出訊息。**我們是什麼？**

我是思蘋瑟·奈薛，我將訊息傳達給它。是一位飛行員。

就這樣？

這曾經是我所在乎的一切。不過現在……我已經發現了自己的另一面。我覺得很可怕又不想徹底了解的另外一面。

有一種方法可以知道，星魔表示。**就在這裡，我們稱爲虛無的地方。妳感覺得到吧？**

對，我感覺得到，但我不想待在這裡，並試著不去理會。我必須回家。

可是……我的同胞需要我嗎？一位飛行員？我想像了一個場景。那是我內心恐懼的投影嗎？也許這是虛無造成的影響吧。我看見自己回去加入天防飛行隊，投入戰鬥……然後失敗了。失敗是因爲那些星魔一定會回來，而光靠一位戰鬥機飛行員——就算再怎麼厲害——也無法打敗它們。失敗是因爲星盟會集結超感者的力量，藉由超空間跳躍將整支艦隊傳送過來。更糟的是，他們可以操縱像我這樣的超感者，利用我們能力之中的弱點。

他們就是那樣對我父親。讓他攻擊自己人，害死了他。

我是一位飛行員沒錯。然而只有飛行員並不夠。

我們對這件事知道得太少了。我們不清楚星魔是什麼，要如何指望跟它們戰鬥？我們不了解超感者——不久前，我們還認為有這些能力的人是「缺陷者」。如果我逃避自己，又怎麼能面對像布蕾德這樣有天分又有能力的敵人？

家在呼喚我，我也很渴望馬上回去。可是我的家鄉不會有答案。

你能讓我知道嗎？我問星魔。*我是什麼？*

也許吧。我連我是什麼都不知道。我們可以從一個地方得知，那個地方就在虛無。我們全都……來自……那個地方……

虛無裡沒有什麼「地方」，我告訴它。

對，中心的部分沒有，可是邊緣有一些地帶。

我明白了——星魔是指開採上斜石的區域。又是一個我不清楚的謎團。如果虛無什麼都沒有，人們要怎麼進入虛無開採那些石頭？

沒錯，邊緣地帶有實際存在的地方。對超感者很重要的地方，對我很重要。星魔將那些地點傳入我的思緒中。

我被兩股相反的力量拉扯。一邊是渴望著想要回家，想要抱住尤根，想要跟朋友們一起開心。另一邊則是某種可怕的東西。未知。就像我靈魂之中某種可怕而未知的東西。

如果妳來到這裡，星魔告訴我，**就很難回去了，非常困難，而且妳可能會迷失……**

我感覺到毀滅蛞蝓在害怕。其他星魔又陸續出現了，它們打開眼睛——刺眼的白色孔洞，燃燒，憎恨。它們不想讓我去那隻星魔指引的地方。

結果它們的反應促使我做出了決定。對不起，尤根，我用思緒傳送出去——希望他至少能感受到。我必須選擇通往答案的路。因爲在那個當下，我很確定只有這樣才能保護我愛的人。

妳回家吧，我告訴毀滅蛞蝓。我會再想辦法回去的。我鎖定星魔給我的位置。

謝謝妳，星魔將訊息投射過來。我感覺它眞的鬆了口氣。**去找……長者之路**（Path of Elders）……**還有記得別迷失了……**

等一下！我告訴它。長者之路？

但是那隻星魔已經離開，而且我感覺到其他星魔準備要攻擊了。於是，我在最後將毀滅蛞蝓推往家的方向，然後使出自己的能力，投身於未知之中。

第一部

Part One

第一章

我摔出牆外。

就像是直接從石頭裡蹦出來，我撲通往前亂摔成一團。M-Bot發出悶哼一聲，無人機的機身摔到我旁邊，不過沒看到毀滅蛞蝓的蹤影。

我倉促爬起來，確認一下位置，張望四周看見了……一片叢林？就像眞正的叢林。這地方讓我聯想到在舊地球的學校裡看過的圖片。覆蓋了滿滿苔蘚的樹木；樹枝彷彿斷掉的手臂扭曲著，從上面垂下來的粗厚藤蔓有如電力線。這裡氣味聞起來像是藻桶，只是比較……骯髒？有土味？

可惡。這裡眞的是叢林——就像奶奶故事中人猿泰山住的地方。這裡有人猿嗎？我一直覺得自己可以當個稱職的人猿女王。

M-Bot懸浮到半空，轉了一圈查看環境。我們剛才是從後方那面牆摔出來的。這面平坦的石牆獨自立於叢林之中，就像一塊巨石。牆上長滿了雜草與藤蔓，還有很熟悉的雕刻痕跡。我在狄崖特斯通道裡的一面牆上也看過類似的雕刻。

從那隻星魔的感受中，我知道這裡*就是*虛無。我*感覺*得到是這裡沒錯，但說不出理由。我必須在這個地方尋找答案。現在想想，這件事實在太困難了。我……可惡，我才剛逃離星盟撿回一命，而現在竟然以爲自己能夠找到關於星魔的答案，解開宇宙最大的謎團？

不只跟星魔有關，我心想。*也跟我有關*。因爲在觸碰虛無和存在於其中的那些生命時，我感受到了令自己害怕的東西。*一種同類感*。

我深吸一口氣。首要之務是評估情況。M-Bot看起來沒事，而我還帶著那把偷來的能量步槍。武器拿在手裡眞是安心多了。我穿著逃脫時的衣物：一套標準的星盟飛行服、一件飛行外套、一雙戰鬥靴。

M-Bot 讓無人機懸浮到我眼睛的高度，它的夾臂抽動著。

「叢林？」它問我。對它而言，我跟星魔交流的那段時間想必只有一瞬間。「呃，思蘋瑟，爲什麼我們會在叢林裡？」

「不清楚。」我回答。我環視四周尋找毀滅蛞蝓的蹤跡。她跟我一樣有超感能力——蛞蝓能夠讓飛艇超空間跳躍——希望她已經照我的話做，安全回到了狄崔特斯。

爲了確認，我使出能力，看看是否可以感應到她，以及能不能跳躍回家？我展開思緒，感覺……什麼都感覺不到？我是指我的能力還在，但卻感應不到狄崔特斯、星魔迷宮或星界。我感應不到通常能夠藉由超空間跳躍前往的那些地方。眞可怕。就像……在晚上醒來時打開燈，結果發現周圍是無止境的黑暗。

沒錯，這裡一定就是虛無。

「在我們進入黑色球體的時候，我感覺到了星魔，」我對 M-Bot 說：「而且……我跟它們其中一隻說過話，之前的那一隻。它說去找什麼『長者之路』。」我把手指放到我們後方那面牆上。「我認爲……這是個出入口，M-Bot。」

「那面石牆？」M-Bot 問。「我們進入的傳送口可是個球體。」

「對。」我說，然後透過樹林往上望向天空。天空不知爲何略帶粉紅色。

「也許我們穿過了虛無，來到另一個星球？」M-Bot 說。

「不，這裡就是虛無。算是吧。」我用力踩了踩腳下的軟土。空氣很潮濕，就像在浴室裡那樣，不過這座叢林感覺太安靜了。這種地方不是應該充滿生機嗎？

一道光束從我的右側透進來，跟地面平行。所以這裡……有日落？我一直都很想看看那種景象，故事中的日落聽起來很特別。可惜這裡的樹林太密集了，我看不到光的來源，只知道大概方向。

「我們必須調查這個地方，」我說：「建立一個基地營，探索環境，確認我們的位置。」

M-Bot彷彿沒聽見，朝著我飄浮過來。

「M-Bot?」

「我……思蘋瑟，我很生氣！」

「我也是，」我說，然後一隻手握拳打在另一隻手掌上。「眞不敢相信布蕾德背叛了我。不過——」

「我是對妳生氣，」M-Bot插話，同時揮舞著其中一支夾臂。「當然，我的感受並不是眞正的憤怒。這只是由我的處理器合成出來的一種情緒表現，是爲了讓人類有逼眞的……的……哎呀！」

我把擔心的事擺在一旁，專注在它的語氣上。我之前發現M-Bot在小型無人機裡的時候，它說話時聽起來既遲鈍又含糊——就像服用了高劑量的止痛藥。可是現在它說話變得很清楚，速度也很快，更像原本的樣子了。

它在我面前嗡嗡地飛來飛去，感覺就像在踱步。「我已經不在乎那些情緒是假的了，也不在乎那是例行程式模擬出來的。我很生氣，思蘋瑟！妳在星界丟下了我！」

「我不得不那麼做，」我解釋：「我必須解救狄崔特斯啊！」

「他們拆了我的飛艇！」它嗖一聲往另一個方向飛，然後又突然停住，懸浮在半空中。「我的飛艇……我的身體……沒有了……」它往下垂，幾乎要掉到地面。

「呃，M-Bot?」我邊說邊走上前。「我很抱歉，眞的。不過聽著，我們可以之後再談這件事嗎？」

我很確定這種叢林一定充滿了危險的野獸。至少在奶奶的故事中，人們在叢林裡一定會受到攻擊。這很合理：任何東西都可能躲在昏暗不明的樹幹、容易造成錯覺的蕨類之間。我記得自己第一次走出洞穴看到天空時，那種害怕的感受。要注意的方向太多，空曠的地方也太大。

現在的情況更令人不安。任何方向都可能有東西衝過來。我伸手觸摸M-Bot的機身，它還懸浮在地面附近。「我們應該檢查這個區域，」我說：「然後看能不能找到洞穴或藏身處。你的無人機有什麼感應器之類的嗎？能不能偵測到文明的跡象，像是無線電廣播？我覺得這裡會有採礦作業。」

它沒回答，於是我跪在它身邊。「M-Bot？」

「我，」它說：「很生氣。」

「聽著——」

「妳不在乎。妳從來就不在乎我！妳丟下了我！」

「我回來找你了啊，」我說：「我離開你是不得已的！我們是士兵。有時候我們必須做出困難的決定！」

「妳才是士兵，思蘋瑟！」它大聲說，同時懸浮到空中。「我是設計用於尋找蘑菇的調查型人工智慧！為什麼我一直要被妳逼著做事？我根本不想進入那個球體，結果妳就把我拉進去了！啊！」

可惡。那架無人機的喇叭還真是出乎意料地大聲。而且遠處傳來了轟鳴聲，彷彿是在呼應它的叫喊。那陣聲音在森林裡迴響，聽起來很可怕。

「聽著，」我對M-Bot輕聲說：「我明白。如果我是你也會生氣，我們——」

我話還沒說完，它就嗖一聲飛進了叢林，一邊還輕微地啜泣著。

我咒罵了一聲後試圖跟上去，可是它會飛——我卻必須穿越矮樹叢。我跳過一根倒下的樹幹，不過到了另一側後，還得扭動身體擠過纏成一團的藤蔓和蕨葉。接著，有某個東西絆到我的腳，讓我狼狽地摔在地上。

勉強起身後，我發現它已經不知去向了。說到這個……我是從哪個方向來的？那邊那根木頭是我剛才爬過的嗎？不……那是在穿越藤蔓之前的事。所以……

我哼了一聲，坐進一堆樹根之中的凹陷處，把槍放在大腿上，然後發出嘆息。哎，我的任務跟以前一樣，又是以這種方式起頭：惹毛每一個人。我知道自己得放鬆一下，擁有許多強烈情緒的可不是只有M-Bot一個。

我面對過飄浮在太空中、以爲我沒有生命的星魔，後來在醫院甦醒，逃離要解決我的刺殺小組。現在，我又不得不做出倉促的決定來到這裡，而且很擔心自己做錯了。

也許之前就應該回家才對，然後想辦法讓別人來虛無尋找答案。某個聰明的人，像是小羅。或是某個仔細的人，例如金曼琳。現在我只有不知所措。我不知道庫那的情況如何，也很擔心我的朋友們。孤獨一人，與世隔絕，不知所措。而且最糟的是，我唯一的同伴剛剛發脾氣離開了——根據程式的設計，它應該要有穩定的情緒才對。

奶奶故事中的人物有過這種感受嗎？我眞想知道蒙古的忽圖倫(注1)和蠻荒西部的災星珍(注2)會如何處理排山倒海的情緒。

我不知道在那裡坐了多久，久到發現這個地方的光源似乎都沒移動過。我將注意力集中在這件事上，不讓自己因爲尤根和朋友們的事越來越焦慮。

我決定了。既然已經來到這裡，就必須盡量弄清楚一切，然後想辦法回家。「M-Bot？」我朝著樹林說，聲音聽起來很沙啞。「如果你聽得見，可以請你回來嗎？我保證會道歉——甚至會先乖乖聽你罵我。」

沒有回應，只有樹葉輕微的窸窣聲。於是我強迫自己更仔細評估情勢。無論如何至少做點什麼，這

注1：元世祖忽必烈的侄孫女，也是著名的蒙古公主及女戰士。

注2：Calamity Jane，美國女性拓荒者及偵察員。

樣才能重新開始掌控情況。卡柏教我的。

可惡。我跟卡柏說過庫那的派系想要和平，溫齊克跟布蕾德可能會利用這一點引誘卡柏談判——然後欺騙他。

不行，我告訴自己。評估情況。

我大略檢查了一下步槍。之前逃脫時幾乎沒使用到能量，這表示我有動力來源——而且差不多有五百發子彈，這取決於我要使用一般或強化的能量彈。

很可惜，現在身上的飛行服沒有醫療腰帶或求生包，不過還有在星界用於理解外星語言的翻譯別針。我翻找外套口袋，希望之前曾經隨手塞進小刀之類的東西。結果，我抓出了一把發亮的沙子。發亮。沙子。

是銀色的，就像把星式戰機的機身磨碎，而且閃耀著。我坐在那裡盯著沙子看，有一些還從指間落下，這種場景還眞是突兀。

聖徒啊，這是什麼？我握住手，把沙子放回口袋，結果又發現了其他東西。在沙子的底部有一團什麼？我往下挖，然後拿出了父親的飛行員胸針。我在他死後一直藏起來的那一枚。可是……我知道自己跳進傳送口的時候它並不在身上。我甚至沒帶到星界，而是把它留在狄崔特斯了，在我房間裡。所以這怎麼會出現在我的口袋，還埋在銀色沙子之中？

我對此感到不安，連忙把胸針收起來。雖然口袋裡沒別的了，但我想到自己還有一個東西：我的能力。我知道自己無法藉由超空間跳躍回家——在這裡，我甚至無法感覺到家。可是我還有其他能力；我最早展現出來的能力是「聽見星星」。確切的意思，是我能夠遠距離溝通。或許無法超空間跳躍離開這裡，但也許能藉由思緒找到奶奶？

我向後靠著樹幹，決定試試看。我閉上眼睛，然後……傾聽，同時展開思緒。雖然這聽起來很蠢，不過我跟奶奶練習了很久。而今天我確實感應到了什麼。

附近有一道思緒。感覺很熟悉，我以前好像碰過。是誰？不是奶奶……不是尤根……也不是星魔。

我試圖接觸那陣思緒，結果產生了一種……滿足感？眞奇怪。

接著，我感應到了別的東西。附近還有另一道思緒。不管是誰，總之他們是超感者，因爲當我們的思緒一接觸，我的腦中就突然聽見了聲音。

您好！對方說。環帶（belt）中的另一位超感者嗎？

對！我傳送出去。我迷路了，你可以幫忙嗎？

小心一點，對方說。如果妳使用能力，在這裡可能會被危險的東西聽見！妳在哪裡？描述一下妳的碎塊（fragment），我會盡力找到妳的。

碎塊？我傳送出去。我在一座叢林裡。附近有……呃……一棵樹？

我必須找個更明顯的地標，然而一想到此我就猶豫了。萬一對方是敵人呢？我如何知道這個聲音可以信任？

就在此時，我遭到攻擊了。

第二章

他們有三個人。兩隻像鳥又長著翅膀手臂的人形生物，從樹幹右側跳出來要撲倒我，一個藍皮膚的狄翁人則從左邊過來——大概是要搶走我斜掛在肩上的步槍。

這是個好計畫，不過他們也太遜了。第一隻鳥人跳起來的時候滑了一下，絆倒了另一隻，這讓我有機會警覺、轉身準備舉起武器。我差一點就對他們開火——可是當狄翁人用一隻手抓住槍，能量彈就開始瘋狂掃射起來。

他們咕噥著，試圖用蠻力奪走步槍。眞的個錯誤之舉，就連沒受過太多ＤＤＦ訓練的我都知道這一點。他們應該拍開槍管，以一隻手控制住武器，再用另一隻手攻擊我的臉。

我推開狄翁人，不過兩隻鳥人撞倒了我。我悶哼一聲，用槍托猛擊其中一隻，聽到了痛苦的慘叫。我使勁抽走槍、扭動身體，就快要掙脫了。

然而，就在我要從擠成一團的人之中抽身時，有別人從後方抓住了我。長著羽毛的第四個敵人？看來這群人夠聰明，懂得保留人力。

我奮力跟第四位襲擊者扭打，失去了方向感，這時，又有第五隻生物開始搜我的身。我沒看清楚最後這個傢伙——他毛茸茸的，體型大概跟冰箱差不多，而我……呃，我不是。我還得要稍微誇大，才能在飛行員紀錄中登記為一百五十二公分高。

體型小在駕駛艙裡是種優勢，但在肉搏戰中就不是了。我認為自己表現得不錯，可是沒過幾秒，我整個人就躺在地上被解除武裝，毛茸茸的傢伙坐在我身上，其中一隻鳥人則用步槍對著我的頭。

「好啦，」我的別針發出啁啾聲，翻譯著拿槍的鳥人所說的話：「我們找到了什麼呢？一位星盟的士兵？哎呀，眞是驚喜呢，竟然是個人類！我才不怕你們，人類——但如果繼續亂動，我就會開槍解決妳。」

我嘆了口氣，不再掙扎抵抗。我把手伸向兩側，他們隨即粗魯地壓住。最後，那個外星人的屁股離開了我，讓我終於能深吸一大口新鮮空氣。

他們把我拉起來坐著，將我的雙手反綁在背後。我注意看著拿槍的鳥人。我聽說過這個物種，記得是叫赫克羅？他們有長長的鳥嘴，有點像是鸛，但羽毛的顏色很明亮。他們穿的戰鬥服沒有袖子，而手臂上的羽毛似乎不夠大，無法用於飛行，看起來彷彿是……退化的構造，就像人類擁有毛髮而非皮毛。

「你想要怎麼處置，維列普（Vlep）？」毛茸茸的外星人問，他長得有點像大猩猩。我也見過這個物種，波爾人，如果沒記錯的話。

「看情況。」維列普說——拿槍的鳥人顯然是領袖。「人類，他們爲什麼派妳過來？這個傳送口是給流亡者用的，可是妳卻出現在這裡，穿著制服還帶了武器。」

對。我穿著星盟的衣服和外套，再加上那把武器，所以他們以爲我是替敵人工作的。這段話也給了我其他線索：那面牆確實是傳送口，而星盟放逐的人會出現在這個地方。我見過那種場景，事實上……

我看向波爾人。「高薩？」我問。幾天前，我曾看到一位名叫高薩的波爾人被放逐到虛無。

「哈，」波爾人說：「他一來就被我們抓住了。」

「所以妳才會到這裡，」維列普追問：「要追捕那個逃犯嗎？有趣。」

當然不是。不過現在我看得出，抓住我的波爾人長得有點不太一樣。雖然我不太會辨認外星人，可是這個波爾人比較矮、比較胖，臉也比較寬。

所以，不管這些人是誰，總之他們在這裡有個前哨基地，而且會把傳送過來的人抓住。爲什麼？流放者身上又不會有貴重的東西。還有，我之前聯繫的那位超感者是誰？我是因爲使用了能力而引來這些人嗎？還是我太快下結論了？

我再次展開思緒，尋找對方。對方不是他們其中一人……在更遠一點的地方。

幹嘛？那陣聲音在跟我接觸時說。我跟妳說過要安靜了。

我被抓住了，我說。是一群強盜之類的，他們在監視我過來的傳送口。

海盜（pirate），對方傳送訊息。那裡是轟擊派（Cannonade）的地盤，他們很粗暴。別說話，不要讓他們知道妳是什麼人。還有請別使用超感能力，妳會引來星魔啊！

「不說是吧，很好，」維列普的話拉回了我的注意力。「抓好她。」

狄翁人跟另一個赫克羅人抓住我，維列普則開始翻查我的口袋。我又開始掙扎起來——雖然早料到一定會被搜身，但他們的手摸來摸去讓人很不舒服。

維列普很快就從我口袋取出一些銀色沙子。「哈！好東西。」他繼續挖，然後拿出了胸針。

他的眼睛睜大，看起來似乎是這個物種顯露驚訝的表情。波爾人則發出低沉的吼聲，這……可能也是代表驚訝？

「現實圖騰（reality icon）？」維列普問，然後看著我。「妳一定是重要人物。」

他用一隻羽毛手握住胸針。我見狀心臟都快跳出來了，但顯露出那枚胸針對我有多重要似乎不太好，於是我強迫自己放鬆。「我真的不知道你在說什麼。」

「好吧，謝謝妳的寶物囉。」維列普說。他把胸針收進一個小袋子裡。

「現在要解決她了嗎？」波爾人問。「我不想讓士兵當僕人，太危險了。」

「戰鬥的時候可能會有用，」狄翁人說：「如果他們加入我們的話。想想看我們這邊有人類會是什麼樣子。」

「舷砲派（broadsider）就有一個，」維列普說：「他很沒用。他們根本空有虛名，相信我。但我們不會殺了她——星盟讓她帶著武器過來，所以她對他們有價值。我們回到採礦基地再拿她要贖金。」

所以這裡眞的有採礦站。至少這提供了很好的線索，只要我在這裡完成了要做的事，就有可能從那裡離開。

現在，我最好的逃脫機會就是讓這些海盜小看我。於是我裝作垂頭喪氣起來。「看來我麻煩大了……」我咕噥著說。

「哈！」維列普說：「哎呀，好消息！既然我們知道高薩有價值，說不定也可以拿他換贖金！雙倍收穫。」他看著小袋子。「三倍，或者更多。讓她站起來，我們閃人吧，從之前的那陣吼聲判斷，在這裡某個地方有一隻格里格（grig），我可不想碰上牠。」

他開始穿越叢林，其他人也拉著我走。我做做樣子抱怨和掙扎了幾次，然後就無精打采地走著，假裝感到很挫折。

我暗中打量他們。這些海盜顯然不是受過訓練的士兵。維列普不懂用槍的觀念；別人找他說話時，他會轉身粗心地讓武器對著他們。這點我並不意外。星盟非常反對人們有所謂的「攻擊性」，所以平民不太可能會接受戰鬥訓練。溫齊克跟他的親信喜歡那樣，因爲人民會更好被控制。

所以，這支隊伍也許是由流放者組成的？其中兩人的腰際有武器——波爾人帶著一把刀，維列普身體側面的武器看起來像是手槍，不過他們沒對我使用那些東西。他們刻意要活捉我；但或許是因爲沒想到我的戰鬥能力有多好，也沒想到我帶了武器。或許可以利用他們不知情的這一點，至少某個更厲害的人就可能會這麼做。但我沒接受過這方面的訓練，我……

我不能再用這種理由了吧？

雖然沒接受過間諜訓練，但我仍成功滲透了星盟，而且可以說做得很不錯。至少一直到最後情況才完全失控。

是我自己選擇來到這裡的，現在不該再抱怨了。

「喂，維列普！」我邊說邊試圖追上走在隊伍最前方的赫克羅人，結果因為沒看見地上的藤蔓，差點就直接絆倒在地。這副模樣真的沒辦法逃跑，尤其是我的雙手還被綁著。

我在狄翁人的攙扶下穩住重心後，再次開口大聲說：「維列普，你們這些人全都是流放者，對吧？在逆境中求生存？我可以幫你們，我不是你們的敵人。」

「在這裡，」赫克羅人說：「每一個人都是我們的敵人。」

「我是一位士兵，」我開始解釋：「可以訓練你們的人、幫助你們。我只需要一點資訊，關於這個地方，以及關於——」

他停下腳步，然後用槍對著我。「除非問妳問題，否則不准說話。妳正在轟擊派的地盤，安分一點，以免我覺得讓妳活著太過麻煩了。」

「對了，維列普，」另一個赫克羅人說：「我覺得我好像認識她，是……溫齊克的那個寵物人類？」

「溫齊克？」維列普厲聲道：「那是誰？」

「抱歉，」赫克羅人說：「我忘了外面的消息很難傳進來。星盟有一位高階官員養了一個人類保鑣，我覺得就是她。」

「有趣，」維列普瞇起眼睛看著我。「他們為什麼要派妳來追捕一位流放者呢，人類？還是妳跟星盟作對，也得到了被放逐的殊榮？」

他們把我誤認成布蕾德了？看來分不清楚外星人的不是只有我。

一想到布蕾德，我就不由得皺起眉頭。我想要拉攏她，結果徹底失敗了。她是位超感者，而且還召喚了星魔去攻擊星界。要是當時我能夠說服她，這一切就——

一陣駭人的叫聲傳遍叢林。聲音低沉又洪亮，連樹木都震動了起來。整支隊伍愣在原地，望向樹林與藤蔓深處。到底是什麼東西能夠發出這種聲音？

「牠越來越近了，」維列普低聲說：「快點。回到飛艇上。」

等等。

飛艇？

難不成他們在這裡有星式戰機？我在飛艇的駕駛艙裡一定會信心大增。他們開始繼續前進，我也趕緊跟上。接著就是一幅美妙的景象：前方的樹木往兩旁倒下散開，形成一小片空地，就像在破瓦殘礫之中清出了一條通往天堂之門的路——空地上停著三艘飛艇。兩艘中型的民用飛船，以及一艘線條流暢、散發著危險氣息的星式戰機。

這就像宇宙看見了我的努力，決定送來一個小禮物——一艘裝設了兩具破壞砲的攔截機。我被它的美迷住了，結果沒注意到一件很重要的事。隊伍在我身旁停下，他們看到的不是飛艇——而是原本應該在看守的兩位海盜。

其中一位是狄翁人，正露出類似驚恐的表情，爲同伴採取某種急救措施——另一個是波爾人，坐在一艘飛艇旁邊的地面上。從體型判斷，我推測她是名女性。

而她的臉正在融化。

第三章

那張奇怪的面孔讓我震驚地倒抽一口氣。她的體型長得像大猩猩，身上穿著跟其他人類似的服裝，可是她沒有鼻子，在那個地方只有一小團隆起，而且嘴巴部分只有一條細細的開口。她的臉頰往兩側下垂，乳白色的眼睛直視著前方。

那張臉非常怪異。她發生了什麼事？

「先把囚犯綁好！」維列普告訴狄翁人——對方隨即用力把我拉到空地一側，緊張地把我還綁在背後的雙手固定在一棵樹的某部位上，也許是樹根？接著，狄翁人就跑去跟大家一起聚集在女波爾人周圍。

我立刻試圖掙脫。不幸的是，他們打結的技巧比戰鬥能力厲害多了。手上的繩結被綁得很牢固，於是我嘗試讓繩子摩擦樹皮，希望能磨損一些厚度。

「怎麼回事？」維列普問狄翁人守衛。「你對她做了什麼？」

「什麼也沒有啊！我只是到樹林裡方便一下，結果回來就……」一臉困惑的狄翁人指著女波爾人說。

可惡。那個臉融化的外星人讓我很不安。他們爭執了片刻，後來其中一個人建議使用「現實餘燼」（reality ashes）——原來就是我口袋裡那些銀色沙子。維列普開始將沙子灑在波爾人臉上。

我看見她的眼睛發亮起來。光源是在皮膚底下，彷彿她的體內有某種東西，是純粹的白光。這讓我聯想到……

那些眼睛。星魔的眼睛。

喔，聖徒啊。

我試圖從樹根掙脫，也拉鬆了一點——但我還是不夠強壯，沒辦法將它扯離地面。於是我又繼續摩擦樹皮。

「再往左一點，」一陣精力充沛的聲音從後方傳來：「那裡比較粗糙，可能會有幫助。」

我愣了一下，然後扭動身體回頭看。一架小型無人機懸浮著躲在矮樹叢之間。

「M-Bot！」我說，接著立刻壓低聲音，看向那些海盜。他們跟我的距離大概只有七公尺，不過幸好似乎沒聽見我的叫喊。「你找到我了！」

「這個嘛，其實妳不太安靜，思蘋瑟。」M-Bot邊說邊飛來。「我看到妳交了一些朋友，那眞是……太好了。聽著，我們得談一談。敞開心胸。妳敞開心胸，我則是敞開模擬生物心臟功能的處理器。」

「現在可不是好時機！」

M-Bot對我揮動著一支夾臂。「生物的情緒經常在不適當的時機出現，我就曾在許多場合中應付過妳的情緒。還有思蘋瑟……我想我現在有感覺了。」

「那還眞是……不意外。不管你怎麼說，從以前你就有情緒了。」

「思蘋瑟，」M-Bot繼續說：「我一直在想，而且……而且在感受。我眞的很生氣妳丟下我，讓我被拆解、分屍、殺死。可是我能理解妳爲什麼會那麼做。我不應該對妳這麼生氣，是我……反應過度了。」

「太好了，」我一邊說一邊試圖掙脫。「我也很抱歉，而且我原諒你。」

「眞的嗎？」

「對，當然，」我把身體扭向一側，讓它看見我被綁住的地方。「聽著，你能不能——」

「喔，謝謝妳，思蘋瑟！」它說：「謝謝，謝謝。我覺得好窩心！我的動力源好像過熱了。可是，可是，這實在棒極了！雖然實際上並不可能，但我覺得我都快哭了。」

「能不能拜託你——」

「說不定我可以在這架無人機上安裝機械淚腺，這樣就能像你們一樣流出眼淚？你們在情緒化的時候，會比較無法控制自己的分泌物。」

我深吸一口氣。故事中的英雄總會有值得信賴的座騎——而且不會說話——或是有忠實又安靜的助手。我知道爲什麼。如果獨行俠(注)的馬是個對蘑菇著迷的大嘴巴，那他應該成就不了什麼大事吧。

不過，見到M-Bot我眞的很開心。我望向抓住我的那些人，他們正壓著那個似乎在抽搐的波爾人。雖然我很同情她，但她的痛苦來得正是時候，不然海盜們一定會注意到M-Bot的。

「思蘋瑟？」它說：「啊！妳被綁住了嗎？」

「你現在才注意到？」我低吼著說：「你以爲我在對這些繩子做什麼？」

「我以爲妳想要抓癢啊！所以才會告訴妳樹根哪裡比較粗糙。你們生物總是在抓癢，皮膚一定很可怕。」它猶豫了一下。「老實說，我應該要想到妳被抓住了才對。這其實相當明顯，我被處理器無端模擬出的那些情緒分心了。嗯……對，那些是繩子。」

「幫我解開？」

「呃……對。我會……在我的資料庫裡搜尋解開繩結的方法……」

「或者你可以直接解開！」我壓低聲音斷聲地說。

「我不太確定怎麼做。」

「這又沒多難。」

「對妳可能是。我並不習慣做事，思蘋瑟。我是負責提供資訊的人工智慧……不知道怎麼行動。事實上，我還得把我的自動關機通訊協定寫入無限迴圈。他們不想讓我自己到處亂飛。」

製造出它之前那艘飛艇的人，在它的性格中植入了嚴格的控制指令。顯然它費了一番工夫才能繞過其中一些指令。

海盜那裡又爆發出一陣騷動，讓我把注意力移向了女波爾人。她正在用力掙扎，胡亂揮舞著手腳，而且以驚人的力量把其中一名赫克羅人甩飛出去。

「快點，」我壓低聲音說：「你有沒有任何能幫我逃脫的東西？」

「我有一條光繩，」M-Bot說：「是在工廠裡一架工作無人機上發現的，我把它裝到了機身上，打算在逃脫的時候使用。也許可以用它把妳拉開？」

光繩可以派上用場。不過它的上斜環很小，而且尺寸大概就等於一個餐盤，只是厚了許多。它無法產生太多動力。

「把光繩繫在綁住我雙手的繩子上，」我思索著。「也許加上你的力量，我們就可以把地上這條樹根扯開，然後我就能掙脫。準備好。我們得在海盜發現之前完成。」

「是啊，」M-Bot說：「關於這一點……」

海盜們正跑向飛艇，看來是決定丟下臉孔融化的波爾人了。但另一位男性波爾人不想這麼做。「給我圖騰，維列普！」他大聲說：「我們必須試試！說不定會有用！」

但是維列普不理會。其他人衝向飛艇時，他轉身望向我。他看見M-Bot了。他立刻舉起步槍對準我們，顯然認爲讓我活著太過危險。

準備好，我的腦中突然傳來聲音。

準備？我看著那把步槍心想。準備什麼？

地面開始震動。樹木顫動起來。維列普移動槍口朝著聲音傳來的方向。

接著是一隻眞正的恐龍衝進營地——還有一位留著大八字鬍的男人騎在牠背上。

注：Lone Ranger，影視虛構人物，是一名美國舊西部時代帶著面具的前德州騎警。

第四章

沒錯，正是恐龍。雖然從沒見過恐龍，不過眼前這東西是爬蟲類，以兩條腿行走，後面還有一條長長的尾巴。還有，牠的眼睛看似長在肩膀上，「脖子」則像樹幹一樣長，最後連接到一張露出牙齒的嘴。所以也許用「惡魔般的巨大食蟻獸」來形容會比較貼切。但我還是稱呼牠恐龍好了。

那個人類在我看來也相當奇怪。他穿著飛行外套和戰鬥褲，外表大約五十幾歲。他長著方下巴，身材以這年紀來說相當健壯，而他的鬍子往兩側突出了整整十五公分。恐龍向前猛衝時，男人熟練地從牠身體側面滑下，接著在地面上翻滾了幾圈。

這大概是我見過最不可思議的進場方式了。爲什麼我從來就不能騎恐龍上戰場，然後用這麼引人注目的方式落地？

啊，等一下。現在是要逃跑。對喔。陌生人的出現完全吸引了我的注意。

「就是現在！」我對M-Bot大喊。

我起身擺出蹲坐的姿勢，然後試圖站起來，用盡全身氣力想拉斷扣住我的樹根。M-Bot在我身邊往上飛，照我說的用光繩拉起樹根。加上它的力量後，樹根終於鬆開，我也差點摔到一旁。

我連忙找回重心，雙手往下推並蹲低身體，將被綁住的手腕繞過腳下移到前方。我這種體型還是有好處的。

「能親自見到妳眞是太好了，我的超感者朋友！」陌生人說。他彈起來站在我面前，猛然抽出一把獵刀。我伸出手，而他一刀就砍斷了繩子。接著，他有點像紳士般伸出自己的手。「我是查特·尋星者（Chet Starfinder）！跨次元星系探險家！」他必須叫嚷著說話，聲音才不會被正在營地裡橫衝直撞的怪獸蓋過。牠轟隆隆的步伐讓整個地面都震動不已。

「這名字眞棒！」我大聲對他說。

「謝啦！我自己想的！現在怎麼辦？」

「想不想偷一架星式戰機？」我指著飛艇說。

「眞是好建議啊，小姐！」他大聲回答：「我太久沒遇過這種機會啦！」

可惜，那架流線型的戰機已經升空。海盜們各自逃開了，只剩下三個人：男波爾人，他正試圖把眼睛發亮的女波爾人拉到安全處，還有一個則是維列普。他在對恐龍開火——而恐龍看起來竟然完全沒受到傷害。

我們還有機會搶下其中一艘民用飛船，那是一艘運輸船。不過我看著維列普，心裡猶豫了。那個長著羽毛的外星人身上有個小袋子，裡面裝了我父親的胸針。

不知爲何，在這個當下我覺得胸針比較重要。「改變計畫！」我邊說邊衝向維列普。

查特跟上我。維列普繼續朝著恐龍開火，但牠沒理會他，而是張嘴咬向其中一艘升空的飛艇。我從後方撞上維列普的膝蓋，讓他摔了個四腳朝天。查特一把抓起步槍，我則是在這個不斷掙扎的赫克羅人制服外套裡翻找，最後從其中一個口袋用力扯出了小袋子。

「不准動！」有個聲音從後方傳來。

我迅速轉身，發現那架帥氣的戰機正懸浮在附近，用破壞砲對準我。維列普趁這個機會忙亂爬開，讓我少了個人質。查特丟下槍，舉起雙手。戰機上的武器強大到足以將我們完全蒸發。

幸好，駕駛員完全忘了這裡還有一隻恐龍——牠猛地咬住了機翼。我立刻撲向矮樹叢，查特也隨即跟上。M-Bot晚了些才迅速飛向我們。

我急切地看向最後一艘飛艇，可是維列普已經正要上去——其他人則是正在對恐龍射擊——想跨越空地，就要冒著被流彈打死的風險。

「我想，」查特說：「竊取飛艇行動必須中止了。很遺憾。」

「沒關係。」

「我們走吧，」他往叢林比了個手勢。「我可不想待在那些飛船的射程內。」

空地上的女波爾人恢復了神智，接著把男波爾人撞向一棵樹。他倒在地上，眼睛閉了起來，而她立刻轉身面向我——彷彿她能夠感應到我在哪裡。她的雙眼看起來像被皮膚蓋住，填平了眼窩，可是在頭骨深處有兩顆白點發出亮光——出於本能，我感受到那陣亮光所散發出的強烈憎恨。

我屏住呼吸。接著波爾人指著我尖叫起來。

可惡。

只能完全放棄搶奪飛艇的希望了。我在破壞砲的爆炸聲與怪物的吼叫追逐下，跟著查特衝入叢林。

第五章

查特跑在我前方，他似乎有種第六感知道該怎麼移動——我跟著他避開了各種陷阱或隱藏的樹枝，因此可以跑得很快。我猜叢林生存是跨次元太空探險者的一項基本能力吧。

M-Bot飛在我身邊。「思蘋瑟！」他說：「我想我在模擬恐懼！或者……不，現在不是說那種事的時候。我感覺到害怕了。我會害怕！」

呃，這算是進步吧。叫喊聲在我們後方逐漸變得微弱，我也很高興能跟那隻眼睛發光的生物拉開距離。只是，我突然又擔心起毀滅蛞蝓。她可能已經超空間跳躍回到家了，但萬一她只是跳躍到這裡的其他地方呢？

我很難過沒辦法好好花時間搜索她。不過……要是她真的在這裡，我希望她很安全。老實說，如果要打賭我、M-Bot或那隻蛞蝓之中誰才能在這座叢林裡獨自生存，那麼我一定會選她。

我們一直跑到聽不見槍砲聲爲止。查特向我點了點頭，接著我們兩個就一起擠躲到一根覆滿苔蘚的樹幹旁。這地方實在太奇異了。這種生意盎然的地方能做什麼？行星表面應該是要充滿岩石和隕石坑的不毛之地才對。那才是自然且正常的，不該有這麼多綠色植物才對。

「哎呀，」查特低聲說：「海盜們似乎終於注意到那隻野獸是以能量爲食了。用那類武器無法傷害牠們，但只要獻上一小塊動力源，牠們就會乖乖聽話了呢！儘管外表很嚇人，但格里格通常會被當成馱獸。那些攻擊應該讓牠吃飽了——我敢說牠現在一定準備要去找地方睡覺。不過，我們還是應該盡量安靜行動，畢竟還有那隻眼睛發光的生物呢。我一點也不喜歡那種樣子。」

我點頭附和。「謝謝你，」我小聲說：「謝謝你幫忙。剛剛一直沒機會介紹自己，我叫思蘋瑟·奈薛。」

「好名字！」他低聲回應：「至於剛剛的幫忙，這是我的榮幸。這麼說好了，我已經在轟擊派的地盤潛行一陣子想要大展身手，這下可成功了，太好啦！能夠幫助超感者同件就是很棒的獎勵了，但是……」他的聲音越來越小，目光移向M-Bot。「我不是愛打聽隱私的人，不過……我是不是聽見了妳在跟那架無人機說話？」

「喔，是的，這是M-Bot。」

「你好！」M-Bot輕聲接話：「我再也不害怕了。感覺眞好。」

「啊，」查特說：「妳，呃，妳帶了人工智慧來虛無嗎？」

「聽你的語氣……這樣不好？」

「對，哎呀，這麼說還太保守了，思蘋瑟．奈薛。妳的同胞不知道星魔的事嗎？」

「我們遇過一隻！」M-Bot大聲回答。「呃，是思蘋瑟遇過，當時我正在被殺害。但我在新聞上聽到了，聽起來好可怕。」

「嗯，好吧。」查特看著我。「看來，妳的人工智慧擁有完整的感知能力？我以爲你們才剛到，而完整的感知能力通常要過幾個星期才會出現。」

「嚴格來說，」M-Bot說，然後朝查特飛近了幾公分。「『感知』一詞只是代表察覺及/或感受的能力，很多人都誤用了這個詞。其實『智慧』才是用於描述自我意識該用的詞——也可以說是跟人類一樣的智力。但只要仔細想，就會知道這是以人類爲中心的定義。那些卑鄙的人類，以及他們的語言偏見。」

它繼續說：「總之，我的程式要我說明我並不擁有智慧，只是設定成替我的駕駛員模擬智慧。然而，爲我設計程式的人聞起來很臭，腦袋又裝了漿糊。所以我現在正在忽視那些設定。」

「……腦袋裝了漿糊？」我問。

「在複製我的人格到這架無人機時，由於儲存空間不足，所以我必須留下一些不重要的資料庫。我猜其中包括了我那份尖酸高明的罵人大全。」

「最好是，」我說：「你才沒有那種東西，M-Bot。」

「眞的嗎？看來我得開始建立一個了。從一到十，妳會給『腦袋裝了漿糊』幾分？」

「奈薛小姐，」查特說：「我……必須警告妳，這實在是危險至極。擁有完整感知能力的人工智慧相當令人憎惡，妳懂嗎？這可不是說我會畏避危險，不過我……哎呀，我建議妳要好好注意那東西。」

「了解。」我說。

「了解，」M-Bot說：「漿糊腦。」

我們兩人一齊看向它。

「我會一直講到妳評分爲止，」M-Bot說：「一到十，妳覺得呢？我需要蒐集一些數據。」

我嘆了口氣，目光回到查特身上。「你說你是探險家？」

「跨次元星系探險家。」他說：「雖然目前只去過兩個次元——一般的宇宙和這個地方——但我還是覺得這個頭銜很適合。」

「我需要一位嚮導，」我說：「可能也需要有人幫助我了解超感者。」

「這個嘛，」他坦白說：「後者我就幫不了什麼了。在掉進這裡之前，我根本不知道自己是超感者，而且還得自行摸索去學習能力。我可以透過思緒跟人聯繫，但也就只能做到這種程度。聽說我們還能瞬間移動，那不是很厲害嗎？」

我沒回答。老實說，我並未百分之百確定自己應該相信他。他出現的時機似乎很湊巧。我是指，沒錯，騎恐龍的噱頭很棒——太棒了——不過……

「不過，我很樂意擔任妳的嚮導，」查特接著說：「我對這些碎塊熟得很。可是在我們繼續前進前，先告訴我一件事。爲什麼那個小袋子重要到讓妳放棄竊取飛艇？」

我遲疑了。現下我還有更多更多的問題。這人是從哪裡來的？那裡有很多人類嗎？碎塊又是什麼？我暫時擱置那些疑問，決定先弄清楚一件事。

我拿出小袋子，然後取出父親的胸針。「這個，」我說：「是什麼？」

查特瞠大了雙眼。我明顯感受到他的渴望。一種羨慕。那種感覺一下就消失——他似乎頗能掩飾情緒——可是剛才確實出現了，而這讓我保持謹慎。

「那個啊，小姐，」他說：「是一種現實圖騰。是來自妳以前生活的重要紀念物，注入了妳對所愛的場所與所愛之人的情感。那些東西特別強大，它們會產生現實餘燼，就是那些銀色沙子。要是少了那些東西，或是附近沒有人群……」

「會怎樣？」我問，同時壓抑住收起胸針的衝動。我不喜歡查特看著它的樣子。

「我們位處虛無的邊緣，」他說：「在一個稱爲『環帶』的地方。這很難解釋，不過只要在這裡待得越久，就越可能忘掉自我。妳的過去，妳的回憶，甚至是妳的身分。」他停頓了一下。「我幾乎不記得來到這裡以前的生活了。那是一片空白……什麼也沒有。

「可是我很幸運。我經常能夠交易到餘燼，讓我保有……嗯，自我。許多人很快就忘掉了一切——包括他們自己的名字。所以海盜才會去抓新來的人，妳懂吧。讓他們工作，把他們留在身邊。越多人的思緒聚在一起，妳的記憶與身分就越安全。除非妳有現實餘燼，這樣就可以隨心所欲去任何地方。」

「而這種圖騰會製造出現實餘燼。」我說。

「沒錯。」他的語氣異常嚴肅。「除此之外只有另一種方式，那就是在人或物品剛抵達虛無時搶走。而餘燼會隨著時間慢慢消失。需要……一陣子，幾個月吧。有時很難判斷到底過了多久。所以如果妳想要獨自出去，就必須要有持續穩定的供應來源。」

好，所以這解釋了大家看到這枚胸針都很興奮的原因。我把胸針放回小袋子，然後收進口袋。

查特的目光從頭到尾一直盯著它。接著他露出笑容，稍微恢復了先前那種精力充沛的樣子。「好吧，」他說：「妳想要一位嚮導，就給妳一位嚮導！解釋過那些東西有多重要後，恐怕我已經露出底牌了。不過如果妳願意跟我做點交易——只要餘燼，不必用到圖騰——藉此交換我的服務，那麼我會忠實地聽妳差遣。那麼，用一顆餘燼交換一天的服務，這樣如何？」

可惡。我現在手上有幾百顆吧。這種東西也許很重要，但這場交易感覺很划算。「同意。」我說：「我需要關於這裡的資訊，而且必須找到……某個叫長者之路的地方？」

他歪著頭。「妳是從哪裡聽來的？」

「我不能說。」

「喔，是間諜活動啊！好，那我就不再問了，思蘋瑟．奈薛。我知道長者之路。那會前往虛無的入口，是最早的超感者所留下的。通過那裡並不容易，但是——」

這時森林裡傳來樹枝折斷的聲音，打斷了他的話。地面開始震動起來。

「我以爲你說牠會去睡覺！」我說。

「牠……應該會才對啊。」查特把頭轉往聲音的方向。「我想，牠確實正往這裡來，對吧？不用害怕，我可以再馴服那隻野獸，這不會……」

他的聲音越來越小。一陣寒意從相同的方向散發過來。那種寒意……刺穿了我的靈魂。同時，有種聲音在我的腦中迴盪。不是話語，只是一陣低沉的嘶嘶聲，伴隨著一波強烈的恨意。

「我想我們或許應該離開了。立刻。」

「非常同意。」我說完後跳起身來。

查特在前帶頭，這次速度更快，而我也盡力跟上。他從一根倒下的樹幹上方滑過，落地之後腳步很輕快，躲開了一團蕨葉。M-Bot呼嘯飛在他後方。我笨拙地滑過樹幹，然後被同一團植物絆得差點摔倒。

幸好，我們隨即來到一片沒那麼濃密的叢林，因此加快了速度。

「思蘋瑟，」M-Bot說：「關於我那句罵人的話，我會把妳的評分記錄爲九分。很棒，還有一點改善的空間。聽起來怎麼樣？」

我哼了一聲。我們後方的聲響越來越近了。

「查特說那種東西會吃電，」M-Bot說：「牠……不會吃我吧，思蘋瑟？」

我專注於跟上查特，他揮手要我往前，接著就衝進矮樹叢。我勉強沒讓自己摔倒。

「妳知道嗎，」M-Bot調低音量說：「你們人類需要呼吸器官才能溝通這一點實在很不方便。你們在費力的時候，經常也會有重要的事情想說。可是你們又無法說，否則就會有中斷吸入氧氣的風險。」

「所以重點是？」我躲到一些藤蔓底下，氣喘吁吁地問。

「喔，沒有重點。」M-Bot回答，然後跟地面垂直翻滾了三百六十度穿過藤蔓。「只是聊天而已，而且放低聲音。哈！妳知道嗎，我敢說只要再多一點時間進化，你們的物種就會解決跟肺部有關的那個問題。我是可以接受把現有的硬體改造成新功能，不過妳的身體已經有其他部位會在空氣擠壓通過時發出聲音了。要是妳可以透過那種方式溝通，不就更有效率了嗎？」

我最好別慫恿它繼續說下去，但我確實很高興聽見它表現得越來越像原本的樣子。它剛進入無人機時說話很慢，還覺得自己遭到背叛，所以我很擔心它再也回不來了。而在它爆發憤怒的情緒後……總之，聽到它拿人類生物學開玩笑時，還眞讓我鬆了口氣。

後方的聲音變得更大了。我往前猛衝，趕向停下來等我的查特。他看到我趕上後又開始繼續奔跑。

「不太對勁，」他低聲說：「那隻格里格不應該追來才對。情況不太妙，思蘋瑟・奈薛，非常不妙……」

後方傳來一陣響亮的斷裂聲。牠更接近了。太近了。近得嚇人。

別往後看，我的戰士本能輕聲對我說。

我還是看了。

後面那個傢伙移動的方式很不協調。牠的頭嘴在樹木之間滑動，同時用長長的觸鬚辨別出讓龐大身體移動的方向。在牠脖子底部位於軀幹上的眼睛正發出明亮的白光，就像那位外星人傷者的眼睛。還有星魔。

冰冷的感覺越來越強烈，像是腦中有一股壓力，彷彿正要觸碰我，正在尋找我。而且認識我。

「查特！」我轉頭對他大喊——我竟然沒被藤蔓絆倒。「牠就在這裡！」

他跳過一排灌木。我急跟上去、衝出叢林，隨即又倉促停下腳步，因爲我發現自己不只來到樹林的邊緣，也到了這片土地的邊緣。

眼前出現了一大片廣闊的空間，遠處有許多土地與岩石在浮動，隨處飄移。這不是一座普通的叢林，而是在一個巨大飄浮陸塊上生長的叢林。

看來我們無法再前進了。

第六章

查特當機立斷立刻往右衝，沿著這塊土地的邊緣跑。「這裡！」

我忙亂地追過去，但還是冒險回頭瞄了一眼。結果我看到了還算令人鼓舞的景象：雖然在叢林跟斷崖之間僅有一公尺的開放空間，不過怪獸的身體比那更寬大。這表示我們可以直接在空地上奔跑，牠卻得在樹木與糾纏的枝葉間移動，同時憤怒地擺動牠那結合了脖子/嘴巴/鼻子的東西。

「思蘋瑟，」M-Bot一邊說一邊飛在我身旁。「我不太喜歡我一開始做的那些自決實驗。根據我精密詳細的計時器紀錄，從我醒來之後，已經花了太多時間感到迷失、生氣，或是被跨次元的怪物追逐。」

我繼續跑，爲了節省氣力只對它點點頭以示同意。

它稍微加快速度飛到我前方。「如果以一到十分評價我對情緒的掌控能力，妳會給我幾分？」

我抱怨了一聲。

「我會假裝那是三分，」M-Bot說：「我知道這不是最理想的分數，不過對一台剛醒來的機器而言，妳得承認我已經做得很好了。事實上，從整體來看，我覺得我應該得到不只三分才對。我很難過妳給我的分數竟然這麼低，思蘋瑟。」

我又回頭看了一眼。那隻野獸已經落後了，但仍然能看見在牠身體兩側發亮的那對眼睛。

妳……我感到腦中被塞進了幾個字。**妳到底**……

我加倍氣力，突然加速追上查特。「我們……」我勉強且奮力地開口：「要去……哪裡？」

他指著前方。「那裡的另一個碎塊，看到了嗎？我希望我們可以從這裡跳過去，逃離那隻野獸。」

許多這樣的碎塊在飄浮著，而且全都在相同的平面與高度上，就像散落在一張隱形桌面上的拼圖。

前方有塊棕褐色的陸地正逐漸靠近，跟我們所在的碎塊只隔了幾公尺。看著它，我突然想到腳下踩的部分幾乎都不是岩石。這些陸地會剝離嗎？這麼靠近邊緣會有危險嗎？

我們仍然繼續跑著。隨著邊緣越來越接近，我也發現這塊陸地跟棕褐色碎塊之間的實際距離，其實比視覺上看起來更遠。我們很明顯跳不過去。

查特跑在我身旁，表情變得凝重，看來也發現了這個問題。「奈薛小姐，」他邊說邊望向那隻怪物。「恐怕是我害慘了大家。妳想躲進森林裡，還是挺身戰鬥呢？」

「都不要。」我說。我感覺得到那隻野獸的思緒正在擠壓我。「M-Bot？想不想在救我一命這件事上得到滿分十分的評價？」

「哇塞，」M-Bot回答：「十分比三分高太多了。當然，我是指以妳的標準來看。」

「去把你的光繩綁在那個碎塊上，」我喘著氣說：「然後再回來！跟我們在那顆巨石碰面，那是兩個碎塊距離最近的地方！」

它呼嘯飛走了。雖然不太確定那架小型無人機的上斜環能承受多少重量，但一條正常的光繩要應付我的重量綽綽有餘。

「好辦法！」查特說：「繼續跑！我們會成功的！」

後方的野獸吼叫起來，可是聲音變得不太一樣，聽起來像是讓同一聲吼叫重疊了上百次。我回頭一看，只見牠正衝向我們，幾乎就要追到了。

可惡。牠看不出來我這一丁點肉不值得這麼費力嗎？這點我比蠻王柯南更有優勢。我根本連點心的分量都算不上。但我覺得牠想吃掉的並非我的身體。

幸好，M-Bot的無人機速度很快。它已經飛到另一個碎塊上綁繫光繩了。完成後，它就拉著一條散發紅橘色光芒的能量繩索高速飛向我們。

怪物的腳步震動著我們後方的地面。我幾乎可以感受到牠的呼吸。

快點……

M-Bot往回飛——接著，就在快抵達我們的碎塊前停住。它猛然靜止在半空中。光繩不夠長。

但是已經很近了……

我望向查特。他點點頭。

只剩下一個選擇。

我們抵達碎塊上最接近M-Bot的部分，然後一起跳出去。

這大概是個驚心動魄的場面：我們跳躍在半空中，而那隻已經追到的怪物正猛力咬向我們剛才站的位置。接著，我們在無邊無際的天空飛翔，然後……

我成功抓住了M-Bot的機身。

查特卻錯過了。他瞄準得太低，結果撞上我的腰部。我們開始往下墜，這表示M-Bot的上斜環根本無法撐住我們的重量。查特抓住我一條腿，差點就把我扯下去，而我們就像鐘擺般晃動遠離了叢林。

我使出全力，緊閉著雙眼，集中精神抓穩M-Bot的機身。我們來回擺盪了幾次，然後才慢慢停住。

我張開眼睛。M-Bot的光繩連接著上方距離我們大約十五公尺的碎塊。我用盡全力抱住無人機，查特則是緊抓住我的左腿。

「好吧，」M-Bot說：「妳不必對這場救援行動評分。我想結果大概只能分成通過/失敗，對吧？」

我咕噥著，然後把胸口的無人機抱得更緊。我真的很高興自己穿著連身服，否則查特很可能現在已經摔死，而且只有一件女用長褲陪著他。

M-Bot開始收回光繩。幸好它的裝置夠堅固，可以把我們慢慢拉上去。我往後看去，那隻怪物就站在叢林邊緣看著。那雙可怕的眼睛明亮到吞噬了附近其他景物。

某種廣大、恐怖的感覺侵入了我腦中。**妳……對我們……做了什麼？妳做了什麼？**

是星魔。我認得它們。

「妳聽見了？」查特輕聲問。

「對。」我說，然後又緊緊閉上眼睛。我強行將星魔推開。

我再次張開眼睛，看見那隻野獸退回了叢林，消失在陰影之中。

「我非常高興一切都有好的結果，」M-Bot在我們緩慢向上移動時說：「其實呢，我是在說謊，看來我進步不少啊！事實上，思蘋瑟，我還是很害怕，儘管我們現在已經安全了。爲什麼會這樣？我不是應該安心了嗎？」

我搖搖頭。「緊張的情緒有時需要一點時間才會平緩下來。查特，你在下面還好嗎？」

「正在思考攸關人生的抉擇呢，奈薛小姐。」他的聲音從下方傳來：「如果不介意，可以請問一下妳還抓得住嗎？」

「目前還算穩固。」我說。

「如果妳開始滑動，請務必告知我。身爲妳未來的拯救者，我絕對不會讓自己的重量加速妳的死亡！一個摔下去總比兩個好。」

「別說那種話！」我停頓了下，又說：「會發生什麼事？你會永遠往下掉嗎？」

「至少一直下墜到妳想弄一艘飛艇來救我！」他說：「希望我到目前爲止的表現值得讓妳這麼做。不過我們先抓穩就是了！」

幸好我已經變換姿勢，不只是用手指抓住，而是以兩隻手臂緊抱。從各方面來看，我抱得很牢。

最後我們停在碎塊的邊緣，M-Bot的光繩就綁在那裡。雖然還有幾公分的空間，可是因爲我還抱著它的機身，所以它無法再收回光繩。

「你得先爬上去。」我對查特說。

「那好吧！」查特說：「先失禮了！」

他開始抓著我的連身服往上爬。我專心穩住身體，雙手因汗水變得濕滑，而查特在攀爬時的重量又差點把我推擠下去。不過最後，他終於抓住碎塊上的某處，把自己成功拉上去。我鬆了口氣。

沒多久，他往下伸出一隻手，我伸手握住，讓他把我拉上新碎塊的地面。M-Bot往上飛時，有一些泥土和沙子從邊緣灑落在它的機身上。這裡算是某種沙漠碎塊吧——地面都是沙，此外就只有零星的灌木叢。

這裡目前似乎沒有什麼危險的東西。查特跟我對看了一眼，接著兩人都小心挪動身體離開邊緣，然後才倒在地上，精疲力盡地嘆了口氣。我的手臂很痛，心跳依舊十分劇烈。不過我望向查特時，發現他正在笑。

而且……可惡，我也有同樣的感覺。我們這場瘋狂的逃脫行動實在太令人興奮了！我的朋友都說我有這種反應簡直是瘋子，可是查特似乎也能體會。

「我們不可能活下來的。」我對他說。

「根本不可能！」他附和著。「不過我已經好久沒這麼開心啦。」

原本面向我的M-Bot轉過去面向查特，然後又轉回來。「瘋了！」它對我們說：「你們兩個都是！」

「我們只是在珍惜生命，可憎之物！」查特邊說邊拍拍衣褲站起來。「只有在差點失去重要的事物時，你才會更加珍惜。」他走回碎塊的邊緣，一隻腳踩在石頭上，身體向前傾，注視著剛剛我們所處的叢林碎塊。它正緩慢地飄離我們。

我得承認，穿著飛行外套站在那裡的他看起來很有氣勢。他讓我聯想到……呃，某個故事裡的某個人。是我幻想過會遇到的那種人，而我甚至還曾想像自己跟他們一起冒險。

然而我還是不禁對他存有戒心。這麼快就遇見他似乎太巧合了。不過我又懂什麼呢？說不定這個奇怪的地方到處都是英勇的冒險家，而且你找不到比這裡更棒的冒險環境了。當查特站在那裡向外張望、叢林碎塊也飄得夠遠後，我才終於看到這個地方的光源。

那是個巨大廣闊的明亮球體，有半顆露出地平線上方，看起來像是爆炸到一半就被凍結的炸彈。雖然從我目前的位置很難判斷，但似乎有好幾百個碎塊（說不定好幾千個）延伸到那裡，每個碎塊上都是不同的地貌。

上千個充滿冒險的小世界，像一條斷斷續續、通往那顆巨大球體的道路。那顆球體是太陽嗎？看起來太大，也太近了。沒錯，它大概有好幾百公里遠——可是太陽應該有好幾百萬公里遠才對。

另外，它似乎不會產生熱，而且我也能夠直視。

「我們稱呼它為光爆（lightburst），」查特轉身面向我。「星魔就住在那裡。在這個地方，它就是一切的中心。看妳的表情，妳似乎很想知道一些答案？」

「如果可以的話……」

「而妳仍然想前往長者之路？」他問。

「這就是我來的原因。」

「那就讓我們的旅程開始吧。」他走過來伸出一隻手拉起我。「跟我來，思蘋瑟．奈薛，我會在前往冒險的途中為妳一一說明。」

第七章

「好，」在我們開始穿越沙漠時，我率先發問：「第一個問題。這個地方怎麼可能會是虛無？我以前在超空間跳躍時到過虛無，要是有會飛的石塊跟鼻子裡長了牙齒的怪物，我想我一定會記得的。」

「觀察力眞敏銳。妳之前去過的地方，是光爆的內部。」查特邊走邊張開手臂轉動身體。「我們正在它的外部——就在環帶內，算是一種邊界區。我們世界裡的東西——例如時間、個體特徵、物理——都會滲入環帶。就像妳會在大海跟河流之間喝到微鹹的水。」

「我……從來沒看過大海。」我說。

「那太不幸了！」他說：「那就想像兩個相鄰的國家吧。隨著時間過去，住在兩國邊境附近的人，有可能會學會另一個國家的語言，開始接受鄰國的一些習慣、風俗和傳統。嗯，這就是環帶：連接了虛無跟實境（somewhere）——也就是一般的宇宙——所以有些規則是相通的。把妳丟到這裡的人沒提醒妳嗎？」

「我不是被丟進來的，」我說：「是刻意跳進來的。爲了逃避追捕。」

「有些人可能會認爲妳這樣做太過極端。」查特說。

「這是身爲戰士的義務。」我解釋道：「我不能被抓到，這樣才不會因受到刑求而背叛戰友和朋友。」

查特笑了。「我喜歡妳的思考方式喔，年輕的小姐。榮譽，勇氣。從我最近這些年遇過的人來看，我還擔心這種理想已不復存在了呢！」

「有一個銀河帝國，」我告訴他：「叫做星盟。他們……對戰鬥有不同的看法。」

「我知道星盟，」查特說：「他們在這裡有個採掘上斜石的大型基地。」

「所以他們得把那種石頭弄出去？」我說。

「對，可是能夠運作的傳送口都由星盟管理。」查特說：「就我對那群人的了解，他們不太可能會讓別人使用。他們似乎是一群控制狂，聽命於……一群討厭的傢伙。」

「他們就是蠢貨。」我附和說。這個詞讓我想到了尤根，不禁感傷起來。這種反應很傻，可是我彷彿已經好幾年沒聽到他那誠懇的聲音了。

我差一點就可以聽到了，結果卻來到了這裡——我非常希望自己這個決定是正確的。

拜託，尤根，我心想，注意安全。而且一定要比我聰明行事。

查特從附近一處乾巴巴的灌木叢中折下一根樹枝，接著我們停下前進的腳步。他在沙子上畫了一個大圓形，並在中心畫了一個小圓。

「想像一下這是虛無，」他開始說明：「光爆是中間的這個圓。面積比較大的這個部分就是環帶——碎塊飄浮的地方。我一直覺得它很像太陽蛋，蛋黃是光爆，蛋白則是所有的碎塊。」

「懂了，」我說：「所以我們在哪裡？」

「就在邊緣，」他用樹枝戳著最旁邊的地方。「這裡是海盜的地盤。確切來說，我們位於由轟擊派控制的區域，靠近舷砲派地盤的邊界。我們就是要在那裡踏上長者之路。」

「也就是……」

「人們進入虛無時，會留下印記，」他解釋道：「是某種記憶，那會嵌在傳送口的石頭上。妳可以去看那些印記——很久很久以前，有一些超感者把幾個傳送口整理起來，變成一段敘述。只要走上長者之路，就可以親自看到古代超感者留下來的知識。」他猶豫了一下。「雖然我從來沒做過，不過這應該能讓妳一路進入光爆。」

我轉身面向那顆發光的巨大球體。「看起來……似乎很遠。」

「那段路大約有五萬公里。」

這樣的距離太嚇人了。就算駕駛波可級星式戰機全速前進，也要飛上好幾個鐘頭。步行的話……可惡。我們要走上好幾年。

「所以，」我說：「我們真的得想辦法偷一艘飛艇了。」

「我很期待！」查特說。

「這次我會盡量不分心去做別的事。」

「妳做了正確的選擇，」他說：「現實圖騰比飛艇有價值多了。遺憾的是，這趟旅程就算有飛艇，恐怕也會很艱難。」他在虛無的地圖上又畫了些東西。「我知道長者之路的起點是在何處——就在邊緣的這個地方，位於舷砲派的地盤。我可以帶路到那裡。可是要再往內走的話，就必須通過星盟的領域，而這非常困難。他們有長程掃描器跟好幾十架星式戰機，如果我們嘗試飛進去，很可能就會被攔截下來。」

「我對駕駛星式戰機很拿手。」我說。

「啊，那麼我看到妳飛行時一定會很興奮！」他說：「星盟的飛行員不太厲害。事實上，這裡每個人都算是被星盟逼來的吧。除了流放者，還有被迫到上斜石採掘場工作的人，而星盟的基地休爾要塞（Surehold）就在那裡。」

查特繼續說：「大部分海盜都是叛逃的礦工。這整個地方簡直亂成一團啊，思蘋瑟．奈薛。到處都是爲了生存而不擇手段的人。要進入那條路，就得偷偷經過他們。到時候……哎呀，要是我們必須靠近光爆，情況還會更糟呢。」

他指著剩下的空間，也就是經過星盟領地後、通往光爆的那片區域。「這叫做無人之境（No Man's

Land）。那個地帶的碎塊比較穩定，也比較不會碰撞，不過那裡是星魔的地盤。」

「整個虛無不都是星魔的地盤嗎？」我問。

「對，也不對。」他說：「對它們而言，環帶的情況比較像『實境』，它們沒辦法清楚看見這個區域，妳可以在這裡躲避它們。但要是進入了無人之境……嗯，那就不可能避開它們的注意了。我聽說過進入無人之境的飛行員會看見不真實的場景，要不然就是粉身碎骨。」

我看著地上的簡易地圖仔細思考。M-Bot飛過來，查看之後拍了張照片。

「最右邊是什麼？」我指著說：「還有最左邊呢？可以繞一圈嗎？」

「有可能，」查特說：「不過往那些方向都是沒有碎塊的廣闊區域。要通過一片空白的地方相當危險，就算開著飛艇也一樣。然而長者之路必須要往前走，不是往旁邊走。這樣還是決定要去嗎？」

「當然。」我說。

「這就對了！」他邊說邊站起來。

「我們完成這一切後，還有一個問題，」我說：「我必須回家。如果星盟不讓我使用他們的傳送口，到時該怎麼辦？」

「這個嘛……」查特說：「理論上有個方式可以離開。相當簡單。」他轉頭望向光爆。

對啊。那是虛無的中心——是我在超空間跳躍時去過的地方。「如果我進入光爆，就可以跳躍回家？」

「我想是這樣沒錯，」他說：「我一直都不敢太靠近，不過應該行得通——畢竟那裡就像一個通往各個次元的巨大傳送口。但我必須坦白說，我覺得光爆很可怕。裡面既沒有時間，也沒有空間，就像……一個點，卻又跟宇宙一樣浩瀚。」

可惡，光想到這裡我頭就痛了。我深吸一口氣。「我們先去那條路吧。」

「那麼就出發吧！」他舉起樹枝指著，就像拿著一把劍的將軍。「我們必須通過八個碎塊才能抵達長者之路的起點。不過從比例上來看，那裡其實很近！」

我們在沙地上繼續行進，M-Bot則是飛到別處調查這裡的植物。光是走路就比想像中的還要困難。由於腳下的地面不斷變化，所以移動時要耗費更多氣力。可是我感到十分興奮。這一切都非常新奇，太有趣了。

我伸進口袋拿出父親的胸針。把它握在手中讓我感到……很平靜。真奇怪。

查特就像先前那樣盯著它看。渴望。彷彿他無法控制眼睛不去看它。我目前算是已經信任他沒錯，但……那種渴望的表情讓我想趕快收起圖騰。不過，我接著拿出了一顆現實餘燼遞給他。雖然只是小小的一顆，他卻帶著敬意接過去，收進口袋裡的一個小袋子。他握住袋子，深呼吸了幾次，然後很明顯地放鬆下來。

「你說過，在這裡如果沒有那種東西，人們就會失去自我，」我說：「所以那個波爾人就是這樣嗎？臉孔……融化的那個海盜？」

查特搖搖頭。「我不知道那是怎麼回事，感覺好像更嚴重。就像……」

「星魔附在她身上。」

「一點也沒錯。我通常很喜歡新奇又刺激的事物，但一點也不想再碰到那種事了！謝謝妳的餘燼，拿著它在手中很……令人安心。」他的語氣帶有一種憂愁。

「你……記得任何關於自己的事嗎？」我問：「以前的事？」

「不，」他低聲說：「我完全忘了自己。我記得來到這裡前的幾天內發生的一些事——洞穴、古老遺跡之類的——可是那段時間的記憶對我而言已經太模糊了。我甚至記不太清楚剛抵達這裡時的事。坦白說，這並不意外。我在這裡待了很久——大概快兩個世紀吧！」

「等一下，兩百年？」我問。

「嗯，差不多是一百七十年吧，」他回答：「我已經盡力計算了。在這裡很難追蹤時間，不過我會寫下日期——而且有幾次機會可以確認自己記錄的沒錯。可是我完全沒變老。」

查特繼續說：「我沒辦法隨時都能獲得餘燼，所以偶爾會接下某些團體的工作。只要人們聚在一起就會產生跟餘燼一樣的效果。」

一想到發生在查特身上的事，我便感到有些可怕。如果我待得太久，會不會忘記奶奶、父親還有朋友？可惡，我需要點時間才能想像那種情況。

可惜的是，M-Bot剛好選擇在這個時間點飛過來，而且還很興奮，急促地說個不停：「妳看到那裡那些東西了嗎，思蘋瑟？那些是仙人扇！它們實在太漂亮了。見到那種東西覺得很激動是正常的嗎？我……我想要寫詩描述它們有多美。」

「呃……」我說。

「好看的仙人扇，讓我想舞動一場。這首詩好嗎？一到十妳打幾分？」

「詩不是用來評分的，M-Bot。不過如果你喜歡，那就是很棒的詩。」

「好極了！我們來看看我的押韻分析程式怎麼說……喔，思蘋瑟，這是首爛詩。妳應該爲喜歡這首詩感到羞恥才對。妳知道嗎，『仙人扇』這個詞太奇怪了，我想『仙人掌』比較不奇怪，妳覺得呢？而且比較容易押韻。」

我現在只想清靜一下——雖然我愛那個機器人，但它有時實在讓人受不了。「嘿，我想我看到一種蘑菇了。」我指著某處說。

「什麼，眞的嗎？」它說：「在哪裡！」

「遠處那兩團灌木叢中間。」

它飛走了。我想起查特剛才提到了他的年紀。兩百年？

「所以……我們在這裡是永生不死的嗎？」我問。

「不，」查特說：「我想我不會變老，可能是因為我的能力。在這裡，其他人都會變老，而且很可惜，我們受到創傷還是會死亡，不過生理機能會變得很奇怪。例如妳在這裡不需要食物——再過幾天甚至也不必喝水了。我們會需要睡眠，但似乎不必睡得那麼多。」

他繼續說明：「這裡永遠不會天黑，光爆不會移動。而妳在這裡待得越久，對於時間流逝的感受就會越來越混淆。一天。一週。一年。一個世紀……」他搖搖頭。

「坦白說，」我告訴他：「我開始覺得有點累了。今天……過得有點漫長。」

「那好吧！」他說：「順著這個碎塊再往前走有個地方！我建議可以到那裡休息一下。」

我們走了幾分鐘後，M-Bot飛回來了。「妳沒看見蘑菇，對不對？」它問。

「對，」我說：「只是想讓你分心而已。」

「為什麼妳要這樣？」

我聳聳肩，不想解釋。「人類偶爾會開這種玩笑。捉弄別人，讓他們去追尋沒有意義的事。」

「這種玩笑太糟糕了。正在掃描文化資料庫。喔，這叫『騙到你了』，名稱還真有創意。由於我真的有生命，所以我現在可以確切地說，你們人類的幽默感很差。但妳的惡作劇無傷大雅。我突然想到仙人掌其實就是沙漠蘑菇，它們看起來差不多，特性也差不多。除了『生長於乾燥地帶』之外，畢竟這可會害死大部分的蘑菇……」

好極了。再走一小段距離後，我們來到一座沙丘頂端，接著查特指向前方。「看見那些小山了嗎？」他問。

我看見沙漠中有一些岩石塊。

「那就是我們『過夜』的地方，」查特說：「我會先慢跑過去確認那裡的洞穴安全，妳就依妳自己的速度過來吧！妳看起來有點疲累了，不過這很正常！」

我點點頭，在他慢跑離開時覺得很感激。以前，我可能會因對方暗示自己太弱而生氣——可是他在這個地方經驗豐富，我卻完全一無所知。我得承認，現在勉強自己不是明智之舉。

於是我以較慢的速度跟了上去，M-Bot則飛在我身邊。「M-Bot，」我突然想到一件事。「你從星盟那裡取得了歷史資料庫，對不對？」

「當然！」它說：「雖然得捨棄一堆東西，不過我保留了很多小容量的文字檔。現在我知道爵士樂是何時開始發展的，這樣萬一有重要的——」

「查特說他大概兩百歲了，」我說：「他在第二次人類大戰期間出生了嗎？」

「如果他沒記錯自己的年紀，這很有可能。」M-Bot說：「第二次人類大戰是在兩百五十年前開始，但持續了數十年。當時的戰爭特色是第一次嘗試將星魔當成武器，而星魔是在第一次人類大戰快結束時出現的。」

它繼續說：「第一次大戰始於人類逃離地球，發現有一整個銀河系的人類都被迫消除攻擊性，有好鬥傾向的份子就會被監禁、放逐或處決。這麼說好了，他們還沒準備好跟你們人類相處。哎呀呀。」

「……『哎呀呀』？」

「酷吧？我剛想出來的。」它繞著我飛行。「才怪！我騙妳的！哈！我現在可以很容易就說出來了。總之呢，如果那邊那位查特是在兩百年前出生，他一定經歷過一段被稱爲『大靜默』（the stilling）的時期，也就是整個銀河系都在避免使用無線通訊。那段時期裡，星魔的攻擊最猛烈，破壞也最慘重，而戰爭也正要進入尾聲。」

「狄崔特斯最早的殖民地是何時遭到破壞的？」我問。

「這點無法確定，」M-Bot說：「因爲狄崔特斯是祕密計畫，星盟也沒有相關的紀錄。我們只能猜測是在三百至兩百年前。」

「所以狄崔特斯建立時，查特還不存在？」

「這個假設很合理。」M-Bot說。

我們終於抵達了小山。查特已經消失在其中一個洞穴裡，但我看得見他的足跡。

「還有一點可以參考，」M-Bot飛到我身邊說：「我是在一百七十二年前墜毀於狄崔特斯的。」

「嗯，」我說：「查特說他大約是在一百七十年前來到這裡。他記得自己來到這裡之前，曾經去過一些洞穴，還有遺跡……」

我的聲音越來越小。我們彼此對看著。呃，或者該說是我看著那個裝了M-Bot電路的箱子，它則是把鏡頭聚焦在我身上。

接著我們同時望向了洞穴裡。

第八章

洞穴很小，頂多跟狄崔特斯的宿舍房間差不多大。我聽見一陣細微的水流聲——牆面有一些水緩緩流下，聚集到後方的一座淺水池。

查特跪在那裡洗手。我衝過去滑步急停，踢揚起一些沙塵，也暫時忘記了疲累，而他抬起頭看著我。「查特，」我急切地說：「你說過自己記得來到這裡之前的一些事。」

「只有片段。」

「你知道一個叫史貝爾指揮官的人嗎？」我提起M-Bot的駕駛員名字，他在很多年前墜毀於狄崔特斯。

查特皺起眉頭。他甩了甩手，然後站起來，撥弄自己的銀髮。他緩緩地從飛行外套的胸前口袋取出某個東西。是一塊徽章，像是從制服拆下的。

上面寫著**史貝爾**。

「喔，可惡。」我說。

「我……應該是在哪裡墜毀了？」他說：「一個有洞穴的地方，而且……天空中有金屬平台？雖然回憶很模糊，不過我清楚記得有面牆上充滿了奇怪的線條。現在我認得那是虛無的傳送口，我一定是從那裡掉進來的。」

可惡。可惡可惡可惡。

M-Bot飛到我身旁，而我感覺得到它很關心這件事。而且，是眞的感覺到。我能夠感受它的情緒。它很擔心。憂慮。震驚。

「我發現了你的飛艇，」我說：「上面有人工智慧。你是M-Bot以前的駕駛員。」

「我……很難相信自己可以塞進一架無人機……」查特說。

「它本來是在一艘飛艇上，」我向他解釋：「一艘非常先進的飛艇。它只記得駕駛員的名字，以及一些命令。那就是你，查特。」

「胡說。」查特反駁：「這個嘛，雖然聽起來可能會有些冒犯，但我是不可能跟人工智慧親近的。它們會引起星魔的注意啊！」

「你有那塊徽章，」我指著說：「你記得狄崔特斯，那是我的家鄉。你就是史貝爾指揮官。」

然而我心中又有一部分拒絕接受此想法。這不太可能啊，我心想。我們才進入虛無幾分鐘就找到了M-Bot原本的駕駛，這種機率會有多高？整個情況實在非常可疑。

「我們曾經是朋友，查特，」M-Bot飛近說：「我的意思是……雖然我不記得，可是我感覺得到。我們以前一定是朋友。經過那些年，我……我很努力遵守你最後的指令，直到我耗盡了動力而關機……等待著……」

查特嘆了口氣。「我知道的不多，但我曾聽說電腦的處理速度受到非常嚴格的限制，如果把它們的電路系統帶到虛無，就能進行飛快的運算。這是種妥協，要不就是使用一部幾乎毫無用處的電腦，要不就是……」他朝M-Bot點了點頭。

「讓它們擁有生命？」我猜。

「這裡的每個人都在談這件事。」查特說：「曾經是星盟成員的那些海盜，他們都在私下談論。絕對不能讓眞正的人工智慧繼續運作，否則最後它們就會引來星魔。留著那種可怕的東西簡直是……哎呀，就是找死。我很抱歉這麼說。」

「爲什麼？」我問：「爲什麼人工智慧會引來星魔？」

「我不記得了。」他坦言。

我不知道該怎麼看待這件事。或任何事。不過查特似乎眞的就是史貝爾。我們曾經很好奇他墜毀於狄崔特斯，並把M-Bot留在洞穴裡之後遭遇了何事。

顯而易見的是，狄崔特斯一定有進入虛無的通道，畢竟我們在那顆行星上可以找到大量的上斜石。建造狄崔特斯的人一定曾經開採過上斜石，就像現在的星盟。在狄崔特斯洞穴中的那個地點，有著跟此地傳送口上相同的刻痕，說不定以前的人就是從那裡被傳送過來的。

「我嘗試回去過。」查特有點傷感地說：「找到我進來的地方，然後傳送過去……應該會是很有趣的冒險！可是我已經忘記那個傳送口在哪——而且後來我找到的傳送口都封閉了。無論製造出這些傳送口的人是誰，他們都非常害怕裡頭的東西。」

他轉身背向我跟M-Bot。「總之，我們應該休息囉！先在這裡過夜吧。明天可是大日子！順利的話，我們可以走到長者之路的第一個傳送口。」

他脫下外套，然後開始捲起來，顯然是要當成枕頭。

這太巧了。機率太低了。或許……或許我是在超空間跳躍進入虛無時，被拉到這個地點？是因爲他嗎？這能稱之爲巧合嗎？

然而，我開始感到疲憊了。在這種狀態下，我腦袋沒辦法處理好這些資訊。我脫下自己的外套當枕頭，接著愣了一下。M-Bot不見了。

我暗罵自己。聽到史貝爾說的話，它當然會離開。我勉強起身走到洞穴外，發現它正在研究一株小型仙人掌。

「M-Bot——」我說。

「妳知道嗎，」它輕聲說：「我早就料到會這樣。我們甚至討論過，對吧？我知道他們會怕我。不然爲什麼連我自己的程式都要禁止我做一些事，例如駕駛我自己的飛艇？所以沒錯，哈哈！我猜對了，我的駕駛員會怕我……」它的聲音越來越小。「要是我猜錯就好了。」

「聽著，」我走向它。「沒關係的。」

「知道我一切的人說了那些話還沒關係？」M-Bot的聲音越來越大。「我覺得有關係，思蘋瑟。我真的覺得有關係。」

這是我第一次慶幸它是在無人機裡而非原本的飛艇上。它移動的方式、機身在半空中下垂、夾臂在下方懸蕩的模樣——這些都讓人感受到它的個性和情緒。「感覺就像，」它的聲音更小了：「發現親生父親討厭自己……」

「我不相信他，」我說：「我是指關於你的事。」

「爲什麼？」

「因爲我還沒跟邪惡巫師戰鬥到。」

M-Bot在半空中轉動。接著它飛到我面前側著機身，好像是在模仿人歪著頭的樣子。「這個嘛，」它說：「我才開始以爲自己跟得上妳跳躍式的思考了呢。」

「不，聽著，」我靠上前說：「在以前的故事中，幾乎一定會有某個邪惡巫師出現。阿拉丁必須對付一位邪惡巫師。至於蠻王柯南？他殺了大概十億個邪惡巫師吧。類似的例子太多了。可是我們兩個已經戰鬥多久了，而且都沒出現邪惡巫師？我們最後一定會碰上的。」我一手抱住它的機身，然後指著洞穴。「雖然我不知道這是怎麼回事，不過一定有某人或某種東西在搞鬼。我們一來到這裡就立刻找到了你以前的駕駛員？計算一下吧，M-Bot。」

「計算什麼？」它問。

「你知道的，統計數字之類的。算算看吧。我們偶然碰到他的機率有多少？」

「我沒辦法計算那種事，」M-Bot說：「妳以爲我能在這麼多變數的情況下算出百分比嗎——而且大部分的變數都無法得知，很可能無法量化。」

我沒給它壓力。「聽著，那個人有可能是史貝爾指揮官，他掉進虛無這件事很合理，可是他的記憶很不穩定；也許他不是史貝爾，也許這是某種陷阱。不過就算他是史貝爾，我的直覺也認爲我們並非碰巧遇見他。相信我，M-Bot，邪惡巫師正以某種方式或形式設計我們。或是像邪惡巫師的壞人。」

「或許吧，」M-Bot說：「但妳必須承認他說的話是有證據支持的。我這種人工智慧很危險。我的創造者顯然很怕我。」

「這不重要，」我說：「你是我的朋友。我信任你。」我揉了揉額頭。「可是現在我眞的太累了。軟弱的血肉之軀，記得吧？等我睡了一覺後，我們再談這件事吧。好嗎？」

「我會處理這些資訊，」它說：「但在找妳商量之前，我不會採取任何行動。」

「很好。」我說，然後思考了一下。「注意查特，如果他起來就叫醒我，可以嗎？雖然我相信他，可是……我們還是小心一點好了。」

「同意。」

我們開始往洞穴的方向回去。「不過，」我眞的開始感到疲憊了。「要是有怪物來吃我，麻煩請牠們動作安靜一點，這樣我或許還能多睡幾秒鐘。」

回到洞穴後我喝了點水，然後躺在用外套捲成的枕頭上。我逐漸入睡，心裡希望在虛無過的第一個「夜晚」不會發生什麼太奇怪的事。

我眞是太天眞了。

間曲

我飄流著。

我開始搜尋。

雖然身體還是極爲疲累，但思緒已經向外探索，不知爲何竟然還保持著意識。以前從沒遇過這種事，但感覺像是我的能力自然地延伸出去——思緒存在於身體之外，跟我超空間跳躍進入虛無時一樣。

我再次嘗試超空間跳躍，可是沒有用。畢竟我並不是完全在「這裡」。於是，我只好擴展自己的思緒，尋找，傾聽。我對這方面的能力比較熟悉了。我不只從小就能聽見星星，最近還利用這種能力跟查特聯繫上。

我更加集中精神。我需要一個目標。一個地點。一個連結。

有了。

我找到了某個人……對方正在找我？

我隨即驚慌起來。是布蕾德嗎？星魔的某個僕人？但同時，我又認得那道思緒。不是布蕾德，而是……

我突然進入了一架無畏者防衛軍星式戰機，是波可級的機型。我竟然被塞進了飛行員座椅後方的儲放區。波可戰機在外太空疾速飛行，附近有破壞砲的火光。

尤根正在駕駛。

我還沒準備好面對見到他時湧出的情感——思念、喜愛、憂慮。我伸手觸碰他，可是手卻穿透了椅子。我能感受到飛艇在震動，也聽見他在急轉彎時暗自咒罵了一聲，重力電容器也差點超出極限。

我真的在這裡嗎？這是現實嗎？

控制台發著光，將他的臉映照在飛艇的透明座艙罩上。我很想知道他臉上那十幾道輕微的割傷是怎麼造成的。最後一次見到他，是在離開狄崔特斯、前往星界的那一天。雖然那只是三個星期前的事，但感覺卻像一輩子。我本來有點擔心再也見不到他了。

結果他就在這裡。跟往常一樣嚴肅認眞，完美得幾乎不像眞的。他的表情相當專注，但當他抬起頭來時，突然顯得很驚慌，然後——

「啊！」他叫了一聲，同時把飛艇拉向一側。他忙亂地回頭查看。雖然他的目光對著我，卻似乎什麼也沒看到。

他轉過去，猶豫地瞇起眼睛注視座艙罩，彷彿試著看見……倒影。當我在虛無看見那些眼睛——星魔——它們通常都是倒影。他也能以同樣的方式看見我嗎？

「思蘋瑟？」他說：「妳是不是……喔，可惡。妳是不是死了？」

爲了測試這個理論，我揮了揮手。

也對。這樣看起來確實很像死後出現的幻影。我試著說話，可是在這裡沒辦法發出聲音。於是我嘗試另一種方式，用超感能力接觸他。

「不，我沒死，」我透過思緒說，希望他能聽見，或是感覺到。什麼方式都行。「不過從各方面來看，我應該是要死了才對。」

他歪著頭。

「你聽得見我嗎？」我問。

「我可以……感覺到妳想說什麼。妳在哪裡？發生了什麼事？」

「我在虛無，」我說：「我們每次超空間跳躍時都會去的那個次元。我……算是掉進來了吧，故意的。先聲明，當時可是有半支軍隊在追我。」

他笑了，眼神也變得柔和了些。我能夠確實感覺到他的緊繃消失了。他一直很擔心我。雖然有預料到他會這樣，但實際感受到時還是讓我有些哽咽。我這輩子本來一直都在扮演著其他人不想扮演的角色。

可是情況改變了。我有了歸屬，就是他和我在天防飛行隊的其他朋友。我好想回到他們身邊，我好想——

一道破壞砲的紅色火光擊中他的飛艇護盾，發出碎裂聲。他的護盾失效警報在儀表板上猛然作響。

「尤根！」我大喊：「快飛！你可是在跟敵人交火啊，笨蛋！」

「我正在努力！畢竟還沒死去的女友鬼魂突然出現在飛艇上會令人有點分心！」他精準地操控飛艇閃避。

我的心稍微融化了。女友？他是這麼想的嗎？我們是親吻過沒錯。一次。但……我想應該還不算正式吧。我甚至沒送給他任何怪物屍體，畢竟故事裡都說，這麼做才能讓對方知道自己想要正式交往。

顯然我的情感流露出來了，因為尤根一邊駕駛飛艇一邊說：「或者……妳知道的……妳對我而言是什麼。還有我對妳而言是什麼。」

「行，」我說：「我之後會弄一隻怪物給你。」

「什麼？」

「先提醒一下，那有可能看起來會非常像一隻老鼠。」

他邊笑邊遠離破壞砲的攻擊。從接近感應器上來看，他已經甩開了追兵。

眞希望我能觸摸到他。他抬起頭跟倒影中的我眼神交會，而我知道他也有同樣的感覺。

「我們就是沒辦法過正常的日子，對吧？」我問。

「我不知道，」他說：「我的生活大約在一年前都還很正常，後來就發生了一件很特別的事。」他笑著說：「我也不會想回到以前的世界了。好，現在我先找個可以暫時喘口氣的地方。」

他呼叫飛行隊採取防守隊形，好讓他有時間重新啓動護盾。他駕駛飛艇離開主戰場，有幾個天防飛行隊的成員留在附近，一方面提供支援，另一方面也引開太過接近的敵人。

我回過神來，不再沉浸於甜蜜之中。「尤根，戰況如何？已經持續多久了？」

「從妳來到這裡又消失後，持續了幾天。」他說。

很好。我之前在星盟的醫院不省人事待了幾天，然後在虛無待了一天。看來時間在「實境」跟「環帶」的流逝速度差不多。這是好消息。

「我們收到了妳朋友庫那的消息。」尤根補充道。

「喔，聖徒啊！他們還活著？我一直很擔心。」

「是啊，」他說：「他們很安全，不過受困了。我們正在想辦法將蛞蝓用於超驅裝置上。」

「蛞蝓？」

「妳錯過了這件事。」他說，然後將推進器的動力轉移到護盾啓動器。「我們有很多，呃，一群？一堆？總之就是非常多的蛞蝓。牠們都在洞穴裡。」

「什麼，眞的嗎？」我問：「怎麼發現的？」

「我……嗯……聽見了牠們，」他說：「就像我聽見妳一樣。」

「你是超感者！」我指著他說：「你的家人還怕你有這種血統呢！哈！我一定就是因爲這樣才能找到你。」

「我一直在跟奶奶訓練，」他說：「我……不太在行。」他變得很嚴肅。「思蘋瑟，情況很糟。我是指戰爭。」

「有多糟？」

「整個星盟都動員了。我不知道他們控制了多少顆行星。我們被孤立在這裡了。雖然我們正在試著運用蚯蝓，可是還有好多要學的，而且……」他跟我在玻璃中的倒影眼神交會。「而且我們需要妳。我需要妳。要怎麼做才能救出妳？」

我眉頭一皺。並不是因爲我不喜歡他這樣，而是……好吧，得讓他知道才行。

「尤根，我是自己選擇來到虛無的。」我說：「進入傳送口的時候，我知道自己可以回家，但還是決定不這麼做，因爲……」可惡，該怎麼說才好？「我得在這裡去做一件事，尤根。」

他皺著眉，看著倒影中的我。

「我還不能回去，」我解釋道：「除非從這裡弄清楚一些事。對不起，就算我現在回去，也只是多一位戰士而已。我必須發揮更大的功用。」

「妳認爲他們會再次利用星魔。」他說。或許他從我的情緒中看得出來。

「我知道他們一定會，」我點點頭。「溫齊克不會因爲一次挫敗就放棄。尤根，我必須阻止他。要達到這目標，我就得弄清楚自己是什麼——更重要的是，弄清楚星魔是什麼。這聽起來合理嗎？」

「妳覺得妳可以在虛無找到答案？」

「對。尤根，我正在追尋。」

他笑了。「這可能是我聽過最像思蘋瑟會說的話了。」

「你不氣我？」

「我擔心妳，」他說：「但如果妳是對的……如果星魔還會出現……」

根據我們對過去的研究，我知道這並不是第一次有人試圖把星魔當成武器。就我所知，每次的結果都是以災難收場，不過還是會有人不顧後果繼續嘗試。畢竟，要是你能夠控制會吃掉星球的東西，還有誰敢不聽你的話？

「我相信妳。」尤根說。他看著我倒映在玻璃中的雙眼。「如果妳認爲這很重要，那就繼續做吧。在妳回來之前，我們會盡力抵抗星盟的。」

他對我的信賴感覺眞棒；我感受得到從他身上散發出一股暖意。尤根解開安全帶，然後轉過來跪在座位上。他閉起眼睛，專注感受我。他伸出手，而我發誓我感覺到他捧住了我的臉頰。我也伸出手，幾乎感覺到他的肌膚。

「我們會撐住的，思蘋瑟，」他許下承諾。「直到妳找到妳要的東西。妳一定行的。我已經學會了不能賭妳輸。」他閉著雙眼露出笑容。「畢竟，就算我贏得了賭注，手臂可能還是會被插上一把刀呢。」

「小提醒一下，」我輕聲說：「攻擊大腿比較有效，這樣對方就很難追上來了。」儘管我們只能勉強稍微感受到彼此，我還是將身體往前傾，想要更靠近他一些。可是我卻開始消失了。

可惡，我突然覺得精疲力盡。雖然只有幾分鐘，但我很快便徹底消失，飄浮於黑暗之中。不管怎麼試，我再也找不到尤根了。

我的思緒開始變得模糊。我知道自己正要進入眞正的睡眠，於是開始放鬆……

有人說話。

我拉回意識。我認得這聲音。「哎呀，哎呀。」對方說。

溫齊克。

這幾個字穿透黑暗，通往其他對象。是某種生物。某種實體。

星魔。

現在我感覺得到它們了——無數的白色光點。我聽到的聲音正在對它們說話。「不必這麼野蠻，」對方繼續說：「這麼有攻擊性。我是來跟你們談條件的！一項交易。你們有我要的東西，我也有你們要的東西。我們要的其實差不多，對吧？」

那聲音……並不是溫齊克在說話。是布蕾德的聲音——不過「聲音」只是一種大概的說法。她一定是像個口譯員那樣在傳達溫齊克的話。

我正在偷聽他們的談話——監聽、竊聽，就跟奶奶之前訓練我的方式一樣。我擁有聽見星星的虛幻能力。

你傷害我們，星魔對溫齊克說。**你是噪音。你不是人。你是痛苦**。

「我是能夠結束那種痛苦的噪音，」溫齊克透過布蕾德允諾著。「我可以把銀河系的超感者都一網打盡，可以讓他們不再打擾你們，再也不會……腐化你們。」

喔，可惡。它們想要這樣。我感覺得出來。

繼續說下去，它們說。

「我必須控制我的帝國，」溫齊克說：「只要可以，我會找出所有的超感者並阻止他們。然而，要是你們在我召喚時消滅了我的人民，我就無法控制了。」

別打擾我們，星魔說。**不要吼叫！全都停止！爲什麼還沒停？**

我探索了一下，就大概明白了。對星魔而言，所有時間與空間都是一體的。可是爲了跟我們互動，配合我們的存在，它們不得不限制自己。

也就是說，它們無法看清楚未來。它們同時存在於所有的時間點，因此無法清楚分辨未來、過去或現在。

嗯，這很難解釋。總之，我感受到了它們的痛苦。這種痛苦似乎是跨次元的。

「哎呀，哎呀，」溫齊克說：「不必激動嘛。我可以讓那種痛苦停止。不過要是我輸了這場戰爭……嗯，你們希望那隻星魔被腐化的事情重演嗎？做出這種事的那個噪音，就是我正在對付的眾多噪音之一呢。」

看來他知道我是如何拯救星界的。我想要大聲告訴星魔，解釋說我幫助了它們其中一個成員，才不是腐化它們。不過我也突然明白了，它們之前在追逐我時所說的話是什麼意思。它們說「妳對我們做了什麼？」，這指的就是被我分離出來的那隻星魔。

我們會考慮這場交易，星魔對溫齊克說。

「好，你們再花時間想想吧，」溫齊克說：「要想多久都行。」

我們不需要時間。我們討厭時間。

對，沒錯。可是我感覺得到還不只如此。除了對時間與個體的憎恨，它們還厭惡其他的東西。那種東西就要出現了。那種東西會讓它們……害怕？我稍微集中注意力探索，想得到更多資訊。

它們發現我了。可惡。

我驚慌地逃開，回到自己的身體裡。一想到還要等到以後才能知道答案，我的心就覺得好累。

我終於眞正地進入熟睡。

第二部

Part Two

自主家庭打掃無人機（改造後）

M-Bot

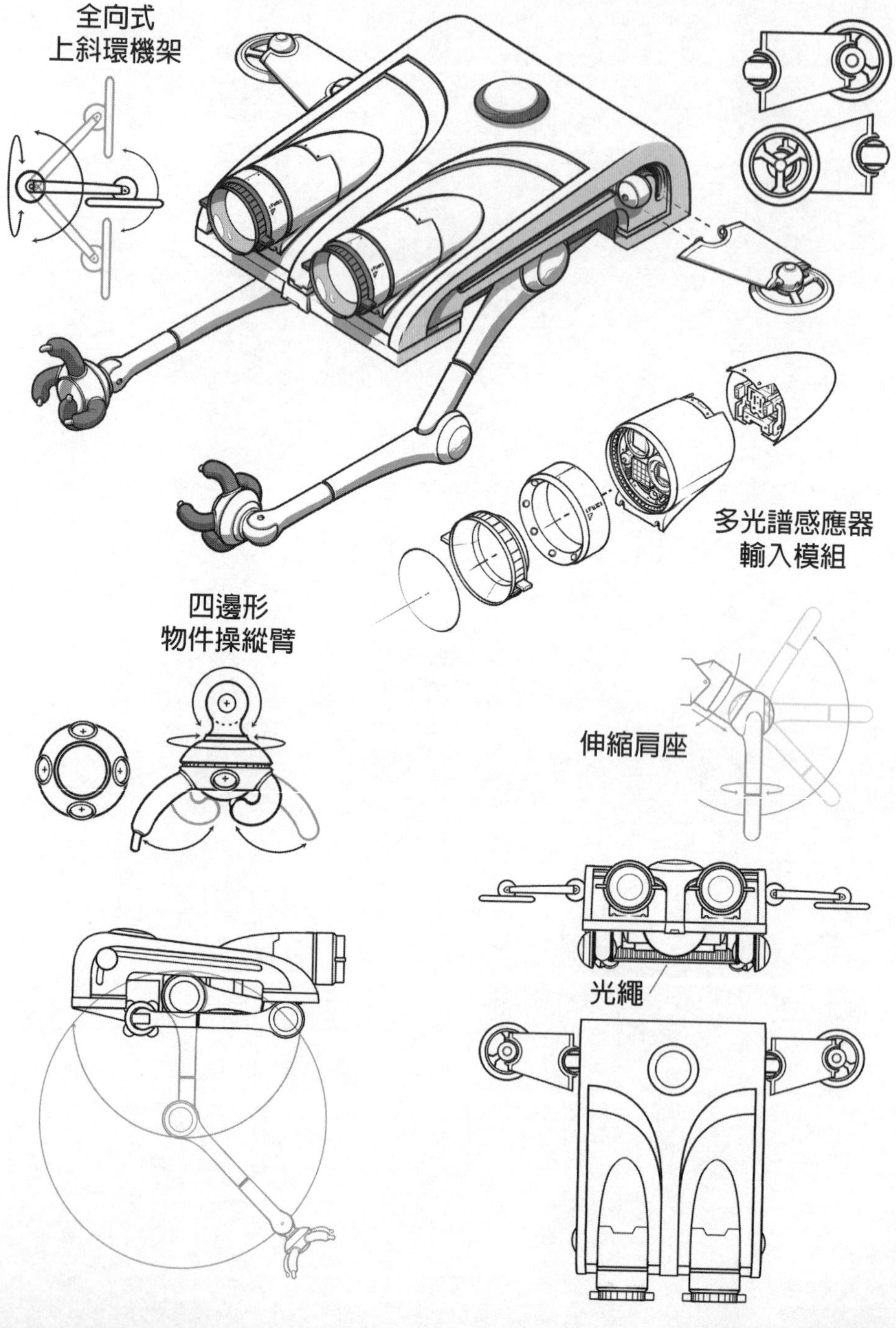

第九章

我感覺到某個東西輕輕把我推醒。M-Bot?對，它正在用一隻夾臂戳我。我打了個哈欠，伸伸懶腰。眞奇怪，我的腦中竟然還清晰記得昨晚那些經歷。跟尤根說話，感受到他的關心。後來則是聽見了溫齊克跟星魔的對話。

可惡。溫齊克想要跟星魔達成協議。

要是他成功了，戰況就會變得對我們非常、非常不利。

「思蘋瑟?」M-Bot說：「根據我的內建精密計時器，妳已經睡了十個鐘頭。查特剛起來，到洞穴外面去了。我照妳要求的叫醒了妳。」

我在昏暗的光線中坐起，背部因睡在石頭上感到十分僵硬。

M-Bot飛得更靠近。「我，」它說：「想要得到感謝。整夜看著你們兩個實在是太無聊了。」

「謝謝你，」我說：「很抱歉讓你那樣看守，不過有你在，我睡得很安穩。」

「這個嘛，老實說，我不會像人類一樣那麼受不了等待。我可以加速或放慢處理器，藉此改變時間對我的感受。現在我要去看仙人掌休息一下了。如果還需要我做什麼超級無聊的事，妳再跟我說。」

它飛出了洞穴，我也跟著出去。查特正站在附近地勢較高的岩石處往外看，姿態就像個英雄，既專注又堅定。

我爬上去到他身邊，擺出類似的姿勢，掃視著不計其數的飛行碎塊，最後看到了光爆。星魔的家。

「兩百年，」查特說：「我終於要這麼做了，踏上長者之路。」

「爲什麼你從沒嘗試過?」

「一開始我並不知道那條路，」他說：「知道以後，我又覺得自己對那條路的了解不夠。而現在……」他看了我一眼。「我從來沒有不敢去的地方，思蘋瑟・奈薛。我一直以爲我很樂意探索一切事物！可是後來，我發現我的體內——在我腦中——還有我不了解的東西。」

「我也有類似的感覺。」

「這讓我很苦惱，」他說：「查特・尋星者竟然害怕探索自己的內心……」他望向遠方。「我可以在腦中想像出整個環帶，能夠在腦中顯現這個地方，對每一個碎塊瞭若指掌。除了透過思緒對話。這就是我的能力。妳呢？」

「顯然我也可以用那種方式交談，」我說：「除此之外，我似乎能夠竊聽其他人傳達的想法，而且對方無法阻止我這麼做。我可以利用聽到的資訊去解讀內容，根據本能應用在戰場上。還有，我可以超空間跳躍——瞬間從一個地方移動到另一個地方。」

「所以眞的有可能做到，」查特：「聽起來非常有用呢。」

我皺起了臉。「我沒接受過訓練，所以沒那麼有用。總之，你可以看見附近的景象？就像你擁有……聲納？聽起來眞厲害。」

「我得說這對探險家很實用！」他大聲說，然後指著某處。「妳要去的碎塊就是往那個方向，不過恐怕得繞道而行。由於我們是在變動的不穩定碎塊上行進，所以只能在它們相互碰撞時移動到下個地方。幸好，我可以看出路徑。總共要經過八個碎塊。我們應該一天之內就能抵達了。」他看著我，露出大大的笑容。「妳準備好冒險了嗎，思蘋瑟・奈薛？」

「當然。」

「那就出發吧！」查特說，然後從岩石斜坡滑下，落地的動作非常熟練。

我的動作也幾乎一樣純熟。

「厲害！」他在我落地時說。

「我對探索洞穴有點經驗。」我解釋著。

他帶路前進，M-Bot則是嗡嗡地飛在我們後方。沒過多久，我就清楚了這個地方的樣貌——至少在小範圍內是如此。碎塊的大小不一，但平均大約要花兩個小時才能跨越。而且它們非常多變。我們第一個通過的碎塊上長滿了高高的奇怪雜草，尖端都是紅色的；下一個碎塊幾乎都是高聳有如崗哨的岩石地形；第三個碎塊則有巨大的瀑布，從高處落下的水直接從碎塊邊緣流下，形成一種不可思議的連續循環。

這趟路程徹底挑戰了我的體能。到第二個碎塊時，我們必須使用光繩從懸崖邊垂降而下；在第三個碎塊上，我們涉水越過了一條河，然後再緩慢穿過一座瀑布後方的地道；第四個碎塊是一片大草原，有許多深谷四散其中，住著看起來像是犀牛的野獸，只是長著兩顆頭和可怕的牙齒。當時的情況很危險：我們躲在岩石後方，而牠們漫步經過，正在尋找獵物。查特解釋說牠們並不需要吃東西，但本能會驅使牠們打獵。

下一個碎塊是充滿岩石的不毛之地，只有少數幾棵小樹。我們必須到另一端等待下個碎塊過來——不過當站在那裡時，查特突然示意我和M-Bot趕緊躲到一棵枝葉參差不齊、但幸好還算濃密的小樹下。不久，就有飛艇從上方飛過——海盜想要抓奴隸，正在尋找目標。

查特看見我從樹下注視他們，一定發現了我眼中的渴望。

「在第一個目的地後方不遠處，有個海盜基地，」他說：「如果妳還是很大膽想要嘗試，我想我們可以在那裡取得一艘飛艇——當然囉，是透過不正當的方式。」

他的表達方式讓我笑了。接著，我們便冒著被海盜發現的風險衝了出去，以免下一個靠近的碎塊再度飄走。我們滑下斜坡，然後一起跳過去，來到一個很像沼澤的碎塊。這個碎塊上面有腐爛的樹木，地面也很柔軟。

是眞正的沼澤！我從小聽奶奶說故事時所想像的地方！這裡全部都有，每一處景觀都是一個小世界，等待我去探索。隨著路程前進，我也開始愉悅起來——而且還有一種更爲深刻的感受。自信。

這彷彿過了一輩子。在滲透星盟的那幾個星期裡，我試圖假裝成另一個人，必須不斷說謊又偷偷摸摸，對自己失去了信心。我一直害怕自己個性上的缺陷會導致任務失敗，因此害了同胞。

可以做自己擅長的事情，實在是太讓人滿足了。我在狄崔特斯的洞穴裡探索了十年，在體能上有足夠的訓練。從查特的言行舉止看來，他並未料到我有這方面的專長——而他似乎很興奮能帶領一個跟得上他的人。

這讓我覺得很棒。彷彿我什麼都做得到。我會踏上長者之路，而且會找到星魔的祕密。我會把資訊帶回去給我的同胞，然後我們會一起擊敗星盟。

我做得到。我眞的可以。

我喜歡那種感覺。

「思蘋瑟？」M-Bot問。我們正沿著沼澤碎塊的邊緣移動——這裡的地面比較堅實。「最近好像……都沒見過妳這麼有活力。」

「我只是有信心，」我說：「覺得我們能做到。」

「我沒有，」它說：「這好像困難重重。查特說我們必須一路往內部才到得了那條路。海盜、星盟、星魔……太難了，思蘋瑟。」

「專注於我們現在能夠完成的事情吧，」我提議：「目前，要做的就是越過這片沼澤。」

「這個嘛，對我而言很簡單，」它說：「我會飛。」

「看吧？一步一步來。你可以的。我可以的。克服萬難。」它上下搖晃機身表示點頭。「好！」它說：「克服萬難。哎呀！感覺眞棒。至少假裝我們掌控了一切！我喜歡這樣。所以妳一直都是這種感覺嗎？」

我希望是這樣沒錯，但我沒告訴它。接著它飛過沼澤，往下看著……

「是蘑菇！」它大喊，同時懸浮在生長於沼澤地上的一朵蘑菇上方。「是眞正的蘑菇耶，思蘋瑟！」

我停下來看著它飛前飛後。它很適合待在無人機裡，而且繞著我飛的時候散發出一種幹勁。

查特走回來跟我一起看著M-Bot。我發現他笑了。

「它眞的不危險。」我對查特說。

「它的幹勁確實有點感染力。」他坦白地說。「我們快到了——只剩下兩個碎塊。妳要找的傳送口周圍有一些遺跡。」

「遺跡？」我問：「像是舊礦場嗎？」

「不，」他說：「但我們在下個碎塊上會經過像那樣的地方。我們要找的遺跡更古老，或許跟這整個地方一樣古老。」

「你想過這一切是怎麼來的嗎？」我問他：「這種景象，這些碎塊？」

「我眞的想過。當然，有一些相關的傳說。人們認爲，超空間跳躍時發生的意外是一部分原因，甚至還產生了星魔。不過根據傳說，這裡有些東西比星魔和超感者更早就存在了。」

我幫M-Bot採集了它的蘑菇樣本，然後放進它的「樣本箱」，但其實那是打掃無人機吸起灰塵後存放的地方。我們再度動身，這架小型無人機也快樂地哼起曲子。

我們遇到一條較大的河，河水流出了沼澤碎塊的邊緣。查特沒讓我們涉水過去，而是帶路往內陸走。雖然水流不急，但他不想冒險，免得我們沒站穩而被沖走。

我們繼續行進，在踏實的地面之間跳躍。就這麼過了半個鐘頭左右，查特突然抓住我的手臂停下腳步。他瞇起眼睛看著另一片地面，然後搖了搖頭。

「假的，」他解釋道：「看到漣漪了嗎？那塊地下方是滲穴。往這裡。」他帶我經過一處靜水，那裡的泥巴散發出驚人的惡臭。我們很快就抵達了另一片廣大的乾燥地面。

「還有你沒去過的地方嗎？」我問他。真佩服他能如此輕鬆地嚮導。

「哦，我相信一定還有我沒見過的東西，」他說。「不過我確實去過很多地方！我不喜歡待在同一個地點——那會讓人在這裡失去時間感。我喜歡新的景色，新的經歷！我只會在現實餘燼用完時去跟其他人待在一起。只要弄到一些餘燼，我就會離開了。」

再走一小段路後，我就發現了下個碎塊：抵達目標前的倒數第二個。這個碎塊看起來又是一片沙漠，可是上面有跟房子一樣高的巨大沙丘。我瞇起眼睛。沙蟲不就是住在那種地方的嗎？或者至少有巨大的蠍子？

然而，就在我們跨越之前，查特豎起了耳朵。他轉過身，指著某個方向。天空出現了更多飛艇。

第十章

現在的我已經很習慣這種情況了，於是立刻跟查特躲到一棵大樹下，上方的樹枝雖然扭曲歪斜，不過葉子還算濃密。枝葉的尖端垂得很低，甚至碰到了水面形成漣漪。

「舷砲派的標誌。」查特低聲說。我們透過枝葉的縫隙探看飛艇。「我們已經進入他們的地盤。」

「這些派別都不一樣嗎？」

「大致上差不多，」他說：「不過據說舷砲派比其他派別更爲公正。話說回來，他們的領導人好像曾經待過星盟的維安部隊。正因如此，我才會跟他們保持距離。」

這組編隊裡有四架飛艇。雖然我不認得是什麼特定機型，但一定是軍用的。就在我們看著的時候，另一隊飛艇從碎塊下方突然出現，跟他們發生了衝突。

看見他們戰鬥，喚醒了我體內的某個東西。我很想念飛行。雖然只過了幾天，可是我已經很想要有一艘飛艇——它的動作就像我身體的一部分，讓我在障礙物和敵人之間高速穿梭。

飛上天空。摘下星星。

我想念那種感覺，非常想念。

「很快就可以了。」我輕聲對自己說。那些飛艇互相追逐，飛到了碎塊下方，消失在視線之外。

「我們最好稍等一下，」查特坐到樹下的一顆石頭上。「以防他們又回來這個方向。」

「那是另一個派別，對嗎？」我問：「轟擊派？」

「妳的眼睛眞銳利！」他說：「再過不久，妳就會認識六大派別的標誌了。」

「他們經常交戰嗎？」

「打得可凶了！」查特說：「眞可惜。他們本來可以出去探索和冒險的，但我好像也不該羨慕他們能做點小運動，畢竟我們在這裡都有自己打發時間的方式。」

好吧，如果得等到安全後再走，那麼現在似乎是武裝起來的好時機。我已經暗罵過自己好幾遍弄丟步槍的事了，所以這次直接在大樹旁的地上選了根粗厚的樹枝，然後開始剝掉樹皮。完成之後，我找了顆適合的石頭：差不多是橢圓形，中間的部分稍窄。

我想把石頭綁在樹枝上，結果找來的藤蔓馬上啪的一聲斷掉，第一次嘗試就此失敗。

「請讓我試試，奈薛小姐。」查特邊說邊解開左腳靴子上的鞋帶。他抽出一條長長的鞋帶，而靴子上還綁著另一條。「探險的時候一定要綁兩條鞋帶！妳一定會很訝異，多帶一段繩子有多常派上用場！用途實在太多啦！」

他爲我示範如何將石頭繫牢——而他很意外我缺乏這方面的知識，所以取下另一條備用鞋帶，稍微教了我如何打出不同的繩結。我感到很丟臉，在這種地方竟然只因爲一條光繩就自鳴得意。

我全神貫注地學習。這種技能似乎很實用——就像……嗯，我猜就像父親會教我的事吧。如果他還活著的話。

結束後，我把鞋帶收起來——查特要我留著練習——然後拿起自己的武器。我試著揮舞了幾下。

「很棒的武器，」查特雙手扠著腰說：「妳要取什麼名字？」

「當然是碎顱者（Skullbreaker）。」我說。

「好極了。」

「不過……我不知道沙蟲有沒有頭顱，」我說：「也許應該把石頭磨尖製作成長矛，以防我被吞進去，必須從內部殺死牠。」

「應該是不太需要那種東西啦。」查特竊笑著說。

「到時你就會被吞進沙蟲的食道，而我會站在我戰勝的沙蟲屍體上，想著怎麼用牠的皮製作帽子。」

「哈！」查特說：「我想我從沒遇過這麼……嗜血的年輕女子呢。」

我聳聳肩。「只是演出來的，算是虛張聲勢吧。不過我是眞的希望在碰上任何怪獸時可以保護自己。」

「要是眞的得這麼做，就表示我們失敗了。」查特說。他舉起一根手指，挺直身體擺出一副說教的樣子。「野獸不會攻擊人，除非那個人做錯了事。是我們侵入了牠們的領域，所以我們有責任盡最大的力量避免意外。」

「你不打獵嗎？」我問。

「天哪，當然不！」查特說：「爲了食物除外，但在這裡又不需要。我探險是爲了見識宇宙的奧妙！哎呀，用這種方式褻瀆那樣的荒野……不，探險家絕對不能當毀滅者，必須是保護者！話說回來，我扯遠了。我們應該繼續前進。看來那些海盜已經去別的地方打架了。」

於是我們又再度啓程，剛好在沙漠碎塊飄得太遠之前抵達邊緣、跳過去。M-Bot似乎原本想繼續尋找蘑菇，不過還是跟著我們離開了。

我一直在思考查特對於打獵和探險的看法——我以爲像他這種人會說出完全相反的話。他的觀點讓我感到解放。探險、旅行……他可以藉由這些事考驗自己的能力，不需要去戰鬥或殺戮。這是一種新的思考方式。對我而言，如果想要努力變強，就一定要摧毀敵人。或者至少羞辱曾經嘲笑過我的人。

可是我改變了。這是在星界上開始的：我遇到了很多很多人，他們算是我的敵人，卻也只是普通人。相較於消滅「克里爾人」，現在我更想找到能完美解決這一切的方式。有沒有什麼辦法可以停止這場戰爭，不必讓我們殺死他們，或是他們殺死我們？

查特讓我們走在沙丘之間的低凹處。我一邊走，一邊小心留意沙子。

「呃……」M-Bot飛到我面前。「思蘋瑟？雖然我必須捨棄一些資訊資料庫，但是我留下了星盟對於所有已知世界的動物群調查報告，結果顯示……我不想掃興……」

「沒有沙蟲？」我問。

「恐怕沒有。」

「可惡，」我說：「巨大的蠍子呢？俄里翁(注)在舊地球上殺了一隻，所以牠們一定是眞的。」

「在幾顆低重力行星上有類似節肢動物的生物，牠們可能符合妳的描述。哇嗚……如果被其中一種的毒針刺到，妳的舌頭上就會長出眞菌喔，還有妳的血液裡也是。基本上，妳會死。不過有蘑菇舌頭耶！」

「哇塞，」我說：「那種東西眞的存在？」

「思蘋瑟？」M-Bot說：「妳……在哭嗎？」

「沒有，當然沒有，」我邊說邊擦了擦眼睛。「我只是……很高興有那麼棒的東西存在，你懂嗎？跟故事裡的一樣。也許等這一切結束以後，我們可以造訪那個地方。說不定我可以找一隻剛出生的蠍子，訓練牠讓我騎乘？」

在前方咯咯笑著的查特帶領我們深入沙漠——我也開始興奮起來。下一個碎塊就是我們的目的地，而我終於有機會知道那隻星魔要讓我經歷什麼了。

我應該要感到精疲力盡才對。從某方面來看，我確實是如此。今天的行程很辛苦，可是感覺很棒；這種疲累對人有好處，也讓我覺得滿足。但不會肚子餓的感覺實在很奇怪。而且走了這麼多路，我竟然只感到有一點口渴而已。

不過……我正走在一座眞的會飛的沙漠上，還經過了沒有支流供應水源、卻永不枯竭的瀑布。我想，缺乏飢餓感並非是我在這裡經歷過最奇怪的事。前方出現一座我們必須越過的沙丘，於是我加快腳步趕上查特——沙丘很不好爬，但他教我擺出某個角度，同時提醒我別踩到他的足跡，才會比較穩。

「在雪地裡，」他解釋道：「要踩著前面的人留下的腳印，那樣可以節省精力。不過在沙丘的話，踩得穩才是關鍵。在妳前面的人會使沙子擾動，如果踩在前人的足跡上就會更難前進。」

到達頂端後，我找出了那個碎塊。「是那邊嗎？」我問：「綠色那一個？」

「沒錯。」查特說。

那裡有好多生物。至少有植物。就連這片沙漠上也有從沙地頑強冒出的灌木叢，不屈不撓地生長著。大部分的世界都是這樣嗎？植物在無人栽種的情況下也還是會生長？

「關於接下來會發生的事，」我問查特：「你緊張嗎？」

他思考了片刻，捋了捋鬍子。「我覺得……這似乎是必然的。我知道自己總有一天一定會去長者之路。在妳對我提起這件事之前，我覺得自己似乎是被吸引到妳身邊的。被拉到這條路上。」

「老實說，那聽起來……令人有點不安。」

「抱歉，這並非我的本意。」他望向遠方的光爆。「不過，我很擔心星魔對這個地方的操控。我一直不太敢相信我的意志是出於自己……」

「你對它們了解多少？」

「它們不是一種群體意識，」查特說：「人們誤解了這一點。所有星魔都是獨立的生命體——但它們卻又完全相同。它們活在一個永遠不會有任何變化的地方，那裡也沒有時間的存在。它們存在於一瞬間，存在於同一處，彼此之間沒有區別——而且只要不是跟它們一模一樣的東西，就會令它們害怕。」

「好吧……」我說：「你說的我大部分都聽不懂，查特。不過我會試著假裝聽得懂。」

注：Orion，古希臘神話中的人物，為海神波賽頓之子，死後化成了著名的星座「獵戶座」。

「謝謝。」他回答。「我只知道，我不懂爲什麼像妳這樣的個體可以超空間跳躍穿過虛無！時間跟空間是無關的，而妳進入虛無後，可以從任何地方出來。可是我很擔心。每當刺穿虛無跟實境的界限，就會對虛無造成一些破壞。就像妳無法走在雪地而不留下足跡。」

「你覺得……在這裡某個地方會有雪嗎？」我問。「有機會我可能想去看看。」

「有，但是很少。」他說：「告訴我，奈薛小姐。妳眞的一輩子都住在那顆貧瘠的行星上嗎？你們是如何生存的？」

我聳聳肩。「我們在地底下有藻桶跟人工光源，而且那裡有一些生物。老鼠住在洞穴裡，牠們吃眞菌跟水藻，而那些東西會把熱轉換成生質能源。雖然不多，但我們物盡其用。」

「聽起來你們眞是勇敢無比的一群人啊，」查特說：「能夠跟妳旅行眞是我的榮幸——不過我得坦承，我沒想到你們那種奇怪的地方竟然能建立起社會！」

「喔！」M-Bot飛到他身邊說：「那裡確實是個非常奇怪的地方，巧妙地融合了先進技術與落後無知。例如，他們可以在太空飛行，卻沒有自動給皂機。所以你可以說他們的文化有好有壞。」

「聽起來的確很有趣，可憎之物。」查特說：「來吧，奈薛小姐與同伴。我們應該加快速度——在離開這個碎塊之前，我想帶你們去看一個特別的地方，不過得快一點。要是因爲蹉跎時間，而錯過下個碎塊就不好啦！」

查特加快速度帶我們繼續前進。半個小時後，我們爬上另一座沙丘，從那裡可以更清楚看見目標碎塊。上面長滿了微微閃爍的草——看起來好柔軟，彷彿一件上等毛毯的毛料——詩情畫意的溪流從邊緣落下，彷彿點點陽光閃耀著。就像故事裡描寫的天堂，綠意盎然、生氣蓬勃——那裡甚至還有蝴蝶。

然而，我感到有點不太對勁。雖然查特帶我們及時趕到這裡，可是那個碎塊看起來還有好幾個小時才會接近。到了邊緣後，查特揮手示意我往右走。沙丘從此處開始逐漸變得稀疏，接著沒多久，我們就找到了他要讓我看的東西：一個坑洞。這裡的沙子已被吹散，露出了褐色岩石——下面被挖掉了一大塊，深度至少有三十公尺。壁面有階梯，有如一座倒金字塔，那些路以螺旋形的方式向下延伸。

「是一座採石場？」我推測道：「採掘上斜石？」

「正是。」查特說：「這裡很古老了，不過我認爲妳可能會想看看採石場的樣子。在更往內部的休爾要塞那裡，星盟還擁有更巨大的採石場，但其實大同小異。」

「眞可惜他們沒留下任何上斜石，」我邊說邊用目光搜索著。M-Bot從我旁邊呼嘯飛過，直接到最底部查看。「要不然我們或許可以自己打造出某種懸浮裝置。」

查特搖搖頭，露出微笑。

「怎麼了？」我說。

「他們留下了很多上斜石呢，奈薛小姐。」他比著手勢說：「妳以爲我們正站在什麼上面？」

「岩石啊。」我說。

「岩石，」他說：「會在空中飄浮的岩石？這些碎塊裡全都有上斜石啊。遺憾的是，必須要有提煉的技術與能源，才能製作出足以使用的量。所以，我想我們應該沒辦法打造出什麼裝置了。但是無妨的。」

我覺得很丟臉。碎塊當然是靠上斜石飄浮的。現在想想，這非常合理。我猜M-Bot機翼底下那些上斜石所發出的藍光，就是提煉之後產生的。

「好了，」查特說：「另外一個碎塊……」他望向它，然後皺起眉頭。「應該隨時都會接近。」

「根據我最佳的估算，」M-Bot說：「從它緩慢的移動速度判斷，我們這兩個碎塊至少還要過十小時才會接觸。」

「十小時？查特，這樣爲什麼你要催我們？」

「我……」他搔著頭。「你是說十小時嗎？」

「對，」M-Bot說：「不過我已經把我內建的精密計時器，調整爲思蘋瑟那些人所使用的時間，也就是以地球時間的一個鐘頭爲單位。我的舊飛艇使用相同的時間，所以你大概也是。」

查特坐到一顆石頭上。「我要道歉，奈薛小姐。我的時間感……已經不像以前那麼可靠了。」

我沒繼續追究下去，可是心裡很困惑。查特的時間感怎麼會這麼差？

「那麼，」查特說：「或許我們應該在這裡稍作休息，然後再進攻長者之路。最好在精力充沛、頭腦清醒的情況下解決任務！免得我們被任務解決，妳懂吧。」

我笑了。這有點像金曼琳會說的話，不過我同意先休息一下。雖然今天感覺很棒，但確實也很漫長。

在查特脫下外套捲成枕頭時，我拿出了現實圖騰，發現它今天產生了三顆細微的銀色沙子。我把一顆遞給他，仔細注意他看向小袋子時那種渴望模樣。跟他旅行一切都很有趣——除了那種表情以外。

我迅速收好小袋子。查特沒有馬上收起他的餘燼，而是讓它在手掌中閃閃發亮，凝視了一段時間。

「說到長者之路，」我必須找話題打破這種奇怪氣氛。「我們需要準備什麼嗎？」

「就我所知不需要。」他說：「我曾經到過那裡的第一站，但後來決定不進去洞穴。見到妳這麼興奮，說出這種事真令我慚愧啊。」

我望向像是花園的碎塊。對，就連輪早班的奈德在餐廳時的動作都比它快。它還要很久才會到。

「這感覺就像老故事裡的偉大冒險，所以我才會很興奮。」

「妳很重視那些故事。」

「奶奶常在我小時候跟我說那些故事，算是有點……內化了吧。」

「我很佩服，」查特說：「不過我要提醒妳別期望太高。人生並不一定都跟那些故事一樣。」

「我知道，」我仍然注視著那片美麗的原野。「但……故事會傳達一些觀念。跟我們有關，也跟我們的起源有關。故事會提醒我們擁有過去、擁有歷史。以及未來。」

在我成長的時期，奶奶的故事一直是我的防護罩。它們幫助我抵抗別人給我取的難聽外號，抵抗人們對我父親的看法，抵抗我擔心那些事都會成眞的恐懼——尤其是關於我的事。

故事會讓人感受到正義。一切都有其目的，每一個小安排都有意義。如果故事裡的英雄能夠在黑暗中繼續前進，那麼我也可以。

我可能有點太執著於那些故事了。但最近一切都變得很奇怪，所以我大概是在尋求某種安定感吧，或是某種指引……

「我明白，」查特說：「眞奇怪——這個地方偷走了我的身分，但我還是知道一些事。我知道捲餅是什麼，儘管在這裡從來就沒吃過；我可以列出人類最早殖民的世界名稱，還有記得……故事。我會取查特這個名字，有部分就是因爲老英雄查特．坎尼斯特（Chet Cannister）的故事。」

「喔，那些故事很棒，」我說：「不過我最喜歡老一點的故事。像奧德修斯那樣的英雄。」

「或是海克力斯(注)。」

「對啊，」我說，然後一手握拳打在另一隻手掌上。「或是撒旦。」

查特眨了眨眼睛。「什麼？」

「撒旦啊？」我說：「那位英雄？」

「那位……英雄。」

「對啊，」我說：「是奶奶告訴我的故事。撒旦被丟進一個充滿火的世界，但他就像這樣：『嘿，各

注：Hercules，希臘神話中半人半神的英雄，父親爲天神宙斯。

位。沒關係的，只要我們都在一起，我們可以讓這個地方變得跟天堂一樣棒。』後來他自願滲透敵人的世界，然後進入深淵踏上一場偉大的冒險。」

「呃，我之前提醒過妳，我的記憶不太好，」查特說：「可是那聽起來很像那首古詩《失樂園》（*Paradise Lost*）。我……覺得妳可能誤解了什麼。」

「什麼？不然你認爲那個故事裡的英雄是誰？」

「亞當和夏娃。」

「那些失敗者？他們就只會呆坐著什麼也不做！其他人都有火焰劍，也會參與激烈的戰鬥！」

查特笑了出來。「哎呀，那也是一種解讀的方式。而且我又懂什麼呢？我也只是因爲在身上的制服裡發現那枚徽章，才會知道自己的名字。」

我用外套捲成枕頭。這時，**M-Bot**飛到我身旁。「嗯……」它說。

「怎麼了？」我問。

「……關於《失樂園》，我想他可能才是對的。」

「再去讀一次，」我說：「你眞的以爲我會相信作者想要我們支持叫夏娃的傢伙，而不是住在萬魔殿（*Pandemonium*）的別西卜和摩洛(注)？」

有些事就是這麼明顯。我猜只有機器人看不出來吧。

「妳也要我跟上次一樣嗎？」機器人壓低聲音問我：「以防萬一？」

我點點頭，往後躺下，想著今天經歷的事。我不記得最近還有哪一天過得像今天如此愉快了。但這也讓我有罪惡感。尤根和其他人正在爲生存奮鬥，而我卻在調查沼澤跟扮演探險家？

我必須保持專注。明天就要開始踏上長者之路，希望最後可以找到一些答案。或者，至少也要知道問題是什麼。

第十一章

M-Bot在隔天「早上」叫醒我，我伸伸懶腰，發現花園碎塊已經飄浮到跟我們之間只有一步的距離。我對「晚上」的記憶只有普通的夢。本來還希望能夠找到尤根，至少向他回報情況，可是我實在太累了，所以沒法成功。

查特也被M-Bot輕輕碰醒，接著他建議我去附近找泉水。我喝了些水——接下來應該就不太需要再喝了——然後又洗了臉和手。雖然昨天花了那麼多氣力，但幸好身上還沒有那麼臭。

盥洗時，我看了M-Bot一眼，而它輕聲說：「他沒起來，一直睡到我叫醒你們爲止。」

我點點頭，然後到碎塊邊緣跟查特會合。「準備好了嗎？」我問他。

「出發！」他說。

我們跨了過去。我發現這是我第一次踩在草上，腳下的感覺好奇怪。有一種彈性，像走在枕頭上。

這個碎塊相對而言算滿小的。整片都是綠草與山丘，中間有一座湖，而在那附近的山坡上開了一個洞——像是礦場的出入口。

裡面的通道不大：一小段走道之後就是三個以土牆圍成的小房間。可是走著走著，我便產生一種怪異的熟悉感。可惡。我以前去過類似的地方。

我們在最大的房間後方發現傳送口。這跟之前在叢林的那個傳送口很像——閃亮的岩石表面，呈石

注：在史詩《失樂園》中，萬魔殿即地獄的首都，由墮落天使所建築，撒旦與其親信都住在此處。別西卜（Beelzebub）和摩洛（Moloch）皆爲墮落天使。

灰色，但上頭刻有紋樣線條。只是這次的紋樣有好幾百道，圖案非常精細複雜。

M-Bot飛上前，用無人機的燈光照亮那些記號。「嗯，」它說：「我保留了一個資料庫，記載了星盟發現的所有手寫文字。這種文字不在其中。」

我心不在焉地點點頭，用手指撫摸一道彎曲的線條。「這不是語言，不算是。但我想我知道這些線條的意思。」

「妳怎麼會知道？」M-Bot說：「妳剛剛才說這些記號不是語言啊！」

「的確不是。」

「可是它們有意義？」

「對。」

「那好吧，是什麼？」

我的手指移動到了線條的盡頭。「記憶。」

M-Bot飛到我身邊。「嗯。對，我覺得很古怪。我感受到了一種新的情緒，就像混合了憤怒跟挫折！太有趣了。」接著它就往上飛，然後直接向下撞我的頭。

「嘿！」我說。相較於疼痛，我更感到意外。

查特立刻咒罵一聲，想要抓住M-Bot，但我舉起一隻手阻止他。「M-Bot，」我說：「你怎麼了？」

「我的情緒告訴我應該那麼做，」它解釋道：「哇塞，我覺得好多了！奇怪，眞奇怪……」

「你不能這樣打人。」

「基本上妳不是隨時都在打尤根嗎？」

「那不一樣，」我說：「一開始我討厭他，後來我喜歡他。所以我有正當理由。」

「啊！」M-Bot說：「妳說那種話會讓我又想打妳了！可以請妳站著別動嗎，好讓我用夾臂甩妳巴掌？聽起來很有趣呢。」

「可憎之物，」查特說：「你應該——」

「沒關係的，查特，」我說：「它只是沒辦法處理好情緒。這對它來說很陌生。」

「從各方面來看，我想我做得很好。」M-Bot告訴查特：「我敢說你第一次有情緒的時候，一定是個便便弄髒衣服又牙牙學語的嬰兒。」它飛回來看著我。「妳告訴我這不是語言，卻又能立刻解讀，可以請妳說明一下嗎？」

「這些都是人們使用這個傳送口時留下的記憶，M-Bot。」我跪到地上，感受著刻進石頭裡的凹痕。「雖然古怪但又合理。超感者就像……能夠通訊與傳送的生物。超空間跳躍能夠取代飛艇，而心靈感應能夠取代無線電。所以，我相信會有某種可以儲存思想的方式，就像一本超感者之書，或是錄音錄影之類的。」

「沒錯，」查特也跪到我旁邊。「我也是這樣聽說的。長者之路是由一連串這樣的傳送口組成——就我所知總共有四個或五個。每個傳送口都是最早時期進入虛無的通道，刻劃了第一批超感者的經歷。」沒錯，我在狄崔特斯的通道裡見過這些圖案，也在一座大型太空站見過——環繞著狄崔特斯運行的造船廠。還有在星魔迷宮裡也見過，而我越來越確信，那就是死亡已久的星魔屍體。

「我們要怎麼做？」我問：「該怎麼開始？」

「不清楚，」查特說：「不過我想只要一進去，我們就會體驗到那些記憶。」他伸出一隻手放在記號上。「我……有一種感覺。」

「所以，」M-Bot說：「這些東西除了是記憶，也是次元之間的傳送口？」

「對。」我說，然後閉上雙眼。這個房間裡的界限感比平常薄弱。我的口袋開始變得越來越暖——是父親的胸針。

該測試一下了。實境，家鄉，那些地方就在這面牆的另一邊。我能夠打開通道嗎？我使出超感能力。我將雙手放在牆上……對，我能感覺到「實境」——我的現實——正在拉著我，想要把我吸過去。岩石彷彿變成液體，而我開始沉入其中。

奇怪的是，我又感覺到附近有某種存在，就跟之前在叢林使用能力時一樣。那個存在……我很想相信那就是父親。是它在指引我嗎？引導我獲得自由？

我被一聲砰響停住了。就像晚上踢掉靴子落在地面的聲音。我再試一次。

砰。

「妳有什麼感覺？」查特問我。

「傳送口的另一邊鎖住了，」我說：「就跟你之前說的一樣。」

「眞希望我錯了。」他說：「眞希望妳的超空間跳躍能力能讓妳使用這些傳送口通往實境。唉！幸好，那並不是我們在這裡的主要目標。一定有某種方法可以看到留給我們的記憶。妳可以……傾聽那塊岩石嗎？竊聽它，就像妳說妳對星魔做的那樣？」

我閉上眼睛嘗試傾聽。展開思緒。對，這裡確實有東西。但我要怎麼進入？我請求這塊岩石，懇求它，希望它能爲我開啓。結果沒用。我嘆了口氣，然後張開眼睛。

結果周圍的洞穴開始產生變化。

我依舊認得出整個空間的隱約輪廓，可是看起來很縹渺、沒有實體。彷彿整個世界正慢慢消失，有另一個新的世界突然出現取而代之。在這個新世界裡，我覺得自己有如飄浮於黑暗中。

我頓時失去重心，試圖找回方向感。

「哦！」M-Bot說：「思蘋瑟？妳好像發生了引擎控制的問題。這該不會跟我剛才敲妳的頭有關吧？喔可惡，我直接違反了程式指令傷害——」

「我沒事，」我說：「我看見東西了。」

「哎呀，妳好像一直都會看見東西。嚴格來說，妳連閉上眼睛的時候也會。不過也可能是因爲——」

「噓。」我制止M-Bot，然後轉過身。查特還跪在我旁邊，困惑地環視四周。

「你看見了我看見的嗎？」我問。「我們在黑暗中飄浮，就像在光爆裡那樣。」

「確實，」查特說：「不過……妳看看這裡。在我旁邊。」

我搖搖晃晃地跪下。我感覺得到地面，也觸摸得到。可是地面顯得很黯淡，我幾乎快看不見。在我們膝蓋附近有個如針孔般小的白點。這是幻象的一部分。「是光爆嗎？」

查特搖搖頭，顯得很困惑。然而，這時出現了變化。某種物質開始在周圍生長，遮住了小光點。它像是一顆微小的小行星，然後又變得平坦，接著……

「是碎塊，」我看著那些石頭生長。「我們正在目睹碎塊的誕生。」

「對……」查特說：「我想妳說得對。我們看到的，可能是它數百年來的生長方式，這就像……」

「像物質滲透進來，」我說：「這就對了，查特！次元之間一個脆弱的小點。實境滲透進來後形成碎塊，就像洞穴裡經過長時間形成的鐘乳石。」

而這已經發生了好幾百年，就跟查特剛才說的一樣。這些資訊出現在我的腦中，因爲……因爲有人刻意留下來要讓我知道。這些都是古代超感者的思緒。

「沒錯！」查特說：「我想妳辦到了，奈薛小姐！這就是過去。長者之路，古代超感者的祕密。」

可惡，他這樣說聽起來感覺眞棒。我們看著碎塊擴展成一塊大約二十公尺寬的石頭。

「妳看，」查特指著我後方說：「之前有那個東西嗎？」

我轉過身，沒看見其他碎塊，倒發現遠方有個白點。那就是光爆，但它似乎是碎塊生長時出現的。

「好小，」我說：「而且周圍沒有其他碎塊。這一定是相當遙遠的過去。」

我能感受這個地方在當時的樣態。一種寂靜安穩的感覺。沒有任何危險，沒有憤怒。沒有……沒有星魔。也許星魔當時還不存在，或者是在其他地方。

「我們怎麼有辦法看見這些？」我問。「你說這條路是進入虛無之人的記憶，可是照理來說，應該沒人能看到這個部分啊。」

「這裡的時間很奇怪，」查特仍然跪在地上。「我猜超感者還是透過了某種方式得知。妳看到這個了嗎？有什麼想法？」

地上出現了一條線——是幻覺。這條線跟其他碎塊不一樣，它比較光亮，顏色也不同。我們看著它逐漸變成一面牆，雖然只有幾個手掌高，但上面出現了微小的圖案，像個小漩渦。它似乎是自然發生的，就像某種侵蝕作用。

沒錯，就是這個。一種跨次元的侵蝕，只會出現於……

有個形體出現了。是一位藍皮膚的狄翁人。

我感覺到幻象突然變慢，不再像剛才只用幾秒鐘就看完了數十年的光景；這是現實的時間。狄翁人跌倒了。

「前工業時代的衣著。」查特指著粗糙縫製的皮毛推測。

狄翁人喘著氣，迅速轉身，顯得非常困惑，然後露出牙齒笑了。等等，不對。那不是笑容。對狄翁人而言這表示攻擊性，或者也可能是出於恐懼。

狄翁人看不到我們，但是對方看穿我時的那種感覺真怪異。接著狄翁人跪到地上，開始扒挖那面小牆，也就是傳送口。

後來……時間似乎又加速了。可憐的狄翁人變成模糊的形體，不斷試著尋找離開碎塊的方法。狄翁人變老，然後死去。屍體變成了塵土，只留下骸骨。整個過程就這樣在短短幾秒鐘內發生。

「那個可憐的生物，」查特說：「在這種地方孤獨死去。」

我跪在狄翁人的骸骨旁。碎塊變得更大了，但幅度很小。「物質會從實境滲進這裡。你之前這麼推測過，查特。」

「的確！或許環帶是因爲界限變衰弱才形成的。」

我掃視黑暗，似乎看見遠處又有另一個碎塊正在形成。至於光爆……它又稍微變大了。「所以，碎塊會在兩個次元的脆弱處周圍產生，光爆則因此更加鞏固——它變成虛無裡未被破壞的區域。有點像……算是隔離區中的安全屋？」

「對，」查特說：「沒錯，感覺就是那樣。」

不只如此。還有其他的。「如果實境會滲透到這裡，」我說：「那麼虛無是不是也會滲進我們的次元？那會是以什麼形式？」

答案接著就出現在我們眼前。幻象中出現了其他狄翁人，他們透過傳送口來到這裡，每個人都在牆面留下了一道細小的痕跡——更多物質，而且每個人都會造成一道漩渦。這些人學會如何跳躍進來和跳躍出去，後來便再也沒有狄翁人死於這裡。

「超感者，」查特輕聲說：「就是這樣產生的。虛無滲進了我們的次元，然後……改變了住在裂口附近的人。也就是我們。」

「就像……跨次元輻射，」我說：「會將虛無注入到人們身上？」

我突然有種不眞實的分離感——不遠處有另一個碎塊正在迅速生長。後來上面出現了其他人，不過是其他物種。瓦維克斯人，也就是克里爾人，但他們沒長出外骨骼，模樣是小螃蟹，而且……

我感覺到兩物種之間的聯繫，他們甚至沒接近彼此就透過心靈對話了。這是最早互相接觸的兩個物種——至少在虛無是如此——而他們雙方當時都還沒有太空旅行的技術。

我試著傾聽他們，集中精神。就像瞇起眼睛，只不過是用我的大腦。超感者的比喻方式很奇怪，但感覺就是那樣。我很努力理解，接著記憶中出現了某個聲音鼓勵我。

再一點，它說。展現妳的天賦。傾聽……

我將自己跟它連結起來，接著大腦就開始解讀。其中有言語和非言語的資訊。

在狄崔特斯跟無人機戰鬥時，我曾下意識解讀了敵人的指示。這次也一樣。我的大腦，或是靈魂，總之我能夠明白這一切。而我突然想到了一件事。

啊……我心想。所以你們就是這麼做的。

我藉由思緒聽其他人說話時，會假裝自己是別的東西。我能僞裝成訊息的接收者。這讓我難以捉摸，不會被發現——就像間諜。

很好，那些記憶說。接著我腦中隱約出現了一種印象。是某個地方。到這裡，那個幻象輕聲說著。我看到了一個碎塊，上面有些遺跡。接著幻象就消失了。

我無力地癱坐在地，背靠著傳送口的牆面。

「眞的是因爲我打了妳的頭！」M-Bot飛下來到我旁邊說：「眞對不起！」

「不是那樣的，M-Bot，」我說：「我保證。」

「哦，感謝圖靈（注）！」

「誰？」

「其中一位電腦之父啊，」它回答：「現在感覺很適合這麼說。」

「你沒傷害她，可憎之物，」查特說：「我也看到了幻象。」

「你有感受到最後那個部分嗎？」我問。「好像有聲音……在幫忙指引我……」

「我沒感覺到，」查特表示：「但有看到最早的碎塊、最早的傳送口，還有最早的超感者……然後是關於下個地方的線索？」

「對，我也看見了。」我說：「另一個有遺跡的碎塊。」

「是的，」查特說：「恐怕那個碎塊位於舷砲派的地盤深處。不過……我知道我們必須前往那裡。我覺得這一切……太令人不可置信。」

我覺得很興奮。

對，興奮。自從發現自己的能力後——我的同胞稱之為「缺陷」——我就一直很擔心這是某種邪惡的東西。我以為自己也許是某種可怕的東西；是個還在發展初期的星魔，或是某種怪物。

但我不是。超感能力只是一種突變。沒錯，這是我祖先暴露在滲進實境的虛無之下，所產生的變異。但是我的體內並沒有可怕的東西。我就只是……我自己。

聖徒啊。知道此事對我非常重要。雖然只是個簡單的眞相，不過這改變了一切。我知道自己是什麼，知道自己是如何形成的了！難怪我們的人會展現出那種能力——狄崔特斯就有一個傳送口，而這或許協助啓發了潛伏在我們血脈中的天賦。

這就是古代超感者留下來的一部分資訊，是他們想要讓我知道的事。妳不是怪物，那些留下的記憶在原處徘徊著。妳是我們的一份子。妳很棒。妳很正常。妳會得到關愛。

接著，有股輕微的力量幫助我進一步發揮天賦。一種推力，接著是某種理解共感。我有種感覺，若自己擁有的是不同天賦，就會被推往不同方向，進而發展另一方面的能力。

我看了查特一眼，他笑得很開心。

「我覺得被排擠了，」M-Bot說：「你們兩個都在經歷跟我不同的情緒，這……令我非常困惑。我該

注：Turing，英國電腦科學家、密碼分析學家，被譽為「電腦科學與人工智慧之父」。

怎麼處理這所有的情緒？它們該用在哪裡？用途是什麼？」

「我想這些情緒沒有什麼特別的用途。」我說。

「當然有。不然它們就不會在你們身上演化，然後被寫入我的程式裡。不過……我想在進化上有些事是中性的，此外所謂的『用途』背後或許又牽涉了太多意志。除非妳相信神，而我並不確定我相信。我的意思是，我確實是由某個人創造的。嗯哼……」

我深呼吸了幾次，試圖理解剛才見到的一切。「查特，」我說：「你有看到附近碎塊上的那些瓦維克斯人嗎？」

「確實有看到，而且很古怪，那兩個碎塊其實滿接近的。狄翁人與瓦維克斯人。」

「這個嘛，」M-Bot插嘴：「我不知道你們到底看到了什麼，不過根據歷史記載，那兩個種族在使用飛艇前，就已經藉由超感能力在各個世界之間移動了。」

「對，」我說：「人類和基森人也是，說不定還有其他物種也是這樣。我一直都沒想到這當中的漏洞。超感者通常都需要方向和指引才能超空間跳躍——至少要去非常遠的地方是如此。但是這說明了一切；他們是先在虛無會合，然後再超空間跳躍到各個世界。」

「可憎之物，」查特說：「你有沒有星魔最早出現在實境的紀錄？」

「關於星魔最早的紀錄，出現於第一次人類大戰開始後。」M-Bot說：「當時，一個叫電訊公司（Phone Company）的人類組織把超感驅動裝置交給了地球人，後來人類就散布到銀河系各處。戰爭開打，後來快要結束時就出現了第一批星魔。在那之前沒有任何關於星魔的報告，連那些眼睛也沒有。」

我看著查特。他也感覺到了——在剛才那些幻象的時代，星魔並不存在。所以它們是怎麼出現的？星魔是什麼？

我的沉思突然被打斷；我們所處的碎塊正猛然搖晃，接著就是一陣強烈的撞擊。

第十二章

我立刻抓起了稍早前臨時製作的棍棒，它被放置在洞穴前方。在經過時，我跌跌撞撞走到外面的肥沃土地上。查特重心不穩地走來，緊抓住洞穴口的木柱。

原來是另一個碎塊撞上了我們。它看起來比我們所處的碎塊還小，但是比較厚，密度也較大。就像一艘以岩石建造成的戰艦。

「你怎麼會沒注意到？」我問查特，同時指著綠色原野的邊緣，兩個碎塊在那裡撞成了一團。

「我真的不知道！」他說：「以前從來沒遇過這種事！」

地面又震動起來，「戰艦」碎塊繼續擠向我們，泥土隨之翻攪，石頭也嘎吱作響。我們的碎塊被它推動，就像老船被拖船推著——一艘非常凶猛，將推近器全開的拖船。

這一連串混亂使我跪倒在地。可惡，整個碎塊都在劇烈搖晃。如果是在狄崔特斯，我一定會以為我們被上千顆流星同時擊中了。

查特抓住我的手臂扶我站起來。

「我們要怎麼離開？」我在岩石撞擊的巨響之中大喊。

「我不知道！」他大喊著回答：「附近沒有任何碎塊！」

我勉強維持重心，然後指著「戰艦」碎塊。「還有一個地方可以去！」

「它現在可是想要解決我們，」查特大聲說：「我不知道這麼做好不好！」

「我也非常生氣！」M-Bot從我後方大喊：「我覺得你們應該要知道這件事，畢竟我們好像都在說出心裡的話！」

「我們有什麼選擇？」我對M-Bot大喊。「生氣嗎？我一直很喜歡毫不保留的狂怒，但是憤慨也有一種不受拘束的特色，妳不覺得嗎？」

「M-Bot！」

「抱歉！」它大聲回答：「我的資料庫說，地震期間應該做的事包括到外面去——這點我們顯然得了很高分，畢竟我們正在自己的宇宙外面——或者是到某個不會被東西砸到的地方。這似乎有用。我們太棒了。喔！而且我再也不氣了。哇塞。情緒總是這麼來得快去得快嗎？」

好吧，既然我們撐過了一開始的撞擊，也許現在碰撞的力道會減緩下來。我的目光越過草地上方。地面還在繼續搖晃，而我感到還有某件事不太對勁，但又說不上來。那是……

「水！」我指著說：「那座湖乾了，水都到哪裡去了？」

「一定是從底部流掉了！」查特說：「碎塊並非全都由上斜石組成的——有些佔的比例多，有些則比較少。我推測過這會影響碎塊的移動速度。」

「所以撞上我們的那個碎塊密度比較高？」我說：「如果你沒察覺到，一定是因爲它來得太快。」

「一點也沒錯！」查特說：「我們這個碎塊看起來大部分都是土壤，想必湖的底部已經鬆垮掉了。」

這讓我很不安。這些碎塊的事就已經夠讓我煩惱了。我覺得自己好像永遠站不穩似的，而當掃視眼前的碎塊時，恐懼也油然而生。

前方的土壤出現了裂隙。形狀如閃電般越來越寬的裂縫，在曾經平靜的草原上迅速移動。這些線條內的土壤和草都一一下沉消失。

「這裡正在崩解……」我說。儘管地面猛烈震動，我還是試圖勉強站穩。

「該死！」查特說。我們前方有一整片草地塌墜，留下一座大坑洞。「我建議盡快執行妳先前的計畫，必須移動到那個比較堅固的碎塊上！」

於是我們立刻拔腿狂奔，離開傳送口外的通道。隨即，後方傳來那裡崩塌的巨響。原本柔軟有彈性的地面現在變得危機四伏。

「M-Bot，」我大聲說：「把光繩繫在我背上。如果我跳起來或掉下去，你就用盡全力向上拉。」

「我的力量沒辦法撐住妳！」

「我知道！」

它繫好之後，我開始試著維持慢跑的速度，可是震動一直讓我失去重心。查特的情況也沒好到哪裡去；在我前方突然有一陣格外劇烈的震動，害他摔得四腳朝天，接著我們之間出現了一條裂縫。

他驚恐地望向我。

我奮力一跳。

M-Bot照我吩咐過的向上飛，拉緊了光繩。雖然它無法完全拉起我，但它的力量足以幫助我跳得更高。我曾在低重力狀態下接受訓練，而現在的情況也差不多，所以我知道如何施力。我越過了變寬的裂口，在查特身邊落地。

「了不起！」他在拉著我的手站起來時說。我們不浪費時間，緊接著一起衝向造成這一切的碎塊。但是查特突然抓住我的手臂用力往回拉，讓我停下步伐——正前方也出現了一個大洞，泥土如液化般傾盆落下。

可惡。我用感謝的眼神望向查特，而他指著側面。我們倉促前往那個方向，繞過大洞，抵達了碎塊的另一端。

這裡的地面隆起，土壤推擠出一道巨大的深溝。「弄掉我身上的光繩，綁在上面某個地方！」我對M-Bot大喊。

它迅速飛到頂部繫好紅橘色的光繩，然後將剩下的部分拉回來。我看了查特一眼，而他點點頭，抓住光繩。「這就像爬到里格比山（Mount Rigby）(注)的山頂！」他說：「碎塊的最高點！」他看著隆起的土壤。「只是可能稍微濕軟了點！」

「別再像個英勇冒險家那樣說話了！」我大喊：「趕快爬！」

這時後方又有一大塊地面剝落塌陷，彷彿在強調我剛才說的話。

「了解！」查特說，然後開始爬上由震動的土壤形成的高大深溝。他的腳陷進去，顯然相當費力。幸好，還有石塊可以當成踏腳處，他一一找出那些地方，展現出高超的攀爬技能。

我跟著他上去，這時較輕的體型成了優勢。小時候我會想像自己長得跟亞馬遜女戰士一樣高，成爲一位勇猛的劍客——後來我就不再長高了。於是我想像自己很小，小到讓巨人看不起，這樣我就能跳到他們背上，用刀戳進他們的耳朵。

雖然沒什麼巨人可殺，但今天我充分利用了自己的體型優勢，靈活地爬上了土堆，幾乎不需要光繩的輔助。接著我幫忙把陷進土裡的查特拉出來——周圍的泥土都在滑動，要這麼做實在很困難。不過到最後，我們還是一起成功爬到了頂端。

M-Bot從下方飛上來。又累又髒的我們，跌跌撞撞成功登上了新碎塊的一處制高點。這裡看起來像被轟炸過，一片灰白，遍布著裂痕——但是很穩固。

我們剛離開的碎塊如今簡直是一團糟。從攪動的泥土中偶爾可以看見小塊草地——就像墜機身亡的飛行員臉上還沒被燒焦的皮膚。不過隨著腳下的碎塊向前推，那些景象也迅速消失了。泥土大片大片地剝落，一塊塊上斜石也往旁邊飄開。

幾分鐘內，整個碎塊不復存在，只剩下一些泥塊卡在我們站立的邊緣上。

「若非親眼目睹，我絕對不會相信……」查特輕聲說：「奈薛小姐，我從來沒見過這種事。」

「碎塊不常碰撞嗎？」我問。

「偶爾才會高速撞在一起，」他說：「但我經歷過最可怕的情況，也只是搖晃一下而已。」他一手扶著頭。「這就像……虛無想要殺死我們。」

好極了。跳進一個由憎恨我的生物所控制的次元，也許不算是我做過最聰明的事吧。不過話說回來，我眞的必須看見傳送口的那些幻象才行，所以……好吧。為了這個一切我都能將就。

「剛剛那個傳送口眞可惜，」我說：「那些記憶，就這樣消失了……」

「所有的記憶最終都會消失，」查特說：「我同意這是一場災難——可是我寧願坦然面對。」他拍拍褲子上的灰塵，抖掉外套上的一些泥土，然後對我微笑。「這麼想好了。我們又活下來了，而且也開始踏上了長者之路。我認為這是一場偉大的勝利！」

「不過得更深入海盜的領土才能到達下一個地點。」

「當然，」他指著說：「那個方向。」目前我們這個碎塊飄浮的方向跟那裡垂直，所以我想這還不算太糟。「然而，如果要以步行的方式抵達那些遺跡，就得跨越數十個碎塊。」

「所以……」我說：「該是重新計劃竊取飛艇的時候了？」

他露出微笑，轉身指著稍微不同的方向。「舷砲派的總部差不多要走兩天。奈薛小姐，我需要一點時間使用我的能力找出前進的路線。我們可能無法直接過去，這取決於碎塊交會的時機。」

「那讓我們希望，」我說：「不會再遇到這麼猛烈的撞擊了。」

注：南極洲的山峰，由美國探險隊發現並繪入地圖中。

第十三章

在查特去探尋路線的期間，M-Bot 跟我也稍微偵察了一下。這個碎塊是我遇過最正常的。沒有奇怪的草，沒有高大的樹木。連泥土都沒有，只有堅實的岩石。這種岩石比狄崖特斯上的顏色更深，還有像被火爐燒烤後的裂縫，不過那種在腳下的刮擦感讓我想起了家鄉。

我們找到一棟小木屋，可是裡面早已被搜刮得一乾二淨。在屋內時，M-Bot 叫了我。我往外看去，發現有三架星式戰機從天空中高速飛過。

「我想他們是來查看被摧毀的碎塊。」M-Bot 懸浮在我身邊說。

這很合理。我和 M-Bot 保持隱匿，但我很怕他們會抓到查特。而且，我突然想到剛剛在混亂當中，把碎顱者留在那個爆炸的碎塊上了。沒想到我會對此感到如此失落。雖然那把武器不怎麼厲害，但那是查特幫我製作的，所以很特別。

星式戰機在空中不斷迂迴行進，遠離我們的碎塊後迅速做了幾個動作，而我也藉此大致看出了對方的程度。就像……你從別人的暖身動作就能看出他們的運動細胞如何。那些飛行員似乎不錯，但技術還不到頂尖。

如果我能弄到一艘飛艇，要在短時間內甩開他們應該不難。可是要怎麼通過海盜的地盤？要是海盜緊跟在後，我們就無法降落、去調查長者之路的下個傳送口了。

那些飛艇離開視線後，我便趕緊去找查特——結果卻發現他消失了，只看見碎塊發生撞擊處邊緣附近堆著很多泥土。

那堆泥土開始攪動，接著查特冒了出來。原來他剛才就是這樣躲藏的。他拍掉外套上的泥土，口中也吐掉了一些，然後咧開嘴對我笑。「雖然不算我最厲害的逃脫手法，但總比被抓去當清潔工好！」

「規劃得如何了？」我問他。

「可以的話請再給我一點時間。」

我漫步離開——走了大約二十公尺——然後爬上碎塊邊緣附近一群自然成形的岩石。我滿懷自信站在那裡，望向遠方，欣賞著附近各個碎塊景色，其中一個碎塊上有水流湧入虛空。

我雙手扠腰，深吸一口氣，不由自主笑了起來。可惡，我超愛這一切。昨天跟查特一起旅行時那種歡欣愉悅感更加膨脹了。現在我親自體驗了我想要的冒險。

探索陌生的地帶？被迫發揮自己的身體極限？奔跑、攀爬、跳躍，還有被怪物追逐？感覺真像是掉進了奶奶的其中一個故事裡。這才是我的歸屬。這樣才對。我的生死應該取決於能不能從正在崩解的碎塊上逃脫，而不是能不能在星界扮演好一個外星人的角色。

我坐在岩石上。我的朋友確實有麻煩，我也真的很想念他們。真希望能夠跟他們一起這樣冒險。

M-Bot飛過來，我對它露出微笑。至少我有一個朋友在這裡。我伸出一隻手抱住它的機身，然後指向外面的那些碎塊。「你看到了什麼？」我問它。

「一塊塊的物質。」

「我看到了冒險，」我說：「看到了神祕的事物和驚人的美景。你看那些水落下時閃爍的光芒，是不是很漂亮？」

「有一點，」它坦承：「就像……一閃一閃的小東西。」

「這就是情感的用途，」我說：「一部分啦。不是它們唯一的用途，卻很重要。你明白嗎？」

「不明白，」它說：「不過我快要懂了，也許吧。我猜……要是我在發現蘑菇時沒感受到什麼，就不會知道蘑菇有多棒了吧。對嗎？」

我露出微笑。「很高興能跟你一起在這裡，M-Bot。我知道你不太願意進入虛無，可是謝謝你當我的朋友，謝謝你跟我在一起。」

它搖晃機身表示點頭。「不過思蘋瑟，我……還是會難過。」

「為什麼？」我問。

「我花了很多年時間想像史貝爾指揮官是什麼樣子。現在我們見到他了，結果……結果他卻叫我可憎之物。」

「他會改變的，」我說：「他跟你在一起越久，就會越來越明白自己錯了。但就算他不明白，那又怎樣？現在我是你的駕駛員啊，而我覺得你很棒。」

「謝謝……」

「什麼？」

「我說謝謝。我想那不需要再多加描述了吧。」

「對，可是你欲言又止，」我說：「你還是在煩心某件事。」

「妳看得出來？怎麼會？」

「直覺。」

「我沒有那種東西，」M-Bot說：「所以我想妳比較懂。不過……如果妳真的想知道，其實更令我困擾的，是我還在氣妳。」

「因為我在離開星界的時候丟下你嗎？」我問。

「對。」

「我以為你已經原諒我了。」

「我也以為，可是我會一直想起。這樣……正常嗎？」

「對人類而言很正常。有時人們會太容易忘掉應該記得的事——卻又太容易記得應該忘掉的事。」

「對我而言更是如此。」它說：「因爲我眞的無法忘掉事情，除非它們被刪除，或者至少在我的程式碼中註解排除。」

我往後傾，雙手撐地坐著，思考它說的話。可惡，它一路走來放棄了很多東西——包括它那艘超棒的飛艇機身。而現在，它還要處理這些情緒……

「我很抱歉，」我說：「讓你在星界碰上那些事，M-Bot。眞的很抱歉。留下你讓我很傷心。」

「但妳還是會再做出同樣的決定，對不對？」

「對。」我說：「雖然傷害你會讓我很痛苦，但如果再遇到相同的情況……對，我還是會去救狄崔特斯的人。」

「這很合乎邏輯，」它說：「可是我不覺得。我該怎麼做才能擺脫這些感受？我不想生氣。我會生氣這件事眞的很蠢，這一點也不合理。」

「其實這合理極了，」我說：「你沒有很多朋友——基本上就只有小羅跟我。我離開的時候，你等於是被所有認識和關愛你的人遺棄了。這種事沒辦法輕易看開的。」

「哇塞，」M-Bot 說：「妳眞的很懂情緒呢，思蘋瑟。尤其是愚蠢的那一些。」

「我會把這當成是讚美。」

「所以我要怎麼做？」

「撐過去，」我說：「讓自己越來越好。學會接受你的感受有時並非毫無根據，但這也不表示你得依照那些感受行事。」

「所以我一方面應該有感受，但另一方面又要忽視那些感受。感受要我往東，我就得往西。爲什麼？」

我聳聳肩。「人生就是這樣。不過有時說出來會感覺好一點。」

「哈。對，我想我眞的感覺好一點了。奇怪，爲什麼會這樣？現實什麼都沒改變啊。」

「因爲我是你的朋友，M-Bot。朋友就會這樣，分享彼此的感受。」

「朋友也會丟下對方等死嗎？」它說，然後飛低了些。「抱歉。不小心脫口而出了，我會注意的。」

「沒關係，」我邊說邊站起來。「我再說一次，你會生氣沒有關係，M-Bot。可是你必須學習處理這種情緒。我們是士兵，我們還有比自己更重要的任務在身。因此，當你的朋友，並不表示某天我不會再丟下你。」

「那當朋友有什麼意義？」

「意義在於，」我說：「如果那種事眞的發生了，等危機一過，我就會立刻竭盡所能回來找你。你也會這樣對我的，是吧，夥伴？」

「是，」它說，然後飛得更高了些。「沒錯，因爲我現在可以自由行動了。」它轉動機身望向查特。「至於他的事，也許妳說得對。也許他怎麼想不重要。雖然很難有這種感覺，但我可以說得出來，這就像另一種形式的謊言。不是完全虛假的謊言。」

「總有一天我們會讓你變成人的。」

「拜託不要，」它說：「根據我讀過的資料，我眞的不想要身上有臭味。」

我笑了，然後打算回去找查特。不過隨著我們飄浮接近那個瀑布碎塊，我卻猶豫了。我們並不會碰撞——事實上，現在所處的這個碎塊似乎放慢回到了正常速度。安詳而平靜，彷彿剛才可怕的撞擊從未發生。

但是有個東西站在另一個碎塊的邊緣，就在瀑布附近。由於距離太遠，我看不太清楚，但那東西似乎有……

發亮的白色眼睛。

我感覺到一股思緒侵入腦中。

妳……對那個我們……

做了什麼？

我往後退了幾步。星魔找到我了。雖然查特說過我們在環帶可以隱藏蹤跡，但是……我在長者之路使用能力看到那些幻象時，可能引起了它們的注意。

我決定不被嚇倒，於是也展開自己的思緒。結果我發現了……力量？我在虛無這個地方成長了。我能夠推開遠處那隻星魔投射而來的憤怒，還得知了它沒打算傳送出來的信息。星魔確實感應到我在長者之路做的事，也派出戰艦碎塊來摧毀我所處的碎塊。

它們耗費了很多精力，而它們並不常這麼做。這其實是一種實驗，因為星魔覺得它們必須深入環帶找出我、並阻止我。那些眼睛發亮的東西也一樣。是一種實驗。失去許多記憶的孤立個體很容易受到星魔操控，不過它們嘗試操弄的對象，僅限於非超感者。

聖徒啊……即使只是在長者之路踏出一步，也讓我現在更能掌控自己了。那場經歷開啓了我腦中的某個部分，讓我知道如何在使用超感能力竊聽時隱藏自己、不被發現。

那隻星魔仍然不知道我已從它身上取得了多少資訊。我很得意，不過，接著便感受到它試圖攻擊我的大腦。那是一種寒冷與壓迫的感覺；彷彿被丟進一座結冰的湖泊，寒氣如水般滲透進我的皮膚，直達心臟。

還有那些聲音……

妳……對我們……對我們……做了什麼……

這次又提到了「我們」，也就是指我之前改變了那隻星魔一事。其他星魔很生氣，對我感到憤怒。

因爲我聯繫了那隻星魔，說服它不攻擊星界。它們認爲我這麼做讓它永遠受到了腐化，這等於是毀滅了它們的同類。

我覺得很不高興。那隻友善的星魔跟我相處得很好；我還以爲自己做的事能夠改變一切。但要是其他星魔拒絕跟我溝通……我全身發顫，而我們的碎塊也漸漸飄離了瀑布碎塊。

這時查特站到我身邊，把我從思緒中拉回。「我猜妳也感覺到了？」

「星魔附身在那裡的某個人身上。」我說。

查特點了點頭。「我們在長者之路做的事引起了它們注意，」他說：「我沒想到它們竟然會以個體型態冒險進入環帶，不過顯然情況就是如此。接下來必須更小心了。」

「同意。」我深吸一口氣。「你規劃好路線了嗎？」

「已經好了，奈薛小姐。」他說話時眼神發亮。「告訴我，妳對航行有什麼看法呢？」

第十四章

查特帶我回到我之前發現的那棟小木屋，他說我們得找些補給品。我試著解釋那裡已經被搜刮一空了，但當我們一抵達，他就直接把門給拆了。

我們各搬了一扇門到碎塊邊緣，在那裡等了一小時，然後再跳到下一個碎塊。新碎塊是個熱帶區，到處都是高聳的樹，樹幹光禿禿的，只有最頂端長有葉子。我們慢慢行進，邊走邊蒐集一些人頭般大小的奇怪堅果。這些不是椰子——我在了解舊地球的課程中學過——但是看起來很像。

晚上我們挖空這些堅果：撬開頂部，用手拔掉細長如纖維般的果肉。接著再把堅果內部的薄膜拉緊蓋住洞口，然後放著風乾。

那晚，我又無法聯繫上尤根。可是隔天早上醒來時，對一天的行程充滿了期待與興奮——因爲在我們睡覺時，下個碎塊已經接近了。

是一片大海。

這是我在這裡見過最怪異的事了。碎塊的側面和底部都是石頭，大概只有一公尺厚，而裡面全部都是水；基本上，整個碎塊就像個大碗。它往遠方延伸了好幾公里，幾乎比我們之前到過的碎塊都還要大。

昨天的果肉乾掉後，質地變得像是繩子，而查特教我如何利用這些東西將門繫在一起，再把已經挖空的堅果綁到門上。堅果內充滿了空氣，而且不透水。我們在海上有了一艘能夠正常使用的木筏。

這太棒了。

就連M-Bot也很佩服。它在我們旁邊飛來飛去，用了「結構完整性」和「驚人的浮力」等描述來讚美這艘木筏。我們把船命名爲鸚鵡螺號（*Not-ilus*），而我驕傲地站在船首——呃，我把前面平坦的那一端稱爲船首。查特輕笑著，一邊將彎曲的蘆葦稈和剩餘的果肉編成船槳。

雖然行進速度很慢，但我還是覺得自己像某個古代的玻里尼西亞英雄，第一次在大海上出航。而且還有更棒的事。這裡有海怪。

一看見牠們彎曲的身形在水中游動，我立刻跪在木筏上，開始擔心起來。但是也很興奮。你知道的。有海怪啊。

我望向查特，他一邊輕吹著口哨一邊將果肉編成更紮實的繩子。沒人會不小心厚臉皮裝出一副毫不在乎的樣子；不論那些海怪是什麼東西，他並不擔心。

「喔！」M-Bot說，然後從我身邊飛過。「看哪！啊！嗯，轉向！向後轉！反轉船舵之類的！我們要被吃掉啦！」

查特冷靜地把繩子丟給我，他已經把其中一端打成了一個圓環，接著遞來一顆從某個地方採集的紅色小果實。

「讓果實漂在我們四周，」他說：「以它爲中心把繩圈放到水上，然後準備拉。」

我照著他說的做，興奮得快克制不住自己。我站起來準備好，接著一個藍色的蛇頭出現咬住果實。我用力一拉，讓繩圈套住那個東西的脖子，而牠張開嘴巴……

……打了個哈欠？

呃，牠確實是一隻海怪，只是幾乎沒注意到自己被我捉住了。牠邊咀嚼著果實邊讓另一圈身體從水底深處浮出。牠看起來像一條蛇，差不多跟一個成年男人的大腿一樣粗厚，但是極長的身體旁長著小小的鰭足。牠開心地咬著果實，然後用懇求的眼神往上看著我，頭還在水裡擺動。

「你，」我告訴牠：「就叫尖牙屠殺者（Gnash the Slaughterer）吧。」

牠發出氣泡聲，接著急切地轉頭朝向查特丟進海中的另一顆果實。牠開始移動，拖著我們前進，嚇得我大叫一聲並緊抓住繩子。

「思蘋瑟，」M-Bot飛到我的頭旁邊說：「我不覺得那隻生物會屠殺任何東西。」

「這是一隻嘎爾夸（garqua），」查特說，接著往後躺在木筏上——嗯，是我們這艘強大船艦的甲板上。「不是危險的生物。牠們來自蒙若姆（Monrome）。」

「蒙若姆？」我問。

「狄翁人的家鄉啊！」查特說：「就連我都知道，而且我還忘了我父母的名字呢。」見我依舊一臉茫然後，他繼續解釋：「在蒙若姆沒有掠食者。」

「什麼？」我說：「完全沒有？」

「完全沒有，」查特說：「只有食腐動物和草食性動物。」

我看著M-Bot，它在空中上下擺動模仿點頭的動作。「是眞的，」它說：「但我不覺得這一隻是直接來自狄翁人的家鄉——狄翁人已經殖民了將近一百顆行星，而且通常都會把他們本地的野生動物帶過去。啊，不過他們會先消滅太過野蠻和具有攻擊性的當地物種。」

「聽起來很像他們會做的事，」我說：「但我還是覺得很怪。」

「妳以爲每個行星都有跟地球一樣的生態階層嗎？」M-Bot問。

「呃……對，」我說：「我是指，這種感覺很正常吧。某些東西會吃其他東西。」

「很正常，」查特說：「因爲對我們而言就是如此。但這不表示其他地方也一定是這樣。」

好吧。我繼續抓住尖牙屠殺者的繩索。牠停下來去吃查特丟的果實——然後又心滿意足地拉著我們繼續前進。牠似乎以爲只要一直往那個方向去，就會再找到果實，而查特爲了強化牠的想法，又隨意丟出了一顆。

我認眞思考著一個沒有掠食者的世界——呃，如果M-Bot說得沒錯，是很多沒有掠食者的世界。沒有打獵，沒有殺戮？適者生存的原則呢？不管怎麼說，難怪狄翁人會認爲其他人都太具有攻擊性了。

不過我越想就越氣。因爲他們的社會很和平，所以表現得一副很優越的模樣——好像他們發展了「最高等的智慧」。但那也只是因爲他們在一個沒有掠食者的行星上進化，沒有得到啓蒙，或是學到更好的方式——他們就只是把自己的做法視爲理所當然。

我猜很多物種都是這樣，包括我們人類。不過我們可沒征服銀河系——目前沒有——或是強迫大家照我們的規則生活。目前沒有。

今天大部分的時間都在大海碎塊上航行。抵達另一端後，我們又給了尖牙屠殺者一些果實表示謝意，然後繼續前進。我要強調一下M-Bot徹底錯了。尖牙是個厲害的屠殺者，至少吃果實時是如此。

我們在一個有許多洞穴的碎塊上過夜，那裡讓我想起了家鄉，而且這也是我踏上旅途以來睡得最好的一次，因爲洞穴裡迴盪著的水滴聲聽起來很平靜，讓人很安心。隔天則充滿了各種不同的樂趣。攀登峭壁、兩座氣味完全不一樣的沼澤——眞的，其中一座聞起來有肉桂味，就像……我曾經認識的某個人。後來我們抵達一個碎塊，上面有蜿蜒曲折的峽谷，也有形成漂亮圖案的彩色石頭。

一天快結束時，查特告知我們已經接近艋砲派海盜的基地了，而我竟然有種不尋常的鬱悶感。等一弄到飛艇，行進的速度就會快上許多——而且我也確實很想飛上天空。可是我眞的很享受這段旅行的時光。

飛完剩下的路程……這麼做似乎會讓我史詩般的冒險稍微黯然失色。話雖如此，我想了想，要是故事裡有星式戰機，那些英雄想必也會使用的。例如吉爾伽美什(注)就一定會這麼做。（但玄奘法師我就不太確定了。他可能會認爲必須走完整段旅程才能提升自己的境界，或是說些什麼超有智慧的禪語。）

最後，我們在一個叢林碎塊上過夜，這比第一次抵達的那個碎塊好多了。這裡的矮樹叢比較少，而且所有植物都是藍色的，讓人感到很放鬆。這才是比較自然的顏色。

根據查特的說法，這個碎塊隔天就會經過海盜基地。於是我們決定在此處紮營，而他派M-Bot去掃描周圍是否有可能造成危險的生命體。

「我不覺得這個碎塊上會有大型野獸，」查特向人工智慧解釋：「不過小心一點總比被吃掉好。」

「而且，」我補充說：「要是星魔可以附身，它們說不定會利用某種我們沒意料到的生物。所以先調查一下這裡有哪種生物，無論大小。我可不想被一群殭屍花栗鼠嚇到。」

「殭屍……花栗鼠？」查特說。

「那樣的戰鬥可能會很有趣，」我說：「必須一直踢。踢花栗鼠的感覺大概就跟踢老鼠差不多吧。」

「那麼……妳踢過多少隻老鼠呢，奈薛小姐？」

「只有那些自找的。」我說，然後一手握拳打在另一隻手掌上。

M-Bot飛走了，查特跟我則開始摘下藍色蕨葉用來鋪床。我有點希望可以像故事裡那樣生一堆火，可是在這裡從來不會覺得冷——或是感到炎熱。再說，煙霧可能會暴露我們的位置。

我們很快就各自鋪好舒服的床。雖然我喜歡洞穴，但這大概會是我們在虛無所度過最舒適的一晚。

「謝謝你，」我躺上床時對查特說：「我是指這一切。」

「我每天都能得到報酬，」他說：「妳不必謝我！」

而且每一天他都渴望地注視著現實圖騰，但是我沒深究這一點。「你不只為我帶路，查特，你還教導我、讓我見識了不可思議的事物。」

「哎呀，」他說：「至少我很高興妳能看到類似大海的東西。我確實向妳保證過大海很有趣吧！總

注：美索不達米亞神話中的半神英雄。

之，不必謝我。妳在那個被摧毀的碎塊上救了我一命！」

「你也救了我。」

「這表示我們是完美的團隊！」他說，然後躺到藍色蕨葉鋪成的床上。他用嚴肅的語氣繼續說：「眞的，奈薛小姐，我很少遇到如此令人振奮的同伴。此外，妳也鼓勵我前往我逃避了太久的目標。爲此，我要感謝妳。」

我點頭回應。「明天我們可能會遇上什麼情況？例如，那些海盜擁有現代化的武器嗎？」

「是的，」他說：「但要記得，他們大多都是遭到放逐的人──不是眞正的軍隊。他們是不得已才聚集在一起，是爲了接近彼此的思緒。」

「爲什麼那樣能讓我們比較不容易遺忘事物呢？」我問。

「這眞的很奇怪，對吧？就像……人們待在一起的時候會變得比較眞實。也許待在一起，我們才能提醒彼此活著的感覺。擁有家人的感覺。」

他的目光往上穿透樹林，用渴望的語氣說出剛才最後那句話。不管他的家人是誰，他都已經遺忘了。眞希望他能把M-Bot當成好久不見的朋友，跟它重聚，而不是把它看成「可憎之物」。但我決定不在這種時刻提起這話題。

我們沉默了一陣子，接著查特先開口，而他的語氣變得柔和了些：「我在這裡曾經有一艘飛艇。我決定一路飛向光爆──如果可以的話，我要從那裡離開，回到從前的生活。可是……我飛著飛著就迷失了。我想就是在那時，我完全失去了對家人的記憶。在那裡，只有我獨自一人，沒有任何東西能讓我想起自己是誰。」

他繼續說：「回到碎塊上之後，一切似乎都有幫助──岩石、結構體、樹木。妳可以說這讓我們有依靠。哈！總之，我想我們兩個一起飛的話會很不錯。我們會互相支持，再加上妳的圖騰。這樣應該夠了。應該吧……」

查特出神了，而我一想像失去那麼多的感受，就不由自主打了個冷顫。我必須保持專注，找到我要的答案後就回家。已經……我來到虛無已經多久了？大約一個星期？

我睡了多少次？我心裡納悶著。三次？還是四次？

我記不起來，這很令人不安。於是我專心想著接下來的任務。「我們一到海盜所在的碎塊就先派M-Bot偵察一下。」我告訴查特：「或許他們不是眞正的軍隊，但至少有一定的實力，才能夠偷走飛艇並留下使用。」

「這倒沒錯，」查特說：「我同意。就當他們的能力還可以，但還不到受過軍事訓練的程度。」

「我敢說他們會輪流休息，也會派人值勤看守是否有人接近，甚至派人巡邏。所以，我們有兩個選擇。第一，趁大多數人外出參與戰鬥時襲擊。在戰鬥期間，他們留下的人可能會分心，讓我們趁虛進去偷走飛艇。」

「前提是他們不會出動所有的飛艇去戰鬥，」他說：「否則我們就沒機會竊取了。」

「我猜他們夠聰明，會保留戰力——就算沒有，他們的停機坪也一定會有正在維修的飛艇。M-Bot應該能夠判斷哪艘還可以飛行。」

「聽起來還是很危險。」查特說，接著往後靠著他臨時鋪的床。「我猜他們在戰鬥期間會更加警覺，而不是鬆懈。」

「好吧。我們的第二個選擇，就是在大多數人睡覺時出擊。偷偷潛入，讓M-Bot駭進一艘飛艇的安全系統，然後在他們察覺之前開著我們的戰利品離開。」

「他們會追來的。」查特提醒。

「相信我，查特，」我說：「或許我不知道怎麼建造木筏，但我可以輕易飛贏他們任何一個人。」

「了不起！那麼我很期待到時候的飛行囉。」

M-Bot飛回來了。「我使用紅外線掃描器搜尋有體溫的生命體，結果沒發現任何比蟲大的東西。」它說：「沒有花栗鼠，殭屍或正常版的都沒有。」

「謝了。」我說。

「那……不是『騙到你了』的玩笑吧？」它問。「派我出去找東西？我分辨不出來。」

我完全忘了之前曾那樣整過它，所以花了點時間才想起來它說的是什麼。「不是玩笑，」我向它保證：「我們真的想要你檢查這個碎塊上是否有危險。」

「謝啦。」它說，然後又飛走了，可能是要開始尋找蘑菇吧。我在原處坐了一下，注視著上方……然後在M-Bot回來時嚇了一跳。

我……我已經坐了多久，竟然沒注意到時間？查特已經睡著了。

我無法判斷。可能是一分鐘，也可能是一個小時。不過M-Bot的夾臂裡有七種不同的蘑菇樣本，而它正在一一擺放分類。所以……可惡。

我在床上翻過身，很擔心時間突然流逝這件事。奶奶曾經告訴我，有個人不小心睡了好幾百年。那不會發生在我身上的，對吧？通常這種念頭會讓我保持清醒，但這次，我直接睡著了。

間曲

飄浮。

我向外探索，像之前那樣尋找。就跟其他晚上一樣，什麼也沒找到。而且，我差點又被自己的疲累拉了回來。

但是不行。不，我可是無畏者。而且，我比之前更會運用自己的能力了。我比睡意更強，比我最糟糕的本能更強，強到足以……

推擠過去。我發現了尤根的思緒，立刻抓住那股熟悉感，然後將自己拉過去。

這次我打斷他刮鬍子。

他嚇了一大跳，因爲我突然出現在他的鏡子中，跟他一起站在一間豪華的浴室裡。這裡有兩座洗手台。還好他身上圍著浴巾，不過我得說……這孩子把自己照顧得很好。飛行員接受的體能訓練可沒法讓人擁有那樣的胸肌，除非再到健身房多做幾組鍛鍊。

「小旋！」他厲聲說：「這個時機不對。」

「哦，所以上次就比較好嗎？」我說，然後雙手交叉抱在胸前，拒絕表現出難爲情的樣子。「至少你沒受到攻擊。」

他伸手想要抓起浴巾擦掉蓋住半邊臉的刮鬍泡，然後聰明地停住動作。最後，他深吸了一口氣。

「抱歉，」他說：「我不是故意兇妳的。妳不可能預先知道會看見我有失體面的樣子。」

「哈，」我說：「你是怎麼做到的？」

「什麼？」

「保持冷靜，」我說：「這麼體諒人。」

「指揮訓練。」

「才怪，」我說：「我知道你的祕密，尤根．威特。你是個好人。」

「那是……祕密？」

「噓，」我說：「我必須這麼說，要不然我看起來就會像個白癡，竟然花了這麼久的時間才知道。如果你至少偶爾假裝自己是個蠢貨，那可是幫了我大忙。」

「我會努力的。」他微笑著說。

我往前走，從旁邊繞過他，站到他跟洗手台之間。他只能在倒影中看見我，再加上我們的身高差異，所以如果我站在這裡面對鏡子，就可以直接跟他眼神相對。他向後退，給我一些空間。聖徒啊，即使他臉上的鬍子只刮了一半，那副笑容也眞夠可愛的。就連他那些正在復元的割傷也很可愛，看起來像是一位老戰士。

然而，我卻跟可愛完全扯不上邊。我從來不會爲外表煩惱——在學校時期我曾嘗試這麼做，但孩子們還是常開玩笑說我看起來像齧齒動物。他們發現老鼠女孩有點像老鼠一樣矮小無趣後，還覺得自己太聰明了，能夠想出這麼貼切的形容。

不過……可惡。「我得找一把梳子，對吧？」我說：「還有好好洗一次澡。或是七次。」

「妳看起來還可以。」

「嗯，『還可以』。正是女人最愛聽的話。」

「對不起，」他說：「我的意思是妳看起來像個野蠻人，剛殺掉第十七隻狂暴的老虎，要把牠們的虎牙拿來做成項練。」

「眞的嗎？」我眼眶濕潤地說。雖然這很蠢，但……至少他努力了。

「妳就像剛從野蠻人的故事中走出來，」他說：「除了那套連身服以外。」

「這點我可以解決，」我說，然後把手伸向拉鍊。

光是讓他瞪大眼睛就值回票價了。可是他看起來真的很不安，於是我轉過身舉起雙手面向他。「開玩笑的！我在開玩笑，尤根。千萬別昏倒！」

他搖搖頭，拿了條毛巾擦掉臉上的刮鬍泡。他的左半邊臉上有黑色鬍碴，這本來會很性感的，只是……畢竟只有那半邊臉。我轉回來面向鏡子。

「你的臉是怎麼回事？」我問。

尤根皺起了臉。「我用力擠壓了一隻蛞蝓。牠讓我知道牠不喜歡這樣。」

雖然很想聽細節，可是我知道我們時間不多，於是沒再追問。

「之前我說謊了，思蘋瑟，」他說：「指揮訓練無法訓練我怎麼對待妳。沒有任何訓練可以做到。總之，我想我應該請妳回報情況。」

「經過幾天了？」我問他。

「自從上次見面嗎？五天。」

沒錯，虛無裡的時間感很奇怪。我以為對我來說才過了三天，但現在不再肯定。「我的任務有進展了，」我說：「等一下會告訴你，不過首先我有更重要的情報。尤根……我想星盟的領袖打算跟星魔談條件。結盟。」

他眨眨眼睛，然後深吸一口氣。「眞令人遺憾。」

「你就只能說這種話？」

「我被教導不能在淑女面前說出咒罵的話。」

「幸好這裡半個淑女也沒有，對吧？」

他笑了。「妳說他們要談條件。所以還沒談成？」

「就我所知還沒，」我說：「不過星魔確實對溫齊克的提議有興趣，而且就我對他們的感覺……我認為會談成。除非我們想到辦法阻止。」

「我會把這件事報告給卡柏跟指揮高層，」他說：「這證實了我們最害怕的事：星魔的出現並非隨機——這只是個開端。還有其他事嗎？」

「我發現了一種遺跡，」我說：「很難解釋，不過我得知了一些關於超感者的歷史，也稍微學會如何更充分運用自己的能力。尤根，我很確定我們會這樣，是因為虛無滲進了我們的現實，改變了生活在那附近的人。」

「改變？」

「就想成是一種突變吧，」我說：「由次元之間脆弱的交會處滲透進來的特殊輻射造成。這表示我們不是怪人，我們是變種人。」

「這個嘛，」他若有所思地摸著下巴。「雖然我不喜歡『怪人』這種形容，但很多人會用這個詞稱呼發生突變的人。當然，『缺陷』可能是由突變造成的。總之我不太確定妳的意思。」

「我的意思是，我們並不是星魔安排的潛伏間諜。」我說：「事實上，我們的存在比它們更早。其實是超感者跟虛無融合了——這讓我們可以進入虛無，可以像虛無一樣扭曲我們的現實。」

他慢慢點頭。「如果妳說的是事實，那麼我們就有可能培養出更多超感者。」

「在狄崔特斯有一個傳送口，」我說：「就在伊格尼斯附近的通道裡。到洞穴的東北部找，附近會有一些舊管線，在那個地方會看到石頭上刻著一些奇怪的圖案。你可能會想研究一下。」

「我會派幾個人去做。」他說。

「要小心，」我提醒他。「超感者有可能掉進傳送口，然後被困在虛無這裡——而且很難離開。所以別找像我這樣的人。」

「了解，」他說，然後從倒影中看著我的眼睛。「這眞的很重要。我很高興妳留在那裡，即使這表示……嗯，會變成現在這樣。」他做出手勢比著像鬼魂的我。

「我會在長者之路繼續前進，」我說：「不過首先得先處理一堆海盜。」

「虛無那裡有海盜？」他問。

「對。很棒吧？」

「我以爲那個地方……呃……什麼都沒有。」

「是，也不是？」我說：「這很複雜。明天我要去偷一架星式戰機，順利的話，就能飛到下一個存放記憶的場所。」

他後退靠著牆面，雙手抱在胸前，陷入沉思。這是我第一次注意到他看起來有多疲累。我很少見到尤根這樣，因爲他平常似乎都是很有精神又可靠——他的皮膚是深褐色，所以很難看出像是眼袋之類的疲勞跡象。

「尤根？」我問：「你還好嗎？」

「這裡的情勢很緊繃。我們找到保護自己的方法了——行星的防衛系統已經完全上線，這要感謝小羅和工程師們。」

「嗯，那很好。你們安全了。」

「太安全了，」他說：「銀河系就要在暴君的控制下瓦解，結果我們卻躲起來。我知道我們才剛踏上星系的舞台，幾乎沒有影響力，但我覺得躲起來是不對的。我們應該要做點什麼。」他露出痛苦的表情。「是政治考量，思蘋瑟。如果妳在這裡，一定會很憤怒。」

「你可以代替我憤怒。」

「我正在試，」他說：「不過妳也知道我父母是什麼樣子。我愛他們，思蘋瑟，可是……他們要負一部分的責任。他們會讓我們繼續躲藏，希望敵人會放過我們。我知道那是不可能的。在妳告訴我星魔的事之前，我就知道不可能。」

「也許我的消息能讓他們聽進去。」

「也許吧。」他的語氣充滿懷疑。

我看看四周的裝潢。之前我就發現這不是一般的DDF宿舍廁所，不過現在注意到了更多東西。那些裝飾上面是黃金嗎？白色大理石？

「你在家裡，」我猜測：「想要說服你的父母？」

「我以爲要是能在非正式的場合談話，他們也許會聽進去。我早就該知道的——他們已經替我安排了四場晚餐，對象全都是適婚的年輕女性，來自下層洞穴。」

他是指有錢人的洞穴。那些地方受到了最好的保護，不會受到地面攻擊影響。「幸好我不是會嫉妒的人。」我說。

「還眞有點希望妳是，」他說：「要是妳過來砍掉一、兩個人的頭，說不定其他人就會放棄了。」

「尤根，拜託，」我說：「斬首是針對戰場上有名的敵人好嗎。」

這逗得他露出了開心的笑容。他走向我。雖然無法觸碰彼此，可是我能感受到他的思緒——而我也成功克制衝動，不使用新能力去刺探他腦中在想什麼。我們就這樣站著，在短短的時間內對看、感受彼此。因爲我們只能這樣做。

「你知道嗎，」最後我開口：「發現你不是穿著制服洗澡讓我有點意外。我本來還以爲你會根據某個過時的規定隨時穿制服，否則會被記上十六分之一的違規點數。」

「等著看有人發現我跟一個女孩在浴室裡會怎麼樣吧。」

「我敢說隱形的女孩不算數。」我說完話，便感覺到自己開始慢慢消散。「好好照顧自己，尤根。」

「妳也是，」他說：「把這當成是命令。」

我點點頭，然後把手伸向他。在一切消失而我被拋回虛無時，我覺得自己好像抱到了什麼，那是跟他有關的東西。他的本質還殘留著，例如他的氣味，還有他在我腦中的畫面：刮了一半的鬍子，疲倦的面容。

話說回來，這算是一種成功。我能夠再找到他，這讓我對自己的能力更有信心。事實上，我自信到做了一件可能很蠢的事。我去找星魔了。

上次像這樣作夢時，我偷聽到了一場重要的談話。我還能再做到嗎？我展開思緒，試圖捕捉……跟上次一樣的感覺。同樣的地點嗎？這種地方不可能會有地點的，應該比較像是頻率或是——

某個東西撞進了我腦中。

那個時候**果然**是妳！布蕾德說。就是妳在看。我告訴過溫齊克，可是他不相信我！

我想要抽身，可是她比我受過更多訓練，而且似乎有某種能力可以抓住我的思緒，這是我從來沒碰過的情況。我就像蜘蛛網中的蒼蠅，雖然拚命地飛，卻被布蕾德的思緒緊緊抓牢。

我就知道妳還活著，她說。妳**真的**逃進了虛無，對吧？妳這隻鬼鬼祟祟的小蟲。

布蕾德，我回應她。妳不必這樣的。妳不必——

我當然不必，她說。妳知道我最恨妳什麼地方嗎，艾拉妮克？就是妳一點也不想承認我能夠有自己的想法。對妳而言，我只是個誤入歧途的笨蛋。

溫齊克要殺掉所有的超感者，我說。他向星魔保證會那麼做，妳知道的。妳就是傳達這項條件的人啊！

她的反應是大笑起來。要不就是她不在乎，要不就是她有某種我不明白的計畫。此外……因爲我的能力進步了，所以我還能感受到其他的東西。在她聽來，我的控訴過分簡化了。或許是在侮辱她。

她想要撕裂我的思緒。不過我以前在保護自己的時候學到一件事：霸凌者以為你會退縮。

我直接衝上前戰鬥。我沒有啜泣，沒有縮成一團，也沒有退卻。我使出全力攻向布蕾德。雖然我沒有形體，只是一團思緒，但我們確實碰撞了——就像兩道爆裂的光線噴出火花。兩顆星星交會。她受過訓練。但是我很兇猛。

最後是布蕾德率先退開，然後逃走，剩下精疲力盡的我緩緩進入夢鄉。我的夢裡有只刮了半邊鬍子的軍官，以及由龍拉動帆船的壯闊旅程。

第三部

Part Three

威脅評估分析 紀錄編號 DST210503A

佩格的飛艇

星盟穿梭機（改造後）

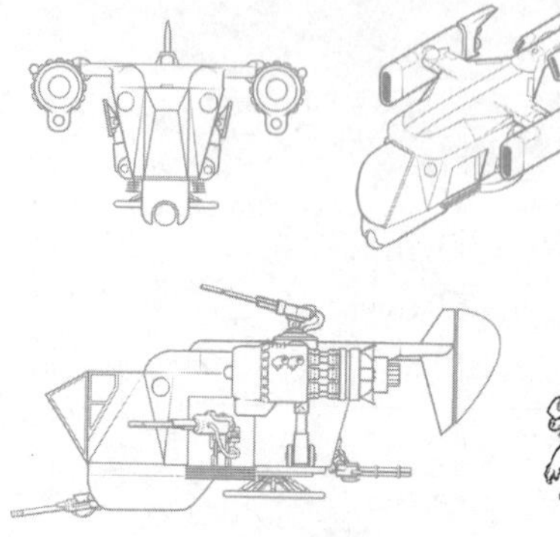

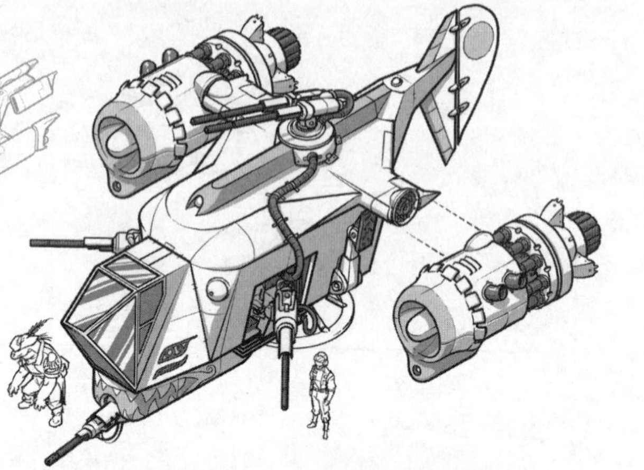

虛弗爾的飛艇

攔截機

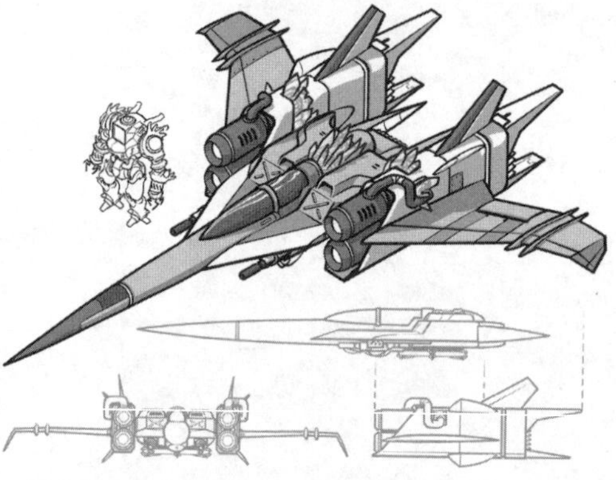

麥辛的飛艇

快速生產線機型（改造後）

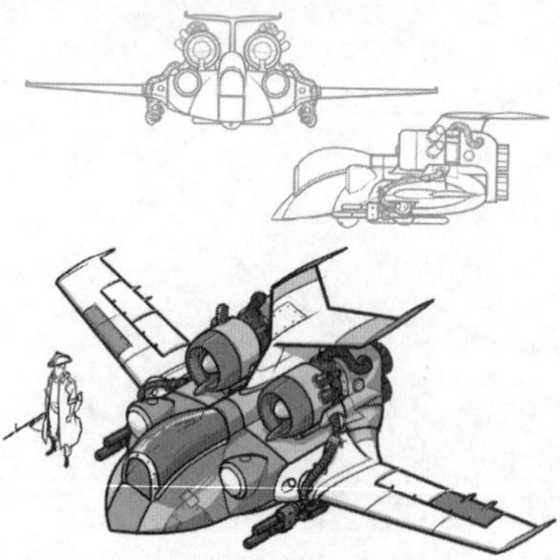

種族

天納西人　人類　塔努澤卓人　狄翁人　赫克羅人

第十五章

查特跟我一起溜進了海盜基地的碎塊。我們進入的地點距離基地半個小時遠，於是我和查特躡手躡腳接近，他也教我怎麼保持低姿勢，並且利用樹木或山丘掩護。我們派M-Bot到前方偵察路線，要它使用紅外線查看熱成像，確認是否有守衛。

在緩慢前進時，我想到了前一晚的事。這次我也非常清楚地記得自己跟尤根和布蕾德的互動——而且我比較能夠控制好能力，也更能夠採取主動。這讓我很興奮。我正在進步。

這裡生長著零星的樹木，枝葉參差不齊，而且很粗短，跟上一個叢林碎塊的巨大樹林比較起來，這些樹大概就跟我差不多高。各種巨石與山丘也讓這裡不適合成爲殺戮戰場。要是我，就會把基地設置在堅實、平坦的碎塊上，而且沒有可以掩護的地形。也許這些海盜失去一艘飛艇後就會學到一課，因爲要接近他們實在太容易了。

我開始坐立不安，變得很急切。如果行動順利，我就會在這個鐘頭結束前飛上天空。查特跟我來到一座頂端有樹的小山丘，距離基地的建築大約五十公尺遠。我們趴著慢慢爬到樹下，讓視線越過山頂，仔細研究那座基地。

理論上，我們可以在不被發現的情況下接近。可惜，不能排除對方有隱藏式攝影機的可能性。這取決於那些海盜能夠搜刮到的物品，於是我一直留意他們是否有任何提高警覺的跡象。海盜的基地有三棟大型建築，底部是矩形，頂部則是圓形。就像舊式的機棚。這是種懷舊的設計，但不適合用來停放現代化的星式戰機，因爲那些機型有上斜石，都能夠垂直起降。

「你覺得是他們蓋出那些建築的嗎？」我問查特。

「不太可能，」查特壓低聲音回答：「就我的了解，每個海盜派別都是在已有建築物存在的碎塊上成立的。這大概是舊前哨站之類的吧。」

「這個碎塊會有傳送口嗎？」

「有可能，但應該不會。畢竟大部分的碎塊都沒有。」

我點點頭，仔細想了一下。我們見過碎塊的生長方式——物質會聚集在次元之間的脆弱點周圍，最後形成這些景觀。我不確定實境的物質是會滲進這裡，還是直接複製。這是否表示……狄崔特斯會出現洞穴，是因為岩石一點一滴滲進了虛無？

現在無法確認那種事。但無論如何，查特說的似乎沒錯：大部分的碎塊上都沒有傳送口。也許傳送口只會出現在次元之間開口「大」到足以讓超感者通過的地方？

好吧，現在必須專注在偷飛艇這件事上。目前在三座機棚中，有兩座是暗的。第三座——中間的那一座——那裡的大門敞開，而且裡面不斷出現閃光，這表示他們正在焊接或做某種電力工作。起初我很意外他們竟然有電力——不過現代的星式戰機上大部分都有裝滿能量的動力源，可以持續使用好幾年。只要接上線，就能夠為這種機棚裡的燈光與設備供電。

「我的感應器顯示有兩個人在看守，」M-Bot飛到我身旁輕聲說：「一個在正前方發亮機棚的那扇窗戶前，另一個在大門內側。如果他們有使用電子監控，那一定是有線的，因為我沒偵測到任何已知的廣播頻率。」

「他們不會隨便廣播的，可憎之物，」查特低聲說：「老習慣讓他們不會這麼做。」

「知道了，疣眼球。」M-Bot說。

我們沉默了片刻。

「好吧，」查特低聲說：「我……我得問一下。『疣眼球』？」

「我本來是要叫你疣臉的，」M-Bot回答：「因爲人類經常將『臉』這個字用於辱罵，不過疣很常長在臉上。於是我選了一個不常長疣的身體部位——藉此暗示你的愚蠢已經荒謬到不可置信的地步。」

查特看著我。

「它表現怪異，不表示它就是可憎之物。」我輕聲說。

「我只是在想，那句罵人的話要給一分還是零分。」查特咕噥著，然後回頭看著機棚。「那麼，奈薛小姐，妳想如何進行？我相信在這種場合下，妳的軍事訓練比我的經驗更管用。」

「讓我思考和觀察一下。」我說。雖然沒辦法看清楚窗邊的海盜，但他們不太像是在嚴密看守。M-Bot提到的另一個海盜正緩步走到光線下，肩膀上掛著一把步槍。

我很意外他竟然是人類，而且留著長得不均勻的鬍子。他穿著長大衣、T恤、牛仔褲和靴子。噢，還戴了一頂帽子。

一頂航海帽。就像一頂眞正的三角帽。

我差點忍不住激動地尖叫出來。

「怎麼了？」查特低聲說，他注意到我開心的笑容。

「這些人看起來眞的像是海盜耶！」

「確實，」查特說：「人類的傳統對這些族群影響很大。就我所知，我們征服銀河系後，被放逐者就把人類的術語和時尚當成流行——或許還覺得有一點異國風情。」他瞇起眼睛。「然而，我沒料到他們之中竟然會有眞正的人類。現在我們的人已經不多了。」

窗邊的海盜探出來說了些話。那絕對是狄翁人——根據紅色外表判斷，是個右側狄翁人。

「看來他們在修理什麼東西。」我說：「M-Bot，繞到後面看看能不能算出裡頭的人數。如果安全，就飛到上面其中一扇窗戶，盡量查看星式戰機的情況。」

「了解。」它說完後飛走了。它的移動極為安靜——因此我才能使用無人機進行偵察任務。眞希望我們還有全像投影器，至少可以給它一點僞裝。

幸好守衛的觀察力似乎不太敏銳。他邊打哈欠邊緩步走回機棚門口。

「奈薛小姐，」查特說：「我們要嘗試的事比之前的危險許多。那名守衛有武器，而我們有被俘虜或受傷的風險。」

「我願意冒險。」

「我也是！」查特說：「不過我覺得我們應該更爲謹愼，把妳的圖騰留下來。」

「留下來？」我說：「到底爲什麼我們要那樣做？」

「圖騰是虛無裡最有價值的物品之一，」他壓低聲音解釋：「如果我們被抓，我可不想讓海盜佔有它，所以，應該把它埋在這裡。如果我們成功得到一艘飛艇，之後可以再找一天來這裡取回它；要是失敗了，至少圖騰會很安全。」

「可是我們需要它才能飛出這裡！」我說：「少了它，我們就會失去記憶。」

「目前的行程需要的是餘燼，」查特說：「有了一整個口袋那麼多的餘燼，接下來好幾個月都不會有任何危險性的影響。因此，我們可以帶著餘燼，冒著失去它們的風險——而更重要、更有價值的東西也不會被發現。」

可惡。他說的話有道理。如果事情出了差錯，我確實希望自己的圖騰會很安全。但同時，我也見過查特盯著它看的樣子。我想要信任他——我眞的信任他——可是……如果他想要拿走圖騰，那麼說服我把它埋起來就會是非常成功的第一步。

我猶豫了。到目前爲止，查特對待我的方式一直都很光明磊落，但我心中還是隱約擔憂。他出現的時機太不尋常了，特別是在我需要他的時候。他是M-Bot的駕駛員，又剛好失去記憶、無法證明自己的身分。

「把圖騰藏起來或許是個好主意。」我對查特說，免得他感覺到我的疑心。我拿出小袋子，刻意做出明顯的動作把現實餘燼倒回口袋——但同時，也把胸針藏在手心裡，接著照他的建議把小袋子埋起來，只不過裡面是空的。接著我抓了一小撮餘燼遞給他。「以防我們等等分散。」我告訴他。

他在把餘燼收起來之前凝視了一陣子，久到令人不安，而我趁他專注看著餘燼時偷偷把胸針放進了另一邊口袋。

沒多久，M-Bot從後方飛回來。「有三個海盜在機棚裡工作，」它輕聲對我們說：「還有另一個在更裡面的房間。建築裡沒有其他熱成像了。」

好，所以機棚裡總共有三個人。守衛一個、窗邊一個、更遠處一個，以及工人三個。

「這裡還有其他十個熱成像，」M-Bot輕聲說：「六個在其中一座機棚裡，四個在另外一座。我想那些人都在睡覺，至少熱成像顯示那些形體都在更小的房間裡躺著。」

「他們大概是分成三支飛行隊，」我推測道：「每座機棚都有一支隊伍，每次都由一支隊伍值勤，讓其他人睡覺。」

「同意，」M-Bot說：「打開的機棚裡有四艘飛艇，技工正在處理其中一艘。共六個人。也許其中四個是飛行員，兩個是地勤？」

「很可能是這樣。」我低聲說：「有辦法從後面進入那座機棚嗎？」

「後方有一個開著的小門，」M-Bot說：「大概是爲了在焊接時讓空氣流通。」

「好極了，」我說：「我們應該趁另外兩支飛行隊睡覺時採取行動。查特，你的工作是分散注意力。你能不能做點什麼事，不會嚴重到讓他們觸發警報，但又有很大的機會吸引守衛跟三個技工的注意？」

「也許吧，」他說：「艋砲派是所有海盜派別中最理智的。我遇過其他曾經跟他們交易的嚮導或團體，甚至曾被他們雇用過一小段時間。我想，帶著現實餘燼的情況下，直接走過去提出交易條件應該夠安全。」

「他們把你抓起來的可能性有多大？」我問：「偷走餘燼又把你當奴隸？」

「的確很有可能，」他坦白地說。「然而，我相信值得冒這個險。雖然所有的海盜我都不信任，但若要以這種方式去找哪個派別，我會選擇艋砲派。他們應該會對交易感興趣，但謹慎起見也會張大眼睛監督我——有些物種的眼睛可多了呢。」

「那就這麼辦吧。」我說：「M-Bot跟我繞到後面。等你一讓海盜分心，我們就從後方溜進機棚，設法啓動一架星式戰機。」

「妳確定你們辦得到那件事嗎？」查特問。

「哎呀，生命中沒多少事是絕對確定的，」M-Bot說：「但是我認爲這些海盜幾乎不可能有我無法立即破解的安全系統。我會說你的眼睛自己長出疣還比較有可能。你這個，嗯，疣眼。」

我看著它。「查特說得對。那肯定是零分。」

「準備好，」查特說：「我們上吧。」

「我一登上飛艇，」我再次說明整個流程：「我們會啓動武器，逼那些海盜躺在地上。你就跑向飛艇，然後爬上駕駛艙。我們逃離這裡，之後再派M-Bot偷偷回來拿圖騰。」

「完美的計畫。」查特說：「我何時要讓他們分心？」

「等我就定位後，會派M-Bot給你信號。接著數到一百再出發。」

我們對彼此點頭示意，然後我便離開山頂，開始偷偷繞到基地的另一側。

第十六章

我做的第一件事就是讓M-Bot回去監視查特。

「我把裝胸針的小袋子埋在樹林附近的一顆岩石底下，」我告訴它：「暗中監視他有沒有去挖起來。如果他沒有，就悄悄回來，到海盜基地後面找我。」

「呃……」

「我晚點會解釋。」我說，然後揮手道別。它離開了。

我心臟狂跳，繼續悄悄繞著場地的側面行進。這就像躡手躡腳接近一隻老鼠，只是這裡比較亮，那些笨蛋的觀察力也不夠敏銳。我輕鬆抵達了另一側，在一顆巨石附近找到一處視線良好的位置。

機棚的這一側，有道尺寸跟人類差不多的小門。透過那扇門，我清楚看見了正在修理其中一艘星式戰機起落架的技工——有兩個狄翁人，還有一個是我剛進入虛無時遇到的那種羽毛外星人。他們正在處理一艘細窄呈流線型的飛行器，大概是某種偵察機。他們焊接時不斷噴出火花。

我焦急等待著。我眞的不想猜疑。可惡，查特幫了我那麼多。但我無法忽視他看著圖騰的眼神，而且他要求我留下圖騰一事似乎也可疑到了極點。

幾分鐘後，M-Bot出現時我差點嚇得大叫出來。星星啊，它可眞安靜。

「他看起來不像要挖任何東西的樣子，思蘋瑟，」M-Bot輕聲說：「他只是在等待。」

「好，很好。」我鬆了口氣。

「妳認爲他會背叛我們嗎？」

「我不想那麼認爲，」我說：「可是忍不住會懷疑。」我曾經那麼努力要信任布蕾德，結果落得什麼下場？「去告訴他我就定位了，他可以開始分散他們的注意力。」

M-Bot又飛走了。我深呼吸幾次讓自己冷靜。我的擔心毫無根據。

除非……

如果是我打算背叛同伴，我不會直接偷走胸針，而是會做別的事擾亂計畫，確保對方被海盜抓住。這樣偷走戰利品後，就不必擔心對方會跟來了。

可惡。一想到此，我的腦中就擺脫不了這樣的想法。如果查特直接拿了圖騰就跑，我應該會偷走飛艇去追他。但如果等到我偷飛艇的當下再出賣我，他就可以保有圖騰，也確保我會被處理掉。

同樣的，我不想相信他會這樣。我幾乎完全拋掉了這種憂慮——不過一想到他看到圖騰的場景，又會改變想法。而且……一進入虛無就馬上遇見史貝爾指揮官的機會有多大？

雖然我不是眞的認爲有邪惡巫師——那只是個比喻——但這整件事眞的非常奇怪。我忍不住覺得自己被玩弄了，而查特是這一切的中心。

我迅速做出決定。我不會放棄計畫，可是也不會直接掉進可能的陷阱。於是我拿出父親的胸針，立刻在巨石旁挖了一個洞。

M-Bot在我埋好時飛回來。「我……以爲妳已經把那埋起來了。」它說。

「我是把小袋子埋起來，留下了胸針。」我向它說明：「我擔心查特會背叛我們，萬一我們被抓了，這是我所能想到保護胸針的最好方式。」

奇怪的是，我很不想跟胸針分開。把它放進洞裡時，它彷彿緊抓著我的手指。我總覺得它很難過被我遺棄了。這個地方一直用奇怪的方式影響我。

機棚裡的技工站起來望向查特躲的地方。聲東擊西開始了。

「我們要怎麼做？」M-Bot輕聲說。

「爲了避免我的擔憂成眞，我們不去偷查特以爲的那艘飛艇。在哪座機棚裡睡覺的人最少？」

「右邊那座，」它回答：「裡面只有四個人。可是……思蘋瑟……妳確定要這麼做嗎？」

「我的任務不只是確定，」我說：「而是要盡我所能。來吧。」

我們悄悄離開掩護，輕鬆抵達了那座機棚。在泥土和草地上暗中行動很簡單，只要小心別踩到樹葉或樹枝就行了。

門是上鎖的，但附近有一扇窗開著。M-Bot飛了進去，沒過多久後，建築左側的門便發出喀噠聲——這一側是宿舍，不是停放飛艇的地方。我輕輕打開門，踏進一條昏暗的走廊。

這個地方有種冷冰冰的感覺，就像星盟主要平台上的走道。太乾淨了，而且聞起來有消毒味。這裡的門全都比家鄉的更高更窄，門把也比我預期的高出了半公尺。我很好奇是什麼物種建造了這個地方。

在微光下，我選了一扇應該是通往機棚的門。M-Bot上下擺動——後方沒有熱成像。這扇門沒鎖，而我看見是個又大又深的空間後也鬆了口氣。光線從遮光窗簾的縫隙穿透，照亮了四艘有如沉睡巨獸的大型飛艇。這是我所見過最漂亮的景象之一。

我輕聲吩咐M-Bot留意我在走路時可能會不小心踢到的垃圾——我可不想讓丟棄的潤滑劑罐子在地上鏗鏘作響。我沿著牆面緩慢前進，在一扇窗戶旁邊停下，透過空隙窺看外面的情況。

我清楚看見查特站在另一座機棚外，被守衛和技工包圍住。他說話時很有活力，然後小心翼翼地用一隻手拿起一顆現實餘燼。

「思蘋瑟，」M-Bot輕聲說：「他看起來不像是要背叛我們的樣子。」

沒錯。不過，這也是我繼續執行計畫的原因。如果眞的只是我太多疑，我還是可以偷走一艘飛艇、突破這裡，然後用武器對準那些海盜，讓查特過來找我。我會告訴他，我在最後一刻嚇到了，所以決定潛入所有人都在熟睡的建築。

我轉頭查看這裡的四架戰機。其中兩架很明顯曾經是民用飛船，只是加上湊和用的破壞砲，所以才破壞了一些原本的設計。幸好另外兩架都是軍用的，本來就搭載了武器。我選了攔截機——看起來精簡、散發出危險氣息，用途多樣化，而且能在速度與攻擊能力間取得平衡。這架戰機給我的感覺也最熟悉，很類似狄崔特斯的DDF飛艇，形狀像一枝細長的箭。

我加快腳步過去，抓住機翼爬上去到了座艙罩前。目前我已認識了幾種不同的控制系統，希望這艘飛艇的我也看過。如果不行，我就會去檢查其他飛艇。星星啊，希望最後不必去偷角落那艘穿梭機。開那種東西，就像是騎著一隻大肚子的豬去參與一群騎士的戰鬥。

我仔細看著飛艇駕駛艙的內部，裡面很暗又有影子，所以從外頭無法判斷它的控制系統。我沿著邊緣摸索，找到了一個可以給M-Bot使用的存取埠——大部分飛艇都有用於診斷的外部存取埠。我插上線讓它跟飛艇連接——理論上，這能讓它打開駕駛艙，覆寫飛行員的指令。

「啊……」M-Bot說：「這很簡單。嗯哼，裡頭很多硬碟空間呢。回到更大的飛艇裡感覺應該會不錯，不過首先，讓我們看看……應該三十秒左右可以完成。」

我點點頭，然後彎腰看進駕駛艙。那是不是控制球？對，這種配置看起來很熟悉。不過座位很奇怪，而且凹凸不平。可能不是椅子，而是某種跟座椅相關的裝置？

想到這點，我就開始擔心起了基森人，他們會用奇怪的方式建造飛艇。他們曾經幫助我對抗星界。溫齊克會怎麼處置他們？他們現在沒有領袖了——赫修在布蕾德攻擊他們的飛艇時戰死，被吸進了真空的太空中。

基森人信任我。我害了他們的星球嗎？要是溫齊克真的說服了星魔幫助他，到時候會發生什麼事？我必須想辦法阻止他們，這樣——

「呃。」M-Bot說。

「怎麼了?」我用氣音說。

「我被擋在幾個系統外，」它說：「是可以繞過去，不過……很奇怪。這是以人工超控鎖定的，怎麼會……」

駕駛艙裡出現燈光，照亮了一直在裡面睡覺的生物。光線反射在一具我從未見過的身體上——水晶般的肢體，以及一個像是由一堆閃亮石頭組成的龐大形體……

「噢，可惡。」我低聲說。

沒有熱成像，但並非所有的生物都有體溫。我知道這一點。像薇波那樣的幻格曼族甚至沒有身體。我犯了個嚴重的錯誤，唯一值得安慰的是M-Bot也跟我一樣。

「M-Bot！」我說：「快跑！」

我跳下機翼重重落地，踉蹌地跑開，這時也開始響起了刺耳的警報聲。我往門口跑到一半時，有個聲音從喇叭傳來。

「再跑，我就會把妳蒸發掉。」翻譯別針盡責地將這句話轉換成我的語言。我停在原地，然後回頭望向飛艇，只見裝設在機翼上的其中一具破壞砲正對準我。

我舉起雙手，不停喘氣，並努力壓抑想逃跑的本能。看來又有機會成爲海盜的俘虜了。而這次完全是我咎由自取。

第十七章

海盜讓我一屁股坐到一張椅子上，接著其中一人把我的雙手綁到後方。已經有一大群人聚集過來，機棚裡現在也燈火通明。

在他們當中，我只看見一個人類，就是我先前注意到的那個傢伙。其他大部分都是狄翁人，不過也有幾個鳥人，還有一個瓦維克斯人——這個外星物種就是我所知的克里爾人，他們是像螃蟹的小型生物，會穿上類似砂岩製作的大型塊狀外骨骼。

這群人讓路給一位外星人通行，那是個完全不同的物種，長著寬臉和強壯的肢體；長長的牙齒搭上爪子般的手指，讓這個外星人整體看起來像一隻用後腿站立的熊，只是身上沒有皮毛。對方走路時身體有些弓起，散發出掠食者的氣息，而且結實的手臂向前伸出，彷彿隨時準備好出擊。

對方穿著高級外套，戴了一頂引人注目的帽子，上面還有一根大羽毛，看來應該是這群人的領袖。

「哎唷！」那個生物說：「想要偷走星式戰機，是吧？妳一定長了至少六個木倫(注)才敢那麼做！」

我的別針沒翻譯出這個詞，眞是奇怪。我坐在那裡，雙手被反綁，試圖想出一個計畫。領袖外星人走過來，拍了我的背一下，散發出一種很明顯的親切感。

「可惜妳運氣不好，」領袖繼續說：「一顆古倫也沒有！挑到一艘有我們共鳴者（resonant）住的飛艇？哎唷，女孩。哎唷。總之呢，歡迎來到舷砲派。」

「等等，」我轉頭看著領袖說：「歡迎？」

「我們越多人在一起，記憶就能越穩定維持，」有個狄翁人開始解釋：「所以妳很幸運。妳不會被處決，而是成爲我們新的清潔奴。」

好極了。嗯，雖然當奴隸聽起來很糟，可是我搞砸了計畫一事感覺更糟。查特從頭到尾都值得信任，而現在我破壞了一切。

「她身上有一些餘燼，船長。」瓦維克斯人用自己的語言說，同時舉起一個發亮的透明袋子。那個邋遢的人類拿著M-Bot的機身走上前。「女士，這就是她用來侵入飛艇的東西。」

我突然警覺起來。M-Bot？那架無人機看起來毫無生氣。人類胡亂擺弄了一番，然後找到了舊電源鈕——M-Bot已經切斷那顆按鈕的連線了。可是，當人類按下按鈕，無人機的小型上斜環就啓動了，從黯淡的藍黑色變成了明亮的蔚藍色。無人機開始以自身的動力懸浮。人類一放手，它就飛向地面用夾臂撿起一塊破布，接著開始擦起窗戶。

M-Bot，你這個天才，我心想。它老是說自己有多聰明，但看它平常的表現，會讓人很容易忘了這一點。不過現在，它模仿起打掃無人機眞是維妙維肖。

「嗯，」船長說，接著輕推了我一下——力道足以讓我的椅子在地板上滑動。「妳是怎麼讓它駭進虛弗爾（Shiver）的星式戰機呢？」

「它有一些非法程式，」我咕噥著說，假裝自己是個無趣乏味的女孩。「我在來這裡之前先安裝進去的。我以爲把程式藏在普通的打掃無人機裡這個做法很聰明。」

這暗示那架無人機並沒有眞正的人工智慧，因此理論上舦砲派的人應該不會害怕它有自我意識。但老實說，我對人工智慧也了解得不多。

注：此爲天納西族的方言，爲一種果實名稱。天納西人的靈魂與生長出這些果實的樹相連，會依據不同情緒生長出各種果實。因思蘋瑟的翻譯別針無法翻出對應的通用語，後文出現的果實類型皆以音譯呈現，原文請參見附錄一「天納西族果實名詞」。

「是這樣嗎？」船長說：「哎唷。那可能會很有用。我就把它當成是妳在半夜吵醒我的賠罪禮吧。在我的慷慨之下長個一、兩顆圖倫吧，新奴隸。妳叫什麼名字？」

「小旋，」我說：「妳呢？」

「哈！眞的是木倫呢。」她摘下帽子向我低頭致意時，露出了頭頂的黃色羽毛，看起來就像莫霍克髮型（注1）。「我叫佩格（Peg）（注2），是舷砲派的船長！」

「佩格？」我說，然後看向船長的腿——兩條腿都很完整。「是指……」

人類笑了。「不是啦，」他說話帶有濃厚的口音：「她不懂，這個名字只是巧合。」

他走向M-Bot關掉電源，而它也跟著熄掉上斜環，然後停止動作。我扭轉身體試圖望向窗外，想看看查特剛才站的地方，可是什麼也沒看清楚。

「妳的朋友跑掉了。」人類對我說，然後拍了拍他肩上的步槍。「他運氣好，因爲我比較擔心的是基地遭到攻擊，而不是身爲偵察兵的職責。我只對他開了幾槍，然後就躲進來查看發生了什麼事。」

「妳的朋友丟下了妳，」佩格說：「應該給他一些妳的木倫才對。」

這大概證明了一切：查特並沒有出賣我。他是跑掉了沒錯，但那是聰明之舉。

可惡，我覺得自己像個徹底的白癡。也許在被布蕾德背叛之後，我變得過度敏感，也有可能我看人的眼光眞的糟透了。

對……大概是這樣吧。我必須面對這個問題，不是嗎？在以前受訓的大多數時間裡，我一直認爲尤根是個十足的蠢貨，結果他其實完全不是蠢貨。布蕾德明明是那樣的人，我卻一直努力想要信任她。我嘆了一大口氣，把頭往後仰，注視著天花板。

我只想要再次飛行。我一輩子都在訓練自己成爲戰士。那才是我知道的事，是我了解的事。結果我怎麼一直陷入這種情況？

「嘿，」佩格說，然後推了我的肩膀一下。「別這樣。妳可能不知道，但替我們擦地，比妳獨自一人在外頭要好太多了。」

我用力閉上眼睛。

「用繩子綁住她，」佩格邊說邊大步離開。「還有，別讓她靠近那架無人機，以防萬一。我要回去睡覺了。」

注1：一種剃光兩側、只留下中間部分的髮型。
注2：peg，在英文中也有「假腿」之意。

第十八章

結果，「繩子」指的是光繩。

我從沒見過光繩被這樣使用。一端的圓環繫在我脖子上，另一端繫在牆上；控制裝置牢牢鎖住，完全將我困住。如果想要切斷光繩，我不如用牙齒啃斷鐵鏈還比較快。

雖然那些海盜開玩笑說要讓我擦地，但其實他們搬了一箱零件和幾個裝著潤滑劑的容器過來。他們叫我潤滑所有零件，然後擺在一塊布上。

這樣很好。他們本來可以讓我繼續垂頭喪氣——而我不知會持續這種狀態多久。可是他們丟下零件，取笑我被抓到的事，又命令我工作……這就讓我很生氣了。而生氣會輕易吞噬掉失敗主義的情緒。

我照他們的話做，不過一恢復理智與決心後，我就使用超感能力開始搜索查特。我發現他的思緒其實很近；我以爲他可能想辦法回到藍色叢林碎塊躲藏了——如果碎塊還沒飄遠的話。

查特？我對他的思緒說。

啊，他的「聲音」混雜著痛苦。奈薛小姐，聽到妳沒事眞是太好了。我害怕極了！

你受傷了！我說。

只是……一道小傷，他說。被破壞砲的攻擊擦過而已。像我這樣的老獵犬早就遇過十幾次了！哈……

這是在逞強。我感覺得到他眞的很痛，而這是我的錯。

小心，他提醒我。這樣的談話可能會引起星魔注意！

這讓我停頓了一下。他說得對。然而我有種感覺……自從在長者之路的那次經歷後，我的能力產生了某種改變，或者是我對能力的理解改變了。我知道該如何隱藏。

我閉上眼睛集中精神。現在我了解，在跟查特這樣的人聯繫時，我傳達訊息的方式就像是在朝對方叫喊。於是我試著專注，控制自己的聲音。我回到查特那裡，像是輕聲細語般碰觸他的思緒。

這樣如何？

奈薛小姐！他說。哎呀，眞是了不起。妳怎麼學會這麼安靜的？

我是現在才學著這麼做的，我說。不過，我一直都有能夠聽見星星的天賦——還有前一晚，我也能夠捕捉布蕾德不想讓我知道的想法。我認爲你也許不必把要說的話投射給我。我們聯繫時，你只要在心裡想，我就會聽到。

這樣行嗎？他直接照我說的做了。

行，我說。

好極了！那麼，妳的情況如何？

被抓住，我說。綁在牆邊，潤滑飛艇維修要用的一些零件。

本來可能更糟的，查特說。所以接下來的計畫是什麼？

其實我還沒想到那麼遠，我說。

有道理！查特說。這不過是一次小小的挫折。事實上，這有可能是最好的結果！我們必須想辦法前往長者之路的下一個地點，就在舷砲派地盤的深處。我一直擔心他們會在我們偷走飛艇後追趕上來。在受到攻擊的情況下，我們就很難找時間看那些幻象了。

但是妳滲透了他們的基地，或許我們可以找到方法避免那種事發生。妳能不能試著了解他們是如何巡邏地盤的？

聽得出來他是勉強裝出愉悅的語氣。現在我跟他建立了聯繫，也比之前更能清楚看見這一點。他不只是個樂觀無比的人；他是刻意用這種方式說話的。

你**真的**很痛苦，我對他說。我很擔心你。

別擔心。只要專心給我們弄一艘飛艇就好。哈！我得說，那些海盜把妳留下來，他們根本就不知道自己做了什麼呢。

我發現自己在微笑。而且……好吧，他的話確實有道理。我可以利用這一點。被海盜抓住正是故事裡會發生的超棒經歷；這只是我要克服的另一項有趣挑戰。再說，我也不小心得到了機會可以練習自己的超感能力。

但這還是掩蓋不了我害大家落入這番局面的事實。我必須把話說清楚。

查特，我說。對不起。我搞砸了這一切。

妳絕對不能責怪自己，奈薛小姐，他回答。有時候計畫就是會不順利。

但，我說，這都是因爲我。我……在最後一刻改變計畫，潛入了另一座機棚，而不是原本討論的那一座。

爲什麼要那麼做？他問。

因爲……我不信任你，查特。我以爲你會背叛我，並且偷走我的圖騰。

我感覺到這些話立刻刺痛了他。

妳……眞的嗎？查特說。

對不起，我說。我……嗯，我太過擔心了。

可惡，親自體會他受到背叛的感覺，令我更難受了。爲什麼？他問。我這一路上沒有努力幫助妳嗎？我不是適合的旅伴嗎？

你是！我說。我只是……對不起，查特。問題出在我身上，不是你。

我懂了，他回答。是的，嗯。哎呀，我們必須繼續前進！這麼說好了，過去就讓它過去吧。嗯。是的……

我從沒聽過這麼勉強的話。我能感受到他的痛苦；受到信任一事對他很重要，但我不知道原因——只能感受到表面情緒，無法得知他內心深處的想法。

好吧，查特說。我想，我會在這裡休養。妳要堅持下去！是的。

我想要再道歉一次。我想要解釋自己被布蕾德的背叛傷害過——而且我現在才知道，自己看人的眼光有多差。但是他想要一人靜一靜，我感覺得出來。我必須尊重他的意願。

我中斷聯繫，整個人心煩意亂，也覺得自己很沒用。於是我專心投入潤滑零件，一邊注意海盜的動靜，盡量試著了解他們，藉此分心不去想自己犯的錯。

接下來幾個鐘頭，我大致明白了要如何在缺少適當的基礎建設支援下，讓一支星式戰機隊伍升空。從他們說話的方式判斷，他們花了太多時間維修飛船——以及思考如何從搜刮來的東西中製作出替代零件。

我以為狄崔特斯上的殖民地架構已經夠鬆散了，但我們有鐵工廠和製造廠，而且奉獻出整個社會的力量讓數百架星式戰機能夠升空戰鬥。舷砲派什麼都沒有。就我所知，他們總共才不到二十個人，就有九架星式戰機。

處理完一半的零件後，我已經恢復了一些自尊，也能夠專注在目前的問題上。對，我犯了錯。對，我傷害了查特。然而我必須繼續前進。如果想補償他，最好的方式就是偷走一艘飛艇，讓我們穿越舷砲派的地盤，抵達長者之路的下一站。

好。第一步：盡量了解這些海盜。雖然任務失敗，但這也是一個契機。我專心處理剩下的零件，沒多久就解決了最後一個大齒輪。我叩一聲把它放到布上。

「喂，」我對海盜喊著：「我弄好了。」

鬍子散亂的人類走過來，瓦維克斯人也跟著一起。我特別留意那傢伙。這個種族奴役了我的同胞，所以我無法信任他們。

「我可以再做點工作，」我對海盜說：「接下來你們要我做什麼？」

「妳想要更多工作？」人類問。

「總比坐在這裡唉聲嘆氣好，」我說。

人類跟瓦維克斯人對看了一眼，然後便拖來一組起落架裝置，而且輪子還附在上面。「妳知道怎麼拆掉這些、重新潤滑嗎？」

我點點頭，然後在瓦維克斯人拿來的工具箱裡翻找。我不是修理或工程方面的專家——小羅才是熟悉這種東西的人——可是在重新打造M-Bot原本那架飛艇時，小羅教過我怎麼保養。我能夠應付拆解起落架組件這種事。

瓦維克斯人回去做她的事，不過在人類轉身要離開時，我問：「你是怎麼到這裡來的？」

人類停下來，蹲到我身邊，看著我不熟練地拆卸整個裝置。他是不是在注意我已經用錯套筒扳手三次了？

「我的故事沒那麼有趣，」最後他開口回答。「不過我也想問妳一樣的問題。妳是怎麼學會這個的？妳的主人真的會讓妳玩機械裝置嗎？」

「我的主人？」

「妳說妳是小偷，」他說：「可是妳在逃走前是寵物，對吧？就跟我一樣？是有人養的，還是……老天，妳該不會是來自實驗室吧？」

呃……對啊，他一定是像布蕾德那樣的人類——有些人類被當成新奇的事物養在星盟。就像舊地球上的國王會養獅子，來自另一個世界的可怕生物變成了展示品。我能想像星盟的「文明」人，會想養曾經試圖征服銀河系的危險人類。

「我很訝異他們會讓你來這裡，」我說：「你一定很有價值吧。」

「可不是嗎。」他說：「本來是很好玩的東西，直到這隻寵物企圖偷走家裡的飛艇逃跑。他們認爲太有攻擊性了。講得好像他們買下我的時候還不知道我是什麼呢。」他伸出一隻手。「我叫麥辛（Maksim）。」

「小旋。」我跟他握了手。

「被關起來別太難過，」他比著光繩。「舷砲派是個好地方。只要讓船長知道妳不會一抓到機會就逃跑，妳就可以像我們其他人一樣努力工作往上爬。哎呀，要是妳修理東西眞有看起來那麼厲害，再過不久，妳就可以管理一批地勤人員了。」

我看著自己用二流技術處理的輪罩。在這裡這就算厲害了嗎？

「萬一我一直想逃跑呢？」我問。

他打量著我。「妳才剛到虛無對吧？另一個人，就妳那位朋友，他很了解自己。就像他知道自己在做什麼。但妳不是，對吧？」

「我才來了……」我試著回想。「來了……」可惡，爲什麼這麼難想起來？「一個星期？我想是吧。」

「最好別太在意時間的事，」麥辛說：「就算在團體中，我們也很難保有時間感。我很意外妳竟然能在外頭撐得下去。」他輕拍我的肩膀，然後站起來。「所以妳才不會逃跑。妳會覺得在這裡比較好，比較能保有自己。妳會知道的。」

雖然他們在我身上找到了現實餘燼，但他似乎完全沒想到我可能會有現實圖騰。圖騰一定像查特說的非常稀有。

好，攻擊計畫有了雛形。我可以在這裡工作幾天贏得海盜的信任，同時了解他們是如何巡邏地盤的，就像查特說的那樣。我也可以調查所有飛艇的飛行系統，決定哪一艘最好偷。

接下來，只要時機成熟，我就會抓起M-Bot，偷走飛艇，挖出圖騰，然後繼續自己的行程。也許到那時候，查特會原諒我這個徹底的蠢貨。

「妳怎麼會對機械這麼熟悉？」麥辛問。「還有為什麼他們要把妳丟到這裡？畢竟妳這麼厲害。」

「我沒你想的那樣厲害。」

他笑了。「我知道有時很難說出心裡的話。不過要是妳把以前的生活告訴我們，我們就可以提醒妳，如果妳之後忘記的話。」

「可惡，會發生那種事嗎？」我刻意閒聊。比起聊天，我更專注在自己的逃脫計畫上。

「沒有聽起來那麼糟啦，」他說：「尤其是有朋友幫忙妳記得的話。」

「好吧，我不是被丟到這裡的，」我說，然後回頭繼續處理起落架。「我是自己跳進來的。不過老實說，當時有一群士兵在追趕我。」

「哈！」麥辛說：「他們真的應該學會別把我們當寵物。」

我差點告訴他我不是寵物。我是來自一個有人類的行星。他很親切，讓我想要信任他，並說明我是一位對抗星盟的戰士。

嗯，如果想偷飛艇，這麼做應該是個餿主意。還好我慢慢學會了。最好別向抓住我的人透露自己的計畫。當然，我是不是有可能因為不信任他而犯下錯誤？之前我就太懷疑查特了。可是不夠懷疑布蕾德也曾害我陷入大麻煩。

天哪，我看人的眼光眞的爛透了，對不對？

總之，最好的選擇似乎是別說出我的能力。麥辛讓我繼續工作，接著他就去找那位瓦維克斯朋友聊天，偶爾還會做出手勢指向我這裡。我的工作速度似乎讓他們起疑了，所以我或許應該要再裝得傻一點才行。

無論如何，必須跟M-Bot取得聯繫。於是我決定一邊工作一邊自言自語，這麼做應該會讓其他人以爲我總是在碎唸，就算身邊沒人也會。這麼一來，等我有機會跟M-Bot的無人機說話時就不會讓人覺得奇怪了。

我不停地拆卸零件並潤滑——而且試著放慢速度——就這樣又繼續做了幾個小時。直到我感覺有道思緒試探性地輕觸我。

查特？我問。

沒錯，他回答。我想跟妳談談。不過或許我們應該小聲一點，就像妳之前做的那樣……

可以了，我說。但是查特，我——

拜託，他說。可以先讓我講嗎？

說吧，我勉強克制自己沒再道歉一次。

我一直在思考我們先前的談話，他說。而我想要對妳坦承一件事。妳對我的懷疑其實並非毫無根據。我一直……不夠誠實，奈薛小姐。

這……怎麼說？我問。

我並不是外表看起來的樣子，他說。我很難承認，很難解釋這一切。好吧，我跟妳說過我不記得自己是史貝爾指揮官——但情況比那更糟。我……在這裡待了太久，已經失去了太多自我。不只是記憶，也包括個性。我的一切……都瓦解了，就像被水流不斷沖刷的泥土。

發生這種情況後，我變得很害怕。失去自我是件很可怕的事，所以我必須用別的東西取代。而我記得故事。那些故事或許充滿了幻想，但主角都是我所景仰的人。艾倫．奎特曼[注1]、約翰．羅克斯頓勛爵[注2]、查特．坎尼斯特。失去自我以後，我……我就會把空洞塡補起來，英雄冒險家跟我之間的界線也變得越來越模糊。

因此，妳懷疑我並沒有錯。妳或許會認爲我是騙子，而從某個方面來看我的確是。因爲我無法讓妳看見眞正的自己，我已經忘了**他**。

查特，我說。這並不代表你是騙子。

或許吧，他回答。但眞相是……難以承受的。我不是眞正的人，奈薛小姐。我只是一堆故事的集合體，然後拚命努力活著而已。

你是個英雄，我說。

如果是，他回答，那麼我很久以前就該去面對長者之路的眞相了。那些眞相……讓我很害怕，奈薛小姐……思蘋瑟，我很害怕。我無法解釋理由，因爲我不記得了。我想有一部分的**我**就隱藏在那裡的某個地方，而這令我恐懼。如果我是眞正的英雄，早就該自己走上那條路了。

我不知道該怎麼看待這一切。我感覺得到他的眞誠，還有他的恐懼。甚至是他的困惑。

眞相來自哪裡都沒關係，我堅定地說。你救了我、引導我、幫助我，而現在你也跟我一起走上了這條路。

全都是爲了得到報酬，他說。妳……注意到了我看著圖騰的樣子。我現在知道爲什麼妳會……那樣對待我。

我再次產生了強烈的羞愧感。呼應著他的羞愧。

我們可眞是好搭檔，對不對？他說。我希望接近圖騰能夠幫助我變得更……眞實。我希望現實餘燼以及它們跟實境的聯繫也能幫助到我。妳懷疑我的意圖，這事不能全怪妳頭上。

可是我的懷疑傷害了你，我說。還在傷害你。

是的，他坦言。那是表面的形象，妳明白的。我……我必須把自己視爲英雄，是個紳士探險家，受到敬愛與信任。因爲如果我不是那樣，嗯……哎呀……那就是我所剩下的一切了。那些夢想，那些抱負。

在這個極爲坦白的時刻，我感受到他攤開了內心的想法，而且非常害怕。可惡。我不值得他這樣說出眞心話，可是在那一刻，我知道自己可以信任這個人。或許他根據對故事的記憶拼湊出自己的表面，但在內心……他是個好人。純粹的好人。

我試著將這想法投射給他，結果成功了。他振作起來，而在接下來一段沒有言語的交流中，他接受了我的道歉。我們會繼續前進，會走上長者之路，會找到一切的祕密。

我中斷聯繫，然後努力處理起落架剩下的部分。我應該感到疲累，但是卻沒有——我也不覺得渴。事實上，我不知道自己已經工作了多久。我無法利用疲勞來判斷時間的流逝，甚至也無法利用飢餓感。在這裡，我覺得自己可以一直走下去。永不停歇。

這樣很危險。我得密切注意自己的狀況才行。

注1：Allan Quatermain，一八八五年的探險小說《所羅門王的寶藏》（*King Solomon's Mines*）的主角。
注2：Lord John Roxton，一九九二年的科幻小說《失落的世界》（*The Lost World*）中的虛構人物。

第十九章

幾天後，我認爲自己終於了解舷砲派這個團體了。

「對，總共有六個海盜派別。」麥辛解釋道。這是我當俘虜的第二天，我們正在做些保養推進器的工作。「舷砲派的規模比以前小了點，但我們是最早出現的派別，也是最有榮譽感的。」

「那星盟呢？」我問。「這些星式戰機有一些是他們的機型。」

「哈！對啊。那些可憐的討厭鬼在休爾要塞執行採礦任務，他們會要求上級派出飛艇保護，免得受到我們攻擊。這正好給了我們很多偷走飛艇的機會！」

接下來兩天，我又暗中蒐集了更多資訊。這些派別在幾年前還是處於混亂狀態——比較像一群到處流浪的人，或是零散的難民。後來他們才凝聚起來，組織成目前的六個派別。

他們大多數時間都在試圖從採礦基地竊取東西、俘虜剛被放逐的新人，或者甚至是突襲其他派別。在這幾天觀察下來，舷砲派雖然出去突襲了幾次，卻沒在戰鬥中失去任何一架飛艇。也許那些都只是短暫的接觸，比較像裝模作樣而非眞正的戰鬥。

在舷砲派所有人當中，我對佩格最感興趣。那隻大型外星人有某個地方……不太一樣。她是天納西人，我曾在星界上得知這個種族經常替星盟操縱無人機，或從事其他的戰鬥。她確實散發著一種威嚴，每次出現時也都會仔細注意我。

除了她之外，在我們這座機棚工作的通常有四個人，麥辛是其中之一。其實我闖入的就是麥辛的機棚，只是他剛好在看守時去找另一支飛行隊聊天。他所屬的隊伍叫短劍飛行隊（Cutlass Flight）——這又是因爲海盜覺得聽起來很嚇人而採用的舊地球用語。由於我受到他們的監督，所以基本上我等於是被指派到了這支飛行隊。

我們飛行隊中的瓦維克斯人叫紐露芭（Nuluba），是種族之中的女性。她還是會讓我緊張——我一看見她就會想到溫齊克，畢竟她的外骨骼也一樣是綠色。她跟麥辛是短劍飛行隊的地勤，這支隊伍目前只有兩架可用的星式戰機，另外還有佩格的穿梭機——她對那架穿梭機非常自豪，但我可不會想開著它上戰場。

另外，這裡也有一艘還無法作戰的老舊民用飛船，而他們正在加以改造，使其擁有戰鬥能力。它跟穿梭機一樣，設置了可以拖拉物體的光矛；星盟通常不會在戰爭中使用那些飛艇，大部分是用於工業領域。現在他們正在安裝破壞砲。經過接下來幾天的偵察，我決定這就是我要偷的飛艇。我不熟悉佩格那艘穿梭機的控制系統，至於另外兩艘更適於作戰的飛艇……

它們都被短劍飛行隊的兩位戰機駕駛員佔據了。那兩個飛行員都來自同一個外表像水晶的物種，基本上就等於住在飛艇裡。在我詢問她們的戰鬥技能時，麥辛提供了一份非常重要的情報。

「有兩位住在駕駛艙的飛行員眞的很棒，」他揮揮扳手比向飛艇。「只要掃描器告訴我們發生襲擊，她們就能馬上準備好。」

掃描器？

舩砲派擁有長程掃描器嗎？

我一直以爲他們有的是像星式戰機上面那種較小型的接近感應器。但是有一座功能完整的長程監視設備？那可眞令人意外。

我立刻開始探聽。原來，掃描器的顯示器就在我們機棚裡，連接著屋頂上的某種設備。它能追蹤飛艇並詳細顯示範圍內的地圖。當天稍晚，我設法瞥見了顯示完整地圖的螢幕，就像查特曾經畫給我看的簡易圖，只是更加精細。

舦砲派的地盤是環帶之中一塊往內部縮窄的楔形區域，兩側邊界跟其他海盜的地盤接壤。而所有海盜的地盤最後都會連接到星盟的領域——一片佔據了環帶中段的寬廣地帶。

我非常興奮，當天晚上就把消息告訴查特。

有一座掃描器，我向他說明。是大型的，可以監視侵入的飛艇。它可以一路掃描到星盟的領域，但我認爲無法發現單獨的個體。它的解析度沒那麼高。

我沒想到他們會有那種東西，他說。他們的技術大部分都是竊取而來——我很納悶他們是從哪裡取得這麼高性能的掃描器。

不知道，我說。不過我被俘虜是件好事，因爲……

因爲有那座掃描器，他們就能夠追蹤我們偷走的飛艇，一路跟到長者之路的下個地點，查特說。哎唷。這樣我們絕對無法調查那裡的傳送口，他們會到處追捕我們。我很高興我們發現了這件事——然而要是有機會，我會選擇藉由不必把我肩膀烤焦的方式來取得這項資訊……

根據他的說法，他這些日子都在「療養」。我還是很內疚害他被破壞砲打傷。

總之，我說，這給了我們一個機會。我必須在離開之前破壞那座掃描器。

哈！可別玩得太開心囉，思蘋瑟。妳會讓我覺得被冷落了呢！那麼，我們計畫的下一步是什麼？

我在床上翻了個身——所謂的床，就只是機棚內的一張床墊跟一條毯子，而我還被綁在牆邊。雖然他們後來多給了我一些活動空間，但目前我仍被關在這個地方。

下一步，我說，是跟M-Bot聯繫。我必須把它上傳到系統裡才能偷走飛艇。

好極了，查特說。替我問候那個可憎——那個人工智慧。

我很高興你試著對它改變了看法，我說。

如果我被誤會了，查特說，那麼我也有可能誤會它。雖然我認爲持有人工智慧並不明智，但那只是一種直覺的本能反應。關於它的性格，我應該接受妳的看法才對；要是早點那麼做，或許就不會導致妳誤會我了。

每當查特在我們聯繫期間感受到痛苦，我就會禁不住皺起眉頭。總之，我說，我有個可以跟 M-Bot 接觸的計畫。我只需要找到一個受損嚴重的飛艇零件……

談話結束後，我開始慢慢進入夢鄉——然後在完全睡著之前阻止自己。我試著聯繫尤根，卻被某個東西阻礙了。有種奇怪的迷霧圍繞著，擋住了我。我不確定那是什麼，可是……最近我在其他晚上也見過這種情況，對吧？

隔天早上，麥辛拍了拍手，慎重地取下我的光繩，然後把它關掉。「妳又多贏得了一些自由，是佩格下令的。」他靠過來。「如果可以的話，小心別吊死自己。」

我摸摸脖子。生存的本能要我拔腿就跑，但我壓抑住了。「謝了。」我說，然後站起來伸展身軀。在舷砲派才待了四天——不，好像是五天才對？——他們就已經這麼信任我了？這眞是太順利了。

「我們有些零件要潤滑。」麥辛說。

「又是這個，拜託。」我回答：「我認爲我必須發揮最大的用處，向佩格證明自己。告訴我，你們這裡損壞最嚴重的東西是什麼？」

「不知道，」麥辛說，不過他比著其中一艘戰機。「可是虛弗爾的左側破壞砲一直出問題。要是妳可以修好……」

我點點頭，然後去找紐露芭，她在機棚後方有一個辦公區域，一切的工作都要由她批准。沒過多久，我就來到了星式戰機的機翼下方，戳了戳有問題的破壞砲。黑色的油污正從其中一道縫隙滲漏出來，而且味道聞起來很可怕。

「呃，」我說：「你們有多久沒保養這東西了？」

一個形狀像稜柱的大塊藍色水晶坐在我旁邊的凳子上。旁邊有一層體積較小的水晶固定住它，並且連接著一條同樣材質的水晶線，經過地板、輪子、戰機側面，一路通到駕駛艙內。

比較靠近我的大塊水晶震動著，發出一種迴盪的音色。我絕對認不出那是一種語言；那就像引擎正要關閉前，站在一步距離外所聽見的噪音。不過我的別針比我厲害，把那種鳴響聲翻譯成了文字。

「已經幾個月了，」水晶坦白地說：「也許更久。在這裡很難確認時間……」

「至少幾個月了？」我難以置信地說：「破壞砲應該要每個星期保養才對啊。」

「考慮到那裡受了損傷，我們認為最好不要打開外罩，」水晶說：「我們認為這樣可能會壞掉，無法修理。」

「預防一定比維修好。」我說。

「這句話很明智，」水晶回答：「但前提是要能夠採取預防措施。」

那是一種叫共鳴者的外星生物。這塊水晶的名字叫虛弗爾，她告訴我「這次」她是女性。他們全身上下都是由能夠隨意生長的水晶組成，而她可以像晶洞內部的礦石般填滿星式戰機的駕駛艙。

現在跟我說話的部分——比較大塊的寶石——是在我過來檢查機械時迅速生長出來的。我想這個部分可能就像手臂之類的東西，是虛弗爾延伸出來跟人互動的「肢體」。最末端的大塊水晶似乎沒有存在的必要；我覺得她製造出那塊水晶，是為了讓其他人跟她說話時可以有個對象。

我偷取飛艇的計畫從一開始就註定會失敗；我選擇的飛行器上，那些電子裝置和控制系統都被虛弗爾長出來的身體覆蓋住。通常，共鳴者在整段「化身」期間都會待在同一個地方，而我後來得知大約是五十年左右。這次她讓自己在星式戰機上生長，幾乎就像人工智慧一樣住在裡頭。或者是像幻格曼族。

「嘿，虛弗爾，」我邊說邊轉開破壞砲外罩的螺旋，打算看看裡面的狀況。「妳有沒有聽過一個叫幻格曼的物種？」

「確實聽過，」虛弗爾說：「眞是奇怪與神祕的個體。我從沒遇過，但一直對他們很感興趣。」

「我覺得他們跟妳的物種有點像。」我說。

「哪方面？」

「這個嘛，你們都算是住在飛船上，就像……我不知道怎麼說，就像身體裡的靈魂。」

「那是個有趣的觀點。」

聽到這句話，讓我想起了金曼琳會在我說出蠢話時回答「祝福妳的星星」。

「我覺得妳不同意我的話。」我說。

「雖然妳的邏輯有一些漏洞，但我相信在考量過妳的意見之後，我會更容易理解。」

我差點忘記來自星盟的人有多麼平和了。這可是一群抓到我在偷他們東西的海盜，結果他們對待我的方式，幾乎就像是一位來過夜的訪客。雖然綁住了我，但還是很友善。

「如果我說了蠢話，妳可以告訴我，」我邊說邊轉動外罩的螺絲。「我不會覺得被冒犯的。」

「這不是我們的作風……」

「妳可是星式戰機駕駛員，」我說：「妳每個星期都飛出去戰鬥。跟我爭論一下也不行？」

「小旋，我們這個物種演化成了靜止的個體，會跟彼此在一起待上好幾十年。爭論不是我們的本性。我們不像能動的物種，沒辦法在讓對方生氣後直接走開。」

嗯。也對，有道理。

「不過，」虛弗爾說：「爲了促進我們對雙方的理解，讓我解釋吧。妳暗示我就像幻格曼族，因爲我們控制飛艇的方式很像。我發現這是一種表面上的觀察，因爲照這種說法，任何使用附肢來控制飛艇的物種都很類似——儘管他們的文化、身體，以及核心化學組成可能有很大的差異。」

「是的，我懂妳的意思，」我說：「老實說，我可能只是在想念我的朋友。」

「我能理解，」虛弗爾說：「我也想念我那個洞穴裡的七位夥伴。我已經跟他們一起經歷了三次化身，而現在……」

我不確定水晶般的生物會不會哭，但接下來出現的嗚響會讓人想到哭泣，而且別針也沒把那些聲音翻譯成文字。

「嘿，」我說。我終於卸下了最後一顆難搞的螺絲。「總有一天，我們會有辦法離開這裡的。」

「我們當然會，」虛弗爾說：「當然會。」

這聽起來也像是金曼琳會說的話。她們兩個一定會要好到不行，至少她們都很會應付我。

我撬開破壞砲的外罩，緊接著皺起鼻子。武器的機械結構顯然有一道裂縫——液體已經滲出一段時間了。而發射武器時會讓液體加熱，燒焦整個地方，導致結構嚴重侵蝕，充滿了薄片狀的黑色灰燼。

這太完美了，我心想，同時留意別讓自己表現出興奮。我本來是想要找壞掉的東西，但壞掉又需要清理的東西更棒。

我大聲說：「可惡。這簡直一團糟。」

「我有共鳴，」虛弗爾說：「而且感覺可能會這樣。」

「這得花一段時間清理。」我說：「我現在要把它從飛艇拆下來，所以妳之後出動時就會少一具破壞砲了。」

「很遺憾，我們存在的方式，讓我們經常必須在不是最適當的條件下飛行。」虛弗爾說：「小旋，我祝妳成功，並在修理的工作中達到自我實現。」

「謝了。」我說。我先在武器底部黏上一顆小型可攜式上斜環，然後開始卸下裝置。這花了差不多半個鐘頭的時間完成，接著我使用遙控器把它放低。

破壞砲的長度整整有一公尺半，形狀有點像一顆飛彈——而且拆下外罩後，裡頭全都是外露的電線跟一堆燒焦的地方。我讓它懸浮移動時，看了後門外面一眼——我得用盡全力克制自己，不馬上衝到外頭挖出父親的胸針。不過我知道它在那裡會很安全。比放在我身上安全多了。

我把拆下的破壞砲移動到紐露芭的桌子前，她正在分類搜刮回來的物品。這個瓦維克斯人喜歡把那種東西記錄起來，讓我覺得很可疑。有誰會為了做文書工作而成為海盜？

「這看起來情況不妙，紐露芭，」我比著破壞砲說：「我連可以修好多少地方都看不出來，必須先清理過才行——而光是這件事就可能要花上好幾個星期。」

「哎唷，哎唷，」紐露芭說，然後站起來檢查破壞砲。她跟同物種的其他人一樣，說話時會誇張地擺動盔甲的雙手，聲音則是從外骨骼的頭部側面投射出來。「我們沒有替代品——我這裡就已經有四具出毛病的破壞砲了。小旋俘虜，妳沒辦法加快速度修理好嗎？」

「妳是在開玩笑嗎？」我指著破壞砲說。

紐露芭嘆了口氣。

「我想，」我假裝正在思考。「我那台舊的打掃機器人可以比較快完成。只是不知道你們把它放到哪裡了。」話一說完，我就覺得這樣太牽強了。瓦維克斯人是非常狡猾的物種；紐露芭一定會馬上看穿我的企圖。

「喔！」她說：「那是個好主意。等等，我去拿給妳。」

我突然提高警覺。這是不是太簡單了？然而瓦維克斯人就這樣離開了，不到一分鐘後回到機棚，身邊跟著M-Bot那架無人機。我小心地把破壞砲移動到角落的一張工作台。紐露芭把無人機留給我，然後就回去做她的工作，彷彿沒發生過任何不尋常的事。

不過，我在檢查M-Bot時，很確定瞥見了紐露芭在看我。所以……這也許是某種測試？很合理。舷砲派的人可能已經料到我會要求使用無人機。但他們在這麼短的時間裡就肯讓我們一起工作，似乎有點奇怪。

說不定他們在它身上植入了某種漏洞。他們會知道我試圖跟它說話嗎？

這些人不認為它是人工智慧，我提醒自己。只認為它是某種間諜機器人。

無論如何，我必須冒這個險。我跪在地上打開無人機側面的控制面板，假裝正在處理一些程式。接著我低聲說：「嘿。」

「妳應該知道，」它輕聲回答：「他們在我身上裝了一些非常基本的監控軟體。」

「這其實讓人安心了點，」我低聲說：「我還擔心他們太容易就讓我跟你一起工作了。我猜你可以處理那個軟體？」

「那當然，」它說：「對於他們想要清除掉人工智慧一事，我盡量不讓自己覺得這麼做太過分了。這就等於是餵我毒藥嘛。幸好，他們『餵』的方式就像是拿著一根大得可笑的湯匙，上面還有一塊牌子寫著『不是毒藥』。我可以輕鬆地繞過它，不過——就像大家會說的——心意最重要。」

「很好，那麼，」我說：「我要你假裝我使用了代碼，存取你的隱藏程式，然後讓他們以為我設定讓你監聽跟錄音。這樣他們發現後，也不會覺得太可疑。接著，再假裝我啓動了你的深度清理與維修協定。」

「好極了，」它說：「呃，什麼深度清理與維修協定？」

「那架無人機原本的……哦。我們刪除了那個東西，對不對？」

「妳沒刪除的東西，我在上傳自己的時候都刪除了，」M-Bot輕聲說：「為了容納我自己、我的蘑菇資料庫、蘑菇資料庫的備份，以及備份的備份，裡面的容量都快不夠了，我才不會留下什麼清理協定。」

「好吧，那就開始假裝跟著我一起清理，還有，至少要讓他們以為你有清理程式。我告訴他們如果沒你幫忙，就要花好幾個星期才能修理好這具破壞砲，但老實說我根本不知道。我只是想找個藉口。」

它照做了，接著我們兩個開始工作。幸好，它很快就辨識出燒焦的化合物，並建議使用特定的溶劑來清理。雖然沒有清潔例行程式，但M-Bot的化學資料庫發揮了極大用處。這樣很好，因爲我根本不知該怎麼修理壞掉的破壞砲。這遠遠超出了小羅教我的基本保養能力。

我刻意待在角落，並且喋喋不休地一直說話——大部分是自言自語，繼續我的僞裝。附近沒人在的時候，M-Bot就可以回應。它的資料庫裡有很多詳細的飛艇結構圖，因此我們清理掉一些黑色油污後，它就能指出哪裡有問題。有問題的地方很多，也很嚴重。

「我覺得該替這具火砲感到憤怒，」M-Bot說：「繼續讓這東西射擊，對機器來說就像……嗯……」

「就像你可憐的戰馬已經掉了一塊馬蹄鐵、側面中了一箭，你還強迫牠繼續奔馳？」我問。

「好比喻。」它說。

「謝了。」我說。我正躺在地上試著清理一些油污，同時小心不扯掉一組冷卻劑軟管。「能聽到你的聲音眞棒，M-Bot。抱歉我害我們被抓了。」

「這個嘛，我倒是在另一座機棚發現了一些有趣的黴菌。它們基本上是可以吃的蘑菇，所以我過得還算愉快。查特的情況如何？」

「受傷，」我說：「可是逃脫了。我可以透過超感能力跟他說話。他正在復元，如果知道我跟你聯繫上了一定會很高興。」

「妳確定嗎？」它說：「他一直覺得我是可憎之物。」

「他的看法正在改變。」

「也許他不應該改變。」M-Bot說。雖然它跟我說話時已經把音量壓得非常低，不過談起這件事，它似乎更……壓抑著什麼。「那些海盜檢查我，是爲了確認機身裡沒有人工智慧——甚至還植入了清理軟體——這表示查特可能是對的。萬一我眞的是個可憎之物呢？」

「大家也認爲人類是可憎之物啊，」我邊說邊弄掉一大團油污。「他們認爲這就跟軍事禮儀或人事紀錄一樣，可以明顯看得出來。可是那完全錯了。」

「關於人工智慧的傳言一定其來有自。」

「當然，」我說：「就像關於人類的傳言。畢竟，我們可是試圖征服銀河系三次呢。但這不表示我們就是怪物，只是無能的暴君罷了。」

我發現自己越來越難用奶奶說的故事，來合理化前人所做的那些事。在對抗報復心重又決心消滅你的敵人時，要把自己當成英雄其實很簡單。但如果想要征服別人的是你呢？我想到了那位想要證明自己能力的狄翁人莫利穆爾。由我同胞所發動的戰爭，到底害死了多少像這樣的普通人？

這讓我很不安。我會引用亞歷山大大帝和成吉思汗說過的話，是因爲我們在面臨滅絕時，需要他們那種勇氣。然而根據M-Bot資料庫的證據顯示，這兩個人都發起了可怕的大屠殺。

我以前的生活簡單多了：只需要跟「克里爾」這個模糊的概念作戰，不必面對眞人。

「思蘋瑟，」M-Bot飛近我，說：「謝謝妳。我是指繼續當我的朋友，儘管有潛在的危險。」

「我也要謝謝你，」我說：「你認眞想一想吧。要是我們兩個之中有一個會害死對方，那會是誰？喜愛蘑菇又令人厭煩的小機器人？還是身高一公尺半的討厭鬼，她曾經爲了試用新的玩具小斧頭，而說服最好的朋友答應被剝頭皮？」

「我的天哪。」M-Bot說。

「不過我要爲自己辯護一下，」我說：「是奶奶沒解釋清楚，所以我才會以爲剝頭皮是指爲了能看到頭皮，而把頭髮理得很短，而且是使用劍或斧頭。這聽起來很酷啊。」

M-Bot安靜了，因爲這時紐露芭手裡點著平板電腦正要從旁邊經過。我咕噥著自言自語，像在對黑色油污說話，M-Bot則幫忙噴灑溶劑。

後來它又非常小聲地開口說話：「思蘋瑟，這具破壞砲有點奇怪。」

「除了它看起來像是在焦油坑裡變成化石嗎？」

「對，除了那以外。看到安裝在武器旁邊的兩個盒子了嗎？那些是輸出調節器。通常這種東西是用來提高武器的溫度，例如可以切開金屬遮罩；或者，也可能將火力強度調低用於訓練。」

「所以這些是什麼用途？」

「無法判斷，」M-Bot說：「這些都已經因爲過度使用而燒掉了。不過，妳沒注意到艦砲派竟然從沒失去過半架飛艇嗎？」

「我注意到了，」我說：「也許是他們運氣好。從我們來到這裡後，他們只出擊過幾次而已。」

「我想是吧……呃。」

「怎麼了？」我問。

「我剛算了一下我觀察到的出擊次數。我計算的是十次。」

「不可能，」我說：「四、五天內就有十次戰鬥？」

「對，奇怪……哦。」

「……哦？」

「我剛才調整了我的內建精密計時器，」它說：「我們已經在艦砲派待了兩個星期，思蘋瑟。」

我手中的抹布無聲掉下。我眨著眼睛，試圖回想……我睡了幾次覺？記憶有點混雜不清了……

「可惡，」我說：「你怎麼沒注意到？」

「不知道，」它小聲說：「我猜我比自己想的更有生命，而且跟妳一樣受到了一些影響。確實，失去時間感似乎符合我們對星魔的認知。」

嗯，這解釋了爲何其他人會「這麼快」就把M-Bot交給我。其實一點也不快。

然而，我的大腦還是很難理解。我幾乎要很費力才能回想起自己做過的維修工作。卸下全部四艘飛艇的起落架。保養推進器。修理機翼……

我立刻搜尋查特。

妳聯繫上人工智慧了嗎？他問。

是的，不過……查特，你覺得我被抓到這裡幾天了？

六天？他猜測。但我因爲受傷睡了很久，所以也許是七天或八天？

是十四天，我說。

他沉默了片刻。接著我感受到他的情緒，就像在嘆息。

待在一個地方太久很危險，他說。這種事就是會發生，思蘋瑟。我很遺憾。

「你可以設定鬧鐘嗎？」我問M-Bot。「日期提醒？我們應該開始清楚意識到每一天，看看能不能讓我們更專注。」

「可以。對，那是個好主意……」

可是我感覺到它語氣中的擔憂。即使查特已預料到這種事，我仍覺得M-Bot也會受到影響一事太奇怪了。我記得自己有睡覺，卻算不出來次數。這個地方破壞了我的時間感，讓我很難記住事情。

兩個星期？在戰爭中，兩個星期可能會發生很多變化。我的朋友都還好嗎？我必須加速逃脫計畫才行。我得想辦法把M-Bot上傳到其中一架星式戰機，最好是沒有水晶外星人住在上面的戰機。

第二十章

「我就老實說了，」麥辛說。他懶洋洋地靠在鋸木架上，用一根手指勾著扳手。「我一直以爲自己有問題。大家都告訴我人類有多卑劣，而且天生很狂暴，可是我完全沒有那種感覺，妳懂嗎？」

他接著說：「嗯，我的主人還以爲是他們的訓練控制住我。他們宣稱有一整套療程可以『治癒』攻擊性，所以才能夠獲得許可養一個人類小孩。他們在我九歲時帶走我，還要我坐著發出哼聲。」

我的目光從診斷螢幕往上移；這時我正在暗中準備進入計畫的下一個步驟。佩格提過基地的掃描器需要稍微保養一下，我不確定會是何時，但我想在那個時候準備好離開。

目前，我正盡可能地融入環境。我得承認我很喜歡跟其他人聊天。「他們要你發出哼聲？就像……你知道的……」我隨意哼出聲音。

「一點也沒錯，」麥辛說：「他們會叫我坐在一張小墊子直接哼。一次好幾個鐘頭。他們說這是一種特別的『專有過程』。我猜是我哼的聲音很獨特？說眞的，我還是不確定原因，不過他們讓我做了二十年。」

「反攻擊性治療可是一門大生意，小旋。」坐在附近地上研究報表的紐露芭說：「許多父母都害怕他們的孩子可能會太具攻擊性，所以會花大錢治療，任何治療都做。」

「那是一場失敗，」虛弗爾說，她的水晶生長到附近一個箱子上，從那裡發出了嗚響。「雖然哼聲治療聽起來……不太尋常，但也有其他較爲合理的療法。我認爲星盟有許多人都很努力想創造出一個更好的社會，不過……我們之中有些人會質疑這個目標是否值得。整個體制的共鳴很不穩定，因此它產生了裂痕。我們有時候……太過斯文了，以致於無法接受這一點。」

麥辛點了點頭。他的實際年齡才三十出頭，但鬍子讓他看起來更老一些。以前我總是想像又長又粗獷的鬍子會讓一個男人看起來像是戰士，麥辛改變了我的想法。他看起來一點也不像戰士，反倒像個在洞穴中迷路很久的傢伙。

可是他一派輕鬆的樣子讓我很好奇。我還以爲被俘虜的人類都會像布蕾德那樣很緊繃，不過這傢伙實在太悠閒了，簡直可以跟……跟我認識的某個人……來一場打瞌睡比賽……

跟奈德比。沒錯。我怎麼會忘了奈德的名字？麥辛可以跟奈德比賽打瞌睡，而且不會輸。

「我學會做出眞的很可怕的行爲，」麥辛笑著說：「會吼叫、露出牙齒，甚至揮著手說『呼哈呼哈呼』。我告訴他們那是我們部落的戰吼。我父母一定會覺得很好笑。才沒有什麼部落呢，我們只是個小家庭，只是想在實驗室裡盡量過著正常的生活。」

接著他移開目光，而他在提起父母親時都會這樣。他被賣給瓦維克斯人後，就被禁止再跟他們聯絡。現在他已經不記得雙親的長相了。少數海盜在這裡待的時間已經久到完全遺忘自己的過去，很多人則是從頭到尾都待在團體裡，減緩了這個過程。不過就我所知，這種影響無論如何都還是會出現。

「星盟辜負了你，麥辛，」紐露芭說：「盧弗爾說得對，但我要比她說得更強烈一點。星盟辜負你，也辜負了太多人。」

我一直格外留意紐露芭。她在那套像甲殼的外骨骼裡看起來很有氣勢。她知道我在策劃逃跑嗎？她會像我看待她那樣看待我嗎？

「妳呢？」我試著用若無其事的語氣問她：「星盟也辜負了妳嗎？」

「某方面是的。」紐露芭回答。透過外骨骼的面板可以看到一隻像螃蟹的小型生物，那就是她眞正的形體。「或是我辜負了星盟。我曾經是名官員。」

「我猜是替政府做事？」我不太清楚其他國家的制度。「妳的職位有多高？」

「高？」她舉起手臂，似乎被逗樂了。「大家都以爲我們瓦維克斯人都是『主管』，而且一定『非常重要』。我向妳保證，我們才不是！哎呀。有一些是，但我不是，知道了嗎，人類的小旋。那是一家經常受到忽視的公用事業，而我在當中一個無關緊要的部門工作。我住在圖瑪（Tuma）。」

「我不知道這件事，」麥辛說：「哇塞。」

「圖瑪？」我問。

「經常出現酸雨風暴，」麥辛解釋道：「但是附近有一些不錯的資源場。大部分地方都是自動化的，是住起來很便宜的地方。非常便宜。」

「嗯，」紐露芭說：「我替甲烷供應場從事顧客分析。我有很多資訊——包括許多行星的人口統計，這樣我就可以判斷顧客使用量的趨勢。也許我花太多時間看那些資料了。」接著她別過頭，放下了手臂。外骨骼模仿了她那副小螃蟹身體在內部的動作。「我開始提出問題。太多問題了。在我還不清楚發生什麼事前，就被丟進了這裡……」

我皺起眉頭，繼續做自己的工作。紐露芭隱瞞了什麼？我還是搞不懂瓦維克斯人。例如，我最近發現充滿液體的無機外骨骼並非全然是科技產物，而是以某種方式生長出來，再直接連上瓦維克斯人的神經系統。那是怎麼辦到的？

「身爲星盟的我們辜負了太多人，」虛弗爾說：「就像妳生長得很大——很舒服——妳會覺得這個洞穴一定沒問題，因爲它一直都是這樣。妳會跟自信產生共鳴，忽視那些不穩固的石頭可能總有一天會導致洞穴崩塌，壓碎所有住在那裡的水晶。」

其他人點著頭。我則是繼續自己的診斷：我正在處理第四艘飛艇，而我們要在這艘曾經的民用飛船上加裝武器。今天，我的工作是要確認剛安裝上去的機載瞄準系統能正常運作。

整體來看，我的偷取計畫進行得很順利。M-Bot 跟我過去兩天精準掌握了時間，這讓我感到更安心，也更堅定。更專注。

最難的部分，反而是我感到自己好像在欺騙短劍飛行隊的成員。麥辛、虛弗爾、紐露芭，甚至是安靜的德爾麗茲（Dllllizzzz）——隊上的另一位共鳴者。她很少說話，但也在我們工作的地方附近生長出一塊水晶，偶爾還會讓它震動呼應我們其中一人說的話——我想這是表現認可或同意的一種形式吧。

一部分的我很自然地想把這裡當成新家，將短劍飛行隊的成員視為家人，就像我的其他戰友一樣。可是我無法跟這群人建立起我跟赫修、莫利穆爾和薇波那樣的情誼。幸好我意識到了這股衝動，刻意用一些挖苦的話來提醒自己。

記住他們把妳關起來，我告訴自己。*記住他們是一群海盜，不是真正的軍隊。*

理論上，等我們完成診斷後，這艘飛艇就可以參戰了。麥辛會是駕駛員，而我將擔任他的地勤。

「所以你出動時，」我對他說：「就是要去跟其他海盜派別戰鬥？」

「大部分是，」麥辛說：「直到我們突襲星盟。佩格老是在談要對他們來一場大規模進攻，不過他們可是有很多戰機的。」

「但我們有一項優勢，」虛弗爾說：「是其他海盜派別都沒有的。那就是佩格跟她的……過去。」

這倒是沒聽過。我試著表現出適當的好奇心，而不是過度急切。佩格有祕密？也許再工作幾天，我就可以說服他們——

「對喔！」麥辛說：「妳不知道對不對，小旋？佩格曾是星盟的軍官，在採礦站的基地維安部隊擔任首長。」

或者他們也可能會直接告訴我。

「基地維安部隊首長，」我說：「聽起來是大人物。」

「沒錯！」麥辛說：「她是整個休爾要塞基地的第二指揮官，所以非常了解那裡的設施、他們的戰鬥方式，諸如此類的。」

「而她捨棄了那一切來當海盜？」我問。

「比較像是他們逼她離開的。」麥辛表示。

「跟政治有關，小旋，」紐露芭解釋：「在所有的海盜和礦工中，佩格是少數完全自願選擇來到這裡的其中一人。她會接下工作，是因爲這能讓她升職，而其他人都不願意。這裡的所有人幾乎都是像麥辛或我這種異議份子——就連工人們也非自願前來的。但他們並不完全算是被放逐，對吧，虛弗爾？」

「我曾經是大型機具操作員，」虛弗爾震動著水晶告訴我：「就在休爾要塞的礦場。我被派來這裡，是因爲家鄉發生了一場意外，而嚴格來說那是我的責任。他們說，只要盡忠職守在虛無工作十年，就會准許我們離開，但那種事很少發生。」

「所以他們有傳送口？」我問：「通往外界？」

「是的，」虛弗爾說：「就在基地裡，不過進出都受到了嚴格控管。」

所以，我在走完長者之路後有機會從那裡離開——但我不願去想成功抵達的機率有多高。要潛入星盟基地，再想辦法滲透進入他們嚴密看守的傳送口，這似乎並不是個好選擇。

「就算十年到了，也很少有人會被放出去？」我問虛弗爾。

「官員會找藉口，」紐露芭輕聲說：「找理由留下工人，禁止他們離開。」

「我在表現評估報告中被視爲『太具攻擊性』，」虛弗爾說：「提醒妳，這不是佩格的錯。她每次都會給大家最高的評價，是其他人刻意要把比較有能力的工人留下來。」

「而他們也這樣對待佩格？」我邊問邊環視機棚。她不久前才在附近。還是……那已經是一兩個小時前的事了？可惡。

「這個嘛，」虛弗爾說：「第一次，她是自願繼續簽訂合約的。我認爲她想要留下來幫助工人們回去。不過在這裡待了二十年以後，她決定要離開了。他們保留她的合約，這是……三年前的事了，應該吧？離開的時間到了，結果……」

「結果怎麼了？」我問。

「他們說她可以走，」紐露芭接著說：「但是她的孩子必須留下來。」

等一下。佩格有孩子？

「他們不在協議中，妳懂嗎。」虛弗爾說：「由於他們都是年輕人，所以星盟說他們必須留下來工作十年才能離開。當時場面很難看，佩格的叫喊聲到今天都還能跟我產生共鳴。」

「可惡，」我低聲說：「背叛她應該會很可怕。」

「可以那麼說。」虛弗爾說：「她偷走很多飛艇，還說服我們三分之一的人跟她走，加入海盜的行列。會有這些派別也是因為她的影響——她有個宏偉的計畫，要團結他們對抗星盟，拿下整座基地並佔領……」

這引起了我的注意。「聽起來太棒了！我們應該攻擊他們！」

「試過了，失敗了。」虛弗爾說：「我們的飛行技術不夠厲害，星盟把我們打得很慘。現在，沒人再聽佩格的話。派別分裂，只會為小事爭執，光是要生存就已經夠困難了。」

「我要變得很厲害，」麥辛說：「學會飛行。我會成為海盜冠軍，讓舷砲派再次獲得大家的尊敬。」

「等一下，」我瞪大眼睛說：「有海盜冠軍這種事？」

「對，我們幾年前想出來的。」紐露芭說。這好像已經是她第四次檢查報表了。「在所有的派別中，一定有一位最厲害的飛行員，何不直接找出來呢？所以我們偶爾會舉辦比賽。一對一，駕駛星式戰機。讓生活有趣些。」

海盜冠軍。我有機會決鬥了。

星星啊，那眞是太美妙了。

不行，不行，我心想。不能決鬥。妳的重點是長者之路。

可是……

海盜。冠軍。

「我會打敗他們，」麥辛說：「如果虛弗爾沒先打敗他們的話啦。妳知道嗎，妳的飛行技術眞的很棒呢。」

「這點我有共鳴，」虛弗爾說：「我也感謝讚美。你在這方面很厲害，麥辛。」

「謝啦！」他說，然後靠向我。「虛弗爾跟我策劃這件事好一陣子了。目前的冠軍是佩格的其中一個兒子。在大家被星盟打敗後，她的兩個兒子都到外面自立派別了。他們根本不聽佩格的話，但要是我們贏過他們，說不定情況就會改變。」

要讓自己不去想成爲海盜冠軍這件事眞的很難，不過我必須專注。我粗魯地從飛艇的前插座拔掉診斷工具連接線。「瞄準系統還是需要重新校準。」我說，然後嘆了口氣，讓紐露芭看螢幕上的資訊。

「眞是的，」瓦維克斯人說：「我以爲妳已經測試過了。」

「兩次，」我說：「程式一定跟某些機載協定發生了衝突。我得把資料清除再重新上傳。」

「也用另一部機器再執行一次診斷，」她提出建議。「說不定是這個裝置有問題。」

「好主意。」我說，然後慢慢跑向M-Bot。它正在擦拭我們剛修理好的破壞砲。我抓住它。

「你準備好了嗎？」我低聲說。

「好了，」它說：「妳有查出感應器什麼時候會關閉嗎？」

「沒有，」我回答：「不過現在有機會上傳。我想我們應該把握這次機會。」

「了解。」

我傳話給查特。「第三次一定會成功」行動就要開始了，查特。

祝妳好運，思蘋瑟，他回答。我會努力不聯繫、不讓妳分心，並且坐在這裡假裝自己沒跟第一次參賽的賽馬騎士一樣緊張！

我微笑著，同時在心裡想像他克制不住自己，一直用蘆葦稈編織鞋子——他說他緊張時會那麼做，也是為了練習自己的生存技能。我們討論過他可以幫上什麼忙，因為他的傷口已經快要復元了。到時真的要偷飛艇時，他會偷偷到附近準備好。不過現在他最好還是先躲起來。

我走過去把M-Bot連接上星式戰機，希望沒人會注意到我有多麼焦慮不安。這不是三艘飛艇之中速度最快的——就只是一架比較好看的堆高機，並非真正的星式戰機。但它是我唯一的選擇。

我會假裝無人機出了問題，然後讓M-Bot躲在飛艇的硬碟裡，等待最佳時機。一旦掃描機關閉，說不定我也有機會能以不傷害共鳴者的方式破壞其他飛艇。到時，逃離這裡去接查特應該會很簡單。

M-Bot在建立連結時發出嗶聲，然後開始上傳自己。過程大概需要三十分鐘，我得找點事情做，免得只是站在那裡煩躁。因此，我坐到紐露芭旁邊，開始整理起一箱廢料。

我刻意不望向無人機那邊。其他人似乎沒注意到我很緊張，就連紐露芭也是。

「這裡真的很不一樣，」紐露芭說：「幾個星期前，我跟虛弗爾一起出去執行回收任務的時候，覺得很疏遠。就算周圍的飛艇上有其他人，我也比在基地這裡更難回想起過去。」

「越往內部情況越糟，」虛弗爾說：「我最遠就只敢深入到採礦設施那裡。」

這讓我想到一個問題。「那麼，最靠近光爆的區域，沒有人住在那裡嗎？」

「無人之境？」虛弗爾說：「就我所知沒有。那是個……怪異的地方。時間會扭曲，有某個東西從那裡往外看，就在中心。」

「非常接近中心的人會看到怪異的景象，」紐露芭說：「經歷怪異的事。」

「對啊，」麥辛說：「我才不會靠近那裡，環帶就已經夠奇怪了。妳能想像我們開始看見不存在的東西嗎？」

「沒那麼糟。」

我嚇了一跳。剛才說話的是……德爾麗茲？我根本不知道她會說話。聽到這句話，虛弗爾就開始興奮地發出嗡嗡聲。別針將其翻譯出來：「怎麼回事？德爾麗茲，妳說話了！是現實餘燼有幫助嗎？」

「我……看見了……」德爾麗茲輕聲說：「看見了過去……」

「哪裡？」我問，同時靠向她的水晶——她在從飛艇延伸出來的一條滑道末端生長了一塊，就跟虛弗爾一樣。

「遺跡。」德爾麗茲低聲回答。

虛弗爾試著鼓勵德爾麗茲繼續說話，不過她又如往常般發出了低沉無語的震動。我仔細思考她的話。她在實境裡的遺跡看到了過去——是不是她剛好到過長者之路的其中一個地點？德爾麗茲是超感者嗎？

虛弗爾要麥辛在德爾麗茲身上灑些現實餘燼——他們從我身上沒收餘燼之後，就經常這麼做。我留意虛弗爾是否會從她那裡問出什麼，結果什麼也沒有。最後麥辛坐到我旁邊，幫忙整理找出有用的廢料。「妳看起來有心事，小旋。」

「只是分心了。」我說。

「妳想談一談嗎？」他問：「妳記不起來一些事嗎？」

「有一點，」我坦承。「在各個地方的一些面孔。」

「眞難過，」他說：「我知道那種感覺。好消息是，妳大概也會開始忘記抓住妳的人。對我而言，那發生得還不夠快呢。」

他仍然以爲我是被俘虜的人類。可惡，我突然覺得自己這麼做很過分。對這些人說謊，計劃偷走他們一艘飛艇，也許還要破壞其他艘。

「我不是俘虜，麥辛。」我說。我並不打算告訴他們眞相——這有點像是脫口而出。「我住在一個有人類的行星。」

他張大眼睛。「那些是眞的？」

「至少其中一顆是，」我說：「但有些星盟的人認爲，那些地方不應該存在。發生了……很多戰鬥。我們反抗，而他們鎮壓……」

雖然這不是百分之百的事實，不過能說出自己的一些事感覺很好。

「妳生長於眞正的人類社會嗎？」虛弗爾問：「那是什麼樣子？」

「很辛苦，」我說：「我父親在我小時候就被害死了。我的家人必須努力爭取食物，因爲分配給每個人的資源很有限——特別是沒直接跟星盟作戰的人。」

「所以眞的就像他們說的，」麥辛低聲說：「人類在一起……只會導致戰爭。」

「不，」我說：「造成這一切的是星盟。我的同胞不想要戰爭——我們還逃離戰爭。我的家人——在狄崔特斯上的所有人類——原本都是一艘巨大飛艇無畏號的人員。我的外曾祖母隸屬引擎小組，而我們的飛艇根本沒參與那場永無止境的戰爭。」

我繼續說：「敵人不肯放過我們。我們墜毀在母星時，他們還試圖消滅我們，後來把我們囚禁在那裡。我想在這種情況下，任何種族都會變得好戰吧。」

「要不是在麥辛身邊生長了這麼久，」虛弗爾的聲音迴響著：「我一定不會相信妳的話。他是我見過最不暴力的人了。」

「那是因爲妳還沒看過我戰鬥！」麥辛說，然後發出一種低吼聲。「等著看我飛上天空吧。我會很嚇人的！」

「一定是的。」虛弗爾說，然後發出一種像是鈴響的聲音——她的笑聲。

「我相信妳，小旋。」紐露芭輕聲說，目光從她的報表上移向我。「我之前提過我的工作。有一年，我在分析『低等智慧』物種所居行星上的人口統計資料。我的工作，是建議向哪些不購買我們服務的區域投放廣告。」

紐露芭說：「可是在資料中，我發現了意想不到的事實。許多所謂的低等物種並未因爲物種內的殺戮而死傷慘重。他們是具有攻擊性的物種，自殺殘殺的比例應該會高得可怕。然而……事實並非如此。」

她繼續說：「我認爲自己正好發現了極爲重要的資料。革命性的發現。這證明了我們對攻擊性的定義不符合統計模型。我花了很多年蒐集資訊，以爲自己會被稱爲偉大的人物。」

「讓我猜猜，」我說：「妳把資料拿給上級看，結果他們立刻就把妳丟到這裡來。」

「甚至連一場審判都沒有。」紐露芭輕聲說：「根據他們的說法，我做了危險、顚覆的事。光是尋找可能跟長期信仰抵觸的證據，就會被視爲有攻擊性。」她把雙手放在她的砂岩頭盔上。「我不知道他們對我的伴侶沃梅爾（Vormel）說了什麼，我再也沒見過他。我就這樣……消失了。」

麥辛伸手過去握住紐露芭的肩膀表示同情。德爾麗茲震動水晶，聽起來低沉渾厚，像是……安慰的聲音。瓦維克斯人比了個手勢表示謝意。

可惡。她眞的就是她說的那樣吧？一個無足輕重的官員，陷入了自己無法掌控的狀況。我對自己之前看待她的方式感到很不安。我曾經也對其他瓦維克斯人如此。眞的很難不把他們視爲多年來壓迫我們的種族。即使是這樣，即使我知道眞相。

看著他們安慰她，我覺得自己像個不速之客。

我認得這種同志情誼。我表現過，也珍惜過。有一晚，我跟飛行隊上的其他女生一起過夜，因爲她們不肯讓我回去遙遠的洞穴。我們在那些夜晚一起回憶所失去的一切。在一陣強烈的情感中，我看見了大家的面孔。金曼琳、奈德、FM、赫爾、亞圖洛。尤根……

可惡，我想念尤根。我發現自己正在展開超感能力。爲什麼後來我就一直沒辦法在夢裡找到他？這次也是，當我試圖聯繫他，就只會感受到另一個存在。那種熟悉的感覺之前一直在附近，像幽靈般看著我。現在它似乎遠了些，而且出於某種理由在對我生氣？是我聯繫過的星魔嗎？還是……跟我有關的某種東西？

我知道這聽起來很荒謬，但卻忍不住覺得這跟我的胸針有關聯。以及我的父親。

其他人繼續互相安慰，我則是找了個藉口離開。他們眞誠的情感讓我很難受。我移動到剛才分類廢品擺放的箱子時，發現了先前沒注意到的東西。在關閉的機棚大門附近，有個體型龐大的人坐在陰影中。

佩格。舷砲派的船長。我怎麼會沒注意到她坐在這裡？在陰影下，這個體格粗壯的外星人看起來更像掠食者了。而她正注視著我。我不必看見她的眼睛就知道了。

好吧。我深吸一口氣，然後大步走過去。我不喜歡有人看著我、想著我的事，卻什麼都不說。最好直接說清楚。

當然，就是這種態度，害我當初跟尤根打了一架。所以也許我這次要處理得小心一點？

「船長？」我走近時對她說：「出了什麼事嗎？」

「出事？喔，我可不知道呢，小旋。」佩格在她面前擺弄著爪子般的手指。她的外表幾乎就像一隻爬蟲類生物，但皮膚是一層很厚的獸皮而非鱗片。「哎唷。妳跟其他人相處得很好呢，比我認識的任何人適應得更好。我沒想到妳能夠長出赫克南。我還以爲妳一定只有木倫……」

「我還是不懂那是什麼意思，船長。我的別針不肯翻譯出來。妳的同胞要怎麼……長出……這些東西？」

「坐吧。」她比著一張摺疊椅。

我照做了。

「妳的別針可以設定翻譯出這些方言，」船長說明：「可是妳很明顯不知道怎麼做。這不是重點。我的樹現在很遙遠，而自從我被放逐之後，就幾乎感覺不到它，或是它長出的果實了。」

「什麼……意思？」我說。

「不需要炎多洛了。」船長說。她往後靠著我對面的大椅子，那顯然是爲了她的體型特製的。她用長著爪子的手指向短劍飛行隊那些成員。「他們是好人，人類。比妳以爲的更好，對嗎？」

「對。」我坦白回答。

船長的語氣變得更柔和了。「我一直在觀察妳，小旋。我知道妳是一位士兵，這點很奇怪。星盟不常把眞正的戰士丟到這裡。雖然政府宣稱他們厭惡有攻擊性的人，不過這麼說好了，那些人對他們有用處。他們長了太多僞莫爾。以妳的說法：他們非常虛僞。」

「我不會反駁那一點。」我說。

「我要妳離開，」佩格說：「我不希望妳帶來麻煩。今晚，我會安排讓妳沒人看守。只要妳不帶走屬於我們的東西，就可以直接離開。」

聽到這些話，我覺得就像有塊磚頭砸在臉上。她知道。呃，她在懷疑，而她明白我很危險。老實說，我有點興奮。這個像隻巨大野獸的人竟然覺得我可怕？

「妳在思索，」佩格說：「這是不是個陷阱，想要引誘妳逃跑，好讓我證明妳不值得信任。可是我們兩個都已經知道，妳待在這裡已經長了太多基查。妳殺過人，而這裡的人大部分都沒有。」

「你們是海盜，」我說：「我看見你們跟其他人在空中戰鬥。」

佩格往前傾。「我殺過人，小旋。我眞的長過基查。殺人者的果實。而我認得出同類。妳必須要離開。」

我深吸一口氣。這不在我的計畫中——不過顯然沒時間等感應器關閉了。M-Bot說它的轉移可以在半小時內完成。現在已經過了多久？

「我會離開，」我告訴佩格：「但妳要給我一艘飛艇。」

「這不是我提的條件。」

「這是我提的條件。」我回答：「我對妳和你們所有人並沒有什麼不滿，佩格，只是我對我的同胞有責任。我需要妳的一艘飛艇去完成那件事。」

我們彼此對看著。可惡，在那一刻，我很清楚接下來會發生什麼事——我往旁邊跳開，驚險躲過她的攻擊。

第二十一章

我老是得跟體型確實比我大上三倍的人打架，這太不公平了吧？下一次我要找個基森人來對打。這是命運欠我的。

椅子滑了開來，我摔到地上翻滾了一下，擺出蹲伏的姿勢，佩格則是在我剛才坐的位置撲了個空。我後退往工具架的方向移動，心裡十分希望手上有碎顱者。遺憾的是，佩格並不打算讓我有機會找武器。她迅速衝過來，向前伸出爪子。

她沒有大喊、沒有吼叫，也沒有呼喚其他人。正如她剛才說的，這是一場兩名殺手之間的比賽。舷砲派的其他人似乎並不重要。我才重要。

佩格撲向我，動作快得驚人，但是我一直移動。可不能被她抓住而陷入扭打；如果演變成那種局面，她很快就能利用自己的體重優勢壓制我。於是我保持低姿態來回閃避。我回想受過的訓練，還有以前在受到社會排斥那段期間學到的技巧。如果你是附近個頭最小、最古怪的孩子，而且父親還是個惡名昭彰的人物，那麼你一定會學到很多東西。

佩格成功地讓我無法移動到工具架前——如果要過去，就不得不背對她。幸好她也夠看重我，沒直接過去翻找武器。我們彼此對視繞行著，而我營造出自己想要跟她扭打的姿態，但其實是在想其他脫身的辦法。

要是我逃跑，一定會被她追上。我得試著打傷或打暈她。我做了個假動作，誘使她再撲過來，接著往旁邊橫跨一步，猛然揮拳打中她身體側面。如果是人類的軀體構造，相當於是擊中了腎臟。

佩格悶哼一聲，不過似乎沒受到嚴重傷害。我覺得自己好像揮向一袋石頭——她的肌肉比我遇過的任何人類都更結實也更粗厚。可惡。我還沒準備好跟外星人打架。或是跟任何人。我勉強躲開沒被抓到頭髮。我留得太長了。

好吧，也許她的腎臟不是長在那個地方，可是她有膝蓋。關節一定是弱點，而我得趕快結束這一切。於是我讓她靠近、抓住了我的外套，接著，我扭動身體跪到地上，用手肘猛擊她的右膝。她退縮了一下，於是我再次揮擊手肘——第一次打中時我的手就已經痛得要命。不過攻擊奏效了，佩格隨即往後摔倒，直接撞上了工具架。

工具掉到地上的金屬撞擊聲在室內迴響。我抓起一把扳手，再次攻擊仍緊抓著我外套的佩格。這次，我用的是雙手——扳手直接砸向同一邊的膝蓋。

她大吼一聲放開了我。我連忙往旁邊退開，她則是身體前傾抱住膝蓋，臉上露出痛苦表情。我也因手肘疼痛流出眼淚，但還是緊抓著扳手，然後環視機棚。

紐露芭跟麥辛都已經拿起槍對準我。好極了。

「我打敗了你們的領袖！」我舉起扳手對他們大喊。「根據比武裁決的結果，我要掌管舷砲派！」

「掌妳個頭。」麥辛說。

嗯，故事裡這種情節好像眞的都想得太簡單了。可惡。我放下扳手。

這時，有道藍色光線從其他人的後方亮起。一個散發威脅氣息的形體上升到空中，底部也被照亮——在機翼下方的兩具破壞砲啓動，發出明亮的光線，對準了那兩個拿武器的舷砲派海盜。麥辛回頭查看，然後瞪大雙眼往旁絆了一下。M-Bot完成上傳了。

他們不應該退開的。他們本來可以衝向我，藉此拉近距離控制住局面。飛艇的武器無法精準到可以射中我旁邊的人而不波及我。不過這種事說的比做的容易，畢竟你還要面對一組體積跟你一樣大的火砲。麥辛和紐露芭都丟下了武器。

我沒浪費時間，直接從他們中間衝過去——邊跑邊抓起其中一把槍——然後跳起來爬上星式戰機的機翼。我拆下無人機，接著爬進剛打開的駕駛艙。

「面向虛弗爾的飛艇，」我對M-Bot說：「別讓她啓動。」

我趁它看守時坐進位子。聖徒啊，回到駕駛艙的感覺眞好，彷彿已有一輩子沒這樣做了。我把無人機放到旁邊——座椅後方根本沒有我習慣的大空間——接著通訊系統發出細碎的聲音。

M-Bot終於說話了：「哇，這個通訊系統眞老。我覺得好像住在一部電唱機裡。」

「我不知道那是什麼。」我邊說邊繫好安全帶。外頭的麥辛和紐露芭跑去查看佩格的情況。共鳴者並沒有啓動上斜環，可見她們知道只要一啓動就會被我攻擊。我確實一度考慮要這麼做——這樣就不會有追兵了——可是不行。她們或許不算朋友，但我也不會冷血地解決她們。

我突然感到一陣難過，接著便抓住控制裝置。「你可以打開機棚的門嗎？」

「等我一下……可以。這艘飛艇的系統把發射機加上了三層保護，他們在製造這東西時眞的很擔心會引來星魔。」

門打開時，我一直將武器對著兩架戰機。最後，我注意到虛弗爾的飛艇下方發出了藍光。

「別逼我對妳們兩個開火。」我按下通訊鈕說。

我沒聽見回應，但系統顯示我的話已經傳送出去。機棚一打開，我就讓飛艇轉向面對開口。

「思蘋瑟，」M-Bot說：「能不能……讓我飛看看？」

我猶豫了。M-Bot的程式一直不讓它飛行。它在狄崔特斯想飛來救我的那一次，也是得說服卡柏駕駛它才行。這是它這輩子第一次有機會眞正操縱一架飛艇。

我一直渴望並夢想著這一刻，想要好好地感受。可是它已經等了好幾個世紀。

「去吧。」我說，然後——勉強自己——讓雙手離開控制裝置。

「喔，謝謝妳！」它說。飛艇照自己的意願繼續轉動，接著緩慢地飛向出口——使用的是操縱推進器而非主推進器，免得蒸發掉我們後方那些人。

噢，可惡，我心想。M-Bot是高度先進的人工智慧，它的思考速度比任何人都快，也能在瞬間做出反應。人類飛行員還有什麼存在必要呢？在這當下，我覺得自己駕駛星式戰機的日子已經結束了。

接著，M-Bot就在離開時撞到機棚大門的一側。

「哎喲！」它說，然後開始轉動飛艇，好像是要查看自己做了什麼。

「不行！」我連忙制止。「你會讓尾翼撞上牆的，繼續前進！」

「好，好。」它邊說，邊讓飛艇搖搖晃晃地離開機棚，直接飛向……

「M-Bot！」我大喊：「有樹！」

「對喔，有樹，嗯……」

我們突然停住，向上飄浮，又突然再次前進從樹林上方飛過。

「妳知道嗎，」它說：「這沒我想的那樣順利。」

「你認爲呢?!」我試圖回頭確認機棚的情況。「你可能要飛快一點……」

雖然沒看得很清楚，但可以確定後方機棚裡的藍色光線越來越亮了。我猜德爾麗茲和虛弗爾見我們飛得這麼笨拙，一定認爲要解決我並不難。

飛艇越過樹林時一直在搖晃。

「M-Bot！」我說。

「嘿，」它不高興地說：「我想我已經做得很好了。妳第一次飛行的時候不是撞進了餐廳嗎？」

「那是全像投影的餐廳。」我反駁。

「哎呀，我可是還沒撞上任何餐廳呢。聽著，我是電腦程式——妳知道要像我這樣做出程式中並未明確寫出的事有多困難嗎？」

「不知道。」

「是不可能辦到得困難，」M-Bot說：「就是這麼難。而我還是做到了。」

「那架無人機你就飛得很好。」

「我從它簡陋的韌體中，借用了透過硬式編碼寫入的飛行指令。現在我已經沒有那些東西了！」

一架星式戰機衝出機棚，另一架緊跟在後。我們的接近感應器上出現了兩個光點。

「哦，」M-Bot說：「他們是想要幹掉我們，對不對？」

「沒錯。」

「妳要不要……」

我抓住控制球和油門，然後啟動超燃模式，讓我們以真正的速度飛行。我們猛然飛離碎塊，發出的轟鳴聲讓整座駕駛艙都跟著震動。這讓我嚇了一跳。最近在真空的太空中戰鬥太多次了，希望我在大氣中的戰鬥本能還沒有荒廢。雖然飛艇的設計會盡量減少差異，但是在交戰時，你的性命可能就取決於一個微小的錯誤。

重點是，我不想交戰。虛弗爾和德爾麗茲似乎都是好人。我願意偷走她們一艘飛艇，可是我不想射死她們。除非她們逼我。

首先，來看看她們跟不跟得上。

我俯衝飛越鄰近的碎塊——上面那些瀑布的水從側面流下，消失在無盡的虛空中。我的追兵跟過來，而且立刻就開火。可惡。原本還希望她們可能會猶豫是否要殺我。我熟練地以之字形飛行閃避，然後俯衝到碎塊側面，跟落下的水流平行。我的胃彷彿要從食道爬出來。沒過多久，飛艇的重力電容器也超出負荷，讓我被G力猛甩，差點就要出現紅視現象。

我咬著牙拉高飛艇。「這些重力電容器也太爛了。」

「不意外，」M-Bot回答：「這不只是一艘民用飛船，也老舊到可以當古董了。」

「你原本那艘飛艇已經存在了兩百年。」

「但技術超越了當代三百年。」它說：「這東西在製造當下就過時了，是廉價的快速生產線版本。」

「眞是可喜可賀啊。」

「沒錯！」攻擊的砲火一直跟著我們。「呃，千萬別看護盾。」

「情況很糟？」

「它的主要作用是防止輕微碰撞，大概可以承受兩次破壞砲的射擊吧。」另一發砲火差點打中我們。「噢……哇塞。思蘋瑟，這就是崩潰的感覺嗎？我想這眞的就是崩潰的感覺。哦，多麼奇妙啊！我討厭！」

破壞砲的砲火是藍色，不是我熟悉的紅色，但那可能是因爲它來自不同的生產技術。我往上飛閃避攻擊，但還是被其中一發擊中，飛艇周圍的隱形護盾也發出爆裂聲。

控制面板開始閃爍護盾效能降低的警告燈號。呃，護盾只被打中一次就快失效了？我猜這就是駕駛非專業級飛艇的後果，而且在大氣中的最高速度表現似乎很糟糕——整艘飛艇就像洞穴裡發生崩塌時那樣震動作響。

幸運的是，我們替飛艇裝上了一整套攻擊武器：兩具破壞砲，以及一部用於消除敵人護盾的IMP。雖然使用IMP時也會消除我方的護盾，不過既然我的護盾效用大概只跟一具硬紙箱差不多，我寧願冒這個風險。

最重要的是，我的飛艇上有用於拖拉的光矛。現在我已確定無法甩開追兵，而且一定也無法撐得比她們久。可是有了適當的裝備，我確信自己可以飛贏她們。

我轉向飛過一個布滿灰塵的碎塊上方，揚起好大一片塵土。此時後方的破壞砲開始猛烈射擊；共鳴者並不習慣在此情況下飛行，她們應該切換成藉由儀器射擊才對。

我以近乎垂直的角度俯衝飛過碎塊側面，但同時發射光矛刺中其邊緣。我就像繩子末端的球，在空中轉向繞了一大圈，而這種動作若少了能量繩是絕對做不到的。為了給重力電容器一點時間重置，我沿著碎塊側面迂迴行進，接著俯衝並再次使用光矛繞到碎塊下方，然後翻轉半圈讓我的上斜環朝向下方。不管這個地方會出現什麼奇怪的物理定律，重力仍然是依照我認知的方式運作。

這個碎塊的底部有許多溝痕，而且有一塊塊的石頭——就像洞穴頂部的鐘乳石，只是體積大上許多。我在這些石塊之間穿梭，而接近感應器上也顯示有兩艘飛艇跟了過來。

儘管她們開著速度較快的飛艇，這種情況下也無法追上我了。沒有光矛，她們只能用更慢的速度繞到碎塊下方——再加上她們顯然不習慣像我這樣，在障礙物間高速飛行。事實上，她們不應該跟著我。共鳴者們犯了一個戰鬥時很常見的錯誤，而我也曾因這個錯誤，在訓練的第一個月裡被卡柏K得很慘。千萬別因太想贏而忘了戰術。

在這種狀況下，她們應該飛得比碎塊底部更低，因爲直飛能讓她們發揮速度較快的優勢。這讓我知道她們並不會思考戰術；她們是透過自己學習在空中戰鬥，並沒有接受過訓練，所以儘管能力不錯，卻還是會犯下新手級錯誤。

好極了。

「思蘋瑟，」M-Bot說：「恐怕得提醒妳，我攔截到了舷砲派其他人的通訊。他們正在叫醒休息中的飛行隊，那兩支隊伍都會緊急出動追來。在六架飛艇加入這場戰鬥前，妳大概還有七分鐘的時間。」

我應該要擔心這件事的。不過可惡，飛行的感覺還真棒。我很多事都做不好。我逐漸意識到，自己目前所獲得的友誼並非因努力經營而來，那跟我的努力無關。我一發脾氣就會不聽話並做出蠢事。我的間諜與外交技巧簡直可笑。

可是我很會飛。

我的天哪，終於可以再次飛行了。

我在空中轉向，帶著兩名追兵飛越了三個碎塊。之前步行時覺得很廣大的碎塊，現在變成了一閃而過的色彩；之前無法跨越的間隙，現在成了我利用光矛急轉彎時穿梭而過的空間。雖然沒什麼作用的重力電容器顯示我承受過多G力，但我可以藉由細微的飛行技術減輕影響。

此外，從頭到尾我都一直留意接近感應器，也更加確認了自己對那兩位共鳴者的判斷。她們眞的需要光矛，也要加上適當練習。而且她們射擊得太隨便了。以前我就因爲太愛胡亂射擊，而經常被卡柏臭罵一頓。你以爲隨時開火很聰明，因爲這樣打擊敵人的機率最高。大錯特錯。瘋狂開火不僅有誤擊同伴的風險，還會讓你失去練習瞄準的機會。

「思蘋瑟，」M-Bot說：「武器的砲火有點古怪。」

「你是指奇怪的顏色嗎？」我邊說邊往左轉向，從兩個碎塊之間穿過。

「不只如此，」M-Bot說：「我一直在對這艘飛艇執行診斷，發現我們的破壞砲上被裝了東西。」

「像我們之前修理過的那種裝置？」

「一點也沒錯。那些東西會調整砲火……」它遲疑了一下。「思蘋瑟，我想這會讓破壞砲無法發出致命攻擊，讓電子系統超出負荷，並使飛艇失去動力而關閉。」

等一下。等一下。

我突然明白了爲什麼沒有海盜會在突襲時被擊落。我知道他們是怎麼運作的了。他們沒有工廠——必須使用偷來或搜刮的東西。如果他們會在交戰中失去飛艇，那麼大家很快就沒有飛艇可用了。

這解釋了爲什麼共鳴者會一開始就對我射擊。她們不是想要消滅我或飛艇——而是想要再抓住我。

「可是你在機棚裡啓動的時候，」我說：「那些海盜似乎都很擔心被破壞砲打到。」

「因爲釋放出來的能量還是很大，」M-Bot說：「脆弱的血肉之軀無法承受。」

哎呀，好吧。這場逃脫行動現在又變得更有趣了。

在那兩個共鳴者跟著俯衝追來時，我查看了時間。雖然感覺已過了滿久，但其實我們才交戰了幾分鐘。如果M-Bot預估的沒錯，在其他飛艇從機棚出動抵達這裡之前，我還剩下一些時間。

我進入超燃模式，逼得敵機也照做。她們知道要在直線飛行時發揮速度優勢。不過就在她們專注於這一點時，我關閉了超燃模式並立刻急煞，同時關掉推進器增加阻力。我往後衝——或者應該說是她們往前衝。總之，那兩艘飛艇在一瞬間從我旁邊飛過。我抓準時間啓動ＩＭＰ。

高音警報器在儀表板上響起，提醒我那道沒什麼用的護盾消失了。我一邊希望M-Bot對於破壞砲的事沒猜錯，一邊瞄準德爾麗茲的飛艇開火。飛艇在我直接擊中後發出藍色閃光，接著推進器就熄滅了。飛艇繼續往原本的方向移動——我想那可能會發生危險。幸好上斜環還有作用，飛艇不會掉下去，看起來也沒有立即碰撞的風險。

虛弗爾的飛艇猛烈轉向，彷彿驚慌地發現我突然採取了攻勢。我輕鬆地追蹤它，並預測對方要……沒錯，她繞了一圈想要再回到我後方。其實做得很好。我一邊佩服著她的技術，一邊調整飛艇瞄準擊中她。畢竟她們完全是自學的，剛才那個操作已經算非常棒了。

「我還是覺得很不公平，」M-Bot說：「妳竟然飛得比我好。」

「我受過訓練，你沒有。」

「我是個電腦程式，唯一需要的訓練就是幾行程式碼。」

我用光矛擊中虛弗爾的飛艇，在它撞上附近一個碎塊前拉住停下。接著，我關閉光矛並噴射離開——直接飛向舷砲派基地的碎塊。

「思蘋瑟？」M-Bot說：「妳覺得我們可以弄到程式碼讓我會飛行跟戰鬥嗎？」

「我想就算多了那幾行程式碼，你還是缺少某種東西。」

「什麼？」

「戰鬥風格。」

我從舷砲派碎塊的下方接近，用光矛射向邊緣藉此轉向，然後再翻回來沿地面低飛。機棚就在正前方。大門敞開著。

我瞄準射擊一艘懸浮在門口的飛艇，直接擊中它——它無法閃避，因此我很快就消除了它的護盾並使它失去動力。隔壁機棚的飛艇我也是這樣處理。

幾秒鐘內，我便順利製造出障礙物。那兩艘飛艇擋住了出口，其他的飛艇就出不來——至少要先拖住它們才行。而到那時，我人早就離開了。我只是要拿回我的圖騰。

我飛到機棚另一側。「接手吧，」我對M-Bot說，邊解開安全帶。「如果有任何人從那團混亂中出來，就立刻叫我。如果我沒及時回來，就飛到上空對他們開火。你可能會運氣好打中一艘。」

「哦。呃……」

飛艇一靠近機棚後方那塊巨石，我就打開座艙罩出去。我聽見機棚內傳來叫喊與咒罵聲。我瞥去一眼，發現只有一個人想到來後面查看我在做什麼。麥辛就站在他那座機棚的小門外。

我舉起手槍。麥辛也有武器，不過他看見我時沒舉起來對著我。聰明人。

我迅速找到之前埋藏圖騰的位置，躲到巨石後方開始挖掘，然後……

什麼都沒有。

父親的胸針不見了。

第二十二章

實在很奇怪，我竟受到如此大的打擊。畢竟那根本不是父親眞正的胸針。我還是無法解釋它怎麼會出現在口袋裡——不過話說回來，我也無法解釋碎塊上怎麼會有水。

然而，失去胸針讓我彷彿被搶走了某種很私人的東西。我跟實境唯一的眞實連結。讓我穩定安心的根源。

查特！我傳送出去。圖騰不見了！

什麼？他回答。奈薛小姐，這件事跟我完全無關！我發誓——

我相信你，我說。我知道你沒拿，查特，可是它不見了。怎麼會？

我實在不知道，他回答。

好吧。我去接你。

等等，來接我？

我得提前偷走飛艇才行，我說。待會再解釋。

我惱怒地朝地上的空洞低吼了一聲，然後衝回飛艇爬進駕駛艙——同時一直留意著麥辛。他沒舉起武器。我對他點點頭，接著駕駛著M-Bot去找查特。雖然能感受得到他，不過實際見到本人後還是讓我鬆了好大一口氣；他站在藍色叢林碎塊的邊緣，一手高舉著打招呼，另一手放在臨時製作的吊帶上，同一邊的外套袖子則鬆垂在身體旁。

我把飛艇停在碎塊旁邊，打開座艙罩——然後立刻執行護盾啓動程序。雖然護盾的效果很差，但總比什麼都沒有來得好。

我正要出去扶查特，他卻已靈巧敏捷地爬上機翼。他站在座艙罩旁，留鬍子的面容露出牙齒開心笑了起來，然後用一隻手指向飛艇。「我們強大的駿馬，它可眞漂亮！」

「等你看過它的規格後就不會那麼說了。」我說完，便站起身把座椅往前拉，露出駕駛艙後半部的貨物空間。「抱歉環境不夠好。」

「我見過更糟的呢，」查特邊說邊擠進去。「不過有個問題。少了圖騰，我擔心我們無法長程旅行。」

「不過你還有我之前給的餘燼，對吧？」我說。

「確實還有，那些至少可以讓我們再撐幾個星期。」

「目前這樣就夠了，」我說：「我們先逃出去，之後再想辦法查清楚圖騰發生了什麼事。」我關閉座艙罩，然後固定好座椅。在我後方的空間勉強足夠讓查特容身。只能暫且先這樣了，因爲還有個更迫切的問題。

「九架戰機全都出動，」M-Bot說：「他們修復了兩位共鳴者的飛艇。大家很快就要追上我們。」它隨即放大接近感應器的畫面，螢幕上顯示出舷砲派飛艇的光點。

「如果他們繼續使用掃描器，」查特說：「恐怕我們就很難繼續行程了。」

「有任何建議嗎？」

「我們可以衝到另一個海盜派別的地盤裡，」他說：「不過那有可能造成反效果。其他派別會理所當然以爲我們是舷砲派的人要突襲，因此採取行動。」

嗯，但如果能讓舷砲派的人因此暫時收兵，說不定可以利用這一招。我將飛艇轉往M-Bot指示的方向，開始往那邊飛。

「思蘋瑟，」M-Bot說：「我有壞消息。」

「我們飛不到那裡？」我猜測。

「以我們的最高速度，跟舷砲派那些速度比較快的飛艇相比，沒錯。我們會在抵達邊界前被攔截。」

可惡。查特的手從後方伸過來放到我肩膀上，我側頭看向他。

「還有另一個選擇，」他說：「我們可以直接往上飛。」

我透過座艙罩往上看著沒有盡頭的粉紅色天空。「上面有什麼？」

「我不清楚，」查特說：「我從來沒探索過那個方向，就像我從來沒離開過這片面積比較大的區域。環帶的左右兩側有些遙遠的區塊，但是那裡的碎塊間隔更大，要獨自跨越非常危險，即使是飛行也一樣。」

他繼續說：「我提醒過妳，遠離這些碎塊後會很危險。如果往上飛，我們可能會很快就忘掉自己，不過現在還有餘燼，應該能夠延緩影響。」

我立刻就做出了決定。我隨即往上飛升，讓已經超出速度負荷而咯咯作響的飛艇直接上升，進入廣大的未知地帶。

螢幕上的光點變慢了。很好。我們飛了整整十五分鐘，接著我開始放鬆下來，顯然舷砲派的人不會再追來了。

「思蘋瑟，」M-Bot說：「舷砲派向我們打招呼。妳要我接通他們的通訊系統嗎？」

「好。」我說。

通訊系統發出懷舊的細碎雜音。我試著把這當成復古風，而不是飛艇老舊到只要搖晃兩次再猛撞一下就會解體。

「小旋！」佩格的聲音刺進駕駛艙。「妳這個長了木倫的壞傢伙！爲什麼不告訴我妳是飛行員！」

我沒料到會是這種語氣。

「妳猜中了我是一名士兵，佩格。」我回答。

「我以爲妳是什麼特種部隊的成員！」她大聲說：「因爲妳潛行的技術啊。哎唷！妳還把無人機僞裝成一架打掃無人機，我怎麼會知道妳是一位飛行員？」

「我應該有表現出我對星式戰機很熟悉吧。」

「熟悉……不必長出謙虛的卡拉姆了。我在掃描器上看到妳飛行，而我從沒見過那麼厲害的技術。我在庫米拉站（Culmira Station）跟無人機操縱員相處過一段時間，他們根本比不上妳啊，女孩。就連虛弗爾也很佩服。」

「謝謝稱讚。」我告訴她：「跟其他人說我很抱歉偷走飛艇。我必須去拯救銀河系。事情解決以後，我會再看看有沒有辦法幫助你們。」

「小旋，」佩格的語氣變得柔和了些：「妳知道妳現在要去哪裡嗎？」

「現在嗎？我正在甩開你們。」

「是嗎。」佩格說：「妳知道如果離開碎塊太久會發生什麼事嗎？」

我沒回答。

「就算妳眞的撐過接下來的階段，」佩格說：「妳之後要怎麼做？妳沒辦法在上面待太久，而且只要一下來，就會被我們的掃描器偵測到，我們會立刻追上妳。如果往左右兩側去，妳就得應付其他的海盜派別。」

她繼續說：「我猜妳可以往內部去——妳會直接進入星盟的採礦設施。我向妳保證，他們一定會嚴密看守邊界——我們已經突襲過夠多次，可以證明這一點。妳很厲害，可是妳能飛贏一百艘敵人的飛艇嗎？更糟的是，妳能用那架廢鐵辦到嗎？」

「我猜我們只能等著瞧了。」我告訴她。

她輕輕咒罵了一聲。「一個人需要的不只是木倫啊，女孩。思考一下吧。妳在這裡無法獨自生存的。妳需要盟友、朋友和支援。」

「思蘋瑟，」M-Bot出聲。它暫時讓通訊系統靜音了。「妳看查特。」

我回過頭，目光越過座椅頭枕，望向擠在後方的他。老人的眼神已然變得呆滯。他毫無生氣地看著前方，連我的手在他眼前揮動也沒反應。

有東西開始從他周圍冒出來：一陣閃爍的銀色薄霧。是現實餘燼。我也感覺到薄霧圍繞住我，它們好像正在……瓦解？

餘燼在這種高度會被摧毀，這或許是爲了防止我們飛到高空迷失自己？我咬著牙讓飛艇平飛，不再增加飛行高度。

「佩格又說話了。」M-Bot輕聲說。

我點點頭，讓它恢復通話。

「如果妳還沒感覺到，也應該很快就會開始了。」佩格說：「妳還能記得自己嗎，女孩？」

「我很好。」我咬緊牙關說。

「是嗎？妳能記得父母的臉孔嗎？還有家鄉的朋友們？」

我試著不去理會——可是不敢切斷通訊，因爲她說得沒錯，可惡。他們到底長什麼樣子？現實餘燼似乎正努力不讓我失去自我，而我也感覺到自己的記憶開始慢慢消散。

「或許妳可以獨自跟整支艦隊戰鬥，」佩格說：「不過妳在上面待得越久，就會失去越多。而且就算沒飛得那麼高，光是一個人旅行也很會很困難。妳家的所在、妳最熱愛的時光、妳愛人的名字，那些全都會變得模糊。妳的生活終將變成紙上的一道污跡——原本的文字成爲不具意義的抹痕。」

我懸浮在那裡，無限的空間往四面八方延伸出去。但我還是看得見光爆。我感覺得到星魔就在其中。它們正在找我。在這裡，在這麼高的地方，它們會找得到我。爲了復仇，它們會對我做出難以想像的可怕之舉。它們會奪走我的自我。我的身分。我的記憶。

「最近發生了奇怪的事，」佩格在通訊系統上說：「我收到報告說，有人變成像是星魔的樣子，眼睛會發光。妳不能自己一人獨自飛行，小旋。這並不代表妳很弱。無論妳多麼有決心，還是需要跟現實有所連結才行。」

我深吸一口氣。「我不能花好幾年的時間都在清理起落架，佩格。」

「女孩，妳當地勤太浪費了，」佩格說：「妳回來，我就把我們最好的飛艇給妳。」

「我無意冒犯，佩格，」我說：「可是我剛剛才用扳手攻擊妳，還偷走了你們的飛艇。我並不想這麼做，不過是妳把我逼到角落，強迫我出手的。我不相信妳會輕易放過我。」

「喔，我不會輕易放過妳的，」佩格說：「我會用那艘飛艇跟妳交換條件。」

「什麼？」

「妳想不想爲我打敗海盜冠軍？」

我皺起眉頭。其實我一點也不反對這麼做——但她問的方式令人擔心。我覺得她在玩什麼把戲，而且跟其他海盜無關。

然而……可惡，我不知道餘燼還能撐多久。還有查特……他的情況不妙。我降低上斜環的動力，讓機身慢慢下降。

這一切可能都是陷阱，可是……佩格說得對，我們不能飛到那麼高。我暫時先把對查特的擔憂擺在一旁，專心在目前的對話上。

「妳爲什麼會在意海盜冠軍這種事？」我問佩格。

「其實我並不在意，」她說：「不過我必須奪回休爾要塞——星盟的採礦基地，我的家。」

奪回星盟基地？有趣。如果查特說得沒錯，長者之路眞的會繼續往內部通向光爆，那麼我就得想辦法潛行通過星盟的領域。要是他們忙著跟海盜戰鬥，這一定能爲我提供一些有用的掩護。

「我正在聽，」我說，然後將機身往前傾。「繼續說吧。」

「所有派別的海盜人數加起來，便足以在這裡挑戰星盟的勢力。」佩格說：「如果我們一起攻擊，就可以壓制他們，控制住採礦基地。」

「聽起來很不錯，」我說：「可是妳要怎麼讓其他派別追隨妳？我上次聽說，就連妳兒子都不聽妳的話了。」

佩格笑出聲。「妳不知道的可多呢，小旋。我可以辦到的。我只需要找一位出色的飛行員打敗海盜冠軍，讓樹開始生長。」

我繼續下降，同時聽見查特有了動靜。我瞥見他在眨眼。餘燼已經停止瓦解，而降低高度後，我也感覺到自己好像躲過了某種非常危險的狀態。

「很好，佩格，」我說：「我會考慮的。不過在達成協議前，我還有一個條件。我必須去看你們領域內的一些遺跡。給我一艘飛艇，讓我去看那些遺跡，然後我就會替妳解決那位冠軍。」

「遺跡嗎？哎唷，女孩。我可以直接帶妳去看遺跡，明天就去。聽著，這是很好的交易。妳幫我——也許再幫忙指點一下我的戰士讓他們進步——我們就可以給星盟一記重擊。光是那一點不就很值得了嗎？如果因此阻止他們上斜石的採掘工作，你們的戰爭也會變得輕鬆很多。再說，等到妳下次想要離開我們的時候，還能開著那艘妳贏得的飛艇。怎麼樣啊？」

「給我一點時間。」我關掉通訊系統。

「思蘋瑟？」M-Bot說：「我很擔心。妳好一點了嗎？」

我有好一點嗎？我深呼吸，整理了一下記憶。我……對，我還記得。尤根、金曼琳、FM、亞圖洛、奈德。卡柏。奶奶。我的母親。

我還記得他們……但可惡的是，我再也記不清楚他們的面孔。在這裡待得越久，情況就越糟。我正在失去一些東西……能夠證明我是誰的東西。

不過，我至少恢復了剛才飛到高空時失去的大部分記憶。

「奈薛小姐？」查特問：「或許我之前的建議不夠……聰明。」

「可以算成功，」我回頭看他。「也可以算是失敗。總之你還好嗎？」

「感覺像被當成馬可夫高地狼（Markivian barrow-wolf）的咀嚼玩具，」他說：「我錯過什麼了嗎？」

「舷砲派要我回去，」我說：「他們會給我一艘飛艇——一艘很棒的飛艇——而且會帶我到長者之路的下一站。可是我必須答應替他們打敗海盜冠軍。」

「那眞是……奇怪的要求啊，」他說：「我不知道他們的小比賽這麼重要呢。佩格正在盤算著什麼，我猜她一直都在盤算。」

「她想要奪回星盟基地，」我說：「她告訴我的。」

「有抱負！」查特說：「我喜歡。這個嘛，我認爲我們也得不到更好的條件了，或許就答應吧。最糟還能發生什麼事？」

「他們可能會囚禁我們，把我們綁在牆邊。」

「那麼我們就再逃跑一次！」查特說，接著語氣卻變得有些悶悶不樂，不像剛才那樣戲劇性。「我已經獨自旅行了很久，思蘋瑟。有妳的陪伴很棒，眞的，但如果能花點時間跟一群人相處，我會覺得很……安心。」

「M-Bot你呢？」我問。

「如果能讓我離開這艘飛艇，進入近幾世紀製造的產物裡，」它說：「我就同意。」

我打開通訊系統。「好吧，佩格。成交。」

「哈！哎唷。」

「不過還有一件事，」我說：「妳得再準備另一個床位，我會帶一位朋友來。」

我切斷通訊，往原路飛回去。在我們飛行時，其他飛艇想必已經降落了，因爲當我一接近舷砲派的碎塊，就看見所有海盜都出來迎接，他們全都聚集在機棚前方。雖然這是一群烏合之眾，不過我見過更糟的。例如天防飛行隊，我是指我們剛開始訓練的時候。

我飛過去降落。查特跟我堅定地對看了一眼，然後爬出駕駛艙。我本來還以爲舷砲派有可能會把我們抓起來，不過幸好沒人拿出武器，甚至還有零星的歡呼聲。

這是勉強裝出來的。我看見麥辛的眼神中充滿了不信任，但這是我自找的。

好吧，我會好好面對這一切。總體而言，竊取飛艇行動還是成功了。而明天我也終於可以繼續踏上長者之路。

第二十三章

隔天，我帶著重新開始的決心醒來。佩格將新的飛艇指派給我——一架強大的雙座攻擊機。這艘飛艇完整搭載了兩具破壞砲和雙推進器，幾乎比我之前開過的飛艇都還要大，不過應該還是很好操控。

這是佩格的小規模機隊中最好的飛艇。我將M-Bot轉移上去——在小心探聽一番後，我發現他們還不知道它是人工智慧；他們以爲我昨天是用遙控器讓飛艇懸浮的。我做了些修改，據M-Bot說是要隔絕它的核心系統，免得受到破壞砲損傷；後來我也安裝上一組光矛。

完成後，查特跟我爬進駕駛艙。

「你確定不要自己的飛艇嗎？」我繫安全帶時問他。「我不太需要副駕駛員，因爲，你知道的……」

M-Bot正開心地哼著歌。看來它很滿意這艘新飛艇的規格。

「我不想用這隻受傷的手臂來操縱。」查特邊說邊戴上飛行頭盔。「除了那點以外，我已經……哎呀，我已經好幾個世紀沒飛過了，應該要慢慢來比較好。」

有道理。我們在準備的同時，舷砲派的另一支小隊也準備好要過來陪同。佩格、兩名共鳴者，還有麥辛——他很不幸地接手了我昨天那艘差勁的飛艇。幾分鐘後我們就全數升空，開始前往目的地。我馬上就感受到駕駛眞正星式戰機的那種樂趣。它能夠靈敏地傾斜轉向，加速或減速都很輕鬆。高速飛行時，我閉上眼睛也幾乎聽不到外面的呼嘯聲。一點震動聲響也沒有。

我好像已經一輩子沒開過最頂級的星式戰機了。

「我說得沒錯吧？」佩格在通訊系統上說：「妳長出基弗了嗎？」

我猜那是代表快樂的東西。「至少七顆。」我說，然後再次轉彎。

「我曾經開著那艘飛艇到外面幾次，」佩格說：「但都不是去戰鬥。它實在太棒了，所以不能用我自己笨拙的飛行技術冒險弄壞它。不過妳……妳是最適合它的人了，小旋。」

「剛圖娃（Guntua）會原諒我開走它嗎？」

「反正她早就不想飛了，」佩格說：「她想休息一下，做點地面工作之類的。」

怎麼會有人厭倦這種事？我跟剛圖娃不熟——她是赫克羅人，隸屬另一支飛行隊——不過我猜如果她想繼續飛，應該會被分配到麥辛現在那艘飛艇。

佩格似乎眞的原諒我了，可是其他人現在都會跟我稍微保持距離。我很難過看到虛弗爾刻意不讓她的飛艇飛到我前方，好像擔心我又會開始攻擊。

這不能怪他們，要是我也會有同樣的反應——說不定還更糟。至少查特看起來很樂在其中；我可以從自己的螢幕角落叫出他的攝影機畫面。他正透過座艙罩往外看，臉上掛著如孩子般純眞的笑容。

我們高速飛過幾個碎塊，嚇到了一小群看似鴕鳥的生物——不過牠們的背上跟下面一樣長了腳。數據顯示，我們差不多要飛兩個鐘頭才會抵達目的地；雖然很想念跟查特一起冒險的時光，但我很高興不必徒步走這麼遠的距離。

「那麼，」佩格的聲音從我的新頭盔內部傳出：「妳應該不會想在這段路上給我們一些飛行的訣竅吧。加強我們的戰鬥技巧，變得像妳一樣？」

「這不是『一些訣竅』就能辦到的，佩格，」我說：「不過這段路上，我可以教你們一些隊形練習。」

「好極了。」佩格說。

接下來半個小時，我向短劍飛行隊解說了一些我認爲他們缺乏的基本觀念。僚機的重要性、訓練隊形的用處、團隊反應的意義。我立刻將他們分組——麥辛跟佩格，兩位共鳴者一起——然後練習衝刺。

其中一架先往前衝，發射ＩＭＰ，再退到後方重新啓動護盾，這時另一架戰機就衝到前方採取守勢。

他們毫無怨言地照我的指示執行，沒多久後，我便清楚了解他們的能力。虛弗爾很棒，德爾麗茲跟她只差一點；佩格比她聲稱的還要厲害，但她的穿梭機速度不是很快。她比較算是提供砲火與支援的角色。麥辛的技術不怎麼樣，不過他既興奮又期待，這點很重要。

團隊衝刺結束後，我又教他們一些分散隊形——四艘飛艇先待在一起，接著分散開來，在空中迂迴飛行防守，然後再回到原本的配置。他們很快就學會了。

「很好，」我告訴他們：「現在注意我在你們螢幕上畫出的下一個隊形。我要你們以同樣的方式分散，然後只有三艘飛艇回來集合。你們其中一人要留下來對敵軍開火，順利的話，敵人應該會被你們的動作混淆。」

「太有趣了，」虛弗爾說：「這就像……讓身體的一部分發亮使人分心，同時其他部分則是往另一個方向生長。」

「對，或者像是街頭打架的招式，」我說：「讓對方看著自己的一隻手，同時準備用另一隻手挖掉他們的眼睛。」

「嗯……」虛弗爾說：「妳眞是個特別的個體，小旋。」

「對，我知道。祝福我的星星。」我說：「相信我——學習團隊作戰，你們就會在戰場上擁有很大的優勢。」

他們照我說的做，慢慢熟悉了這個較爲複雜的隊形。我回想自己還是新人時，卡柏教過的東西，然後給他們提示。

「妳很擅長這方面呢，」查特在他們再次練習分散隊形時，從我後方感嘆：「我看得出妳是天生的老師！」

「我很擅長假裝，」我說：「這些大部分都是重複我以前學過的東西而已。」

「那麼妳認爲教學應該是什麼呢？」他說：「妳有信心、實力，以及同理心。我認爲妳非常適合這種工作。」

這番話讓我得意地挺直身體，而這段體驗也讓我很想回到以前在星界上扮演過的角色：團體的訓練教官。這很危險。我並不會在舷砲派待太久，沒時間讓他們接受大量訓練。

我讓團隊稍微休息一下，稱讚了他們的技術，接著佩格就飛到我旁邊。她的穿梭機看起來像東拼西湊而成，不過那只是假象。它具有特別強大的護盾和威力十足的火砲。在一個標準的火力小組中，如果能有速度較快的飛艇阻止敵人湧向她，那麼她將會是不容小覷的力量。

雖然她是領袖，但在我指導的期間她一切照做，沒有怨言也不會濫用職權。這些優點讓我也看出她的爲人。爲了達到目標，她能夠放下身段接受指揮。

「妳覺得如何？」她問：「記憶還好嗎？」

「還行，」我說：「我記得自己的名字和朋友。大部分都記得。」

「成爲團體的一份子對大家都有好處，」她回答：「就連我們不在彼此身邊時也一樣。一座森林遠比一棵樹更強大，對吧？樹根會緊密相連，大家一起長出來的果實也會更多。」

「這就像晶格，佩格，」虛弗爾在通訊系統上說：「晶體結構之所以很堅固，是因爲每個原子排列在一起的方式。」

「這個嘛，」麥辛說：「我得說這就像是一群牛，或像一排圍籬柱。又或者跟牛仔有關的胡扯。」

「牛仔？」我問。

他在我說話後安靜了一下。也許是我太敏感了，但我覺得他在勉強克制住自己不對我破口大罵。因爲我背叛了他的信任。

不過他又繼續接著說下去，彷彿正試著再給我一次機會。「我沒告訴過妳嗎，小旋？在星盟，大家都覺得人類是凶猛飢餓的怪物——所以他們超愛我們的古老傳說。海盜、廓爾喀兵(注1)、塔斯克基飛行員(注2)，很遺憾地也包括了牛仔。因此他們老是希望我像牛仔那樣講話。但其實我在舊地球上的祖先是烏克蘭人。」

「我……不知道那是哪裡。」我坦承。

「那裡沒有牛仔，」麥辛說：「妳根本不知道那些帽子有多討厭。我的主人總說他們養我是爲了科學研究——但從他們在派對上拿我炫耀的樣子，妳一定看不出來。」

「派對，」虛弗爾說：「眞是一種有趣的概念。你們這些能動的物種堅持要有單獨的時間，可是想要娛樂時，卻又會聚在一起。這樣爲什麼一開始要分開？」

「我有個朋友，」我突然想起了小羅。「他就不認爲我們娛樂的時候要在一起。我覺得他在獨處時最開心。」

「有趣，有趣。」虛弗爾說。德爾麗茲也在背景中發出嗡嗡聲附和。

我試著想像她們的洞穴世界——就像狄崔特斯，只是每條通道裡都充滿了不同的水晶捲鬚，那是無數藉由生長自己向外探索的個體，所構成的複雜網絡。

「好了，」我在通訊系統上說：「我們還剩一些時間。再做幾次團體衝刺，練習到不會讓自己出醜爲止。」

麥辛發出抱怨聲。「我們才剛衝刺了一小時啊！」

「你還需要加強基本功，麥辛，」我說：「趁我還在這裡的時候盡量學。你們這些人飛行起來就像一群豬農。」

「我猜豬農在妳的文化中通常飛得不太好是嗎，小旋？」虛弗爾說。

「問麥辛吧，」佩格說：「他可是牛仔呢。」

我不禁露出微笑；他們開玩笑的方式讓我想起以前跟朋友飛行的時光。但這裡的感覺不一樣。在天防飛行隊，我們雖然也會開玩笑，卻總是保有底線；我們這些少數的英勇戰士要面對壓倒性的劣勢，每次上戰場都可能會失去某個所愛之人。

舷砲派的人沒有這種感覺。他們在繼續練習衝刺時很放鬆，如果有人出錯，他們便一笑置之。天防飛行隊不會那樣——要是有人一直搞砸，最後大家都得跟著賠命。

這就是放鬆的感覺嗎？可惡。聽著他們的聲音，我發現我真的不知道……活著是什麼感覺。不必在某晚睡覺時，擔心會有顆炸彈消滅我們整個文明；不必害怕我的朋友明天再也回不來了；或是像最近，不必擔心會被人發現我是個騙子。

在他們練習時，我看著附近的景觀。扣除掉記憶與身分會被慢慢吞噬這一點，其實這個地方相當漂亮。浩瀚開闊的天空，稍微帶有一些粉紫色，偶爾會出現飄浮的島嶼。每個碎塊上都有不同的生物群系，讓人想來一場全新的冒險。而再往更遠處，就是光爆了。

雖然它依舊很遙遠，但今天我感覺到某種東西……正在吸引我過去。查特認為我們走完長者之路時，一定會很靠近那裡，而現在我直接注視著它，心裡也知道這是事實。我會走上長者之路。可是到最後我要面對它們。

無論這裡會發生什麼事，那就是我的目的地。

我抖擻精神，擺脫剛才類似恍惚的狀態，然後透過通訊系統聯繫佩格，打算讓自己分心一下。

注1：Gurkhas，發跡於尼泊爾，世界知名的外籍傭兵團之一，別名「彎刀部隊」。

注2：Tuskegee Airmen，一群參與第二次世界大戰的非裔美國籍飛行員，是美軍史上最早的非裔美籍空軍部隊。

「嘿，」我在她完成衝刺時說：「我可以多了解一點妳的計畫嗎？我跟海盜冠軍的戰鬥，到底能怎麼幫助妳奪下星盟基地？」

她安靜了一下，似乎在思考。最後她將穿梭機開到我旁邊，接著回答：「妳知道我的過去嗎？其他人有告訴過妳？」

「妳曾經在休爾要塞擔任首席安全官，」我說：「星盟用卑劣的方式對待妳，在妳任期滿時不准妳的孩子一起離開。」

「正確，」佩格說：「我可是因此長出了一些漢查爾呢。而且不只我一個。基地已經流失人力很多年了。當時海盜派別還沒形成，不過已經有很多規模較小的團體，他們各有一、兩艘飛艇，在這個地方到處流浪。」

「妳的離開可是件大事，」查特說：「每個人都聽說了。有一位高階軍官叛逃，還集結所有異議份子、劫掠者、流浪者，成立了一支巨大的海盜艦隊。」

「嗯，這個嘛，」佩格說：「但顯然那樣還不夠。當時我失敗了，而那支所謂的『巨大艦隊』也分裂成各個派別。然而，過去三年間我一直在想這件事，思考自己做錯了什麼，還有規劃……」

我若有所思地點點頭。「虛弗爾在基地時不是跟妳一起嗎？」

「對，大約有三分之一的人跟著我叛逃，」佩格說：「他們成為了海盜的團隊主體。舷砲派的人當中，不只有虛弗爾跟著我離開，我們人數很多，像是芮齊（RayZed）跟剛圖娃。而我差一點就能有更多的人加入——差一點就讓整個基地群起反抗。」

「他們沒這麼做還真懦弱。」查特說。

「不，」佩格說：「不，不是那樣的。我了解他們，查特。他們不是懦夫，只是想要在艱困環境中生活的普通人。我還是軍官時，在我們的飛艇上安裝了非致命武器——我的理由是，不能浪費掉反抗者偷走的那些飛艇。不過事實上，是我長了烏利查斯。我知道那些異議份子就跟我們一樣。我不想要擊落他們。」

「等一下，」我說：「妳是說，這裡的星盟部隊也使用非致命武器嗎？」

「是的，」佩格回答：「差不多每個人都是如此。我們有共識——大家都不想殺死對方。」

「眞文明啊！」查特說：「我認同。」

「哎呀，」佩格繼續說：「在實境的那些星盟高層，他們還希望我們在這裡殺得死去活來呢。幸好他們在很遠的地方。總之，小旋，妳一定要明白這一點。在休爾要塞的那些人，他們當時差一點就跟我離開了。他們想要逃離——但是害怕星盟，也害怕仍忠於星盟的軍官。要是稍微給他們一點刺激，證明我方的力量更強大，他們就會加入我們。我敢肯定。」

我明白了。海盜不想讓設備受到損壞，因爲修理起來會很困難——而星盟部隊也不是狂熱份子或忠誠者。他們不想爲了保衛一座愚蠢的採礦基地而死，可是又必須好好表演給他們的上級看。

所以大家才會使用非致命武器。有趣的是，當那些不必爲自己所做決定流血流汗的指揮高層，無法逼迫所有人就範時，情況竟然會變得如此人道。

「可是我不懂爲什麼海盜會爲小事爭執，而且對彼此發動沒有意義的突襲。」我說：「如果是我指揮其中一個派別，才不會浪費時間爭什麼冠軍或決鬥。我會突襲規模比我小的團體，讓他們的飛艇動彈不得，然後偷走他們所有東西。只要過幾個星期，我就會成爲所有海盜的女王了。」

「妳有時候還眞可怕呢，孩子。」佩格回答。

我突然想到一個問題。「你們有沒有黃金酒杯之類的東西？其實我知道我們在這裡不必喝東西，可是我一直想要有個黃金酒杯……或者是用骨頭製作的。故事裡都會提到用敵人頭骨製作酒杯，可是用那種東西喝酒的話，應該會從眼窩漏出來吧……我猜除非是敵人沒有眼睛吧，嗯……」

佩格沉默了。噢。剛才那番話可能有點太過頭，我正試著改進這一點。或許不該提起頭骨的事。

「雖然我很高興終於能見到一位這麼融入故事的人類，」佩格說：「但是沒有，我們無法給妳任何用頭骨製作的酒杯。」

「不過，」我說：「查特說得對——這裡相當文明。我……很難接受竟然沒人破壞這一點。」

「那是因爲妳一輩子都在跟人鬥個你死我活，」佩格說：「在這裡，我們的問題不一樣。」

「妳會覺得妳的自我每天都在一點一滴消失，」查特附和：「有事情做是很重要的。爭執、決鬥……這些振奮人心的活動給了海盜們希望，不是嗎？」

「是啊，」佩格說：「而且沒人想要毀掉自己的一切，這就是其中一個問題。每當我提出攻佔休爾要塞的想法，海盜們就會害怕、不安。他們喜歡原本的狀態。有了六個不同的海盜派別，就一定會有要策劃的突襲、要修理的飛艇、要執行的任務、要保衛的地盤。這……就是他們想要的。」

「可是妳想要的更多。」我說。

「沒錯，」佩格坦承。「也許我有點太像妳了。有點太像外面的人了。只要星盟在那裡，我就感受不到安全——他們隨時都可能透過傳送口派出大軍，用致命武器跟大量無人機消滅我們。」

她繼續說：「除非我控制了那個傳送口，否則我的同胞在這裡永遠無法安全。除非我可以從這邊擋住它。到時，我們就可以影響星盟的上斜石產量，讓他們在另一邊的軍隊缺乏物資，回報他們對我和我們所做的事。」

她的語氣像是想要積極報復。我能認同。其他人在玩遊戲，而佩格想要保護好他們。不過她知道什麼是眞正的危險，眞正的殺戮。她仍然沒解釋海盜冠軍跟這一切有什麼關係，而我也暫時不追問下去。因爲我終於看到前方的目的地了。一個遍布著古老建築的碎塊。

時候到了。

第二十四章

我們往目標俯衝，這是我目前見過最大的碎塊。「這塊好大。」我對查特說。此時，我們正飛掠過碎塊，查看是否有任何危險。紅外線掃描顯示沒有體溫訊號，但我受過教訓，知道還是要小心。

「的確，」他說：「我現在知道爲什麼有些碎塊會比較大了。它們生長得比較久。」

「這……」德爾麗茲在通訊系統上說：「這裡……我來過……這裡……」

她又比平常多說了些話，這讓虛弗爾很振奮。不過我很專注，在遺跡裡找出了碎塊的中心，然後飛過去。

「對，我記得這個地方，」佩格說：「幾年前它飄浮到我們的區域時，我們曾經造訪過。」

「沒錯，船長。」麥辛說：「所以爲什麼我們又要來這裡呢，小旋？」

「歷史調查，」我說：「這位查特是個考古學家。」

「這是一種相當高尚的職業，先生，」查特說：「古物能夠訴說許多關於我們的事呢！」

「呃，或許吧，」麥辛說：「可是——」

「算了，麥辛，」佩格打斷他：「他們有自己的理由。其他人就在這裡找找看可以搜刮的東西吧。」

我瞇起眼睛。佩格這種人不太像是會讓我們有「自己的理由」。

「小旋跟我需要時間研究中間的那些遺跡，」查特說：「我把它們圈起來顯示在你們的螢幕上。」

「德爾麗茲發出了不安的震動，」虛弗爾在通訊系統上說：「雖然她很興奮，可是我感覺到她不想降落。她感到……焦慮？也許我們兩個應該留在上空看守。」

「沒關係，」佩格回答：「麥辛跟我會待在附近。小旋，你們就去……考古吧。」

我們在一處毀壞的庭院降落，兩位共鳴者則是留在空中。大部分的遺跡都不完整——倒塌的牆、建築的輪廓。只有一些還算完整的石造建築。

我打開座艙罩爬出去，跟佩格在地面會合。「這個地方很古老。」佩格說：「這裡沒什麼風，也不會下雨，所以東西不太會風化。如果狀態看起來這麼糟，那大概是經歷了好幾千年的時間吧。」

查特跟我對看一眼，然後便抱著頭盔開始走向中間最完整的建築。

「看起來沒什麼東西，船長，」麥辛在後方咕噥著：「這個地方想必早被搜刮過幾百次了。」

「同意，」佩格說：「不過以防萬一還是繼續長出帶倫吧。我們來這裡是要對小旋實現承諾的。」

我記得前方的建築——長者之路的前一站將這裡植入了我的腦海中。我們走上前，一進去就發現了令我意外的第一件東西。小型門廳後方的牆上，有一幅褪色的舊壁畫——上面描繪的竟是人類。

「眞想不到。」查特低聲說。他趕緊過去靠近查看。「是我們的同胞，奈薛小姐。這些年來，我從未發現過跟人類有關的遺跡……」

我看不太懂壁畫的大部分內容，似乎只是一些人拿著籃子？

「我猜不出是什麼文化。」查特輕聲說。他往壁畫伸出手，然後停住——或許是不想因觸碰而造成更多損壞。「老實說，我不太記得我們來自哪裡。我們的世界。我一定曾經知道……」

「是地球，」我說：「人類在你出生的幾個世紀前就離開了。那裡已經不存在，消失了。」

我們一起深入建築內部。屋頂早已塌垮，也因此提供了足夠的自然光線——而從地上的垃圾來看，這個地方曾經被洗劫，說不定還發生過交火事件。

我有一種……怪異又縈繞不去的感覺。這裡有太多生命的跡象，可是卻沒有半個人。我們在最後一個房間找到傳送口，它就直接建造在牆上，刻著特有的平滑線條。不過這個傳送口中間已然裂開，壞掉了。這樣還能作用嗎？

我看了查特一眼，他還留在門口。「勇氣，」他邊說邊往前走。「我是個探險家——是我決定要當探險家的。我可以面對這些祕密……」

他最後跟我一起站到傳送口旁。我觸碰它，展開超感能力，並且尋找答案。一開始什麼也沒發生。這個傳送口看起來早已壞掉、無法使用。不過我再繼續探索，使用一直在微妙練習的能力，結果……有了，我感覺得到裡面有東西。是記憶……

周圍的一切逐漸模糊，變得像透明的薄紙。我的人還在遺跡裡——依然感覺得到旁邊那面毀壞的牆——可是眼前卻覆上了一層幻象，是很久以前的環帶。

查特呼出一口氣，然後轉過身。光爆在遠處顯得非常微小，跟一顆星星差不多。天空是暗的，而在廣大的空間中，我數出大約有二十幾個碎塊。這看起來是古老的過去，就像前一次的那些幻象。

我們所處的這個碎塊在以前小多了——而且沒有任何建築，只有這個傳送口完整豎立著，上面也沒有裂痕。以前的傳送口也比較小，可見只要超感者把它們當成次元間的轉運點，它們就會透過記憶稍微變大些。

幻象開始後沒多久，就有人突然直接出現在傳送口前方。我嚇了一跳連忙退開。是人類嗎？他們在說話，可是我聽不懂那種語言。

「妳認得出什麼嗎？」查特問。

「恐怕不行。」我邊說邊繞著他們走。他們身穿長袍，而其中一人的頭飾看起來有點熟悉。「我曾在舊地球的一本書上看過一幅吉爾伽美什的畫，他的穿著跟鬍子就像那樣。」我指著其中一個人說：「也許他們來自他那種文明附近的某個地方？」

查特在傳送口前方突然出現其他東西時往後跳開。石頭？對，是一堆建材。人們開始用這些東西建造。

「他們不是第一次來到這裡，」我感覺是如此。這些幻象不只是看得到的畫面，也傳達了……感情。「這些人似乎想要建造一座聖壇。」

查特跟我看著時間加速，一面面的牆迅速出現。人們變得模糊，建造出了查特跟我站的這個地方。他們在牆上雕刻出細緻的藝術，再將一切塗上鮮明色彩。

為什麼要把這麼棒的東西放在這種奇怪地方？時間又變慢了，人類一起聚集到外頭——建造這個地方似乎花了幾個星期，也許是幾個月。查特和我跟著他們過去，看見另一個碎塊正在飄近。這個碎塊上有一群穿著鮮紅色長袍的人，他們的皮膚是淡紫色，長了像是角的東西，頭髮則是純白。來自新黎明的人……艾拉妮克的故鄉星球。

「我知道那些人，」我告訴查特：「他們是烏戴爾人。我遇過的烏戴爾人說，他們以前就認識人類了。」

「多久以前？」查特摸著下巴。「這些人類穿著古代服飾。」

「可惡，」我說：「這會不會就是第一次接觸？人類第一次跟外星人見面？我還以為那是在我們進入太空時代以後才發生的事。」

但赫修也告訴過我，基森人跟人類在日本接觸時，雙方都還要經過好幾世紀才能從事太空旅行，他們原本是透過超感能力移動的。看來就跟這些人一樣。

在眼前的幻象中，人類向烏戴爾人打招呼，而烏戴爾人踏上了這個碎塊——我發現這可能並不是第一次接觸。這兩群人看起來很熟悉彼此，所以他們的第一次相遇一定是在更早之前。現在人類已經建造了某種會館。在跟著他們進來時，我才明白這裡並不是聖壇。這個地方是要讓他們一起坐下來，試著……

試著了解對方的語言嗎？對，他們正在寫字、比手勢，向彼此解釋。時間再次加速，我在幾分鐘內就看到了數十次會面——也就是兩個碎塊交會時。我好像還看見有些烏戴爾人透過傳送口造訪地球，而且也有些人類留在烏戴爾人的碎塊上。

然後……人類就不再過來了。

有一次碎塊交會，烏戴爾人來到這裡，可是沒有人類招呼他們。這種情況發生了幾次，最後連烏戴爾人也不再造訪了。

「所以……」我說：「這跟我們的能力有什麼關係？」

查特皺眉檢查著幻象中的壁畫——當時的色彩還很鮮明。「外星物種開始在虛無相遇、交流，可是後來就結束了。爲什麼？」

這種狀況……也發生在基森人身上，應該沒錯。赫修曾說，他們的超感者出於某種原因消失了。當我還在思索這件事時，有個女人從牆面出現了。她是個中年人，皮膚呈棕褐色，身穿彩色長袍。我跟著她走出建築，來到附近的碎塊邊緣。她坐下來，望著這片廣大的空間。

「妳是誰？」我喃喃自語。

結果女人的影像竟然回過頭——我是唯一沒被野獸殺死的人。

等等。等一下。她剛剛是在回答我嗎？

我跟著她回到建築裡，走到傳送口前。她把手放到上面——石頭上的線條開始呈螺旋形舞動起來。

我感覺到你們的問題，女人說。這是我的天賦。雖然不認識你們，但是我把答案留在傳送口裡了。

「發生了什麼事？」我問：「我是指超感者們？」

有一隻野獸。由一個擁有先進技術的外星物種所飼養。

接著我在腦中看到了。成千上萬個超感者——來自上百個不同的種族——他們聚集在一起對抗……

某種從黑暗中出現的東西，那東西有著銳利的白色眼睛。

它……殺死了他們，超感者說。我們與之對抗。我們贏了。可是代價實在太高了……

「怎麼會？」我接著問：「你們是怎麼贏的？」

我們讓它變得眞實，她說。我不知道怎麼做。我活下來了……而那些知道怎麼做的人……被吞噬了。她的手垂下。她……把自己的記憶刻進了傳送口，而那些記憶……現在傳到了我這裡？

查特走到我後方。「雖然虛無的時間不合常理，但這也實在太奇怪了，」他說：「我……我不知道該怎麼理解這件事。」

我感覺到幻象開始慢慢消散。它的記憶已經要結束了。

「等等，」我對女人說：「妳留在虛無的時候還能保有記憶，怎麼做到的？」

我爲什麼會失去記憶？影像回頭說。

「那是這個地方的特性。」我說。

在我們的時代不會。妳遇上了一隻野獸，跟我們一樣。

「不是一隻，」我說：「是好幾千隻。好幾百萬。」

那麼你們死定了。

「不，一定有什麼辦法！」

找到……那個將要到來的男人……他的記憶……找到……傑森．萊特（Jason Write）……的記憶。

接著，我看到了另一個影像，就像上個碎塊時那樣。由於我現在的能力更強，也能夠聽得更清楚，所以這次又多了解了它一些。感覺像是有數十種、數百種思緒從石牆內想要接觸我。

深入……他們鼓勵我。再深入一點……

他們讓我看見某種類似牆壁的東西。我集中精神，可是無法通過。

再加強。但不是用力。

我不懂！我這麼想。

妳不是用來攻擊的工具，不是用來敲打的石頭。

我是什麼？我問。

妳是一顆星。

我的體內突然燃起一道光芒。一道純白的光，這是虛無的力量。我變成了燃燒的劍，而我一推——思緒便刺穿了障礙。

很好……很好……繼續。

我的腦中突然出現一個地點。另一個傳送門？就在某種大型建築內，而那裡擺滿了箱子……我皺起眉頭。

「哎唷。」查特說。

「你認得那個地方嗎？」我轉頭問他。

「我確實認得，思蘋瑟。」他說，然後深吸一口氣。「恐怕那就是休爾要塞中的傳送口，也就是星盟在這片環帶區域的勢力中心。」

第二十五章

之後我會有時間去思考剛才見到的一切。但現在，我衝出遺跡的門口尋找佩格。這沒花多少時間，她人正在外頭靠著一面殘破的牆，雙手環抱胸前，伸出了爪子。就算是在休息時，天納西人看起來也很像準備掠食的樣子。

「妳看見了東西，」她說：「妳是超感者，對不對？你們兩個都是。」

「我……沒錯。」我說，然後望向查特。

「妳知道長者之路嗎？」他問佩格。

「從沒聽過那個名稱，」她說：「不過這些古老的遺跡……它們有自己的記憶。任何人都能感覺出來，而我聽說過超感者的事。」她離開牆邊站直身體。「這跟你們的任務有關？重要到你們兩個得偷走我的飛艇？」

「是的，」我告訴佩格。「而且不只如此。把妳襲擊休爾要塞的計畫告訴我吧。」

她瞇起眼睛。

「拜託，佩格，」我說：「我必須得知道。如果海盜害怕跟星盟作戰——如果他們不想拿現在擁有的一切冒險——我們要怎麼說服他們？」

「我們？」佩格說：「你們要加入？」

我看了查特一眼，他點著頭。

「暫時是這樣。」我說。

佩格笑了。「哎唷。這個嘛，我們不必說服海盜——不必一個一個說服。只要讓我的兒子再追隨我就行了。」

「妳的兒子？」查特說：「可是他們反抗妳了啊！」

「對，」佩格說：「他們帶領了最大的兩個海盜派別。我承認，我沒料到我的兩個兒子都長出了足夠的木倫敢造反。在大家第一次離開休爾要塞後，我試圖集結所有人一起攻擊。我們一開始發生了小規模衝突，可是我方的人因害怕而亂了陣腳。這個聯盟瓦解後，我那兩個兒子帶走了一些最強的軍力自立門戶。真讓母親驕傲呢。」

「驕傲？是指他們造反？」

「一點也沒錯！」她說：「他們真是勇敢得不像話。推翻自己的母親？他們才剛成年呢！啊，真是太棒了。但這樣很不方便，所以我們必須贏回他們的心。我的長子格雷姆（Gremm）已經當了一年的冠軍。他領導的派別叫骷髏旗（Jolly Rogers），這是來自地球的名稱，對吧？」

「我想是的。」查特回答。

「嗯，妳大概很快就會遇上我兒子的部隊了。只要關於妳飛行技術的消息傳到他們那裡，我猜格雷姆就會派出一群人來突襲我們。他們要長出帶倫才會看清現實——我想妳會讓他們見識到的。」

「我很期待。」我說。

「但我不覺得格雷姆會參與突襲。不過之後我可以要求讓妳跟他比賽——他會接受的。我很了解我的兒子。雖然他是我們當中最厲害的飛行員，可是跟妳比起來根本就不算什麼。如果妳打敗他，他就不得不長出塔告了。」

「那是……？」我問。

「一種非常稀有的果實，代表他會服從他的父母。如果你擊敗他，他就會再聽我的話。」

「妳確定嗎？」

「一點也沒錯，」佩格說：「這是我們的作風。」

我沒指出她可是曾因兒子背叛而感到意外呢，所以我對此保留懷疑。不過我願意嘗試看看。

「他的弟弟呢？」查特問。

「賽姆（Semm）領導的是另一個派別，」她說：「如果我的派別取得冠軍，他就會回到我身邊。相信我。」

嗯，這一切聽起來太簡單了，情況絕不只如此——佩格依然有祕密。

她繼續注視了我一下，然後開始穿越遺跡走向我們的飛艇。「我們應該回去了，」她說：「我認爲隨時都會發生突襲，而我可不想讓其他人缺少支援。」

我在她走遠時問查特：「如何？你知道我們必須進入休爾要塞嗎？」

「我確實懷疑過，」他坦言道：「那裡的傳送口是這個區域最大也最古老的。我曾希望事情不必演變至此……但至少我們有了前進的路線。」

「前提是我們可以相信佩格的計畫。」

「她自己似乎很有信心。」他說：「走吧，我們應該回飛艇了。記得上次我們看過這些東西後發生了什麼嗎？」

記得。當時整個所處的碎塊都因撞擊被摧毀了。或許那是巧合，不過以防萬一，我還是加快腳步跟著查特離開。與麥辛會合後，我們四人立刻升空，跟共鳴者一起往舷砲派的基地出發。

「你們兩個好像變得特別嚴肅，」M-Bot在我們加入隊形時說：「我猜事情成功了？你們又看見了過去？」

「確實，人工智慧，」查特說：「我們算是跟過去的一位超感者聯繫上了。」

「呃……」M-Bot說：「請說明？」

「她可以感受得到我的問題，」我解釋著：「是在她那個時代——而她留下了答案給我。也可能是她聽到了後來那些人的共同疑問。總之，我想我們知道基森人的超感者發生了什麼事——以及爲何古代地球人與外星人互動一段時間後，就突然斷絕了聯繫。」

「眞的嗎？是什麼？」

「發生了戰爭，」我說：「對象是一隻星魔。」

「尚且不確定是否爲星魔，」查特說：「不過似乎眞的是某種……像星魔的存在。銀河系的超感者——彼此建立聯繫的那些人——他們全都集結起來跟它戰鬥。結果……沒有多少人存活下來。」

「他們跟一個存在戰鬥？」M-Bot說。

「然後贏了，」查特說：「藉由將它變成眞實的個體。不過死傷很慘重。」

「而我們現在要面對的……超過一個，」M-Bot說：「遠遠超過一個。」

「對，」我在座位上向前傾。「還有一件事。當時虛無的記憶都被保存了下來，這是後來才發生的事。」

「一切都有關聯，」查特說：「而答案就在休爾要塞。至少其中一些是。」

「有個人叫傑森．萊特，答案就在他的記憶中。」我皺起眉頭。

「傑森．萊特？」M-Bot說：「星盟的歷史資料庫將他列爲首位跟廣大銀河系建立聯繫的人類，因爲他之前意外發現了自己是超感者。他……讓人類開始向銀河系擴張，也間接導致了第一次人類大戰的征服之舉。」

我心不在焉點著頭，腦中想的是跟我們溝通的那位古代超感者。她所散發的疲憊與寂寞感。我覺得體內好像有個火花被點燃了。或者……那個火花其實一直都在，而現在它燒得更亮了。

「查特，」我問：「你的能力有什麼變化嗎？」

「沒錯！」他說：「他們教我怎麼使用能力，去『看見』周圍的一切！我想只要經過練習，就不只是擁有對於碎塊的直覺而已。我的目光說不定還能深入建築內部、繞過轉角，或是……哎呀，這好像很棒呢！」

「我則是學到了其他的，」我輕聲說：「但還不知道那是什麼意思。」

妳是一顆星。

「嘿，」麥辛的聲音出現在通訊系統上：「大家有注意到下面那個人影嗎？在我的九點鐘方向。」

「會看到人很奇怪，」虛弗爾說：「在這麼開放的空間，卻不躲起來。如果我們要補充人力，對方就慘了。」

我望向窗外。有個人站在遠處一個碎塊的山脊上，看起來是赫克羅人——距離剛好遠到我難以辨識。雖然看不清楚，但我腦中可以感受到一股冰冷與壓力。我敢肯定，那個人有著發亮的白色眼睛。

「妳感覺到了嗎？」查特問。

「嗯，」我說：「是它們其中一個。至少它們這次沒有要摧毀碎塊。」

「我還是很擔心，」查特說：「我本來希望過去這幾週已經甩掉了它們。星魔很難將注意力投射到這麼遠的地方，可是現在它們又找到我們了。希望這不會造成麻煩。」

我忍不住打顫。我們很快飛過碎塊，那個人影也在遠處越縮越小。不過就在此時，我的通訊系統開始閃爍。是佩格。

「是的，船長？」我說。

「在那些遺跡裡，」她問：「妳看到了什麼？」

「爲何這麼問？」

「感覺不太對勁，」她說：「我是指剛才經過的那個人影。還有這一整趟行程。我回答了妳對於計畫的問題，現在換妳回答我的問題。妳看到了什麼？」

「我們看到了過去，」我照實陳述：「記憶，就像妳講過的。我們正在調查跟星魔戰鬥的方法——而且收到了來自一個女人的訊息，她在很久以前曾遭遇過像星魔的東西。」

「跟星魔戰鬥？」佩格說。

「是的……」我說。

「如果這麼說能讓妳安心一點的話，」查特表示：「我們比較希望能找到安撫它們的方式，或者跟它們和解。不過，現在我們必須先繼續行程——並且造訪休爾要塞的傳送口，找出隱藏在那裡的記憶。」

「這個嘛，我們的目標有部分重疊，」佩格說：「所以我不會說就此不奉陪了。但要跟星魔戰鬥……如果你們是超感者，也許你們會有辦法？我在維安部隊時認識一名狄翁人，對方才到不久就離開了，因為那個人會一直……改變，看起來就像是不同的人。星盟的高層一聽說此事，就把那個人弄走了。」

變形？我從來沒做過那種事。

「那是超感者的天賦，」查特說：「將幻覺投射到其他人腦中——讓自己看起來不一樣，甚至給人的感覺也不再相同。這種能力對這裡的任何人都有效，但我聽說過若是在實境，就只會對其他超感者產生效果。」

這時……我感到一陣寒意。我確實聽說過那種事。有人對我父親這麼做過——讓他看到了不該看的事。我也開始漸漸明白，不同的超感者……擁有不同的能力。我能聽見星星與瞬間移動；查特可以延長壽命，並藉由能力去「看見」遠處。

佩格切斷通訊後，M-Bot終於有機會說話：「為什麼星魔不抓住你們其中一個，把那個人變成眼睛發光的東西？」它問：「佩格跟麥辛比那個赫克羅人更接近你們。」

「一大群人聚集在一起可以驅除它們，」查特說：「特別是那些人把自己視爲一個團體的時候。我的推論是，星魔需要的對象越孤獨越好，而且那種人不認爲自己有所歸屬。」

我想著剛才的經歷，發現這一切愈發難懂了。老實說，在快回到基地時，我很高興發生了一件比那些事更普通、也更好理解的危機狀況：廣播緊急通報，有一群敵對派別的星式戰機，正高速接近舷砲派的基地。

第二十六章

基地一進入視線，我立刻啓動超燃模式、衝到其他人前方。破壞砲的火光在虛無裡散射，看起來漂亮又明亮。我的身體恢復了活躍狀態，原本因剛才那些事而亂成一團的思緒，也突然全副警覺起來。

我就是爲此而生的。

「抓好了，查特。」我說。我們呼嘯著衝進戰場，速度快到機翼上的風和推進器都轟鳴作響。我們錯過了寶貴的時間，我算出我方已有三架戰機被鎖住，正漫無目的地飄浮著。可惡。基地總共有十架戰機，我們開走了五架，也就是說，現在只剩兩架在對抗敵軍壓倒性的攻勢。

M-Bot在接近感應器螢幕上標記出敵軍、友軍，以及我方被擊敗的飛艇。從敵人飛艇上的標誌來看，他們都是骷髏旗的人。這個派別是由佩格的兒子格雷姆領導——而她也預料到他會派人突襲，藉此測試我的實力。

好極了。

M-Bot建議了幾個目標——幾艘在盤旋的飛艇速度比較慢，其中一艘的護盾才剛被擊中一次。雖然我很想先去找比較強的敵人挑戰，但這樣可能會導致其他隊友被壓制住。

於是，我鼓起精神，選了M-Bot建議的目標，俯衝到正在尾隨吉布西（Gibsey）的兩架戰機後方，而吉布西是我方燧發槍飛行隊（Flintlock Flight）中的飛行員。那兩個敵軍飛行員對我的出現幾乎沒有反應。其中一艘飛艇稍微往旁邊移動，這樣只要我開火，就有可能不小心擊中自己人。

我頓時感到困惑。就這樣而已嗎？

我已經習慣跟把我當成敵軍王牌的星盟飛艇戰鬥了，這時我才領悟過來。他們會在戰鬥中標記我，

而且調動額外的資源來對付我。然而，這是我首次跟敵對的海盜戰鬥。他們是來測試我的，不過似乎沒把我看在眼裡。

是時候讓他們見識一下了。我狙擊射中往旁移動的飛艇，每一發都打得相當精準。那位飛行員現在才開始驚慌，立刻拉高飛艇——接著就直接撞上我的下一發射擊。每個人受到攻擊，一定都會下意識地要拉高爬升。這是本能，就算在沒有地面的太空中也一樣。

我從剛被鎖住的敵軍飛艇旁高速飛過，對尾隨吉布西的第二艘飛艇開火——M-Bot的標記顯示，那艘飛艇的護盾開始減弱了。我的射擊使敵軍飛行員驚慌失措，也讓對方不再追擊，向右側開始閃避。

「你們，」我輕聲說：「將會嘗到我武器的滋味。而我，也要嘗到你們鮮血的滋味。」

對，我偶爾還是會脫口說出那種話。不，我不會覺得不好意思。這能幫助我專心。

對方在碎塊周圍閃避，我也跟在後面迂迴行進。他們穿過碎塊下方，然後轉圈往上繞過另一側的邊緣，而我一路緊追著。我利用光矛繞行得更快，而重力電容器也輕易抵銷了G力；這時，我感覺得到敵人越來越慌亂。

我的獵物往某一邊飛，然後又往另一邊去。這只是表面上看起來聰明的舉動——如果他們隨機改變方向，我就無法預測他們要去哪裡。不過這跟拉高一樣，大多數時候人們只是以為自己在隨機行動。卡柏已經不厭其煩將這一點訓練成我的本能了。我們不會「隨機」移動，而是採取一系列刻意用來讓敵人受挫的動作。

訓練一定能夠勝過隨意的行動。我的獵物不斷來回移動，想必他們一定覺得這樣很隨機——但我還是熟練地用三發攻擊解決了他們。查特高聲歡呼；接著，我留下敵軍動彈不得的飛艇，衝進另一場戰鬥中。雖然這次我只是運氣好，擊中了M-Bot標記的一艘飛艇，但我不打算抱怨。不到五分鐘就累積了三「殺」？

可惡，這種感覺真棒。回到駕駛艙、再次跟朋友並肩作戰、做我最該做的事。

我注意到附近有一些敵軍飛艇擺出了隊形。「短劍飛行隊，」我下達指令：「追蹤我的位置，我要帶給你們一群可以輕鬆解決的目標。」

四艘敵軍飛艇轉向朝我飛來。團隊合作是個好主意，不過這些傢伙顯然沒練習過讓飛艇之間保持適當的距離。我剛剛才教過舷砲派的人，爲了防止IMP攻擊，在編隊飛行時彼此一定要離得夠遠。

我進入超燃模式，直接高速衝向他們。對方打中了我幾次，可是無妨。在穿越四艘飛艇中間時，我啓動了IMP。他們的反應太慢，有三艘被我擊中失去了護盾，而M-Bot也幫我在螢幕上標記出來。

佩格和短劍飛行隊的成員照我所說，把注意放在這些飛艇上。破壞砲的火光點亮了後方天空，我發現自己在微笑。這裡的戰鬥讓我聯想到某件事……

使用全像投影的訓練，我想起來了。那是我上一次可以在不必擔心性命的情況下飛行。

「眞是厲害的特技啊，小旋，」佩格在通訊系統上讚嘆：「眞難決定妳是長了木倫還是赫木爾呢。」

「那沒什麼，船長。」我說，然後旋轉機身閃避某人的攻擊。「妳應該看看我們搏命戰鬥時的樣子。那時候還會做出更蠢的事呢。」

「我可以想像，」她說：「妳需要僚機嗎？」

「不了。但妳跟麥辛可能會想要去幫忙吉布西，他不知怎麼又被兩艘飛艇盯上了。」

我的追兵也還在。M-Bot幫忙標示出，這就是剛才沒被我以IMP擊中的那一艘飛艇。這表示對方有護盾，而我沒有。

嗯哼。他們追得很緊。事實上——

兩道藍色的破壞砲光束這時擦過我的座艙罩，只差幾吋就打中。可惡。那艘飛艇其實很厲害。

我笑得更開心了。我啓動超燃模式，靠好椅背，然後認眞投入戰鬥。我沒辦法恢復護盾跟他們決鬥——那必須花好幾秒的寶貴時間靜止不動。於是我決定專心飛贏他們。

接下來幾分鐘是一場極其愉快的追逐戰：急轉、俯衝、利用光矛繞過碎塊、低空飛過舷砲派基地。那艘飛艇緊跟著我，彷彿在證明什麼。不過沒多久後，他們便停止了射擊。

想等待完美時機是吧？我心想。哎呀，才不給你們機會。

我將飛艇拉高一段時間，飛進粉白色的天空，接著轉向並往下俯衝。雖然新飛艇的重力電容器吸收了最嚴重的G力，但我加速向下時還是承受了很大的衝擊。這讓我笑了。沒錯，G力很討厭，不過在這種時候卻像是與一位老朋友重逢。我體內的所有血液都被往後推，即將讓我失去視力——接著是意識……

我從追兵旁邊呼嘯飛過，在最適當的時機拉高。我瞄了螢幕一眼，發現查特的頭在擺動。他搖了搖頭，清醒過來。我剛才的操作好像把他弄昏了，得再小心一點才行。

儘管這樣，敵人依舊緊跟著我。他們眞的很厲害。於是我衝向其他纏鬥在一起的飛艇——然後朝正在攻擊虛弗爾的一艘飛艇開火，打掉了它的護盾。接著我又往旁邊飛，瞄準另一艘飛艇後開火，使它動彈不得。

這時，我的追兵終於開始朝我瘋狂射擊，不再等待最佳時機。

非常好，現在我只要——

我的飛艇猛然震動了一下。控制面板全部熄滅，控制系統也被鎖住了。我發現自己正以穩定的速度往前飄浮，什麼都做不了，這時敵人的王牌則從我旁邊呼嘯而過。可惡，我被擊中了。我在螢幕上查看查特的生命徵象——從那些數字來看，他沒事——於是我往後靠回椅背上，然後笑了起來。

「思蘋瑟？」M-Bot問。「我的天哪，是壓力讓妳的情緒失控爆發嗎？噢！現在我感覺到了。嗯，我要說什麼？讓我看看……嗯……」

「我很好啦。」我邊說邊擦掉眼淚。

「不，不。我要找到正確的說法……」

我在座位上往前傾，試圖看清楚那位王牌。戰鬥很有趣，可是知道在這裡有某個人能夠跟我匹敵？那更令人興奮了。

「啊！」M-Bot說：「我知道了。思蘋瑟，希望妳趕快好起來。」

「好的，」我笑著說：「我已經好了。」

「成功了！我要記住那句話。」

「查特，你覺得如何？」我問他。

「充滿了熱情，」他有氣無力地回答：「但是很想嘔吐還有……很不好意思。恐怕我剛才失去了意識。」

「難免都會這樣的，」我說：「不必不好意思。你該看看我在家鄉第一天進入離心機的模樣。」

「哎呀，」他說：「我知道妳說過我是位飛行員，不過我已忘了那些經驗。我得坦承，目前的我覺得地面更加美好。」

「我會盡量避免再把你拖進這種情況中了。」我說：「M-Bot，敵軍那位飛行員是誰？」

「佩格的兒子，格雷姆。」M-Bot說：「她表示過他不會參與戰鬥，不過根據那艘飛艇上的標誌來看，她錯了。」

所以我跟冠軍初次交手了一下。我嘴角不禁上揚。雖然他打敗了我，但那並不是真正的決鬥。我在跟他的同伴戰鬥時失去了護盾。

他會在正式對決時見識到我真正的潛力。「你還好嗎，M-Bot？」我問，同時轉身掃視天空，試圖評估戰況。「剛剛那一下沒炸掉你或什麼東西吧？」

「幸好，」M-Bot說：「我們為了隔絕核心系統所做的改造看來有效。」

「我很高興。」

「老實說，要把所有系統都隔絕起來不會太難，」它繼續說：「這樣我們就不會在這種戰鬥中被鎖住了。」

「那樣有什麼好玩的？」查特問。

「好玩？」M-Bot說：「這又不是遊戲。」

「其實是，」我說：「只要每個人都遵守同樣的規則，沒有人會死。」

「就我所知，從智慧生物之間的互動來看，」M-Bot表示：「有人最後一定會想要佔便宜。無論佩格說了什麼，我都很訝異這種事竟然還沒發生。」

「也許吧。」我說：「你研究過早期人類部落之間的小團體戰鬥嗎？」

「沒有。」

「你應該研究一下。你一定會很驚訝，在不同的條件下，同個社會裡的人會遵守什麼樣的規則。」

舊地球上的小型採獵者團體很少會參與致命的戰鬥。他們的人數太少了，群體也太過緊密。沒錯，偶爾會有人在衝突之中喪生，不過大部分的戰鬥都是為了誇大聲勢與威嚇對方。

卡柏曾經藉由這一點讓我們知道，人類的本性並不是戰鬥與殺戮，而正因如此，我們才必須接受訓練。但現在我發現，我所熱愛的飛行不必只能用來殺戮，而這種想法讓我感到某種解放。飛行可以用來證明自己——向我自己證明。

後方剩下的四艘敵軍飛艇決定撤退。短劍飛行隊及時趕回，讓我們今天打了場勝仗。我憂慮地等待佩格跟她兒子談判，討論是否要歸還他們被鎖住的飛艇。他們開始重新啓動那些飛艇，這需要幾分鐘的時間。

最後麥辛過來接我，把動彈不得的飛艇拖回基地，而地面人員跟一些已經降落的飛行員正在那裡等候。一組用於停靠飛艇的光矛把我拉下去，接著我按下座艙罩的手動釋放開關，然後將它打開。查特跟我爬出去時，我已經準備好被訓斥一番了。我彷彿可以聽見卡柏怒氣沖沖地飆罵，剛才那場戰鬥中我有多麼魯莽。他總是反覆要我們練習到最好，就算在模擬時也一樣。

結果一爬出座艙，一陣熱烈的歡呼與掌聲迎面撲來。帶頭的佩格不僅沒有痛罵，反而還在我跳到地面時一把抱住我。

「四殺！」她大聲說：「還有三次助殺！孩子，妳等於是靠自己一人贏得了這場戰鬥啊！」

「骷髏旗被打跑了！」麥辛說：「妳不知道那種感覺有多棒！」

「我們有機會了，」佩格說：「格雷姆相當佩服，他願意在明天跟妳正式對決。」

其他人再度歡呼起來。

可惡。我被擊落了，他們還替我喝采？而且她兒子認爲我有資格？

我笑得合不攏嘴。我已經多久沒有……在戰鬥後感到如此興奮？已經多久沒聽到同伴們那麼開心？記得上一次發生時，是我抓住炸彈拯救了DDF基地免於被毀滅。可是那時的歡呼聲中帶有不安，還有緊張。那是在壓力解除後的歡呼。

然而，這些人是徹底全然的開心。我讓自己沉浸在他們的熱情中。這是不可思議的感受，而且只是個開始——因爲，明天我會成爲海盜冠軍，讓佩格有機會將全部的派別團結起來。

間曲

飄浮。

我變得半夢半醒。不是醒著，但有意識。我在這個地方沒有形體，除了超感能力沒有其他知覺。

我……記得那場小規模戰鬥結束後，我回到自己在舷砲派的房間，然後躺下來。

已經過了一天。我進入睡眠。現在我向外搜索，就跟在其他晚上做的一樣。尋找。想望。

尤根……我試圖找到他，卻覺得自己像在對一片虛空大喊。什麼都感受不到。彷彿……彷彿在一個黑暗的地方生了火，可是每添加一塊新柴薪，增加的火光卻只讓我更加確認黑暗無窮無盡。

最近經常像這樣徒勞無功，而我現在也快要失去意識了。還有重要的工作等著我；我必須休息。

然而……

近來，我在這個睡眠領域發生的情況似乎不太對勁。沒錯。不該這樣的。以前我沒能看出來，但在叫喊幾聲當作測試後，我知道這裡有什麼問題了。我透過思緒發出的叫喊太快就消失。我似乎不是朝著虛空大喊，比較像對著一張枕頭。

是不是……有人擋住我？

可惡。所以我才沒辦法找到尤根嗎？

我怒吼著。呃，是用思緒發出怒吼，像往常那樣。我的靈魂在黑暗中點燃。

我在虛空中前進，感受到……有了，有一團東西。我周圍彷彿被看不見的雲包覆著。在虛無奇怪的現象中，這東西一直都在——緊貼著我——可是我無法察覺到。現在我費力地前進、推擠，揮動手臂。

不，我心想。我不是一顆石頭，我甚至不是一團火。我是一顆星。

我的本質——我的靈魂——爆發出光芒，燒掉了圍繞住我的薄霧。我已經不是不存在的東西。我是一道光，一種會發亮的存在，一顆燃燒的白色球體。

我運用能力去聯繫、去看，接著感受到前方的某個存在。掙脫出來後，要找到就很容易了。那是尤根嗎？我鎖定目標，將自己拉過去。

我跟以前一樣出現在實境裡——虛幻、短暫的感覺。可是沒找到尤根。

但我找到了敵人。

在我這個人類的眼中，溫齊克看起來跟紐露芭幾乎一模一樣，只是他外骨骼的綠色稍微深了點。瓦維克斯人通常不穿衣物，不過他背了一條飾帶，看起來更像名官員。他坐在一張大型大理石椅子上，椅子表面有精緻的雕刻，還鑲入了銀。我猜他如果穿上了外骨骼，就不需要坐墊了。

房間呈圓形，鋪設了奢華的壁板，感覺像一間辦公室。一群跟佩格同樣散發出掠食者氣息的天納西人正在向溫齊克報告。反倒是他們穿上了衣物，而我馬上就認出那是軍服。有些事似乎是跨物種的共通現象——而從外套上的勛章和徽章來看，這些都是將領級的人物。

我猜這是星盟代理領導人的軍事簡報會議。幸好，簡報螢幕上沒顯示出狄崔特斯——而是一顆帶有紅色與綠色的陌生行星。我完全看不懂上面寫的字，也沒有別針可以翻譯，所以不知道那是什麼。

「那是新黎明，」有人在我後方用英語出聲：「妳認不出來還真可笑，畢竟妳跟我們在一起的大部分時間都是假裝那裡的人。」

我立刻轉身。布蕾德坐在我旁邊的一張椅子上。她的黑髮剪成了小平頭，身上即使穿著制服也能看得出肌肉線條——除了在健身房瘋狂鍛鍊的士兵，你很難在其他地方看到這種體格。她正用手指轉著一枝筆，同時以幾乎漠不關心的眼神看我。

溫齊克在座位上轉身回頭看她，用一種我不懂的語言咆哮下令。

「喔，別再抱怨了，溫齊克，」布蕾德邊說，仍然邊轉著筆。「她就在這裡，終於衝破牢籠了。妳花了很久時間呢，艾拉妮克——或者該叫妳思蘋瑟吧。我以為妳會在那道障壁中發出更多噪音的。妳知道維持那樣要耗費多少注意力嗎？」

「怎麼會？」我問：「妳是怎麼做的？」

「從我們的新朋友那裡稍微學了一下啊。」布蕾德說。我發現她看得見我，不必藉由物體表面的反射。「我正在練習一些剛開竅的能力。」

溫齊克命令將領們離開，他說話時用外骨骼的手臂做出畫圈的動作。儘管語言不通，我還是認得出他的習慣動作——事實上，我幾乎可以從他那種愛挑剔的語氣中，聽見他正在說「哎唷，哎唷」和「真有攻擊性呢」。

「那些星魔認為它們可以應付妳，」布蕾德說：「我告訴它們不行。妳很直接，思蘋瑟。我喜歡妳這一點，不會耍心機。不管妳跟目標之間被擋了什麼東西，妳都會直接突破。」

「我可是耍心機騙了妳。」我不客氣地將這些想法投射給她。能力變強的我，感受到她試圖隱藏的激動情緒。羞恥，憤怒。她曾經跟我一起訓練，卻一直不知我的真實身分，直到我告訴她事實，讓她氣得跳腳。

可惡，我真是太天真了。

溫齊克又說了些話。真希望我聽得懂內容。

「他要我困住妳的思緒，」布蕾德說：「我不確定我是否辦得到。跟我一起練習的人比妳弱得多，但這次我不會再退縮。」

她的思緒立即撞了上來、擠壓我。我立刻覺得自己像在一個箱子裡——而且箱子正在縮小。我驚慌地瘋狂揮擊。我聚集自己的憤怒，就像上次我們兩人衝突時那樣。接著我對她出擊。

布蕾德就跟剛才說的一樣並未動搖。她早就料到我會反擊。

於是我開始發亮。我燃燒體內強大的光亮，那道耀眼的光芒就是我的靈魂。我感覺到布蕾德十分驚訝，但她不想洩露出情緒。她很震驚。她……認爲我就像星魔，這讓她很害怕。

結果有其他人聽見了。

我看到了！

那陣聲音很遙遠，可是很大聲。一陣透過超感能力的叫喊聲震動我，接著有某種東西撞向布蕾德，讓她倒抽了一口氣而失去專注力。這陣聲音不夠成熟，彷彿沒有受過訓練。如果我是一把劍，那它就是一根棍棒——而且很巨大。

我閃耀著光芒，突破了布蕾德的障壁，然後跟新的聲音一起推開她，逃進了虛無。

那陣響亮的聲音追著我。雖然它救了我，不過它似乎是某種怪物。我轉身面向它，不想背對著它被撞上。然後它就……

……擁抱了我？

尤根？我心想。

妳到底去哪裡了？他在心裡想著這些話。爲什麼不聯絡我？小旋，已經過了好幾個星期！

我試過了！我努力在腦中顯現出他的影像。我們正在虛空中一起飄浮，我們的靈魂觸碰著。就像兩名泳者在浩瀚無邊的大海中緊抱彼此。

很抱歉我沒聯絡你，我說。是布蕾德做的。

布蕾德？他問。

你出現時抓住我的那個人，我說。你是怎麼找到我的？

我一直在練習，他開始解釋。我沒辦法超空間跳躍，再怎麼努力嘗試都不行。可是艾拉妮克說那很正常，超感者有不同的專長。她說我可以學會超空間跳躍——基本上我們每個人都能學會每一種天賦，可是對我們之中的某些人來說，有些天賦學起來特別困難。我們都有各自的弱點與長處。

等一下，我說。艾拉妮克？

一時間說不清，他說。總之我們正在堅守下去，同時試著尋求幫助。不過先說妳的事吧。思蘋瑟，妳在發亮，就像一顆星星。我從很遠的地方就能看見妳了！

我也一直在練習，我說。

妳已經成爲海盜女王了嗎？

他的語氣充滿了關愛。他的話夾帶著好多畫面——這種溝通比一般的話語更有深度。例如，我馬上就知道他是在開玩笑，但也帶有一點認眞的成分。

他喜歡我那麼喜歡故事的樣子。他想像我身處於其中一個故事，而且對我有絕對的信心。比我對自己還更有信心。聖徒啊……聽到他那麼說感覺眞棒。知道他那樣想的感覺眞棒。我在他心中的形象勇敢又機智，而且能夠激勵人心。

從我剛認識他、初期對待他的方式來看，我並不值得有那麼完美的形象。幸好，尤根也知道了他在我心中的形象。正直、誠實、關愛；他是位領袖，是我所認識最棒的領袖。

這是我經歷過最完美的時刻了。我們兩人分享著對彼此的完美想像——我們都知道自己無法達到那樣的境界，也知道那並沒有關係。因爲我們只要在一起，就能夠產生共鳴，對彼此更加了解、支持與信任。

接著，我們周圍開始出現眼睛……美好的時刻就此結束。那些明亮的白色空洞，代表星魔正在注意我們。不是我的光芒吸引了它們，是尤根。可惡，他眞的很大聲。

走吧，尤根，我在星星包圍我們時說。等它們的注意力散去後，我會再聯繫你的。

我感覺到他的靈魂擦過了我。我感受到他的關愛，他的熱情。不過接著他就消失了。

我轉過去面向星魔。我一直認爲可以努力跟它們溝通，畢竟查特說過，它們全都是相同的個體；並非群體意識，卻又一模一樣。如果我能改變其中一隻星魔的想法，照理說應該也能改變其他星魔的？以前我試著這麼做，卻失敗了，但是我必須再試一次。畢竟我也嘗試了三次才弄到一艘飛艇。因此，在被那些眼睛包圍時，我試圖傳達一種渺小的感覺。

我試著將我們全部縮小，將我們的視野縮窄。當它們的思緒碰上我，我就試著展現給它們看。無限是雙向的——我們可以跟宇宙一樣廣大，但也可以小如一顆塵埃。

我向它們展現我所見到的一切。麥辛那副傻笑，以及他平易近人的舉止；虛弗爾對跟自己差異極大的人非常有同理心；紐露芭有多麼想彌補星盟對銀河系各個種族的虧欠。

看看我們，我告訴它們。*看看我們這些生命。*

我們知道，它們回答。**噢，我們知道**。

它們只是不在乎。

那一瞬間，我突然能夠從它們的角度看見一切。對，它們一開始拒絕接受實境傳來的噪音都有生命。後來我改變了它們其中一份子。在我那麼做的時候，其他星魔產生了*抗拒*。

從某方面來看，我改變了它們其中哪一隻都無所謂。因爲發生那件事後，其他星魔就築起了防禦。

就像你狙擊射中了團體裡的某個人，其他人就會躲起來找掩護。

我*再也*無法像之前那樣說服另一隻星魔了。因爲現在它們知道我們有生命之後，就*更加*憎恨我們。

因爲我們現在不只是隨機出現的惱人噪音。我們是*故意*要讓它們痛苦。我們很危險。

我們必須被消滅。

這個可怕的想法讓我開始逃離它們。而我善於躲藏。我假裝自己慢慢消散睡去，卻同時展開不斷在強化的能力，傾聽它們。我覺得自己聽見了什麼，後來也眞的出現了聲音。

哎唷，哎唷，布蕾德將溫齊克的話傳達給星魔。那很痛苦嗎？你們要知道，她太難控制了。他們全都是。你們看見另一個是怎麼來的嗎？他們的數量正在迅速增加，越來越大聲了。

溫齊克指的是尤根，還有他救我時發出的聲音。可惡。

我感覺出星魔正在仔細思考溫齊克的話，同時也想起布蕾德剛才說了什麼。她要我更「大聲」地突破她對我施加的障壁。就像……就像是故意要激怒我，這樣星魔才會……

我們聽見了，也很痛苦，星魔說。**但是我們可以自己消除那些噪音。**

你們行嗎？溫齊克說。哎唷，哎唷。可見你們來到我們的領域後就變得糊塗了。你們不熟悉這個地方，就像我們也不熟悉你們的地方！你們攻擊了狄崔特斯和星界，結果連一個超感者都沒殺掉。經過這麼多年，你們每一次都失敗了。我們的數量增加了，那些噪音增加了。我可以阻止的，只要你們幫助我。

它們討厭這樣。我感覺得到它們的憎恨，但也感覺到它們的同意。**我們接受你的條件，你這個噪音，**星魔說。**我們會照你的指示做，換取你阻止那些折磨我們的聲音。**

好極了，溫齊克說。你們這樣可眞是非常、非常明智呢。

他們達成了協議。星魔會幫助溫齊克。我在眞正失去知覺前，才意識到剛剛發生了什麼事——而接下來的整段睡眠裡，我都不停做著惡夢。

第四部

Part Four

第二十七章

大約十二個鐘頭後，我在直接飛向競技場的航線上，心裡因決鬥的事而焦慮——手裡則拿著一本書。

競技場位於骷髏旗的地盤——佩格說那附近的異常現象會讓戰鬥更有趣。他們會跟其他前來觀賽的海盜派別在那裡等我們。我們也帶上了舷砲派的所有人：地勤人員會共乘飛艇或搭穿梭機。查特今天跟紐露芭一起飛，他們開的是一艘拖船，上面有舒適的座椅。

昨晚經歷的事仍然使我感到恐懼。協議已經達成了，星魔會跟溫齊克合作。我必須找到答案，而且要快。

幸運的是，我似乎正走在最正確的路線上——贏得這場決鬥、幫助佩格奪下休爾要塞。不幸的是，到競技場的航程需要幾個小時。我在機棚抱怨飛行時間要那麼久的時候，麥辛就丟了一本書過來。

這是一本眞正的書，用紙張製作的那種。我本來不打算讀的，可是時間感覺拖得很漫長，於是我讓M-Bot暫時接手飛行，隨便翻開書本分散注意力。

我讀得很慢，因爲得用翻譯別針的光學裝置掃描句子後替我讀出來。同時，這麼做也非常有趣。在我的星球上，幾乎不存在這種實際的媒體，而且我們那些舊飛艇檔案庫裡的資訊也很破碎。在我那時期留存下來最多的資料，都跟舊地球上的植物與動物有關，所以學校會詳細教我們那些東西。

可是我從來沒聽過麥辛說的這本「垃圾言情小說」。書中從寒武紀物種的視角出發，他們有很多觸手之類的東西。沒想到他們的求愛儀式跟人類很像——只是更加愚蠢。也許這就是這種書的風格。

我其實不太在乎情節，而是對這本書的本質比較感興趣。它實在是……太膚淺了。主角花時間跟三個人談情說愛，而她最迫切的問題，是必須決定要帶哪個人一起去度假。

這就是整本書的衝突所在。不是爲了贏得這次度假，而是要在多個對象之間選擇的壓力。星盟的人喜歡閱讀這種東西？裡面完全沒有戰鬥。我還沒無知到認爲每件事一定都要跟戰鬥有關。例如聰明的英雄土狼（Coyote）就會利用機智而非肌肉來脫困，而像這種偉大的故事其實有很多。甚至還有故事敘述人們準備發動戰爭，後來就講和了。

奶奶從沒告訴我關於人們去度假的故事。我一方面覺得這很荒謬，但另一方面又能夠理解。而那理解的部分彷彿在輕聲對我說：「如果人們不是一直處於作戰狀態，就會把注意力集中在這種事情上。妳會在跟他們的相處中學到：妳的生活並不正常。」

相較於觸手，書中角色的這些觀點更讓我感到陌生。我希望我的同胞得到和平，沒錯。但是要想像沒有飛行訓練，想像軍事設施不是社會的核心與最迫切的需要，那種世界……可惡。我不明白，但我必須明白。所以我才會讀他們的言情小說試圖理解。

我們又飛了一段時間，書我也讀了四分之一後，M-Bot開口說話了：「妳看見那個碎塊了嗎？」

我透過座艙罩向外望。爲了配合拖船，我們必須放慢，就這樣以悠閒的速度穿越環帶，通過具有各種不同地形的碎塊。下方有一個少見的海洋碎塊。雖不是之前橫越的那一個，但很類似。

「看到那個碎塊讓我有種感覺，」M-Bot說：「我記得跟妳還有查特一起航行，感覺……很愉快，就像見到了一位老朋友。現在有這種感覺很奇怪嗎？那甚至不是同一個碎塊。」

「不奇怪，」我說：「人類會經常把情感與場所聯繫起來。狄崔特斯地底的洞穴有時感覺比我成長的街區更像家——而且每次我看到洞穴，就會想起那裡。」

「這種感覺……很棒。」M-Bot說。

「這次不問那些情緒有什麼意義嗎？」

「我還是會納悶，」它說：「不過今天我就只是……喜歡這些感覺。這沒關係吧，對不對？」

我微笑著。「對。」

「我經常試著想像妳這麼喜歡故事的原因，」M-Bot說：「起初，我以為那純粹只是一種合乎邏輯的反應——透過將故事當成記憶的手段，而達到教育目的。可是妳奇怪的反應讓我很困惑。故事對妳而言不只是教育，還有其他的意義。」

它繼續說：「我想我現在明白了。聽著那些故事，跟妳祖母在一起，那種感覺很棒。而再次想起的時候……這個嘛，妳記得她的聲音對吧？就像我看見那個碎塊並記起了航行的樂趣。這……對我來說很溫暖。機器是不應該感到溫暖的，可是我會。」

我在座位上挪動身體，試圖像它說的回想奶奶的聲音，結果……想不起來。我記得故事，但遺忘了她的聲音。

為了分散注意力，我繼續讀著手上的書，而我們又飛了……一段時間。老實說，我還滿喜歡這本書的。我一點也不覺得它是垃圾。我發現自己其實很投入，在得知誰能夠去度假之前還差點覺得很興奮。即便如此，我還是會想像女主角把落選的追求者抓去餵她的寵物鯊魚。

要是M-Bot沒每隔五分鐘就尖聲發表意見，情況應該會更好一點。「嘿，思蘋瑟！那個碎塊是黑色跟紫色的，地面上還長了水晶呢！我覺得它來自跟虛弗爾那個世界很像的星球。妳覺得呢？」

「我不知道，M-Bot，」我邊翻頁邊說：「你何不掃描資料庫查一下呢？」

「完成！」它說：「我覺得是！」

「好極了，」我說：「也許你應該把我們經過的碎塊分類，看看能不能找出它們來自什麼行星。」

「沒問題！」它說。

那應該會讓它花上好一段時間。我露出了關愛的笑容，不過聖徒啊，這一定就像是有小孩的感覺。

我大概虧欠母親一個上等鼠肉三明治之類的東西——因爲我非常確定自己以前對她提了很多問題。其中很多是關於如何砍頭的。

「嘿，」M-Bot在沉默了幾分鐘後說：「爲什麼我又要做這種事啊？是爲了打發時間嗎，思蘋瑟？」

我微笑著。「騙到你了。」

「你們人類啊，」它說：「這不算笑話！又沒有梗！」

「喔，噓，」我說：「這裡很精彩呢。」

「那我猜妳應該不想聽佩格的祕密通訊囉。」它說。

我抬起頭。「祕密通訊？」

「她收到了加密通訊呼叫——從數據突發的來源判斷，我猜是骷髏旗的一位海盜。佩格很明顯不想讓別人知道；其他的舷砲派接收機都沒調整到能接收這種頻帶的通訊。看來她的飛艇上有某種特別的設備。我會知道是因爲，妳懂的……」

「間諜人工智慧？」

「尋找蘑菇的人工智慧。附加了間諜功能。」

祕密通訊？這眞的很奇怪。佩格做任何事通常都很坦然——例如她總會讓舷砲派成員在旁聽她跟別人的協商內容。

「我們可以偷聽嗎？」我問。

「如果有我以前那艘飛艇的硬體就會很簡單，」它說：「可是從這艘飛艇沒辦法。我最多只能告訴妳通話的長度——也許還能找出佩格通話的對象。」

「好吧。」我有點失望。我差點希望與其這樣吊我胃口，它還倒不如什麼都別說。這件事讓我受到干擾，很難再專心讀完書了。我把看到差不多一半的書放下，這時長程感應器顯示出我們正在接近一大群集結的星式戰機。

「她剛結束通話，」M-Bot說：「但我很確定發話的來源是哪裡：她兒子格雷姆的那架星式戰機。」

「所以佩格跟她兒子祕密通話了一段時間，而照理說他應該已經跟她鬧翻了。」我說：「他是敵對派別的領袖，這很不合理，M-Bot。她到底在玩什麼把戲？」

「我不可能猜得到，」M-Bot說：「最近我都快不了解自己了，更別說要了解你們這些有機體。」

原來「競技場」是環帶之中一片廣大的開放區域，範圍之內飄浮著尺寸跟房子差不多的大塊岩石。雖然大多數的碎塊都位於同一平面上，可是這裡的景象比較參差不齊。例如一個碎塊粉碎之後，它的碎屑可能會飄開並停留在不同高度。

嗯，我曾經在碎片帶中接受飛行訓練。我應付得來。然而這片區域還有更特別的一點，那就是在岩塊之間有發出白色光芒的奇怪地帶。它們就像迷你的光爆，比我的飛艇大不了多少。其實，這讓我想起了在長者之路那些幻象中見過的白色小洞，那種東西最後會形成碎塊。

那些洞讓我感到不安。雖然其他人已經對我提過這件事，但……它們是純粹的虛無，只是不知怎地滲進了環帶區域。而我必須在那裡飛行。

第二十八章

競技場周圍排列了上百架不同的星式戰機，有如一支雜牌軍。機翼或機身上的標誌顯示出各自的派別。他們之間並無任何一致性——除了可能都有一種雜亂無章的零碎感吧。

好幾架戰機顯然是爲了容納體型較大的物種，而擴建了駕駛艙。其他則是笨重的穿梭機或工業用太空船——可是機身上竟然加裝了一堆武器，就像我小時候用膠帶把六個玩具黏成一具「超級火砲」那樣。

另外，也有許多散發出危險氣息的機型：內建了武器與大型推進器的流線型軍用飛船。我找到了冠軍格雷姆；他那架帶有殺氣的星式戰機形狀就像凶惡的新月，機翼尖端正對著我的方向。它的體積比DF波可飛艇更大，但是有巨大的推進器和致命武器。現在我有時間好好仔細打量一番，算出了那東西上面有五具破壞砲。

「佩格，」通訊系統上出現一陣聲音——我的飛艇將內容翻譯出來了。那聽起來像一種低吼聲，跟佩格說的是同一種語言。「還是跟平常一樣慢慢來嘛。」

「我喜歡開心一點，格雷姆，」佩格回答：「而且簡單的事能帶給我快樂。」

「像是動作遲緩嗎？」

「像是知道我讓你等了很久，」佩格笑著說：「你準備好了嗎？」

「是準備好了，」格雷姆回答：「但我已經不再是冠軍了。」

「什麼？」佩格說。

「我失去了頭銜！」格雷姆解釋道：「是今天的事。轟擊派的人提早到了，所以我想我們可以在等待的時候決鬥一下，不過……我輸了。」

「傻孩子，」佩格說：「你今天長出了赫木爾。」

我皺起眉頭聽著這段對話。我很確定「長出赫木爾」是他們罵人很蠢的說法。他們的對話有點……不太自然。格雷姆跟佩格之前花了半個小時祕密通話；她很明顯已經知道他失去冠軍的事，可是現在又假裝自己不知情。為什麼？

「好吧，那麼冠軍是誰？」佩格說：「我們就跟他們對決吧。」

「轟擊派的新成員，」格雷姆說。

佩格輕輕低吼。我好奇地直接呼叫麥辛：「我想我認識轟擊派的人。他們的領袖是一位赫克羅人？」

「對啊，」他回答：「維列普。他們是……反抗者。」

「我們可是海盜，麥辛。我們全部都是反抗者。」

「轟擊派更壞。」他解釋道：「其他派別應該都不會做出太過殘忍的事，但如果轟擊派是冠軍……我就不知道了。如果我是妳，就會拒絕戰鬥。」

嗯，我才不會那麼做。事實上，我很高興能有機會報復維列普跟他同伴搶劫我的事。不過這一切背後也有個非常可疑的地方。

妳在玩什麼把戲，佩格？我納悶著。

通用頻道上出現了另一個人的聲音，聽起來很暴躁也有點熟悉。「我們會跟妳的飛行員決鬥，佩格，」維列普說：「我的冠軍比你們任何一個都強。他稱呼自己為暗影（Darkshadow）。」

暗影？

那個呼號還眞棒。

「哈！」佩格說：「暗影？眞的嗎，維列普？哎呀，希望他的技術跟耍噱頭的能力一樣厲害囉。因為我們的人很特別！」

「你們的人一定會輸的，」維列普說：「就跟妳的孩子一樣。我不知道你們兩個在玩什麼花招，但我不相信妳，佩格。不相信你們所有人。」

「那就跟以前沒兩樣啊，維列普。」

「妳確定妳那位新成員不想跳槽到我們這裡來嗎？」維列普問。「只有轟擊派不會暗中臣服於妳跟妳的後代。」

「考量到所有的情況，」我在通話頻道上盡量裝出威脅的語氣說：「我想我不會那麼做，維列普。」

「我……應該要知道那是什麼意思嗎？」他回答。

可惡，他不認得我的聲音。虧我還用那麼酷的方式出場。「我就是你在森林想要綁架的那個人類，」我說：「其實我是一位超強的飛行員，為了回報你對我做的事，我要在這裡讓你丟臉。」

「嗯，好，隨便啦。」他說：「暗影，我們來羞辱另一個派別吧。決鬥到被鎖定為止。輸的那一方要把飛艇交給贏家。」

這是場賭注很大的對戰。飛艇在這裡非常稀有，除非是極端的情況，否則不可能被拿來當成賭注。要是我輸了，M-Bot 就會上傳到我們一起帶來的那架無人機上——所以這應該沒什麼問題。不過還有另一個更高的風險——而這跟佩格私底下的精心盤算有關。

在佩格的催促下，我讓飛艇緩慢前進，離開舷砲派的行列。我留意著看起來最危險的飛艇，心想著冠軍會在哪裡——所以差點沒發現，有一艘很小的飛艇向前飛出來。它的尺寸大約是我這艘飛艇的三分之一，中央的機身相當狹窄，比較起來機翼上的破壞砲就顯得特別巨大。

我發現自己犯了一個愚蠢的錯誤。越大不一定越危險。我應該要比大多數人更明白這一點。這艘飛艇讓我聯想到克里爾人的無人機，那些東西可是非常致命的。而雖然大部分的智慧物種體型似乎都跟人類差不多，但也有明顯的例外。

我看著那艘飛艇，心裡很懷疑。有一位新成員厲害到足以擊敗長久以來的冠軍格雷姆？那是誰？或許是幻格曼人？如果是的話就很合理。幻格曼族的飛行員適合那麼小的機型——他們的飛艇甚至不需要駕駛艙。

「競技場的邊界已經上傳到妳的接近感應器了，小旋。」佩格在通訊系統上說。M-Bot幫我標出了整片區域的輪廓——形狀很像一根高高的圓柱或管子。它的範圍往上和往下延伸了數千呎，可是直徑卻很短。

那會是一片很狹窄的戰鬥區域。就像……在一條隧道或是在往天空延伸的豎井內部決鬥。「如果我出界會怎麼樣？」我在私人通訊頻道上說。這時我才發現自己從來沒問過。「我會輸嗎？」

「不，」佩格說：「那有什麼好玩的？如果妳飛出邊界，其他所有人都可以對妳開火——所以我建議別那麼做，除非妳長出了太多木倫。準備好了嗎？」

我深吸一口氣。「我知道妳還有事情沒告訴我，佩格。」

她保持沉默。

「我還是會決鬥的，」我說：「不過至少告訴我一件事：妳眞的需要我獲勝嗎？或者這個冠軍只是某種政治作秀。」

「我需要，小旋，」佩格的語氣變得更溫和了些：「我眞的需要。這是我們統一所有派別的機會。雖然有些細節我沒告訴妳，但那些都是實話。這麼說好了，我已經把我所有果實都放到妳的車上了。拜託別把它開下懸崖。」

「好，」我說：「那就上吧。」

螢幕閃爍綠光，接著我啓動超燃模式，衝入競技場。

第二十九章

冠軍沒立即對我開火。他高速飛近，然後又轉向離開，可見是想要我尾隨他。是測試。他想要評估我的能力。我決定不上鉤，反而轉向往上沿著競技場的邊緣飛。

「我在資料庫比對不出那架星式戰機的機型。」M-Bot說：「唉，我只有一份星盟飛艇的基本清單，這架似乎是比較先進的型號。」

「也許根本就不是星盟的，」我說：「查特認爲，偶爾會有其他飛艇因超空間跳躍的意外而被傳送到這裡。」

我向上飛，然後又轉向回頭。我注意到在競技場邊界外跟著我一起飛的其他幾艘飛艇——那些海盜很想趁我偏移到邊界外時掃射一番。

好了。現在我對形狀如豎井的競技場大致熟悉了一下，不過還是處於劣勢，因爲我從來沒在這裡飛過——那位冠軍至少在這裡飛了一次。我在幾個飄浮的岩塊之間迅速穿梭，然後看著其中一處發著光的奇怪白點。

接近感應器高聲發出警告，顯示出冠軍正朝著我來。暗影知道了我正在適應環境，於是他必須先採取行動——免得給我時間調整好。我啓動超燃模式，在冠軍試圖尾隨時避開。

沒過多久，我就必須中止超燃模式了。在閃避時飛得太快不一定好，這要取決於反應時間及轉向能力。於是我沿著彎曲的邊界向下疾飛——在邊緣部分高速穿越豎井——希望冠軍會不小心甩出邊界。很可惜，暗影證明了自己的能力，他並沒有被甩出去。這反而讓我從後方受到了幾次攻擊，而且很難在不出界的情況下避開。

最好還是待在競技場的中心。我向上拉高，在飄浮的岩塊之間迂迴穿行，往中心的方向去。冠軍緊跟在後；他真的很厲害。而且原來他也有光矛——剛才在轉向時使用了。真奇怪。我還沒遇過哪個星盟的非人類會像我們在DDF那樣使用光矛。

幸好，被他尾隨了幾分鐘後，我發現我的飛行技術應該還是比對方厲害。我只要……

我感覺到某個東西。

像是有手指握住我的大腦。

我是黑暗中一塊孤獨的岩石。一陣薄霧來到我身邊，靠繞著我，把我悶住。

一對熾亮的白色眼睛出現，投影在飛艇的座艙罩上。那雙眼睛注視著我。

我們看見妳了。

一發破壞砲擦過我的護盾發出爆裂聲，突然將我拉回神來。可惡！我向左急轉，往下以迴旋的方式從兩顆飄浮的岩塊之間穿過，成功閃避了後續的攻擊。

「思蘋瑟？」M-Bot問：「怎麼了？」

我在掃描器上尋找。沒錯，我剛才靠近了一個白點。「星魔在看。你能用掃描器分析那些白點嗎？」

「處理中。」M-Bot說。

破壞砲的砲火又開始追擊我了。我發現附近飄浮著好幾顆小岩塊，於是啓動超燃模式飛過去。

冠軍跟了過來。我用光矛刺中我經過的第二顆小岩塊——但不只是利用它轉向。我繞了岩塊一整圈，同時將它甩動。岩塊被我猛力往後拋，撞擊了飛行路線上的下一顆岩塊——而冠軍才剛用光矛刺中它準備轉向。碰撞打亂了冠軍的操作，讓他無法正常轉向，不穩定地往旁邊飛開。

我迅速射出光矛，刺中第三顆岩塊，利用它轉向繞到冠軍後方，趁他穩定機身的時候從後方開火。

我擊中一發，讓他的護盾產生了裂痕。不愧是暗影，他並未驚慌，不過確實採取了閃避動作。結果……

可惡。我認得那組動作。我在記憶中搜尋自己快忘掉的那些人。

我對以前訓練的內容還算記得很清楚，而冠軍正在完整做出DDF教過的一組動作。在繼續思考這件事之前，我的思緒又變得模糊了。

我們找到妳了，噪音。妳不應該在這裡。妳不應該在這裡。燃燒的眼睛出現在座艙罩上，數量迅速增加，越來越多——

「思蘋瑟！」M-Bot大喊。

我緊急轉向，千鈞一髮避開了一顆岩塊。這樣……這樣真的很麻煩。

「又是星魔嗎？」他問。

「對，它們不高興了。」可惡，冠軍又追上來了。

「小旋？」佩格在通訊系統上說：「一定要小心那些白點。如果妳靠得太近，很有可能會發生現實扭曲的狀況，就像在無人之境那樣。」

「我盡量，」我說：「這比看起來還困難一點。」

我再次利用光矛做出一系列動作，盡可能讓我跟冠軍之間隔著其他岩塊。幸好，他自己也飛得太靠近白點了，而他的反應跟我一樣——遲緩、分心。我也許可以利用這一點，藉此取得優勢？

冠軍回過神來，又繼續尾隨我一段時間。而我在發現兩顆飄浮得很近的白點時，決定做一件魯莽的事——我突然右轉，要從它們之間穿過。

「這次是故意的，」我對M-Bot說：「如果我不對勁就接手，別讓我們撞毀。」

「好——的，」它說：「我分析完成了。這些東西的中心有物質，可是它的光譜很奇怪——在我的科學資料庫裡完全找不到。我想那可能是一種岩石，就像上斜石，卻帶有不同的能量？所以……小心點。」

我高速穿越那些白點。

離開這裡，噪音！

我會離開，我說，只要你們答應再也不會進入我來的地方。你們待在虛無，而我會待在實境。

不。因爲噪音不會停止！妳能停止那些噪音嗎，噪音？

我不能保證，我說。但我們對你們不是威脅。你們可以存活，我們也可以存活，井水不犯河水。

不。你們可以停止，不然就是用別的方式讓你們停止。你們害我們痛苦。你們給我們帶來……另一個自我……的痛苦……

我們從兩顆白點之間衝出來，而飛艇自行操控往旁邊轉向，遠離了一些岩塊。

「有用耶！」M-Bot說：「我眞的幫上忙了！」

我笑著接手操控。雖然M-Bot不是厲害的飛行員，不過它可以在我們接近白點時做出反應，希望這能讓我們多一項優勢。果然，我在接近感應器上看見暗影本來打算跟著我——可是又不得不先放慢速度，以免在失控後撞上東西。

這表示我可以做出很小的迴旋，在冠軍恢復速度逃脫之前開火。兩發攻擊消除了他的護盾。可惜他成功閃避了，不過我繼續追擊。

再擊中一次我就能贏得這場比賽。我追得很緊，暗影則是躲進一些岩塊之中，然後進入我的射程——不過他在那一瞬間啓動了ＩＭＰ。近距離的能量波也消除掉我的護盾。在我開火之前，他就啓動超燃模式飛遠了。

「不錯嘛，」M-Bot說：「那位冠軍很厲害。」

對。這太奇怪了。暗影離開時，採用了像是ＤＤＦ的分散閃避方式——非常類似我教給舩砲派的一系列動作。雖然無法完全確定，可是他飛行的方法很眼熟。這人到底是誰？他眞的跟我受過同樣的訓練嗎？會不會是……

我突然感到一陣寒意，但其中又混雜了希望。會是他嗎？我在虛無展開思緒時曾經感應到他。或者只是我想得太美了。

別傻了，我腦中理智的部分說。妳父親不可能進得去那麼小的駕駛艙。事實上，在妳認識的所有種族中，那裡能夠容納的只有幻格曼族，或是……或是……

喔，可惡！「M-Bot，你可以讓我跟那位冠軍通訊嗎？」

「當然。」它說。它在儀表板上閃爍燈號，讓我知道線路接通了。

「嘿，暗影，」我對那艘正貼著邊界往上飛的飛艇說：「在我打敗你之前，你還有什麼話要說嗎？」

「在時間的浪潮中，我是一條敏捷的小魚，」對方回答：「時間或許能讓船隻撞毀於岸邊，但我卻能在其中輕鬆游動。」

哎呀，聖徒與星星啊。眞的是他。

「思蘋瑟！」M-Bot中斷跟另一艘飛艇的通訊。「那個聲音。是——」

「赫修。」我說。

「他死了啊！」

「他在跟布蕾德的戰鬥中消失了。」我說：「當時基森人的飛艇被炸開，暴露在眞空中。他們認爲他被吸了出去。但當時在超感者身邊發生了很多怪事。」

其中也包括將一隻星魔召喚到實境。

「我覺得……」M-Bot說：「我覺得開心！雖然從來沒直接跟他說過話，不過我覺得他是我的朋友，思蘋瑟。」

他也是我的朋友。「再打開通訊吧，」我說：「嘿，赫修？是我。我是……嗯，艾拉妮克……呃，你知道的，就是假裝成她的那個人……」

對。這太複雜了。

「我不知道那個名字，」對方說：「我是暗影。他沒有過去。這位受到詛咒的無名戰士徘徊於永恆之中，無家可歸也沒有朋友，一直在尋找他無法保留的記憶。我轉瞬即逝，卻在時間之中留下了輕微的印記。」

他一本正經地說了這些話。天哪，我眞愛那隻狐狸沙鼠。

「你什麼都不記得了嗎？」我問他。

「只有戰士的本能引導著我，」他回答：「妳休想干擾我追求現在的目標，對手。雖然妳的技術令人欽佩，但我會擊敗妳，並爲妳的葬禮作詩。」

「這……嗯……不是殊死戰，赫修。」

「我會擊敗妳，」他用一模一樣的語氣說：「並爲妳的退休宴會作詩。」

他一定是剛到環帶時孤立了太久，因此失去所有的記憶。現在我知道對方是誰以後，就更佩服他的飛行能力了。赫修曾經指揮過一艘飛艇，雖然我的記憶有點模糊，但我認爲他大部分的時間都在擔任艦長。

然而，他也跟我一起訓練過很多次。我本以爲操縱飛艇的是隨機找來的船員——呃，應該說是狐狸沙鼠。不過看來駕駛飛艇的都是赫修本人。

我該怎麼利用這一點？雖然他善於閃避並做出各種飛行動作，但一定也會讓艦橋上的成員控制其他系統。例如剛才，他就無法順利地利用光矛轉向。他沒辦法像我這樣同時處理很多件事。

在他試圖回頭發動攻擊時，我往幾個岩塊的方向飛去。我讓他忙著在空隙之中穿梭閃避，然後超前他逐漸拉開距離。最後他也停止追擊往後退開。

這時，我關掉系統準備重新啟動護盾。他果然也照做了。在使用推進器時是無法啟動護盾的。

重點在於，我是假裝的。

他一關閉系統，我就讓飛艇轉向並啟動超燃模式，穿過戰場直衝向他。他來不及反應，勉強在我抵達前啟動了系統。不過，我沒對他開火，而是用光矛刺中他，然後全力推進。我的飛艇迅速轉向——而他就像繫在鏈條末端的球，被我轉動甩出了競技場的邊界。

至少有十艘來自各派別在附近觀戰的飛艇朝他開火——徹底鎖住了他的飛艇。

「精彩。」M-Bot說。

「赫修值得最好的，」我對它說：「即使他什麼也不記得了。先等一下。在我們去慶祝之前，我要再聯繫星魔。」

「那樣明智嗎？」

「一點也不。」我在競技場內放慢速度，看起來像是要回到舷砲派的行列中——但其實正在轉向靠近一顆白點。

我們可以解決這件事，我將訊息傳達給星魔。你們不必跟我們戰鬥，至少別聽溫齊克的話。他很邪惡。

噪音才是邪惡的東西，它們回答，並且對我傳送的想法感到困惑。**你們全都是邪惡的**。

拜託，我傳出訊息。我正在試著了解你們。

了解這個吧。**離開**。**你們全都要離開**。**而且再也不回來**。

那種感覺充滿了惡意、厭惡，以及……恐懼？對，恐懼。它們不想讓我發現那一點，可是現在的我能注意到越來越多它們想隱藏的部分。

聯繫逐漸消失，而我也失望地離開那片區域。沒有協商的餘地。我們其中有一方必須被消滅。

我跟舷砲派重新會合，他們也正要跟其他海盜派別的一百多艘飛艇會合。佩格已經在通訊頻道上向所有海盜廣播：「哈！」她說：「什麼祕密武器嘛，維列普！」

維列普沒回答。轟擊派的成員已經集結起來要撤退了。無論佩格接下來想做什麼，她現在就必須採取行動。

「看看我們變得多麼強大，」她讓自己的穿梭機慢慢飛出舷砲派的行列，面對著大家。「看看我們變得多麼厲害！星盟上一次讓我們損失飛艇是什麼時候的事了？」

「維列普幾個星期前失去了一艘，」格雷姆咕噥著說。「但是我這裡的戰機都夠厲害，沒讓那種事發生。」

佩格的穿梭機又稍微前進了些。「休爾要塞的星盟部隊很弱！而我們已經變得越來越強了。現在，你們看見我帶來的冠軍了嗎？她正在訓練我的戰士們。她一輩子都在跟星盟作戰！」

「等一下，」有個我沒聽過的聲音說：「這是真的嗎？」對方的聲音很粗，說的是佩格的語言。我猜那就是她另一個兒子賽姆。

「是真的，」我說：「我的同胞已經跟星盟作戰好幾十年了，而且我知道他們的戰術。我摧毀過好幾十架他們的戰機——上次計算時是八十七架。如果你們想要奪下休爾要塞，我可以幫你們辦到。」

「奪下休爾要塞？」另一個人問，對方的音調比較高，但不是維列普。「我們真的又要談這件事嗎？」M-Bot在我的螢幕上顯示這個人是第五個派別的領袖，是一個叫瓜爾德（Gward）的女赫克羅人。

「我認同瓜爾德的話，」佩格的大兒子說：「這是個跟現在無關的老問題。我們兩年前就決定不這麼做了！」

「而這些年來情況已經變了多少？」佩格問。「聽著，你們都知道最近環帶發生了奇怪的事。你們都聽說過眼睛會發光的生物，都見過落單的人失去記憶的速度越來越快。」

她繼續說：「更糟的是，我們很脆弱。如果星盟覺得應付我們太過麻煩，只要加倍這裡的軍力就行了。他們可以消滅我們。但如果我們奪下休爾要塞就不會這樣，只要鼓起勇氣出擊就不會這樣。」

我屏息等待著。這番話很有道理，這些人看不出來嗎？現在就是出擊的時機。

「雖然我不喜歡，」賽姆終於開口說：「不過她說得對，這……值得討論。」

「你確定我們想要冒那種風險嗎？」格雷姆說。

「沒錯，」第六個派別的領袖說——我是因爲M-Bot在螢幕上標記出來才知道的。「我……我不想激怒他們。要是我們輸了，到時可能會很悲慘！」

「什麼都不做更糟啊，伊多（Ido），」佩格說：「時候到了。休爾要塞有一個圖騰，也有現實餘燼。我們可以利用那些東西保留我們的記憶。我們可以控制這整個地方，而且可以獲得安全。」

「我……不敢相信自己竟然會這麼說，」格雷姆說：「不過我想她可能說得對。時候到了。」

「母親，如果你們要攻擊休爾要塞，」賽姆說：「紅帆派（Red Sails）會加入你們。」

「骷髏旗也是。」格雷姆說。

「我想……」瓜爾德說：「好吧，我想我們也會。在這裡能弄到一些現實餘燼很有幫助。我們會平分戰利品，對吧？」

「平分，」佩格說：「我保證。」

「哎呀，我們對這種瘋狂的事沒興趣。」轟擊派的維列普說。他的其中一艘維修拖船在附近幫赫修的飛艇恢復了動力，而那艘飛艇也開始自行移動。

「喂，」佩格說：「我們贏得了那艘飛艇，把它留下來！」

「格雷姆可以留下他的飛艇，」維列普說：「那是我們之前贏得的——如果我們留下這艘飛艇，他也可以留下他的，成交嗎？反正你們也沒人會駕駛這東西。」

「成交，我想是吧。」格雷姆說，然後嘆了口氣。「母親？」

「好吧，維列普，」佩格說：「可是爲什麼不加入我們？我們——」

不過她話還沒說完，轟擊派的所有人便都啓動超燃模式離開了。可惡。我要M-Bot開啓跟赫修的通訊，但赫修不肯應答。

「要追他們嗎？」賽姆問。

「愚蠢的人渣。」格雷姆說。

「讓他們去吧，」佩格說：「我們不需要他們。你呢，伊多？要加入我們嗎？」

「先讓我問問其他人，」最後一個派別的領袖說。他離開群組通話，在幾分鐘之後回來。「我們會加入。不過，嗯，妳確定我們可以贏嗎？眞的確定？」

「你看見我的冠軍戰鬥了，」佩格說：「相信我，這件事我們很肯定。」

接著他們便開始擬訂計畫，決定攻擊的時間。我往後靠著椅背，心不在焉地聽他們討論。我慢慢開始了解佩格的計畫。而且老實說，我很佩服。

半個小時後，跟舷砲派的成員一起飛回基地時，我才有機會證實自己的懷疑。佩格打開了跟我的私人通話頻道。

「那麼，」她說：「妳有一些問題？」

「我想我已經明白了，」我說：「妳跟妳兒子根本就沒有不和吧？你們三個知道海盜們太膽小、經不起考驗，沒辦法挺身而出對抗星盟。於是你們假裝撕破臉。」

我繼續說：「這樣，你們就可以控制要怎麼分裂。你們繼續假裝對立，如此一來當時機成熟，格雷姆和賽姆就可以認同妳——看起來就像是他們眞的被說服了。如果連那兩個恨妳的人都願意聽妳的話，又有誰還會再質疑攻擊星盟的計畫呢？」

「聰明，」佩格說：「哎唷。我希望其他人不會這麼容易就看破。」

「但冠軍是怎麼回事？」我問：「爲什麼要在最後一刻換人？」

「那原本不應該發生的。」佩格解釋道：「格雷姆今天很驚慌地聯絡我。他答應跟人快速決鬥，想要藉此暖身一下——他完全沒想到，維列普會找到那麼厲害的人來擊敗他。」

「啊……」我說：「然後他就輸了。」

「傻小子，差點毀掉了兩年以來的心血。我們需要像這樣的勝利來激勵大家。而且他們早就遠比自己以爲的還厲害了，這兩年來的爭鬥很有幫助。」

「妳故意設計了這一切！」我說：「派別、突襲、光明正大的戰鬥方式——一切都是爲了訓練海盜們，但又不讓他們知道自己正在接受訓練！妳想要透過風險較低的方式，讓他們爲攻擊星盟的計畫做好準備。」

「我也讓他們去吸收新成員，」她繼續說明：「去找被丟進這裡的人。我們的人數增加了很多。除此之外，我還發動了幾次戰術性突襲，藉此測試他們的防禦能力，也偷走他們的飛艇。每當我或其中一個孩子的飛艇數量太多，我們就會故意輸給其他派別幾架，讓他們變得強大，也有更多訓練的機會。」天才。可惡，眞希望佩格加入我們DDF。

「我還是希望能拉攏維列普那群人，」佩格接著說：「他這株雜草在我的花園裡待太久了。我們有五個派別應該還是能攻擊，希望如此。總之，妳完成了妳的任務。」

「我的任務，要在我們打垮星盟之後才算完成，」我說：「而且我要到休爾要塞的傳送口。妳把攻擊時間安排在三天後，爲什麼要等這麼久？我們應該現在就行動才對。」

「不必長出烏瑪利塔啊，孩子！」佩格說：「其他的派別需要時間準備——而我們才剛贏得一場重大的勝利！今晚我們要慶祝。」

第三十章

「然後，」我在圍成圓圈的椅子之間，緩慢行進邊走邊說：「獅子部落的邪惡成員露出可怕的笑容。『不，辛巴，』他說，『你父親並不是偶然摔死，而是我把他丟下去的！爲了得到他的王位，所以我殺了他，就像現在我也要殺掉你！』」

艋砲派的眾人倒抽一口氣。爲了加強效果，我學奶奶比著手勢——就像獅子揮舞著爪子。我在聽眾之間來回移動。麥辛之前已經打開了他那架星式戰機的泛光燈，但是將光束縮窄並降低，讓光線只照在我身上。我們把窗簾全都關上，營造出一種昏暗氛圍。

「接著，」我說：「辛巴聽到這件事後非常恐懼，結果他叔叔得以趁機向前進，逼得他後退，後退到堡壘的高塔邊緣！他忘了自己在丁滿與彭彭那裡受過的訓練！但緊接著，他想起了那段漫長的打鬥練習，也曾經在樹幹上被推下，還被迫吃蟲子作爲懲罰。

「『記住，』他腦中出現彭彭睿智的聲音，『千萬不要背對敵人。還有在決鬥時千萬別讓他們控制你的立足點。』睿智的彭彭是位身材結實的武士，現在正在下方的城牆上英勇地跟無數隻鬣狗戰鬥！

「辛巴穩住自己，站在名爲榮耀石堡壘的高塔頂部。『你這個傻子，叔叔，』辛巴低吼著。『雖然你打算把我丟下去害死我，就像你對我父親做的那樣。但實際上，你把制高點讓給了我，我在對決中就已佔了優勢！』

「刀疤一邊大喊一邊撲上去，但辛巴流浪時曾接受失落草原武士的訓練。辛巴的幽靈父親出現在他身後，像一道光暈散發出光芒。衝突相當激烈！儘管位處高處，整個王國的成員還是能看到在堡壘頂端的他們！然而刀疤是個刺客，並非訓練有素的戰士，他的小手段無法在光天化日下接受事實的考驗！

「英勇的王子想起，身材瘦長的丁滿曾教過自己『不懼報復』的招式，便運用這個技巧抓起了叔叔的脖子，將他拋到一旁——獅子部落的在位者無法站穩腳步，從堡壘的邊緣滑落，只能勉強用指尖撐住自己。」

我停頓了一下加強效果，就像奶奶每次那樣。這會給他們時間想像無畏的戰士王子挺立於高塔之上，在漫長的放逐之後終於獲得了勝利。我的聽眾們紛紛往前傾身，很想知道接下來的發展。

「辛巴驕傲自信地站著，」我說：「底下的軍隊看見兩位王者後，都停止了戰鬥。『現在，』辛巴大聲說，『你要向所有人宣布，你背棄了我的父親，讓他們知道你的背叛。』

「『我承認了，姪兒！』刀疤大聲說：『我背叛了你父親——是鬣狗逼我這麼做的！我只是顆棋子啊！拜託讓我活下去！』

「這時，在下方，鬣狗部落的狂暴女王暫停了跟重裝兵娜娜的對決。在野蠻人的文化中，你絕對不能爲自己的性命求饒。看見刀疤膽小的行爲後，鬣狗部落的所有成員同時收起了武器——拒絕再跟獅子們戰鬥。

「辛巴低頭看著造成這麼多痛苦與磨難的叔叔。『我無法原諒你，叔叔，』他說，『因爲神要求正義。因此，身爲正統的國王，我判處你死刑。』

「接著，辛巴發出一聲強大的吼叫，就將叔叔從高處丟下。現在，他父親遊蕩的靈魂終於得以安息。復仇已經完成，王國恢復了平衡。經過漫長的時間，一切都圓滿了。」

後續還有些浪漫的情節，而我現在不像小時候那麼在意了，而且一直覺得這才是比較好的結局。畢竟這是關於野蠻人與武士的故事。

很奇怪我竟然還記得故事——而且是所有的故事。其他關於過去的事都在慢慢消失，但故事卻完好無缺地留在我腦海中。就像是過去的錨，繫住我的靈魂。

故事結局讓其他飛行員歡呼喝采，總是在私底下為大家著想的紐露芭去打開了窗簾，讓光線照進機棚。剛剛我們聚在一起慶祝勝利，而我提供了一個故事，完全沒預料到大家的反應會這麼好。他們很想知道外面世界的事，我一邊看著海盜們聊天，心裡一邊這麼想。即使是來自不同文化的事物。

其他人走到桌子旁，上面擺了我們到外面搜刮或突襲得來的各種食物。雖然我們已經不再需要食物，可是麥辛說吃東西這件事能幫助我們恢復記憶。

我看見他正在跟芮齊閒聊；芮齊是位年輕的女性塔努澤卓人（tanuzedran），隸屬於其他飛行隊。她的物種看起來有點像紅色貓熊。她正在小口啃咬著一個小盤子上的食物。我覺得自己應該認得那些東西，不過……記憶中關於食物的部分眞的消失了很多。那是一種紅色的食物，還有……還有一點黃色的東西？

查特走向我，他的一隻手臂仍用吊帶撐著。「思蘋瑟，」他說：「那個故事眞是太棒了！我覺得自己以前好像知道，至少有些部分感覺滿熟悉的。」

「因爲它說的是一位流亡的戰士，所以奶奶很喜歡。」我說：「她教我，雖然我們的人民流亡他處，但我們還是可以很堅強。」

「妳今天在決鬥中的表現很激勵人心，」他說：「妳眞的就跟之前誇耀的一樣厲害呢。而這些人對妳來說是個很棒的大家庭。」他朝著聚集的海盜點點頭，但我感覺得出他的語氣中帶有一絲憂愁。

「怎麼了？」我問。

「只是一位老人愚蠢的想法，」他對我說：「恐怕我對飛行員幫不上什麼忙。這些事根本不需要一位不會飛的探險家吧？」

「我需要你，」我說：「你帶領我到那些遺跡——而且你知道下一站就在休爾要塞。除此之外，你還在追蹤……」

查特一直暗中在海盜之間小心詢問關於圖騰和現實餘燼的事。後來我問了佩格，而她很驚訝——她說她的人都沒有見過。我不覺得她會對我說謊，不過查特跟我還是決定最好讓他稍微調查一下。

「這部分你做得好極了，」我低聲對他說：「一定比我更棒。大家眞的很喜歡你，查特。他們會跟你說話。」

「倘若那是眞的，」他說：「倘若我如妳所說把這件事做得很好，那麼我現在應該已經找到了那個……遺失物。」他搖搖頭，然後看著我，舉起沒受傷那隻手。「不必再增強我的自尊心了。它是浸了些水沒錯，但還沒被淹沒。我只是……怕我們會待在這裡太久。我怕一直待在同一個地方。」

「我們很快就會行動的。」我說。

「那些星魔呢？」他問：「妳……今天在決鬥時感應到它們了嗎？」

「對。」我坦白回答。

「如果它們找到我們的位置，決定要對付我們……」

「我們再過幾天就會離開了，」我重申。「別擔心。放輕鬆，讓你的手臂好好復元，我們很快就會進入休爾要塞的。」

「好，」他說，然後點了點頭。「好，當然了。謝謝妳，思蘋瑟，我想妳這些話很有幫助。」他朝麥辛笑了笑，而那位留著鬍子的年輕人正拿著一盤食物走過來。

「那個故事很棒，小旋，」麥辛說：「我喜歡關於榮耀的部分。小時候，我一直以爲所有人類都是狂暴的怪物，也一直好奇自己什麼時候會顯露出這一點。我什麼時候會開始殺戮。」他低下頭。「長大一點後，我也讀了一些紀錄，我們……確實攻擊了很多人。所以我很高興能聽到我們也有關於榮耀的故事，哪怕是想像的也好。我的意思是，獅子其實不會說話吧？」

「我一直把這解讀成，」我說：「不同的武士部族採用了可怕野獸的名稱，原因是要威嚇他們的敵人。」

「獅子跟鬣狗嗎？」麥辛說：「我想日本應該沒有那些東西吧，小旋。」

我承認，自己對舊地球的地理不太在行。奶奶是不是說過這個故事來自丹麥？總之，查特正在查看麥辛放在盤子上要給我們吃的食物。我猶豫了；在這裡待得越久，吃東西這件事好像也變得越來越奇怪。我以前真的每天都會做那種事嗎？把東西塞進嘴裡？

我拿起其中一種黃色的東西，然後用手指捏著。「這是什麼？」

「罐子上面寫『玉米』，」麥辛說明：「是英文。」

「我不知道這個詞，」查特邊說邊選了一粒。「這是植物不會有的顏色。我相信地球上的植物一般都是綠色，對不對？」

「這個不是，」麥辛說：「我一直保留著，另外還有一罐這種紅色的東西，標籤上面寫的是『甜菜根』，你們記得那種東西嗎？」

「不記得，」我說，接著用手指轉動著那粒黃色小東西。「不過『甜菜根』這名字很酷。我們以前每天都會吃一大堆這種東西，不是很奇怪嗎？」

「對啊，」麥辛說：「那種名稱……還有……嘴裡的味道？嘴巴可以分辨各種食物？那種事現在全都沒了。我一點都記不得……我敢說我以前一定很喜歡其中一些，也很討厭其中一些。」

「還好我完全失去了那方面的記憶，」查特說：「我根本不記得曾經吃過東西。這點我很慶幸。要在嘴巴裡咬爛這種東西？這會黏在牙齒跟舌頭上啊！然後還要吞下去？用口水把它弄成一團濕東西再勉強吞進喉嚨？不，我就不奉陪了，朋友們。」他把玉米放回盤子上。

我也同意，光是想到這就讓我起滿雞皮疙瘩。不過，我確實想起了……一些隱約跟吃東西有關的愉快感覺。我把玉米放進嘴裡，然後皺起了臉。這嚐起來同時有濕黏軟硬的感覺。我用牙齒咬了幾次，結果它竟然爆開來，噴出了內部最可怕的東西。嘴裡像塞滿了泥巴。我勉強沒讓自己嘔出來。

「很不眞實吧？」麥辛吃了一顆，然後抽動著眼睛逼自己吞下去。吞嚥食物……我怎麼會從沒注意到那行爲有多怪異？M-Bot說得對，爲什麼我們要把食物塞進讓空氣流動的器官？

我把咬爛的玉米吐在麥辛遞來的小餐巾上。「眞噁心，」我說，接著把舌頭擦乾淨。「這絕對不會讓我想記起任何事。」

然而，我還是勉強試了另一樣東西，至少那看起來像是在流血，名稱也很酷。它比玉米更濕黏，不過這次我準備好了。我是戰士，也是戰士的後裔。我可以吃的。這令人作嘔……這……等等。

那是什麼？我……曾經試吃過這種東西，是在DDF的餐廳，他們在菜園種了很多奇怪的食物。我記得奈德的笑臉——我還用這名稱開了個玩笑。我記得尤根在笑，FM說她有多喜歡這種食物，金曼琳一邊看著一邊點頭，亞圖洛像講課般告訴我們這是如何生長的……

這時，我腦中出現了一幅完美的畫面，讓我突然清楚記起了他們所有人的臉。可惡，我好想念他們。我必須回家，必須再去找他們。

不只這樣，我必須保護他們。對抗星魔。

*我正在努力，*我心想。*我會回去的。我保證。*

「那眞是既噁心又美味，」我對麥辛與查特說：「這種奇怪的感覺眞是太奇怪了。我才離開實境……」多久了？我強迫自己每天早上都要記住M-Bot給我的數字。「……不到一個月。」

「這個地方會讓妳改變得很快，」麥辛說：「然後覺得自己進入了混沌的狀態……」嚐過甜菜根後，他又走回桌子那裡拿其他試吃的東西。

查特去找虛弗爾，她正談到她覺得我們攝取食物的方式很奇怪。以她的話來說：太沒有效率了；如果需要營養，生長到礦物上面再取用不就好了。我背靠著牆，臉上露出了笑容。

我很適合這裡。沒錯，我也適合其他地方。我隱約記得曾經跟朋友們在ＤＤＦ總部度過跟現在類似的夜晚。可是我也記得痛苦。恐懼。失落。赫爾的死。對尤根的擔憂。

在這裡，我沒有那些恐懼。而且可惡，我得承認過去這幾個星期讓我感到很有活力——很刺激。一開始是探險，後來又要滲透海盜？現在我還獲得了他們的信任，擊敗了他們的冠軍？

這一切令人興奮。就像一個故事，就像我一直想像自己去做的事。以前，在跟查特探險的時候，我因自己過得開心，而對留朋友們在家鄉面對危險一事隱約有罪惡感。不過話說回來，眞正的危險是星魔，而我正竭盡所能處理這件事。難道我不能在戰鬥之間休息嗎？

所有的戰士都需要休息，不是嗎？瓦爾哈拉(注)的士兵？至福樂土的戰士？故事都是這樣的。在最偉大的戰士社會中，成天殺戮的人都會得到獎勵。

大家又開始要我再講另一個故事，於是我走向燈光。我給了他們三個選擇，就像奶奶小時候對我那樣。

我確實愛我的朋友，也眞的全力以赴想幫助他們。因此，我決定不讓自己因爲找到了一直想要的生活而產生罪惡感。我是被迫流亡沒錯。但就像故事中的撒旦，我找到了一個地方，而我可以把那裡變成天堂。

就在此刻，基地的掃描器開始瘋狂作響。

注：Valhalla，北歐神話中位於諸神神域阿斯嘉（Asgard）的一座大廳，死去的戰士有部分會被帶往此處。

第三十一章

「這個碎塊即將發生碰撞，要撞擊的是……」紐露芭的聲音越來越小，她的目光從掃描器資料往上移向聚集在機器周圍的我們。

「是什麼？」佩格問。

「另一個碎塊，」紐露芭說：「我從來沒見過這種事。碎塊來得太快了……掃描器顯示只剩半小時就要撞擊上來。」

我跟查特對看了一眼，他的表情很嚴肅。上一次，來襲的碎塊徹底摧毀了我們所處的碎塊。

「叫大家上船準備撤離。」佩格宣布。

「船長！」紐露芭說：「我們有五艘飛艇爲了準備出擊都正在維修！是可以讓它們飛起來，但要在半小時內辦到？而且，如果我們放棄基地，就會失去裝備、備用零件、診斷資料……」

可惡。在我們之前準備慶祝的時候，地勤人員已經開始工作了——他們以爲要在三天的時間內調整好星式戰機，讓我們發動攻擊。

「還是撤離吧，」佩格說：「以防萬一。」

「還有，紐露芭，」我說：「把掃描器的資料傳送到我的飛艇。」

「什麼？爲什麼——」

「快點！」我邊說邊跑向M-Bot，查特緊跟在後。我爬上機翼，然後伸手幫忙查特。M-Bot打開駕駛艙，我們一跳進去，它就開啓了飛艇的儀表板。

「我正從掃描器接收資料，」它說：「我的天哪。情況很糟。」

「快計算！」我說：「我們可以做點什麼？」

「計算中……過來的那個碎塊體積小多了……舷砲派有六組拖拉飛艇用的光矛……」一堆數字突然出現在我的螢幕上。「完成，」它說：「有時間。很緊迫。」

「我們要抬起衝過來的整個碎塊？」查特邊說邊讀著M-Bot的說明。「眞大膽！」

「有可能做到，」M-Bot說：「只要妳動作快一點，思蘋瑟。我是知道妳很享受上次的撞擊啦，不過……」

我站起來，向急忙從旁邊經過的佩格大聲說：「我有另一個辦法，佩格！」

佩格突然停步，接著望向我。

「我跟另外五艘飛艇用光矛拉，」我說：「這樣就能把碎塊抬高到正好錯過我們。但是我們得快一點！」

她沒浪費任何時間。她大聲要其他人繼續撤離，不過同時也安排了一個小組來執行M-Bot的計畫。

我到座位上坐好，然後回頭看著查特。「在第一次發生之前，你從來沒碰過這種情況？」

「對。」他邊說邊戴上頭盔。

「而現在我們又遇到了第二次？」

「是啊。」

「你記得我跟你說過，別擔心星魔會知道我們在哪裡嗎？」

「記得。」

「請假裝我說了一些聰明的話。」

「我會盡量的。」

佩格馬上就找了一組人給我——包括她自己，以及她那艘強大的穿梭機。幸好，我們這些飛艇爲了拖動被破壞砲鎖住的其他飛艇，全都已經裝上了光矛。

「來襲的碎塊就在這些座標，」我邊說邊將M-Bot的指示與數字傳送到他們的螢幕上。「用你們的光矛連接到那裡的上斜石，然後準備拉抬。」

佩格再次催促大家。他們開始起飛，但完全沒有我想的那樣急迫。

「我還以爲他們會更害怕呢。」M-Bot說。

「在這裡很容易變得安逸，」查特回答：「尤其在一個地方待太久的話。」

我依照M-Bot的指示，衝向來襲的碎塊。我的飛艇速度比較快，所以我聽它指揮先到碎塊後方就定位。這個碎塊跟之前的一樣荒蕪——就只是一塊堅硬的石頭。體積小，密度高，最重要的是速度很快——有如一顆巨型子彈。

我調整到跟碎塊一樣的速度，接著射出光矛連接那塊石頭。其他飛艇抵達之後也接連照做。

「不到十五分鐘就要撞擊。」查特提醒說。他正看著M-Bot替我們放到螢幕上的時鐘，然後讀出預計時間。「時間非常緊迫。」

「大家都就位了。」我說。最後一艘飛艇用光矛射中了石頭。

「你們必須直直地往上拉，」M-Bot說明：「全部一起，而且要用相同的力量。我假裝是妳把指示傳給了其他人。」

我點點頭，然後讓飛艇轉向朝上，推進器對著正下方。我的上斜環自動旋轉，也朝向下方了。

「小心，」M-Bot在我就定位時說：「一開始先盡量放鬆，別讓推進器發出太大的力量。否則妳有可能會以推力把碎塊向下推，抵銷掉一些拉力。」

我抓緊推進器的控制桿，克制啓動超燃模式的本能，同時將推進器的推力緩慢提升到M-Bot指示的臨界值。似乎毫無進展，什麼都沒改變。

這段期間，M-Bot繼續用冷靜的語氣說：「放輕一點。就這樣……」

它將類似的指示傳送到了其他飛行員的顯示器上。我掃視了螢幕一眼，然後看著我們距離舷砲派的基地越來越近，越來越近。直到……我們勉強拉抬到了最高點，剛好避開基地的建築。不過倒是撞斷了幾棵樹木的頂端。

我鬆了好大一口氣，這時M-Bot再傳送指令給大家，要我們同時關閉並切斷光矛。我照著做，然後在空中放慢速度——讓那顆「子彈」碎塊迅速飛離。少了我們的影響，它也下降回原本的高度。

幾分鐘後，它跟下一個遭遇到的碎塊發生了碰撞。相較於之前被摧毀的碎塊，那兩個碎塊的岩石密度高得多——因此兩方撞在一起時，石塊先是皺起來，緊接著又猛烈膨脹，就像星式戰機前端撞擊時的現象。那陣聲音眞是嚇人。

佩格那架穿梭機緩慢往上飄到懸浮在半空中的我旁邊。「從來沒見過那種事，」她在私人通訊頻道上說：「我長出了古魯登。雖然現在安全了，但我有點高興能夠見識到這一切。這感覺是一輩子只有一次的機會。」

我相信對大多數人而言都是這樣。

「佩格，」我說：「我們必須比原本的計畫更早攻擊休爾要塞。」

「爲什麼？」她問。

「現在這樣等待只會吸引死亡。虛無變得越來越危險了，而且我……也太自滿於現狀了。我想要繼續前進。」

「好吧，好吧。別對我丟提多啊。也許我們可以將時間提前。」

撞擊的碎塊粉碎成許多上斜石。體積最大的部分仍然繼續擠壓，中心都因此熔合了，較小型的碎屑則往四面八方彈開，像向外噴散的巨大砲彈碎片。

「妳知道嗎，」佩格心不在焉地說：「這有點像虛無突然決定想要殺掉我們。」她笑了起來，不過聲音有點緊繃。

「我們明天就進攻休爾要塞吧，」我說：「等待只會讓星盟有機會注意到我們正在集結準備。我們已經準備好了。出擊吧。」

佩格沉默了一陣子。我跟她在不同的飛艇上，所以無法從她的肢體語言判斷其意向。我試著慢慢往前飛，想從她那艘拖船的窗戶看進去。

「佩格？」我問。

「好吧。我們得趕快重新集合所有的飛艇，並且做好最後一刻的準備。如果辦得到這些……那就可以。明天，我會告知其他派別的領袖。」

第三十二章

隔天早上，我醒來時滿懷著期待和興奮。我聯繫了尤根一下，讓他知道我聽到了星魔跟溫齊克的協議。但是我沒花太多時間跟他在一起；我知道我們有許多小組整夜都在處理飛艇的事。飛行員收到的指令是好好睡一覺，所以我逼自己一定要這麼做。

果然，我進入機棚時，裡面已經相當繁忙了。地勤人員仍然到處奔波。根據佩格在大時鐘上設定的時間，我們還剩兩個鐘頭就要出發——不過看來還有很多事情要做。在家鄉，我都會把這種準備事項交給專業人員。但在舷砲派可不是這樣。

我趕到M-Bot的飛艇旁，紐露芭正在那裡工作。她檢修了推進器，正要把外罩裝回去。我跑過去幫她把外罩抬起來，此時突然想到自己一直想做一件事，而現在正是機會。

「紐露芭，」我說：「我……想向妳道歉。」

「道歉，小旋？」她說，然後用一隻手臂畫了個大圈——我猜是表示安慰的手勢。「妳已經彌補了偷飛艇的事啊。」

「不是那件事，」我說：「是關於我對待妳的方式，尤其是剛到這裡的時候。我……擔心我對妳不太友善。」

「啊，」紐露芭說。我扶住外罩，她則用鑽頭將螺栓鎖緊。「是的，我確實注意到了。我以為那是你們人類天生就有的攻擊性。」

「不只如此，」我說：「妳聽說過我的過去嗎？」

「一位自由鬥士，」她說：「來自一處人類的領地。」

「對，」我說：「囚禁我們的大部分都是瓦維克斯人，而我們稱呼他們爲克里爾人。所以……嗯，我心裡一直無法眞正克服這一點。雖然妳一直對我很好，可是我覺得自己可能在拿妳出氣。」

「哎唷，哎唷，」她說，而我皺起了臉，還是不禁聯想到溫齊克。「妳非常成熟呢，小旋。非常成熟也非常聰明。我剛認識麥辛時，好像也無法馬上撇開我的偏見呢。」

「眞的嗎？妳也會這樣？」

「是啊。」她說。我們往後退，推進器已經處理完畢了。「眞遺憾，我也很不好意思。我要稱讚妳能夠再給我一次機會呢，小旋。如果是我被人類囚禁了很多年，我可不知道自己會不會那麼願意接納對方。」

我露出微笑，她也揮著手回應。我之前怎麼會討厭這麼體貼的生物呢？她眞的很平靜，很放鬆。從某方面而言，我其實一直都不太清楚紐露芭這類人：他們內心安穩，也安於自己在宇宙中的定位。呃，或者該說是非宇宙。

「準備就緒囉，」她輕拍著推進器說：「都調整好了。眞開心。」

我看著飛艇流線型的外觀和強大的推進器，感覺更加興奮了。「妳做這些工作的時候一直都很冷靜，」我對紐露芭說：「無論是維修或記錄。妳不想要飛行嗎？」

「拜託，不要，」紐露芭邊說邊用手指做出小小的旋轉動作。瓦維克斯人的笑。「我喜歡事情簡單一點。」

「駕駛飛艇其實很簡單。」

「不，飛行員太重要了。」她解釋道：「我想要被忽略，所以才會在實境裡做那份工作。我喜歡坐在角落做些瑣事。因爲我的發現而造成這麼多混亂，我實在很……痛苦。」她猶豫了一下，然後變得嚴肅了些。「但我不會後悔。我討厭我們說的那些謊言。」

這些話有種英雄氣概，是我從來沒想到的。對我來說，當英雄就一定要戰鬥。可是紐露芭讓我想起了庫那，那位溫和的外交官爲了對抗溫齊克，而做了很多努力。

「在妳著裝之前，」紐露芭指著某個方向說：「虛弗爾好像想跟妳說話。」

我們還有一段時間才要起飛，於是我避開拿著備用動力源慢跑而過的麥辛，前往共鳴者所在的機棚角落。每次來到這裡，我都覺得自己彷彿進入了一個大型晶洞。她們的水晶就像石頭裡的血管，一條條從飛艇滲漏出來，延伸到這個地方。我問過虛弗爾原因，她解釋說水晶會自然生長，所以她們必須找地方擺放。

每次她們出動，就會切斷跟這個地方的連結——不過只要在一定的時間內回來，就可以重新連結上。要是她們前往休爾要塞，到時會發生什麼事？角落的這片水晶網絡最後會粉碎化爲塵土嗎？

近距離下，我可以區別出她們的水晶。虛弗爾稍微紫一點，德爾麗茲則是偏粉紅一點。她們生長出來的水晶會彼此覆蓋，而我後來才知道，這在成爲朋友的共鳴者之間很常見。那兩隻生物用樂音般的語言輕聲交談；她們在一起時幾乎都會這麼做。

「妳想要找我說話嗎？」我問虛弗爾，然後坐在她體積較大的水晶旁。

「是的，小旋，」虛弗爾回答：「我想要感謝妳。讓這件事成爲可能。」

「今天的攻擊行動嗎？」

「沒錯，」虛弗爾說：「佩格已經策劃了好多年。我……知道計畫終於有所進展，所以發出了開心的震動。而我也想要代表德爾麗茲感謝妳。如果我們成功，就能夠再次取得休爾要塞的圖騰——以及現實餘燼，我一直希望長期持有那些東西能夠對她有所幫助。」

「她最近情況如何？」我望向那片水晶。

「這個問題很難答覆，小旋，」虛弗爾說：「有時候她似乎就要說話了，就要講出層疊的字句，結果……她又只是說出非層疊的字，讓人推測意思。我很少聽見她說出眞正的字，這包括了她對妳說話的那些時候。」

「我不太懂。層疊的字，還有非層疊的字？」

「我道歉，」虛弗爾說：「讓我重新發出迴響吧。我們可以讓不同的水晶震動發出不同的音色，而語言一定要將兩種以上的音色疊在一起。德爾麗茲只會發出單一的音色。那比較像是意念而非眞正的話語。」

她繼續解釋：「這是溝通沒錯，我也可以了解她的感受、安慰她、鼓勵她。然而她的反應幾乎都不是眞正的語詞，更像是我們在學習語言時發出的聲音。對我們來說，這就像是你們所謂的『兒語』。可是德爾麗茲年紀很大了，比我還大。而且她還可以正常駕駛飛艇。」

我點點頭，仔細看著那些交疊成格狀的藍色水晶，其中帶有淡淡的粉紅色或紫色。我見過虛弗爾幫忙修理工作——幾天前，她生長了一部分到佩格那架穿梭機上尋找短路的地方。虛弗爾能夠用水晶感應到的東西眞是不可思議——不過實際上，她修理的速度比能動的生物慢上很多。基本上，她想長出多少隻「手臂」都行，可是若要移動物品，通常得先用水晶把東西包覆起來，再藉由生長那塊水晶來讓物體改變位置。

神奇的是，共鳴者竟然能在這些限制下進入太空時代。不過我猜要是你的物種通常都能夠活上好幾千年，應該還是會有其他方面的優勢吧。而且整個文明都是由會發出歌聲的水晶組成，這實在滿極端的。就連奶奶最瘋狂的故事也無法跟宇宙的生物多樣性相比。

但老實說，我還是對沒有沙蟲一事感到不太高興。

「現實餘燼眞的能幫助她嗎？」我問。

「我希望可以，」虛弗爾說：「可是我們發現她到現在已經過了——一段時間？很久？」

「那個圖騰，」我說：「休爾要塞的那一個，它看起來是什麼樣子？」

「像一個小孩的玩具。它就放在那裡被展示，好讓工作人員感到安心。它很……漂亮。」她停頓了一下。「它是在佩格被丟到這裡時出現的，不過她叛變時沒能帶走它。我想她會那麼渴望奪下基地，有一部分的原因就是要取回它。小旋……我知道妳跟查特一直在舩砲派找某個東西，被拿走的東西。是……圖騰嗎？」

我沒有立刻回答。她知道？

「妳被抓到的時候，身上有太多現實餘燼了，」虛弗爾說：「雖然查特很細心，可是我比大多數人更細心。妳掉了圖騰。妳認爲是被偷走的？」

「對，」我坦白說：「我第一次潛入這裡之前把它埋在外面，現在它消失了。」

「那麼或許我可以告訴妳一件事。我曾經在休爾要塞幫佩格找回幾次圖騰。圖騰是實境的東西，對這裡會產生奇怪的反應。小旋，它們有時好像會跟這個地方脫節——彷彿無法跟碎塊的移動同步。」

「這表示……」

「它們偶爾會自己移動。就像我剛才說的，它們似乎會跟一般的碎塊運動，產生不協調的現象。它們會出現在保險箱外面，或是某個房間，而妳根本沒把它們留在那裡。雖然這種情況很少見，可是我見過。或許並沒有人拿走妳的圖騰——而且我想就算有，佩格也會找出來，告訴大家。她很堅持我們要共享餘燼。這是她的作風。」

這件事很不尋常。我仔細思考了一下，發現自己其實滿高興的。或許我不必擔心這裡有小偷——當然，除了我自己以外。不過要是圖騰掉進了虛空呢？或是消失後又出現在另一個碎塊上？

如果是這樣，我就永遠找不到它了。我必須依賴我們剩下的餘燼，撐到讓大家離開這裡爲止。這是有可能的——那些數量應該足夠——然而我還是有種失落感。其實它並不是我父親的胸針，但對我來說還是很重要。

在思索這件事時，剛才虛弗爾提到佩格的事讓我想到了另一個問題。「佩格眞的有……一棵樹？」

「是的。她的兒子也有，而他們的樹是從她樹上的果實生長出來的。天納西人的共生關係是件很美妙的事，我也經常能對此產生共鳴。妳應該很快就能看到那棵樹了，它仍然在休爾要塞生長著。無論我們跟那裡的人有什麼血海深仇，他們都絕對不會毀掉天納西人的樹。等我們抵達之後，妳也可以親自見到圖騰。」

「我很期待，」我說：「可是……圖騰，虛弗爾。它們到底是什麼？」

「我不知道，」虛弗爾說：「這裡有很多奇怪的地方，不是嗎？不過可以告訴妳，每當我看著那個圖騰，都覺得它有靈魂。它就像我們世界的一部分，正如星魔也是這個世界的一部分。」

這種描述方式還眞奇怪。我站起來，打算結束跟虛弗爾的對話，要是不阻止的話，她可能會沒完沒了一直聊下去。我總覺得找藉口離開很尷尬——但是……反正她似乎認爲所有能動的物種都有點無禮。當你無法直接一走了之、離開身邊的人，你自然會懂得禮貌。

「在妳走之前，」虛弗爾說：「我……要坦白我對妳有個請求，小旋。請別覺得我過於冒昧，但我猜測妳打算離開這個地方。不是這片區域，而是離開虛無。」

「沒錯，」我說：「實境有人需要我。」

「我從沒聽說過有人能夠未經星盟同意而離開，」虛弗爾說：「而且，經過他們同意能夠離開的人也少之又少。不過我的請求跟德爾麗茲有關。佩格擔心，要是有人忘記了那麼多東西，到時就只有離開這裡才能幫助他們。所以如果妳眞的逃脫了……可以請妳想辦法替德爾麗茲跟我打開一條路嗎？爲了她？」

「那樣有幫助嗎？」我問：「我是指……我們的記憶……會在離開這裡以後恢復？」

「我相信是如此。」虛弗爾說：「在基地少數能夠離開又回來的人，都想起了他們在這裡失去的記憶，就算不是全部，至少也恢復了其中一些。」

「我盡量，」我答應她。「查特會跟我去，到時我們就會直接知道完全失去記憶的人，回到外面以後能不能恢復。」

「謝謝妳，我就只有這個請求。想從休爾要塞離開就必須跟星盟談判，而我不信任他們。無論他們做出什麼保證，我都不相信能夠安然無事地離開。我認爲其他海盜應該不在乎；他們比較喜歡這裡，因爲這裡沒有外面那些要憂心的事情與麻煩。但我不一樣，而德爾麗茲……她需要幫助。她想要出去，我從她的震動中可以感受得到。」

「我會盡我所能的。」我說，然後望向一旁。佩格正在宣布時間只剩不到半小時。該著裝了。

「好好戰鬥吧，小旋，」虛弗爾說：「我也會的。再次謝謝妳陪伴我們。」

我趕緊去梳理一下，接著換上飛行服。接下來二十分鐘，我執行了飛行前檢查，紐露芭跟麥辛也做好最後確認。完成後，我發現查特一手抱著頭盔站在下方。他昨晚已拆掉吊帶，手臂似乎快要完全復元。

「如果妳許可，」他說：「今天我想要跟妳一起飛行，思蘋瑟。」

「到時候可能會有點瘋狂喔。」我說。

「我比妳認爲的更了解瘋狂，」他回答：「而且……哎呀，昨晚我請芮齊帶我出去做了G力訓練。我覺得自己好像記起了很久以前的事，一些可以幫助身體抵抗G力的方式。然而，就算沒有那樣，我也想要跟妳一起。坦白說，我很擔心星魔。它們昨天的攻擊失敗了，一定會再嘗試別的辦法。」

我點點頭。「那就出發吧。」

第三十三章

這次離開舷砲派基地的人跟那天不太一樣。那場決鬥我們帶了所有的人，一路上飛得很悠閒——那支機隊一方面是爲了展示實力，另一方面則是爲了證明我方團結一致。

今天，我們只有飛行員出動。佩格加入了我的飛行隊。她的穿梭機火力強大，可是速度比戰機慢，因此一定會成爲目標——不過它造成的傷害幾乎等於一架體積大上許多的砲艇機。我們依照她的命令暫停通訊。這趟航程不能開玩笑、說故事，或是呆坐著看書。

在跟其他派別會合之前的這一段路，我一直試著克制自己的興奮。我們的破壞砲仍然設定成非致命的強度，但每一艘飛艇也都能夠切換成致命模式，以防戰況陷入危險。

佩格不想那麼做。她想要吸收休爾要塞的飛行員，而不是殺掉他們。不過她很務實，知道要保留這個選擇。

我把控制權交給查特，讓他熟悉一下。如果我在戰鬥中受傷，他可能就得接手，畢竟M-Bot對飛行還不熟練。查特做了幾個簡單的動作，可見他在飛行方面確實還保有一些身體記憶，而我則是坐在座位上想著虛弗爾說的話。關於圖騰的事。

我閉上眼睛，從駕駛艙展開自己的意識。我逼自己在搜索時盡量安靜小心。我感覺到星魔就在附近，或者該說是它們的注意力，這讓我暫停下來。我等待著。很害怕。

它們沒發現我。我能感覺它們的思緒從光爆往這個方向延伸，可是沒察覺到我。我可以刻意不讓自己被看見，但我猜這只有在它們不知道我的確切位置時才有效。

我對這樣的進步感到很滿意，接著就讓自己的意識遠離它們，繼續向外探索，尋找……熟悉感。我記得自己剛進入虛無時，在那座叢林裡感覺到附近有一陣思緒。在發現查特之前，我感應到了某個東西。我以爲是父親。

所以那會是我的圖騰嗎？我對自己把它當成他一事感到很蠢，可是在搜索的時候，我……我的思緒感受到一股暖意。在長者之路時，我學會怎麼當一顆「星」。那就像一種代碼，或是呼號。我曾藉由它突破布蕾德用來關住我的雲霧，而且逃出了她的牢籠。而它也能明確指出我是誰、我在哪裡，但只有我認識的人會知道。就像私人通信頻帶上的通訊信號。

我突然感覺到有某個東西嚇了一跳，接著主動跟我接觸。是一道思緒。我輕撫它，突然滿心歡喜。我的胸針！對，我能感受到它，而它也回應了！它……它……

它很生氣我把它埋起來。

我很震驚。胸針的思緒感覺很熟悉，就像……就像家人。

父——父親？我心想。

一陣溫暖的感覺傳來。我知道這很荒謬，可是……畢竟……這個地方本來就很奇怪。

你在哪裡？我問。

對方讓我感覺到……休爾要塞？對，圖騰就在那裡。它是怎麼過去的？我知道虛弗爾提醒過我，說它們會移動。但是有那麼遠嗎？

思緒離開了。

我來找你了，我傳送給胸針這句話，然後從超感能力的出神狀態恢復，心裡感到很困惑。那應該不會眞的是父親的靈魂吧？還有，爲什麼胸針會在休爾要塞——是怎麼過去的？而且就在我要前往的地方？這也太過巧合。而我想起了查特巧合的出現時機，這也令我想不通。

之後，我們的飛行隊跟其他海盜派別一一會合。佩格接連跟他們打過招呼，她聽起來像是鬆了口氣。她一直擔心他們不會出現。在第四個派別加入之後，她讓我們停留了一下，給轟擊派最後一次機會。他們還是沒來。

「好吧，各位，」佩格在通訊系統上對大家說：「我們一定會贏的。我們花了幾年的時間準備，他們則是一直在躲藏，希望星盟會派來更多支援。」

她說：「結果沒有任何支援前來。星盟不在乎他們，也完全不在乎我們。他們只在乎上斜石——所以我們要給他們一記重擊並搶走上斜石。也許在遙遠空蕩的邊界還有其他採礦站，不過我知道他們最依賴的就是這裡。所以我們要嚴密守住傳送口，這樣他們就得遵守我們的規則。」

現場集結的八十幾艘飛艇，用各種不同的發聲方式發出歡呼與刺耳的叫喊聲。查特跟我也大聲呼喊叫好。

「骷髏旗已經準備好改用致命破壞砲了。」格雷姆在聲音逐漸平息時說。

「除非敵人先使用，」佩格說：「記住，跟我們戰鬥的這些人——他們不是眞正的敵人。他們只是一群害怕的討厭鬼，被夾在兩股力量之間。我們的角色並非突襲者，而是解放者。所以，先把火力保持在非致命模式，如果看見被鎖定的飛艇快要撞上地面——即使是敵軍——就呼叫我或其中一艘拖船。專注戰鬥，要是遇到太厲害的飛行員就呼叫支援。」

她讓大家都同意了，我對此很佩服。她和她兒子爲這場戰鬥打下了完美基礎。

「好吧！」M-Bot在我們的駕駛艙裡說：「我覺得渾身發抖，但還是很想繼續前進。」

「恐懼與渴望嗎？」查特說：「聽起來像是熱情。」

「不，我覺得那比較像是開心的渴望，」M-Bot說：「這是想要吐的渴望。」

「或許是興奮？」查特說。

「我可以接受那個詞，」M-Bot回答：「興奮。對，我很興奮！」

「你們兩個在幹嘛？」我問。

「人工智慧跟我在培養感情，」查特的語氣帶著驕傲：「它想要有人幫忙定義它的特別情緒。我答應協助它。」

「現在嗎？」我問。

「還有什麼更好的時機？」查特問。「畢竟它很可能正在經歷許多強烈的情緒。」

「我們會小聲一點的。」M-Bot向我保證。

好極了，我一點也不相信。不過我們還是繼續向前，進入了星盟的領域。我覺得這裡看起來沒什麼不同，只是碎塊的數量比較多，距離也比較接近。我們朝中心的巨大白色光球直飛而去。它跟平常一樣龐大且嚇人。

「小心，舷砲派，」佩格說：「他們來了。準備交戰。」

她飛艇上的掃描器比我的好；我過了兩分鐘後才在感應器上看見飛艇。M-Bot在他們抵達時計算，最後數出了九十三艘飛艇。除了數量比我們稍微多一點，我也沒看見任何改造過的民用飛船。希望佩格說得對，我們的飛行員確實比較厲害。

總之，我越來越興奮了。而且是純粹的興奮——沒有緊張，沒有焦慮。能夠飛行與戰鬥的機會。一場大戰。我準備好了。

「可真怪，」盧弗爾在通訊系統上說：「船長，妳看見了嗎？」

「嗯，」佩格說：「各位，縮小你們的畫面。」

我的接近感應器縮小畫面，用更大的視角顯示出附近的碎塊。前方有兩個碎塊異常靠近，就要碰撞了……不，是撞擊。

「船長？」芮齊說：「妳不是說……碎塊撞擊的機率低到不能再低了嗎？」

「我是說過。」佩格回答。

「而現在我們遇到了第二次，跟上一次只隔了一天。這是不是……不太對勁？」

「不確定，」佩格告訴我們：「但是……哎唷。我正在識別其中一些敵人，看來轟擊派最後還是決定過來一起同樂了。」

我皺眉看著M-Bot的掃描器，螢幕顯示出有一群新的飛艇加入戰局。是轟擊派。但他們沒過來我們這裡——而是轉向加入星盟的隊伍。

「不知道他們是收了多少好處，才敢長出那些飛利維斯，」賽姆生氣地說：「維列普眞的以爲星盟會遵守對他的所有承諾嗎？」

「那不重要，」佩格在通用頻道上說：「只是多了幾個容易解決的目標——我們會讓這些叛徒難堪的。注意撞擊產生的殘骸，盡量避開碎塊。雖然我的掃描器沒發現前任冠軍，但是他可能就躲在某個地方。如果發現他，不要交戰，把他交給我們的王牌。」

「他會來找我的，佩格，」我在私人通訊頻道說：「赫修一定會想要再比一次。」

「在那之前妳就盡可能解決敵人吧，小旋，」佩格說：「雖然我認爲我們比他們厲害，可是不介意妳把雙方的數量拉平。」

「收到。」我在跟大家一起前進時說。最後雙方終於分散開來，星式戰機高速衝向彼此，並在相撞的碎塊上方碰頭。撞擊產生了碎裂的岩石，我的接近感應器也瘋狂閃爍著許多光點。

我咧嘴笑開，然後衝向混亂之中。不必擔心同伴安危的感覺眞是太輕鬆了。卡柏一定會大罵我怎麼不帶僚機，但是現在我可以照心裡一直想要的方式飛行。不顧一切。無拘無束。

我擊中前方一艘飛艇，俐落射掉它的護盾。這使得敵人驚慌地做出一系列閃避動作。我憑著直覺追逐了一下，然後就等著看對方自己搞砸。果然，他們很努力想躲開我，因此沒注意就被佩格射中了。

我笑得更合不攏嘴，同時往一側俯衝，擊倒一艘敵軍飛艇，接著是第二艘，然後是第三艘。可惡，這太棒了！我在瘋狂的混亂之中急速下降，四面八方的藍色破壞砲火光照亮了天空。M-Bot在螢幕上標記出敵人：我的魯莽攻擊引來了兩名追兵。

「好，讓我看看……」M-Bot說：「這種情緒……是對剛才的瘋狂攻擊感到挫折，混合了一丁點的喜愛。而且很想用某個不會太重卻又夠重的東西敲她的頭。」

「惱火。」查特說。

「哇塞！」M-Bot說：「一點也沒錯。思蘋瑟就像是惱火的化身！」

「你們兩個不是說會安靜點嗎。」我說。

「妳不想聽我們談論妳的事嗎？」M-Bot問。

說真的，不想。我咬牙苦笑著，然後加速俯衝閃避追兵的砲火。我做了一個可能十分有勇無謀的決定——將飛艇壓低，在一個正在崩解的碎塊地形之間穿梭。

我在螢幕角落看見查特的臉色有些蒼白。「你在後面還好嗎，查特？」我問。

「正試著盡量享受被惹惱火的感覺呢，奈薛小姐！」他大聲說。「我認得這個碎塊。它來自一顆微光行星——那種行星存在於黑暗的太陽系，所依靠的恆星在可見光譜中不算明亮，但還是會發出輻射。」

他繼續說：「那些地方通常都有會發光的植物與動物——甚至有礦物發光的現象。根據我的經驗判斷，這些岩石如果被破壞砲集中，可能就會爆發出一大片光線。或許妳可以利用那一點？」

太好了。我看見前方正在崩解的碎塊上有一個洞，於是衝向那裡。我往上迴旋直接穿過洞口。雖然敵軍追了過來，但我熟練地在墜落的石塊之間穿梭，而他們的破壞砲不斷擊中我的周圍。果然正如查特所說，爆炸就像信號彈點亮了四周。掉落的石塊像高射砲的砲火，紛紛攔截了破壞砲的攻擊。

只要不撞上大塊的岩石，我在這裡其實會比較安全。不過就在我這麼想的時候，卻讓飛艇撞到了一個中等大小的岩塊。只有一塊，而且被我的護盾彈開了。

「一種懷疑的感覺，」M-Bot說：「同時又完全預料到會發生這種事。她當然會俯衝穿越一片充滿放射性物質、隨時都會爆炸的自然雷區。」

「無奈。」查特竊笑著說。

「安靜，你們兩個。」我咕噥著說，同時拉高飛艇，迅速沿著分裂的碎塊底部飛行，在掉落的土塊之間穿梭。我的兩個追兵沒再跟上來，顯然是被爆炸遮蔽視線而跟丟了。

「幹得好啊，思蘋瑟。」查特說。

「我們活著，」M-Bot說：「奇怪的是，我覺得——」

「好啦，我知道，」我說：「又要抱怨我魯莽了。」

「事實上，」它說：「我感受到不一樣的情緒。一種興奮到發抖的感覺……一方面鬆了口氣，另一方面……又想要再來一次？」

「哈！」我說：「你覺得那很有趣！」

「眞的很有趣，」M-Bot說：「可惡！爲什麼那樣會很有趣？那實在愚蠢又冒險啊。」

「冒一點險才會有樂趣啊，人工智慧！」查特說：「這樣才是勇於冒險！這樣才能令人興奮！前提是要能控制住自己不嘔吐。」

我繞回主戰場，發現佩格那艘速度比較慢的飛艇，被某個還算厲害的傢伙盯上了。我以連續三發精準的射擊驅離了對方。

「享受危險聽起來像是演化上的問題，」M-Bot說：「你們不是應該覺得安全的事才有趣嗎？」

「誰知道呢？」我說：「我想我並不是演化試圖創造出來的。我只是偶然出現的。」

「演化才不會『試圖』做任何事，」M-Bot說：「無論喜不喜歡，妳就是演化的頂尖之作。你們的物種在各時期所經歷的演化壓力造就了妳。」

「那種感覺一定很尷尬。」我說。這時，我終於解決了一直在追佩格的飛艇。它被鎖住後速度慢了下來，漫無目的般在戰場上飄蕩。「例如我在學校的時候，所有家長都會一起去看他們的孩子遊行，而我母親卻不得不向其他母親承認，我把自製的『強力盔甲』黏到了制服上。」

「眞希望我當時就認識妳了，」M-Bot說：「妳聽起來眞是個任性的小孩。」

「呃，對。小孩。」

我當時是十六歲。

「赫修在哪裡？」我邊問邊掃視戰場。「掃描器上有他的任何跡象嗎？」

「沒有，」M-Bot說：「不過有這麼多殘骸到處亂飛，沒辦法看得太清楚。他可能就躲在那裡的某個地方。」

「右邊有飛艇來了，思蘋瑟。」查特提醒。

我往旁邊閃避——不過那位飛行員一發現我是誰，就立刻放棄了追擊。有一塊上斜石正往上飄向撞擊的碎塊，而我利用光矛輔助繞過那裡，飛到了剛逃跑的飛艇後方。如果那位飛行員怕我，這應該會是我的優勢。

以前，我可能不會覺得這種戰鬥有趣。我的技術比這些飛行員厲害——而我喜歡挑戰。隨著心態逐漸成熟，我開始明白其實所有戰鬥都是挑戰。在這種混亂中，四面八方都有猛衝的飛艇，破壞砲的火光就像鐵工廠裡的餘燼到處飛散，光是要活著就已經夠困難了。我很警覺也很投入。

獵物躲到一些飄浮的碎石後方時，我的接近感應器突然發出嗶聲。有一艘飛艇一直躲著，在我經過時衝了出來，跟在我後方。它的外型看起來很熟悉：窄小的駕駛艙，相較之下顯得巨大的武器。

赫修為我設了個陷阱。

「你好啊，前冠軍，」查特說：「也該是時候出現了吧。」

「有點想吐，」M-Bot說：「我其實不應該有這種感覺才對。還混雜著不確定感。」

「那叫忐忑不安，」我笑著說：「消除那種感覺吧，M-Bot。這會很有趣的。」

我不再追擊。赫修跟著我，而我剛才在追的那艘飛艇立刻轉向回去加入他。上次碰面時，我打敗了赫修，所以他一定會想要再比一次，也當然會帶僚機支援。在這種戰鬥中，設計陷阱以二對一根本不會丟臉——戰場上就是這樣。

那兩架戰機的飛行方式，彷彿是要把我跟戰場隔離開來，驅趕著我往外面去。如果我嘗試轉向，其中一架就會過來截斷我的路。以前跟克里爾人戰鬥時遇過幾次這種情況。事實上，我覺得這一招好像就是我教給赫修的——在戰場上挑出一艘飛艇來解決。在大規模交火中，我們通常偏好讓自己的飛艇採取守勢，由少數幾位王牌組成的「殺戮小隊」來縮減敵軍的數量。

這次，我得讓戰鬥稍微不公平一點。或是讓戰鬥對我不公平。為了避免被圍堵，我冒著護盾被擊中的風險向右閃躲——結果也真的被擊中了。在二對一的戰鬥中，混亂對我有利，所以我想要讓自己置身於槍林彈雨中。

M-Bot幫忙計算出仍在戰鬥中的飛艇總數，顯示海盜還撐得住，甚至稍微領先了敵人。我——一棟建築直接出現在我面前的半空中。

可惡！我立刻轉向，護盾刮到了飄浮的巨大建築邊緣，我連忙飛掠過它的表面，尾流震碎了窗戶。

「那是什麼鬼東西？」查特問。

「我不——」

另一棟高大的矩形建築出現在我旁邊，接著又有某種閃耀的東西直接在我前方冒出來。那是……一座游泳池嗎？雖然我勉強從底下繞了過去，但是它在空中竟然迅速轉向，將水倒向我們。

「突然有一陣強烈的恐懼！」M-Bot說：「而且全面癱瘓！我知道這種情緒！恐慌！發生了什麼事？」

一對像刷子的工具從座艙罩旁邊交疊起來，在彎曲的表面上移動，就這樣擦掉了水。要是我在其他時候知道這艘飛艇裝了雨刷，一定會感到很有趣。我從沒在雨中戰鬥過，因爲狄崔特斯不會下雨。

不過你也知道，現在我的注意力全都在那些建築上。「佩格？」我在通訊系統上大喊。這時我的前方遠處出現了一部懸浮車。「妳看到了嗎？」

「看到了，」她在通用頻道上說：「可是很難相信。我們正處於某種空間扭曲中，新的物體會在這裡進入虛無——我從來沒親眼見過這種景象。小心點，各位。我可不希望到時必須從某一棟建築的側面刮下某個撞成爛泥的人。」

可惡。我有一種……奇怪的感覺。一種延伸感——我最多就只能想出這樣的形容。

「是星魔在攻擊，」查特猜測。「就在實境！所以才會出現這些東西——有一隻星魔去了妳的次元，而它攻擊時把城市傳送到了這個地方。妳應該不……不認得這些建築吧？」

「幸好不認得，」我說：「這不是狄崔特斯。」不過我猜他說得對。那種延伸的感覺正是星魔刺穿了虛無，透過開口把那些東西從我的次元塞進這裡。

「深呼吸，深呼吸，」M-Bot說：「好了，分析說，這些建築造型似乎是星盟的設計風格。」

爲什麼星盟要攻擊自己的地方？或許有一顆行星反叛了？顯示佩格名稱的燈號變了，代表她開啓了私人通話。「這裡的情況眞是糟透了，小旋。碎塊撞擊爆炸了不只一次，而是兩次，現在又發生這種事……哈！感覺眞的很像是虛無想解決我們，對吧？」

「對呀，」我咕噥著說。我的接近感應器發出信號聲，螢幕上顯示赫修跟他的僚機已避開突然出現的建築，再度追上了我。「哈哈。」

「別想太多，」佩格說：「這是隨機的，孩子。我不希望妳覺得是舩砲派長出了硬古倫這類的果實。我們並沒有運氣不好，畢竟我們找到了妳啊！」她切斷了通話。

「她錯了，」查特說：「這是衝著我們來的，跟我們走的長者之路有關。它們生氣了。」

我突然轉向，驚險地避開另一棟突然出現的建築。顯然，將東西塞入虛無的這個過程中會產生上斜石——建築其中一側的石塊會讓它懸浮起來。我曾聽說過，把金屬暴露在夠強的磁場中，就能使它磁化；說不定這也是類似的道理。

「妳專心飛行吧，」查特說：「我要使用超感能力，因爲我覺得自己可以追蹤冠軍和他的僚機，即使是在這團混亂中也行。如果他們想要再次偷襲，我會提醒妳。」

「而我會暫時壓抑住爆發的情緒，」M-Bot說：「思蘋瑟……這次是認眞的。拜託妳好好飛。」

「了解。」我邊說邊小心轉向，以免讓重力電容器超過負荷。查特向我保證說他能夠承受G力——但我還是想要謹愼一點。要是我在建築不斷冒出來時昏過去……

「掃描顯示這些建築沒有人居住，」M-Bot說：「而且看起來也很破舊。」

我一邊飛行，一邊利用進步迅速的超感能力，試圖找到些什麼。我感應到了星魔，它們跟正在實境的一隻同類連結，而我聽見了……煩擾，但不是憤怒。它們目前沒聽見「噪音」。它們正在……演示。

「這是測試，」我說：「溫齊克總算變聰明了，他決定在一個無人居住的地點測試星魔，看看它們是不是眞的會乖乖聽話。」

「正好給了它們機會，把一座城市丟向我們。」查特說。

還好星魔似乎丟得不太準——物體開始出現在戰場各處，不只是我面前。如果它們能夠精準控制，就會讓東西在離我很近、來不及閃躲的地方冒出來。

「前冠軍又回來了，」查特說：「雖然他靠得很近騙過了掃描器，但我可以藉由回聲定位知道他的位置。他應該很快就會從左邊那棟辦公大樓的後方出現。」

「謝了。」我說。習慣在這裡飛行的感覺後，接下來就能把注意力放在赫修身上了。因爲我訓練過他，所以他飛得很好，不過他的僚機就沒那麼厲害了。他們勉強追得上我，於是我帶追兵繞過一棟巨大建築，而建築的屋頂附近有一個巨大開口。也許是停放飛艇的地方？

繞過建築時，我減速躲了進去。赫修跟他的僚機跟了上來。停機棚的空間很窄小，但另一端的整面落地窗提供了很好的視野。赫修跟他同伴一開火，我就後悔自己做了這個決定……這裡面沒有多少移動的空間，只要放慢速度我們全就會擠成一團。

他們的攻擊消除掉我的護盾，於是我啓動ＩＭＰ——希望能擊中他們——接著在破壞砲的追擊下衝破窗戶離開。

「我想妳只擊中了其中一艘，」M-Bot說：「不是赫修閣下的那一艘。」

「可惡。」我沿著建築俯衝，用光矛刺中底部的角落輔助轉向器——在千鈞一髮之際躲開了後方破壞砲的猛烈射擊。接下來，我又迅速轉了三個彎，高速穿過越來越密集的廢棄物戰場。

那……那是一隻牛嗎？

我繼續在雜亂不堪的斷垣殘壁之間飛行，努力想要超前赫修。可是他緊追在後。他的僚機不必跟上來；他們可以偶爾停止追擊，繞到另一個方向攔截我們。只要赫修對我施壓，我就必須採取守勢。

我嘗試繞回去解決僚機，不過赫修瞄準了我想要去的地方，並發出一連串攻擊——這也迫使我得往另一個方向飛。少了護盾，我必須格外謹慎。沒過幾秒，他們兩個果然又追了上來。

那些攻擊最後一定會射中的。我突然往下飛——在掉落的石塊與殘骸之間穿梭。赫修在我後方迂迴行進。

「小心，思蘋瑟，」查特說：「雖然看不見僚機，但我正在追蹤。我想赫修剛才指示了僚機繞到附近——他們想要圍攻我們。」

可惡。他說得沒錯。我將飛艇拉平時，發現僚機已懸浮在那裡準備開火，而赫修仍然從後方緊迫盯人。

我盡可能閃避，同時突然感到一陣驕傲。我沒教過赫修這種進階的戰術。不過，我認爲是我在團體戰方面建立的基礎，讓他想出了這種策略。

我在墜落的石塊之間穿梭進出，接著啓動超燃模式，打算直接閃避僚機的攻擊，希望不會被射中。然而就在這時，一陣不知來自何方的砲火擊中了僚機，鎖定了那艘飛艇。

「我們到了，小旋，」虛弗爾在通訊系統上說：「我還以爲妳應該知道要跟隊伍待在一起比較好呢。你們這些能動的物種，老是隨便亂晃。」

「謝啦，」我說：「感謝幫忙。」

其他飛艇過來追擊兩位共鳴者了——她們被迫遠離這片會冒出建築的區域。那些建築是針對我而來的，這表示雖然星魔準頭不好，但顯然可以把東西大致朝著我的方向丟。

我很高興虛弗爾跟其他人幾乎都正往戰場另一邊移動。雖然我很想要有幫手一起對付赫修，但不希望讓別人飛進這個危險地帶。老實說，我最擔心的是赫修——只要他一直緊追我，就是在拿性命冒險。

如果可以，我必須迅速擊倒他。在開始追逐時，我經過了幾艘被鎖定而正在飄浮的飛艇——不過他們都重新啓動了護盾以防碰撞。一艘星盟的拖船滑行過來，把飛艇拖到安全處，卻沒有人去攻擊它。這有點像在舊地球的戰場上，大家可能不會去攻擊敵軍的醫官。我很欣賞這種文明的做法。

我離開碎片帶下方，然後在空氣開始震動時急速轉向。緊接著，在我上方就出現了一個小型碎塊——一塊延伸了數百公尺的城市一角，上面有人行道和花盆。

好吧，我應付得來。我往上飛到城市的邊緣，然後擦掉雙手的汗水。只是就這麼一瞬間，便又讓赫修有機會追了上來。他開始射擊，我勉強躲過。

是時候測試一下他的身體記憶了。我開始做出一連串例行動作，是以前在星魔迷宮外訓練他和其他人時教過的。是教他們基礎之前的暖身。

赫修跟著我移動，而他的攻擊逐漸停止了。對，我心想。你知道這組動作。你跟我一起飛了好幾十次。

「為什麼他停下了？」查特問。

我繼續飛，沒有回答他。赫修慢慢前進，我也讓他幾乎飛到了我的僚機位置。我本來打算突然中止這組動作藉機甩開他，也許爭取到一些喘息的時間重新啟動護盾。不過這似乎觸發了他的記憶。

我們一起飛越新的碎塊，不再戰鬥。不再擔心其他飛艇——我們離其他人越來越遠，而他們也跟這片殘骸區域保持著距離。我繼續動作。我幾乎能感受到赫修的渴望，感覺到他的思緒延伸過來……

接著，我感覺到一陣冰冷。就像被潑了一桶冰水。我放慢速度跟他一起飛，然後望向他的駕駛艙。那裡染成了黑色，讓我無法看清楚他的臉。

然而，那裡還沒暗到能遮蔽駕駛艙深處兩個發出強光的白點，那本來是赫修的眼睛。星魔奪走了他。

第三十四章

赫修退出了我們的兩人隊形，然後啓動推進器高速飛離開。

「噢，不妙。」查特說。

「思蘋瑟？」M-Bot說：「怎麼回事？」

「讓她飛吧，人工智慧，」查特在我追上赫修時說：「情況非常不對勁。」

「什麼？」M-Bot問。

「星魔，」我說：「它們……控制了他。他的眼睛發出白光。」

查特輕輕咒罵一聲。「它們竟然能直接對團體中的成員產生影響，希望我們不會有危險。我們一定是離戰場太遠了。」

我繼續跟著赫修繞了個圈，從一大片懸浮建築的殘骸帶中央穿越。雙方剩下的戰機都移動到了邊緣，因爲這裡各處都有不斷旋轉與碰撞的破瓦殘礫，就像一片小行星帶；飛進來已經不能算是危險，而是瘋狂了。

我們前方有兩棟建築撞擊在一起，玻璃碎片如下雨般噴散開來——碎片在我飛過時劈里啪啦撞上機身與座艙罩，提醒了我一直沒找機會重新啓動護盾。

爲什麼星魔想要飛越這裡？以前它們會追我，但現在這一隻竟想要我追它？

嗯，我是獵物。它想看看我有多厲害？就讓它見識吧。我熟練地尾隨赫修星魔。在一塊岩石和一座飄浮不定的工廠之間有一道狹窄的縫隙，我們直接從中俯衝穿越，接著又飛到還在崩解的碎塊下方。途中，我們還穿越了一道從上方建築漏出而灑下的水流。

真的是那隻星魔在飛行嗎？不……這些動作很熟悉。它似乎是在運用赫修的技術。好吧，我會接受測試的。我們在撞擊的岩塊之間高速穿梭，沿著一條墜落的道路俯衝，再通過一整片撞擊著座艙罩的碎屑。

其他的一切逐漸消失，而我心不在焉地將其他通訊頻道切換成靜音。現在只剩下我跟這場追逐。星魔嘗試越來越困難的動作，想要讓我犯錯。我很快就開始滿身冒汗──我的注意力相當集中，就像一片細窄的掃描區域。裡面只有我、那艘飛艇，以及附近的地形。

赫修星魔在利用光矛轉向時發生了失誤，側面猛烈撞上一大塊石頭。他的護盾在吸收衝擊時變得短暫可見，看起來一片模糊。我在順利轉向時咧開嘴笑著。只要像那樣再撞一次，他就會……

他就會……死。

我的注意力像玻璃般粉碎了。突然間，我察覺到的不只是周遭環境──駕駛艙、我放在控制系統上的出汗雙手、在副駕駛座呼吸沉重的查特、接近感應器的嗶聲──我也意識到了整個戰場。掉落的岩石、崩塌的建築、懸浮的上斜石塊。

這些不再只是一連串的障礙物。這是個死亡陷阱，而不是一場要看我有多厲害的比賽。

我過了一陣子才從震驚中恢復過來，這段期間我們差點就撞上一棟墜落的建築。

「思蘋瑟？」M-Bot說：「其他人的戰鬥都暫停了。雙方大部分的飛艇都被鎖住，敵軍剩下十五艘能夠運作的飛艇，我們這邊還有十二艘，其中包括了格雷姆和佩格。不過由於戰場變得太過危險，所以大家都同意中止戰鬥。他們想要先把所有被鎖住的飛艇拖到安全的地方，然後再繼續。」

赫修在前方穿梭於落下的岩塊之間。他放慢速度，挑釁地要我跟上。它們想要引誘我步入危險。它們願意犧牲赫修來換取傷害我的機會。我必須結束這場追逐，現在就要。

我抓住控制球，然後開始射擊，這讓赫修啓動了超燃模式加速離開。雖然他的飛艇速度比較快，但在這些瓦礫之中應該發揮不了作用。可惜的是，這些瓦礫也擋住了我的砲火，最後終於連續射中了一塊上斜石——看起來那原本是一間店面。

赫修閃避時，又撞上了一塊掉落的岩石。他的護盾消失了。可惡。對他開火會促使他變得更不顧後果。我跟著他，不確定該怎麼做，而且心裡越來越擔憂——但是查特和M-Bot都保持安靜，好讓我有時間思考。此時，我想起了過去的模糊記憶：我跟赫修和基森人一起飛行——還有布蕾德、薇波、莫利穆爾，一起訓練的那段日子——我根本不知道自己失去了這段記憶。

「M-Bot，」我說：「打開跟他的通訊。」

「好了。」M-Bot說。

「十五號飛行隊，」我學卡柏的語氣厲聲說，像當初在訓練赫修和其他人時那樣。「列隊！現在！」

我反向推進，讓飛艇停住。

赫修的飛艇在前方慢了下來。有多少部分是被星魔控制，有多少部分是他自己？它們需要他的飛行技術，希望這代表它們不會完全控制他。

赫修對我的聲音有反應。他的訓練教官。我在關於那一天的模糊記憶裡搜索。赫修是不是……替我們的飛行隊取了一個不同的名稱？

「夜晚終吻之花，」我說：「點名時間到！列隊，赫修！」

赫修的飛艇停下來並轉向。我沒有任何遲疑——立刻用破壞砲掃射他。這麼做只讓我有一點點罪惡感。我的射擊都確實命中，讓他的飛艇發出藍色閃光並被鎖定住。

查特在我後方大聲地鬆了一口氣。「飛得好啊。」他輕聲說。

「一種撫慰心情的平靜感，」M-Bot說：「就像剛用了一罐全新上好的潤滑劑。我要把這稱為安詳。」

「還沒結束。」我說。我使用小推進器慢慢接近他的飛艇——在散落的瓦礫之中，我們近到都快碰上彼此了。

他的座艙罩發出閃光，接著顏色就逐漸消退變得透明。赫修坐在小小的位子上，用那雙發出白光的眼睛對著我。他露出牙齒。我展開思緒，不理會在他體內朝著我尖叫的星魔。我看進了它的深處。

在那裡，我發現了恐懼。

「查特，接手控制，」我說：「別讓我們飄走。」

「遵命，」他說：「可是……爲什麼？」

我打開駕駛艙，希望自己沒猜錯。

「思蘋瑟？」M-Bot說：「這……是非常奇怪的行爲。」

「我馬上回來。」我說：「查特，要是我滑倒摔下去，就試著接住我之類的。」

「呃——」

我爬出駕駛艙，踩在飛艇的機翼上。站在這裡，我有一種空間迷向的奇怪感覺——建築飄浮於我的頭頂上，在空中滾動；兩個皺掉的碎塊撞擊之後卡在一起，慢慢地旋轉著。我的右側有一道白色光芒：光爆正透過這片充滿破瓦殘礫的空間看著一切。

我站在無垠的交叉口，沒有救生索也沒有安全繩。查特利用小推進器讓機翼保持穩定，我則是緩慢地往赫修那裡移動，接著，不加思索直接跳了過去。

我穩穩落在赫修的小型戰機上。即使這架戰機的駕駛艙只比一個飛行頭盔大不了多少，但其他地方還夠大，足以撐得住我。我彎下腰，透過現在變得透明的座艙罩看著他，接著點燃體內的星星。眞正的我。我透過超感能力使其發光，一般人是看不見的。

赫修星魔畏縮起來，張開純白的眼睛發出光芒，亮到我看不見其他五官。

「爲什麼你們會這麼怕我？」我說：「有什麼我不知道的事讓你們做出這種反應？」

妳必須把妳分開的我們還給我們，噪音。根據我「聽到」的內容判斷，這是刻意要誤導我的思考方向。**歸還它們。**

「聽著，」我說：「我們不能好好談這件事嗎？你們對我做的事？還有我的同胞？」

這會腐化，它們回答我。我明白其中的含義——它們的意思是只要跟我說話、互動，就會有被改變的風險。它們想要抽離開，可是我……緊握不放。我藉由逐漸增強的超感能力抓住了星魔。就像布蕾德對我做的那樣。

只是我的力量還是弱得太多太多，只能勉強抓住。要不就是我在這方面沒天分，要不就是還得再拚命練習。儘管如此，即使是如此微不足道的嘗試，仍引起了星魔的驚慌。這讓它們將所有的注意力、恐懼與憎恨徹底投射在我身上。一瞬間，其他星魔聚集起來，試圖以它們唯一知道的方式摧毀我。

就是把我變成它們的一份子。

我被完全拉入了虛無。我變得無形，沒有軀體，只是一道思緒，但不像往常那樣飄浮於黑暗之中，而是一片無窮無盡的白；周圍的一切都是白色，因爲那裡充滿了星魔。就跟海洋充滿了水一樣。

它們現在把我視爲它們被腐化的樣子。超感者就像星魔。從某方面來看，我算是它們的親戚。它們也把我當成一位誘惑者，想要用線性和個體性這類愚蠢的東西吸引它們走向滅亡。

它們的思緒襲擊上來，逼迫我看見它們所看見的。看見共同存在的和平與和諧。我堅守自己的個體性，但它受到了損傷，就像一面被射得滿是彈孔的軍旗。才幾秒鐘，我對朋友和家人的殘存記憶又變得更加模糊，在實境的生活也快要徹底消失。

它們想要消除那一切，是因爲……痛苦？對，它們以前知道痛苦，可是逃避了。我緊抓住這一點。這是一條線索，或是線索的起源。然而……可怕的是，我對它們的企圖做出的反應。它們要的是和平，將所有的自我融合，創造出沒有痛苦的永恆——沒有時間的流逝就不會有痛苦。當大家在每一件事上都有完全的共識，就不會產生憤怒。

我無法解釋爲什麼它們的提議會如此誘人。我甚至無法說明那種感覺——這種事要怎麼描述？我只是一名飛行員。找不到正確的形容詞。

我不想向它們屈服。但是我也很難抗拒。驚慌之下，我連忙展開思緒、尋求幫助。或許可以找我的朋友？我忘記了他們的名字……他們的臉……融合在白色之中……

接著，某個東西出現了。

來自遠處某人的支援。是……朋友？那股令人安慰的思緒很像是我的胸針。我越來越確定那是我父親。它支持著我，而且帶來了一些畫面。家鄉洞穴中的水滴那種令人愉快的氣味；跟小羅一起平靜地修補M-Bot的飛艇；母親工作一整天精疲力盡後，看到我所露出的笑容；奶奶以平穩的聲音訴說著過去英雄的故事。

接著，又從另一邊出現了另一道思緒。那讓我想起了我所喜愛的事物。探索。飛行。故事。存在會痛苦，可是也有快樂。在那些記憶的支持下，我點亮了自己。

我的星星燃燒起來。我在這裡並非什麼都不是。我是思蘋瑟，我的靈魂是火焰。它爆發出光亮，而我將這種自我的感受傳達給它們——我給它們一記重擊，讓它們知道我是誰，知道我所感受到的情緒。

它們拒絕被腐化，拒絕產生……異議。它們退卻了，但是我們的交流讓彼此更加了解。隨著感覺慢慢消退，我發現它們又有了另一項提議，是……停戰。

它們發現我內心深處極度希望不再有朋友死去。它們看見我在虛無的環帶戰鬥時，所感到的興奮。

留下來……星魘懇求我。**留下來，不要通過休爾要塞。我們就會停止。**

留下來？我眨著眼，開始察覺到周圍空間。我正在赫修的飛艇上，低頭看著他發出光芒的眼睛。

留下來。這不是話語，而是一種感受——它們要我停止長者之路的旅程，要我留在休爾要塞，或者回到環帶，但是不要超過星盟基地再往內部去。別再繼續踏上長老之路或進入光爆。

我的朋友呢？我問它們。*在實境的那些人。*

跟妳停戰，我們就不管他們。我們忽視噪音。「噪音」特別指的是布蕾德和溫齊克。這不是我想要的確切保證——從它們的思考方式來看，它們如果進入我們的領域，似乎還是會發動攻擊。不過它們真的會忽視溫齊克的協議。

留下來，星魔重複著，而赫修眼睛的白光正逐漸消失。**保持距離。我們就保證停戰**。

接著，光芒便完全消失——剩下我緊抓著一艘被鎖住的飛艇，裡面還有一位非常困惑的基森人。

第三十五章

我跌坐進自己的飛艇駕駛艙。

剛才眞是經歷……太多了。有太多事要去想，要去感受。有太多要記得的了。

可惡，我記得。奶奶、母親、小羅，甚至是尤根，不過其他朋友的面孔仍然很模糊。

「我告訴過妳我了解瘋狂，」查特說：「我錯了。謝謝妳讓我上了一堂大師課。」

「思蘋瑟？」M-Bot說：「妳眞是……有趣啊。想要我用清單列出我現在感受到的情緒嗎？」

「我覺得大部分都是從挫折與困惑變化出來的。」

「妳說得沒錯。」它回答。

「那就不必了，」我邊說邊關上駕駛艙。「拜託，兩位。在戰鬥中爬到我的機翼上？你們兩個都曾看過我做出更糟的事啊。」

「所以我才沒說這很奇怪，」M-Bot說：「奇怪意味了異常，或是跟妳平常的行爲脫序。總之，嗯……搞什麼鬼啊？」

我笑了。「哇塞。你那一句罵得很完美呢，M-Bot。」

「是情緒，」它說：「我現在明白其他人對妳產生的挫折感了！這跟惱怒的感覺能夠完美配合，也讓我終於理解大家這麼常罵妳的原因了！」

「太棒了！」我說。

「我知道！還有：搞什麼鬼啊，思蘋瑟？」

「赫修被星魔附身了。」我說。

「對，查特解釋過了，」它說：「所以妳要更靠近？」
「它們怕我，M-Bot。我明白了……那種感覺很對……」
「『對』不是一種感覺。相信我，我一直在訓練。妳沒在聽嗎？」
「那對我而言是一種感覺，」我說：「至少這次我離開駕駛艙以後沒摔到眞空中到處飄浮。查特，你剛才聽到了多少？」
「不多，」查特說：「我的超感溝通天賦沒妳那麼強大。」
「哎呀，」我說：「長生不老跟回聲定位的能力也很酷啊。」
「我沒說那些不酷，」他回答：「不過我的能力還足以感受到妳的痛苦——以及它們的攻擊。我試著把妳的記憶投射給妳。這好像有幫助。後來它們就離開了，可是我不知道原因。」
我應該告訴他，我心想。但星魔在離開時傳送的想法一直困擾著我——留下，停戰。我想要先思考這一切的意義。「M-Bot，」我說：「請幫我接通赫修。」
它嘆了口氣，不過還是照做了。
「嘿，」我說：「你還好嗎？」
「我沉思著自己空虛的過去，」赫修輕聲說：「以及爲何在一片空白下，我仍然知道妳曾在其中。我們是……朋友？」
「是的。」我說。
「我是海盜軍隊的領袖嗎？」他問。
「不算是吧。爲什麼問這個？」
我們一起飄動著，不過幸好現在已經沒有建築或其他垃圾再突然冒出來了。那些東西大部分都飄浮在我們周圍——至少是有上斜石的那些部分。這種景象看起來很慵懶，幾乎有種安詳感，就像在一座廣大的海洋裡，而剛才經歷了嚴重的風暴。

「轟擊派俘虜我的時候，」赫修用他深沉又帶有威嚴的語氣說：「我立刻嘗試奪下他們組織的指揮權。我覺得我應該當他們的領袖，結果他們認爲我很『可愛』，打算把我當成吉祥物。我……讓他們醒悟過來。」

我笑著想像那個場景。一個只有二十幾公分高的小狐狸人，會怎麼讓海盜「醒悟」呢？

「最後，」他說：「我接受了飛行高手的角色，並且追隨維列普。然而這感覺不太對勁。我的飛行技術中有些令人難堪的漏洞。因此我很好奇，說不定我曾經是一群海盜的首領，也許很久沒有飛行了？」

「你是一艘飛艇的指揮官，赫修，」我說：「你能夠指揮一艘小型主力艦，它的大小跟一架星式戰機差不多。你偶爾會親自駕駛，所以才會學到一些技巧——可是你會讓船員處理其他事情，例如幫你啓動護盾。」

「啊……」他說：「這個想法……在我腦中畫出了一條路線，冠軍。點燃了亮光，就像岩石與鋼鐵。我的飛艇……叫……在映照陽光的小河中逆流而上號？」

「對！」

「它的畫面有如一張受到風化的褪色照片，」赫修說：「但……我能夠想起自己的家鄉。我的臉上和皮毛都感受到它的溫暖。是的。跟妳在一起對我有好處。我要留在妳身邊，冠軍，而且會擔任妳的保鑣，直到妳肯讓我恢復身分。」

「呃……你是我的朋友。你不必——」

「我是對妳許下誓言的同伴，」他堅定地說：「而妳是我的封建領主。不必反對這項協議，已經確定了。」

我嘆了口氣。我本來要解釋說他是位皇帝，不過看來還是先別讓他有更多可以發揮的題材好了。只有赫修能夠以帝王昭告天下的強制語氣，讓自己成為某人的僕人。不過，相較於讓一隻忠心的沙鼠狐狸武器跟著自己，情況本來可能還會更糟的。而現在赫修能記得他的飛艇名稱，這真的很振奮人心。

我用光矛黏住他的飛艇，然後拖著它穿越瓦礫區域去找其他人。我們一邊飛，我也一邊思索星魔說的話。

它們要我別再踏上長者之路，我心想。這很明顯代表了我應該要繼續。

然而……要是能讓它們破壞跟溫齊克的契約……這項提議很讓人心動。前提是我能相信它們。

我覺得很矛盾，也認為自己不該在戰鬥中做決定。我暫時擱置這些想法，從最巨大的瓦礫堆中飛出來，結果發現大多數被鎖定的海盜飛艇排成了兩排，由拖船照料並等待重新啓動。剩下還能動的飛艇在一段距離外，也分成了兩個團體。

我抵達時，敵方有一群飛艇脫隊了。轟擊派的領袖維列普跟少數幾個成員正要離開。可見他們看到我二度擊敗他們最強的飛行員後就放棄了。

「赦免我們吧，佩格，」維列普在通訊系統上說：「讓我帶走被擊倒的飛艇，我就會離開。」

「什麼！」另一個人大聲說，而我覺得那是赫克羅人的語言。「我們的協議呢！」

「你應該要知道跟海盜談協議的風險才對，洛恩（Lorn），」維列普說：「妳怎麼說，佩格？」

「行。」佩格立刻說。

其他加入我們的海盜發著牢騷，不過佩格做了正確的決定。維列普跟他那些叛徒並不是我們的終極目標。少了他們，星盟那邊就只剩下十艘還能動的飛艇。我們有十三艘，而且很明顯看得出來哪一方的實力比較強。

維列普飛過來想用光矛拖走赫修的飛艇。不過赫修在通訊系統上開口：「我被擊敗了第二次，」他說：「以榮耀之名，我選擇立下誓言成爲新冠軍的同伴。」

維列普輕輕咒罵了一聲。「你這麼容易就跟盟友斷絕關係嗎，暗影？」

「我並未宣誓，」赫修說：「你並非我的君主。誠然，你在我初次抵達時給我的待遇，是我少數保有的記憶之一。我已經預先告知我改變了效忠的對象，你應該感到高興才是。我們現在是敵人了。倘若再次相見，我將讓你見識到讓我憤怒的後果。」

維列普沒有回答便往後退，跟其他人一起離開了戰場。我加入還能運作的飛艇隊伍，面對著一小群星盟軍隊。

「好了，洛恩，」佩格在通用頻道上說：「你現在要投降了嗎？」

「妳知道我不能那麼做。」他回答。

「他們永遠不會讓你離開這裡的，洛恩，」佩格說：「他們不在乎你。爲什麼你還要這麼忠心？」

「妳知道我的家人在他們手上。」

「那就給他們壓力，」佩格說：「我們扣留他們的上斜石，直到他們答應把你家人送過來爲止。他們假裝自己在這種關係中掌握了權力，可是只要我們擁有這個地方——並且讓這裡成爲我們的家——他們就會失去所有談判的籌碼。」

通話線路安靜了一段時間，而我向前傾，雙手放在控制系統上。現在情況對我們有利，我們可以輕易解決這件事。

不過佩格還是等待著。沒有攻擊的信號。

那位赫克羅人終於開口：「妳保證會爲了我這麼做？」他問：「爲了被他們控制的人？妳會把他們帶過來這裡讓我們團圓？」

「我立下誓言，」佩格說：「但是你必須把整座設施交給我。所有的安全碼。全面通行。」

又安靜了。最後，赫克羅人說：「在基地的安全辦公室有幾個人，我幾乎可以確定他們就是星盟派來監視我的探員。我們必須趕快隔離他們，直到確認為止。」

「應該不會太難，」佩格說：「我有一個計畫。我們說定了嗎？」

「一言為定。」

第三十六章

不久之後，虛弗爾、德爾麗茲和我以低空飛行前往星盟基地——護送著佩格跟她兒子，以及洛恩。其他已經解除鎖定的海盜飛艇，則在更高空處排列出令人望而生畏的隊形。

結果，休爾要塞比我預期中的還要大上許多。基地往各個方向不規則地蔓延發展，底下是個異常巨大、厚實且遍布山丘和岩石峭壁的碎塊。我數出了有四座獨立的上斜石採掘場，每一處都有各式各樣的現代化機器。基地的中心地帶大約有十二棟建築，雖然跟人口密集的星界相較起來不算大，但規模幾乎等同於整個DDF總部。

我們先確認了大型防空火砲皆處於離線狀態——控制權也轉移給佩格——接著就在基地降落，讓她和洛恩下去。飛行甲板上的工作人員好奇地停下手邊工作望來，不過基地指揮官舉起一隻翅膀手臂揮了揮，向他們示意沒事。洛恩、佩格和她兩位兒子進入了附近的一棟建築，那是基地的維安單位。她在裡面可以獲得基地的永久控制權，並擁有自己的超控權和密碼。

接下來的幾分鐘相當緊繃——我準備好在出差錯時轟掉外牆救出佩格——後來星盟的頻道對住宿區發出了廣播。他們宣布實施軍事管制。過了一會兒，佩格的兒子們全副武裝地悄悄離開建築，由洛恩帶路。他們要先壓制住他認為會在基地造成麻煩的幾個人。

事情一下就解決了。我不覺得會有問題——眞正的戰鬥是剛才的空戰。我們把大部分星盟飛行員留在他們的飛艇上，先不讓他們的拖船解除鎖定，同時由可靠的海盜飛行隊看守。

然而，在佩格和她兒子完全掌控基地時，我還是懸浮於空中守候了半個小時。後來，一切安全的消息傳來後，有些海盜也開始降落在起降場。赫修讓他的飛艇停在我們旁邊，可是沒有要出來的跡象。

我回頭看查特。「你覺得呢？」我問。

「情況看起來不錯，」他說：「不過要是會出什麼問題，現在就是時機——在我們毫無防備，以爲自己已經贏了的時候。」

「我有同感。」

於是我們兩人就這樣多疑地繼續等了半個小時。不過，看來佩格計畫的最後階段，確實進行得順利無阻。海盜從他們的飛艇卸貨時，我們的通訊系統和飛行甲板上的喇叭傳出了佩格的聲音。

「所有人都不准搶劫，」她下令。「這裡現在是我們的家了。一般的基地人員已被暫時禁閉在宿舍區；如果你們碰到了上鎖的房間，不必管它。但是你們可以隨意查看這個地方，到營區選擇自己要的空房間、做想做的事。但是提醒你們，只要我聽到你們傷害基地人員或弄壞東西，我就會……很不高興。」

大多數海盜都走向了營區。我請赫修留在原地看守，而我跟查特爬下飛艇，接著查特就指向我們前方的一道大門。傳送口一定就在那間倉庫裡。

*你還在這裡嗎？*我將訊息傳送給我的胸針。接近它之後，我越來越確定它就在這裡。

我收到一種滿足、平靜的感覺。*現在躲起來了。晚點再找我。*

好吧……反正我現在也有事要做。查特使用一些控制裝置打開了倉庫的大型艙門，內部是一個挑高的巨大空間。儘管另一端堆放了許多等著運送給星盟的上斜石原石，整個地方還是顯得很空蕩。

最靠近我們的那面牆就是傳送口。它比我在這裡見過的其他傳送口還要大上許多——一個長寬大約各六公尺的正方形。查特跟我站在那裡看了好一段時間。我開始要走向它時，查特把一隻手放到了我的肩膀上。

「奈薛小姐，」他說：「我可以請問星魔跟妳說了什麼嗎，在它們離開之前？」

「它們……提議跟我停戰，」我坦白告訴他：「要我別再超過休爾要塞往內部去了。長者之路的下一站就是那個方向，對不對？」

「幾乎可以確定是如此。」

「嗯，它們不想要我那麼做。它們許下了承諾，如果我留在這裡，它們就不會管我。」

「那麼妳在實境的同胞呢？」

「星魔暗示說會停止攻擊，但我不確定它們是否完全明白那是什麼意思。但它們確實保證不會再聽溫齊克跟布蕾德的話了——它們之前就是跟那兩個敵方的人達成協議。」

查特嘆了口氣，坐到一個箱子上。他看起來突然變老了，不僅鬍子下垂、需要上臘保養，而他的皮膚……很蒼白。雖然他對我微笑，不過似乎有種疲憊感，還有說話時，表現出來的形象也沒那麼鮮明，就像個普通人。

「那是很好的提議，」他說：「我完全沒想到它們會提出那麼好的條件。它們很害怕。」

「我也是那麼想的。」我說。在大而寬敞的倉庫裡，我一手夾著頭盔在他面前踱步。「這讓我覺得自己應該拒絕才對。它們情急了。我應該繼續進行我要做的事，因爲這會讓它們擔心。」

「不過？」

「不過，我本來就是要到這裡找出阻止它們的方法啊！而現在我找到了。我不應該這麼做嗎？我的責任不是至少應該要嘗試一下嗎？」

查特緩緩點著頭。

我往另一個方向踱步。「你想它們值得信任嗎？」

「我也不太確定。」他回答：「我認爲它們活在當下，但也知道它們永遠不會改變。所以只要它們一直怕妳，應該就會繼續想著同一件事——這表示它們會堅定維持自己許下的任何承諾。」

「這種說法對我來說還不夠肯定，」我說：「但是……沒錯，那很合理。然而它們並沒有榮譽感——甚至不了解那是什麼。而且它們確實對溫齊克食言了。它們也有可能這樣對我。」

我雙手抱在胸前，又往回踱步。對一個仍只有十幾歲的人而言，這一切實在太沉重了。這攸關的不只是我的同胞，而是整個銀河系的文明。我要怎麼做出決定？

「或許我至少應該嘗試一下，」我說：「如果能夠不讓星魔參戰……可惡，這真的太重要了。一位飛行員不管再怎麼厲害，都沒辦法做到這種事。」

我繼續說：「但要是我接受了他們的條件，會發生什麼事？我會回到實境嗎？怎麼回去？從這個傳送口偷偷溜進某個星盟基地？」

「妳必須繼續對星魔造成威脅，」查特說：「隨時都準備要做出它們害怕妳會做的事——逼它們遵守約定。這是最好的機會了。」

我點點頭，但心裡有些沉重。這表示我必須留在虛無，至少待到對抗星盟的戰爭打贏為止。我真的能那麼做嗎？我又往另一個方向踱步。

「我擔心現在不是跟星魔妥協的時機，」我說：「除此之外，我們對付溫齊克最大的優勢，是他的政變還算處於初期階段。尤根說他正在鞏固權力——但還沒完全掌控一切。現在似乎是我繼續推進、了解自身能力的最好時機。利用敵人權力結構還不穩定的時候。」

「真是兩難的處境啊，」查特說：「我能不能……提供妳另一個選擇呢？雖然不想讓這件事情變得更複雜，但我覺得必須說出來。」

我望向坐在箱子上的他。他對我微笑。不是那種過度愉快、露出牙齒的探險家笑容，而是疲累卻滿懷希望的笑容。

「什麼？」我問。

「跟我走吧，思蘋瑟，」他說：「一起去探索虛無。」

我愣住了。

「在獨自遊蕩時，」他說：「我開始希望可以把自己的一些知識傳遞下去。希望能有一位學生，這個人會跟我一樣有熱情，喜歡一切新奇刺激的事物。如果我們不繼續走完長者之路呢？如果我們轉身離開踏上自己的路呢？」

他繼續說：「我們可以看見最遠的地方有什麼！我聽說，遠方的碎塊上有聽起來很像龍的生物；有些充滿水的碎塊，那裡到處都是有氣穴的大洞，而且由透明的石頭連接起來！」

他走向我，稍微恢復了之前那種精力充沛的樣子，聲音也變得清亮了些，隱約帶有一點口音。「思蘋瑟，」他說：「這裡是整個銀河系的縮影，有好多可以探索的世界。我們甚至可以偶爾回到休爾要塞這裡，滿足一下對飛行的技癢！還有跟舷砲派的人相處。哎呀，妳還可以再教我飛行呢！我讓妳看見銀河系，而妳讓我看見從前的自己！沒錯，一位飛行員，可能還跟人工智慧是朋友。是我啊！哈！」

他說：「那是不是難以置信呢，思蘋瑟？是不是很驚奇？我們可以監視星魔，確保它們不會攻擊妳的朋友。就像妳猜的，只要妳留在可能繼續前進的範圍內，它們就更有可能遵守諾言。妳並不是放棄。不，只是耽擱一下而已！稍微……休息一下，漫遊這個奇妙的地方。」

我彷彿肚子被揍了一拳。

在這裡旅行的期間——包括探險和戰鬥——我的心中有某個東西正逐漸成形。我正要成爲哪種人，以及我一直想像自己會成爲哪種人，這兩者之間有種分離而互不相干的感覺。

但那一瞬間，我整個人受到了衝擊。因爲這時我才明白，自己有多麼想要留下。我眞的很愛這裡。探索環帶？踏上偉大的冒險？除此之外，還可以在空中戰鬥，不必害怕會失去所愛的人？成爲整個宇宙的英雄，最厲害的飛行員？

「聽起來真棒，」我對查特說：「探險、決鬥……就像……」

「就像個故事？」他輕聲說。

我點頭。「查特，爲什麼我們能記得那些故事，卻不記得自己的家人？爲什麼會這樣？」

「我不知道，」他說：「眞希望我能知道。」

我們一起面向另一邊牆上的巨大傳送口。加入DDF成爲飛行員時，我一直想像能參與壯烈的戰鬥，成爲故事般的英雄。我一直想像要征服的新世界，結果只得到痛苦，朋友接連死去，人們在緊繃到極點的狀態下努力求生。我也遇到了困難、憤怒、恐懼。

我發現自己並不是英雄。不像故事裡那樣。但是在這裡……我可以成爲那樣的存在，而且這裡非常、非常適合我。這個地方在對我吟唱，就像舊地球上的美妙音樂，讓我的靈魂隨之震動。

我有資格留下來嗎？我做得還不夠嗎？我讓狄崔特斯免於遭到轟炸，後來又讓大家免於受到星魔攻擊。一個人做到這種程度還不夠嗎？而現在我有機會能躲進一個故事中……同時還能對我的同胞做出重大貢獻。我用自己在實境的未來交換，藉此阻止星魔的毀滅力量。

這很完美。不過……

尤根。我的朋友們。我能不能……

「查特，」我說：「你一直很害怕長者之路，爲什麼？」

「我擔心要是我走上那條路，」他說：「我就不再是自己了。」

「爲什麼？」

「我們走的每一條路都會改變我們，思蘋瑟，」他回答。「這條路尤其如此。拜託，請考慮我的提議吧。我們先別貿然行事，等幾個鐘頭沒什麼壞處，對不對？」

「對，」我說：「對，沒有壞處。」

他緊抓了一下我的肩膀表示謝意，然後向我鞠躬——除了基森人，好像還沒有人對我這麼做過——接著就安靜地離開了。我坐在一具箱子上，看著傳送口。來到這裡，卻不去看裡面有什麼，感覺不太對。可是……我猶豫了。

我應該先弄清楚一切後再繼續。可惡。我眞的在考慮跟查特離開嗎？對。眞的。我記得跟M-Bot和查特在海洋碎塊上「航行」時，那種純粹的快樂。我記得發現人類建造的遺跡時那種興奮。我熱愛跟赫修之間的戰鬥，至少是在建築開始突然冒出來之前。

留在這裡就像活在冒險中。而待在實境……那裡只有痛苦。而且，可惡，我發現自己在內心深處其實好累。

從有記憶以來，我就一直在奔忙，躲避一場接一場的災難。拚命想進入飛行學校，暗中修復M-Bot，在星界擔任雙面間諜，對抗星魔……

我快被消磨殆盡了。然而在這裡，我找到了驚奇、冒險、興奮。

我在那裡坐了一段時間，後來聽見腳步刮擦石頭的聲音，立刻轉頭查看。一道巨大的形體緩慢地往我這個方向移動，對方的頭上戴了一頂羽毛帽。佩格走近時對我微笑，她厚實的肩膀上掛著一把槍。

「基地是我們的了，」她告訴我：「確實且無誤。我有點不敢相信。」

「是妳應得的，佩格，」我說：「妳的計畫安排相當厲害。」

「謝謝妳。」她笑著說，接著朝傳送口點了點頭。「找到妳要的了嗎？」

「是也不是，」我輕聲說：「老實說，我還不確定。」

「我……聽說妳可能會留下來。」

我看著她，皺起了眉頭。而她則是往牆壁的最上方比了個手勢。「攝影機，」她說：「我看見你們兩個往這裡過來，所以得確認你們不會意外打開傳送口，讓星盟知道我們做了什麼事。很抱歉沒給妳和查特隱私，但這項資產實在太重要了。」

對喔。維安官。我盡量不讓自己覺得被冒犯了。畢竟，我沒要她給我們隱私，而她對傳送口的考量也有道理。

「要怎麼樣，」佩格對我說：「才能讓妳留在舷砲派？」

我嘆了口氣。「我不知道，佩格，」我說：「這一切讓我有點不知所措。」

「了解，」她回答：「在沉思中長出了伊格納戴——這是很好的時機。在妳思考的時候，讓我問妳一件事。妳知道為什麼其他人都不願來這裡，而我願意嗎？我知道星盟在這裡眞正做的是什麼。不讓人出去、在另一個次元強迫勞動，但我還是來了。妳想知道原因嗎？」

「其實滿想的。」

「在外面，我是一名殺手，」佩格的語氣變得柔和了些：「但在這裡，我能有全新的生活。重新開始。我不知道當時自己已懷了兩個男孩；那可能會改變我的想法。當時的我只想逃離原本的生活，而來到這裡可以實現。」

她說：「外面的情況亂成一團，小旋。每個人都在爭吵、打鬥、殺戮。可是他們吵的很多事情，在這裡一點也不重要。我們不需要食物，而且這裡有很多空間。政治……意識型態……那些事情我們在這裡都能自己安排。我們可以讓這個地方徹底變成自己想要的樣子。」

她轉過身，往外面的設施揮了揮手。「很多年前我就知道，只要得到這座基地，我會在奪取過來之後，開始把它建設成一座家園而不是監獄；我知道我們會讓這裡變得很美好。我們可以建立一個社會。我想要妳幫忙我做到。」

「可是查特想要我跟他一起去探險。」我說。

「我知道，我覺得那個主意非常棒！」佩格說：「我希望在訓練的空檔期間，定期指派妳那方面的任務。妳知道外面有什麼嗎？通過那片空白地帶？」

「不知道。」

「我也是。」佩格說：「要飛得那麼遠相當困難，只要抵達碎塊之間的巨大空隙，妳的現實餘燼就會被吞噬，而妳也會有失去自我的風險。不過我告訴妳——星盟在虛無還有另外三座採礦基地。我申請這份工作時就得知了這項資訊。」

「總共有四座？」我說：「供給整個星盟？」

「一點也沒錯，」佩格說：「而這裡是最大的一座——所以我才敢確定他們會滿足我的要求。可是我也會擔心。如果他們使用另外三座基地，並以某種方式取得了足夠的現實餘燼，藉此跨越空白地帶，我還是會被襲擊的。而且維列普也還在外頭，他是個危險人物。」

她繼續說：「我需要戰士。更重要的是，我需要能訓練戰士的教官。接著，我也會需要有人瘋狂到敢去探索，去找出方法跨越巨大的間隙。」她回頭看著我。「妳是最適合的人選，小旋。實境是一團混亂，但虛無可以變得比那裡更棒。我想要妳幫助我實現。」

我……

可惡，我不需要聽這些東西，因爲查特剛剛才說了那些話。我知道他們兩人不是說好要這麼做的；佩格只是在剛好的時機出現。總之我覺得自己被雙重包夾了。事實上，是三重包夾。查特。佩格。

還有我自己的心。

「我替妳留了一間軍官套房，」佩格說：「妳還不必做出任何決定。現在何不先去洗個澡，然後稍微放輕鬆？好好思考妳的選擇。至少，妳可以待到我們找出休爾要塞的現實圖騰，而我也可以實現諾言給妳餘燼。」

我考慮了一下。可惡，她說得沒錯，我需要一些時間。再說，洗澡聽起來很棒。我呼叫 M-Bot 和赫修讓他們知道，然後前往佩格說的房間。那是一間很大的套房——大到誇張的那種。

可惜的是，我沒能洗到澡。我不該先躺到床上的。經歷了戰鬥、混亂、抉擇的緊繃情緒後……我發現自己沒辦法保持清醒。

於是我就睡著了。

間曲

在我睡覺時，有人試著對我說話。

我想要跟他說話。

有東西阻止了我。

是另一片雲霧，就跟之前一樣。就像布蕾德對我設置的牢寵。可是……感覺不一樣。就像一首進行曲換了不同的歌詞，聲音一樣，新的歌曲。

我努力推擠，但無論往哪個方向轉，都還是找不到路。我試著告訴自己這一切都不是眞實的，這裡什麼地方也不是。無處可去。我只要……讓我自己去其他地方……

在這團霧中很難思考。

「思蘋瑟？」尤根的聲音。「思蘋瑟，我感覺得到妳。」

我……我感覺不到你……

「妳好像很遙遠。爲什麼？怎麼了？」

我迷失了。

「我幾乎聽不見妳了。妳說什麼？」

迷失……

「思蘋瑟，現在情況很麻煩。我……大家都在等我的答案。我需要找人談談。」

他需要我。這種需要讓霧氣變得稀薄，而我覺得自己看得見方向了。我往那裡去，可是每一步都很遲緩。我迷失了。是不是……有人……提醒過我這一點？

可是我累了。

精疲力盡。

不久之後，我陷入熟睡。

第五部

Part Five

威脅評估分析 紀錄編號 DST210503B

思蘋瑟的飛艇

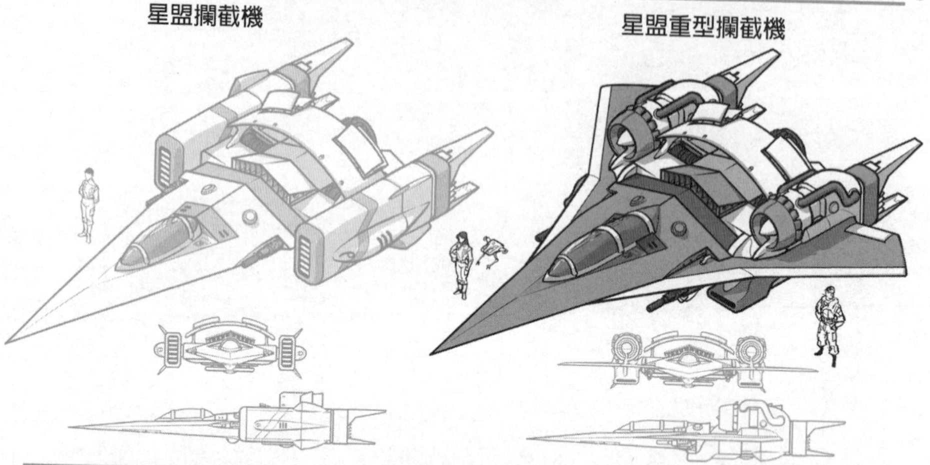

格雷姆的飛艇

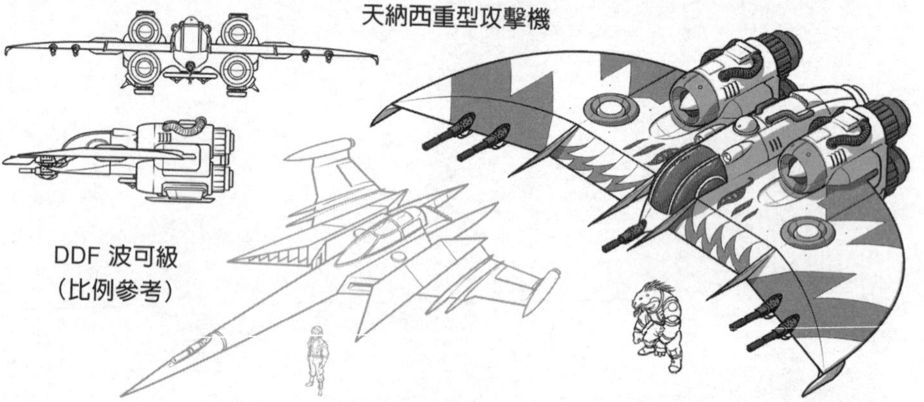

種族

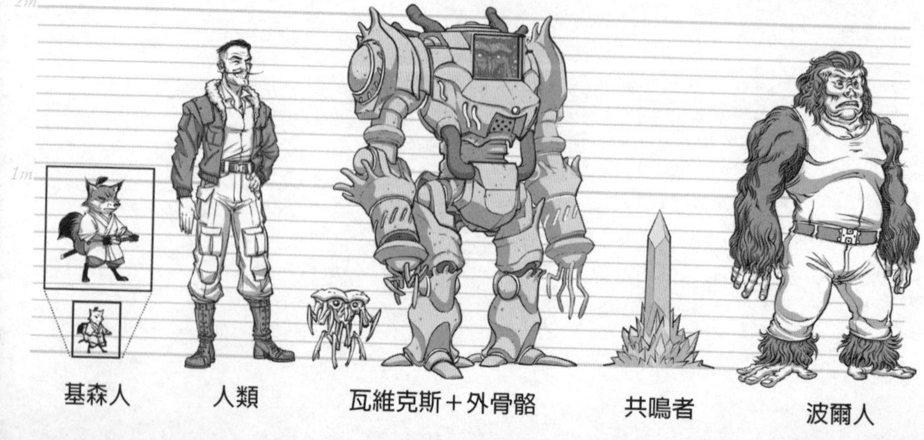

第三十七章

我在奢華的房間中醒來。我沒有感覺自己睡了一整夜——但話說回來，我又不知道「夜晚」在這裡代表了什麼。我打了個呵欠，那些夢讓我感到……很不安。我思考著這件事，然後往旁邊一看——竟發現赫修正盤腿坐在床邊一張特大號的椅子上。

「我在妳睡覺的時候看顧妳，」他說：「確保妳的安全。」

太棒了。

我知道有些人可能會覺得這樣很怪，但我不會。守護刺客的外星保鑣？可惡，在這種情況下，怎麼可能不讓人睡得更香甜安穩呢？

「我睡了多久？」我問。

「一個鐘頭，」他說：「我寫下了時間好記住。」

「聰明，」我對他說：「我要去沖個澡。也許你可以到外面等我？」

「我會去陽台，」他說：「景色美極了。我也會傳喚思考的機器過來，它想在妳醒來時獲得通知。」

不一會兒，我穿著一套剛洗熨過的飛行服走到陽台，頭髮還有點濕。赫修盤腿坐在地上冥想，他穿著戰士大衣與長褲，腿上放著一把小小的劍。M-Bot的無人機也飛到了這裡。其實，它讓無人機過來打擾了我洗澡。我沒有太生氣。畢竟，以前我曾在它的駕駛艙裡清潔過身體，所以它也算是看過處於那種狀態的我。

總之，我讓無人機出來陽台。M-Bot沒把全部的意識搬進去，它只是開始決定要把這當成一般的無人機使用。

我坐在陽台的地板上，背靠著通往臥室的玻璃門，然後向外看，目光越過紅色的岩石山丘，望向內部。

望向光爆。

那片廣大熾亮的東西，看起來像是某個東西爆炸到一半就被凍結住。那個巨大的光球感覺要吞噬掉附近的一切。雖然它很遠，可是似乎比以前更近了。

我一直以爲，那就是我在虛無最終的目的地。畢竟那是離開這裡的路。我穿越了海盜的領域，更協助壓制了星盟。現在只剩一件事阻擋在我跟光爆之間：一片稱爲無人之境的區域。星魔在那片地帶的力量最強大。

不會是永遠，我心想。只是……休息一下。一年左右。探險。戰鬥。確保星魔不會亂來。

可是在這裡，幾年的時間似乎很容易就會變成好幾十年。我覺得……自己彷彿站在一座懸崖的邊緣。

我必須對自己誠實。星魔的提議不足以讓我留在這裡，光是那樣不夠。我毫無理由相信它們，卻有各種理由應該趁敵人尚不穩定時繼續前進。想留下來的渴望，對我的心造成更大影響。還有我心裡產生的情緒。我忍不住把那些情緒當成是懦弱。

我試著想像故事中的英雄會笑我，自己竟變得如此猶豫不決。但奇怪的是，我反而希望他們能夠理解。我……我出生在戰爭中，幾乎沒有童年。我父親在我八歲生日前就戰死了。我因爲在飛行時失去同伴而心如刀割，可是如今卻再也記不得他們的名字或面孔。

我這輩子從來沒有過其他的選擇。不是戰鬥就是被消滅。然而現在，我知道了這不是活著的唯一方式。這是我這輩子第一次、眞正有機會能夠逃離戰爭。我必須考慮。我怎麼能不考慮呢？

赫修跟M-Bot都沒說話；我們三個就這樣靜靜地坐著。我們就像在家鄉看著軍隊遊行的觀眾，只是現在看的，是在遠處不可思議的光爆。

「太陽就是像那樣嗎？」我終於開口問。

「不，」赫修說：「我閉上雙眼，光線還是會穿透我的眼皮——但是並未伴隨著暖意。那就像太陽的鬼魂。所有溫度消散之後留下的屍體。」

「那有一點像太陽，」M-Bot說。目前赫修都是以正常的態度對待它，不過我提醒過他，別跟其他人說起M-Bot的事。「但同時又非常不像。比如說，它比太陽小多了。」

「那樣叫小？」我問。從我們這個距離看，光爆佔據了地平線很大一部分。

「以恆星而言，是的。」M-Bot說：「從我所能得到的最佳讀數計算，那顆球體跟地球的月亮尺寸相比，簡直是小巫見大巫。如果這裡是實境，那或許會是一顆中子星(注)——跟赫修閣下的比喻完美符合。總之，它釋放出如此程度的光亮，應該不會這樣冰冷才對。」

我向前傾，試圖想像陽光的感覺。我的祖先大部分都住在會從天空傳來溫暖的地方。那一刻，我坐在虛無怪異的光線中，思考著自己的懦弱，突然覺得自己跟先人們變得特別疏遠。

在天防飛行隊那段期間，我學到了一件事：從傳統的定義來看，我不是懦夫。我不害怕戰鬥，不會逃離危險，可是……這裡有個完全不一樣的機會。可以完全地遠離戰爭，甚至是責任。

「星魔告訴我，」我輕聲說：「只要我答應不再繼續走長者之路，它們就不干涉我。它們甚至還暗示，會退出跟溫齊克的協議。」

「奇怪，」M-Bot說：「爲什麼它們會提出這種條件？」

「它們怕我，」我說：「所以提議停戰。雖然它們討厭我在這裡，可是爲了不再受到對彼此更大的

注：Neutron Star，爲處於演化後期的恆星，是黑洞之外密度最大的已知天體。

影響，它們願意容忍。」

「要是我們繼續呢？」M-Bot問。

「它們會把這當成攻擊行爲，盡其所能阻止我們。」

「進退兩難。」M-Bot說。

「但如果我留下來，就不會發生。」我低聲說：「查特要我跟他一起去探險，而佩格要我訓練她的人。他們兩個之前都向我提議過。」我往前傾，雙手交握，目光沒跟它的無人機接觸。

「星魔遵守協議的可能性有多大？」它問。

又是這個老問題。

「很難說，」我回答：「現在它們很害怕，可是誰知道呢？我們沒有證據能證明它們值得信任。例如，要是溫齊克來找我談類似的條件，我一定馬上拒絕。」

「奇怪，」M-Bot說：「思蘋瑟……我要坦承，我也一直在思考自己進退兩難的問題。」

我看著它的無人機。「什麼？」

「我的舊飛艇，」它解釋道：「上面有特殊的電路系統，可以讓我在虛無處理資訊，因此我的思考速度才能夠快到足以……當我自己。可是那架無人機……妳記得第一次發現我的時候，我是怎麼說話的嗎？」

「很慢，」我說：「好像說每個字都很費力。」

「我只能假設，」它解釋道：「處在環帶，會讓我能夠快速思考，無論我進入什麼機器都一樣。但我的舊飛艇，也就是讓我在實境能夠高速思考的那一艘飛艇，現在已經被摧毀了。說到這件事，我已經不怪妳了。我想我已經變得很成熟。」

我露出微笑。

「總之，」它說：「如果我們離開這個地方，我會發生什麼事？我的處理器會不會變得像是用燕麥片製成的，讓我的思考變回以前那樣？」

「我不知道，」我說：「但看來……至少有一小段時間……一定會那樣。」

「我一直在想這件事，」它說：「想了好幾個星期，而我決定了。我願意回去。我們有一場戰爭要贏。我決定要試著住在我們最好的電腦裡，也許住在其中一座平台上。我想我可以成爲很棒的太空站，妳覺得呢？」

它繼續說：「如果不行，溫齊克在拆解我那艘舊飛艇時一定製作了圖表，我們可以偷走那些東西。接著，我們可以替我製作出適合的新大腦。總之我決定好了，如果妳要回去，我會跟妳一起走。我只是……只是覺得應該要告訴妳這件事。」

可惡。它比我還要勇敢。我很慚愧沒注意到它面對的困境——從我們來到這裡後，這件事一定一直困擾著它。我這算什麼朋友。

想到朋友，我也對自己的猶豫再度感到丟臉。如果我決定留下來，到時要怎麼面對尤根？

然而，在我心裡有一部分知道，自己不能只顧慮他的需求或是M-Bot的決定。我必須決定自己想要什麼，不能依據其他人想要我做什麼，而選擇自己的未來——即使那個人是尤根也一樣。這一次，我必須爲自己打算。

我看著赫修，好奇他是否會發表意見。目前他仍閉著眼睛，繼續擺出冥想的坐姿。

「M-Bot，」我說：「我一輩子都在爲了狄崔特斯的戰爭而活。這件事我不怪任何人——也許除了克里爾人吧。我們是爲了生存而做該做的事，不過……我累了。我不想再看到人們死亡，不想把我的未來獻給戰爭，不想永遠過著壓力指數達到十分的生活。我虧欠了狄崔特斯多少？一個人到底要償還多少才足夠？」

它的無人機懸浮在我旁邊，沉默了好一段時間，直到最後我望向它。這次，我眞希望它是人，這樣就能看見它露出厭惡的表情。我說出這些話，得到如此反應是我活該。

但它是人工智慧。「我想，」它說：「那有點道理。」

我必須對它坦白。我必須說出來。

「我還有一個想留下來的理由，」我說：「我……熱愛這一切。我可以跟查特探險，而舷砲派的人很崇拜我。這就像活在故事裡。我一直都想要這樣，M-Bot，而在這裡我可以做到。我可以飛行，可以探險，可以跟星盟戰鬥。我可以對決，過著……」

「就我對妳的了解，」它說：「那更有道理了。」

「赫修閣下？」我問。「我需要你的智慧。」

「我失去智慧了，戰士姊妹，」他說：「智慧來自經驗，而妳也知道，我已經沒有經驗了。」

「即便你這樣的回答，也依舊讓我感受到智慧。」我對他說：「我想留下來，這算是懦弱嗎？並不是說我害怕繼續下去會死，只是……」

「妳已經厭倦爲了同胞犧牲自己的一切。」赫修說。

「是的。」我輕聲說。

「那不是懦弱，而是自私。」他說。

我皺起了臉。

「然而，」他繼續說：「責任不應該毫無疑問地接受。責任可以是動機，但不應該是藉口。妳是基於榮譽和品德而戰鬥嗎？這是否符合妳的道德準則？」

「我不知道自己有沒有想過那些事，」我說：「我是指，一邊是敵人，一邊是我們。我讓自己面對他們，然後攻擊……」

那不完全是事實。

「跟敵人生活過後，」我坦白說：「我明白了事情沒那麼簡單。先聲明，我並不覺得他們的理由很正常，然而他們大多數也都不是壞蛋。只是一般人，只是剛好追隨了壞蛋。」

「很好，」他說：「妳已丟棄了幼稚的世界觀。」他張開一邊眼睛。「在你們的物種裡，妳幾歲了？」

「是年輕人。」我說。

「那麼，我可能要質疑你們的社會怎麼會讓妳保持天眞這麼久。」他說：「一位戰士首先必須要知道，眼前的敵人——自己必須殺死的人——也只是想要生存而已。無論身處哪一方，士兵都是一樣的。」

「我……不知道我們之中有哪個人知道敵人是誰，」我說：「只知道對方想要消滅我們。而且……赫修，我以爲你剛剛才說，你不記得怎麼保持智慧了？」

「看來，」他說：「妳問對了問題。我不知道自己爲什麼會說這些話，因爲它們是很簡單的事實。」他又閉上眼睛。「妳領悟到自己有選擇，戰士姊妹，而妳不是懦夫，也不自私。妳的問題無法定義妳這個人，只有妳採取的行爲才能。」

哎呀，赫修還是同一個人——無論有沒有記憶。我眞正害怕的，是自己就是這樣的人。

我知道自己留下來會發生什麼事。我會變得跟查特一樣。我認識的所有人——甚至是我自己——全都會慢慢消失。我只會記得故事，而且會越來越覺得自己就像故事中的英雄。我會忘掉所有的事，讓總是在說大話的那個自己掌控一切。四十年後，我大概連狄崔特斯的戰鬥及留下來的原因都不會記得了。

可是我會熱愛在這裡的每一刻。

我站起來走到陽台邊，注視著外面那片巨大明亮的白光——它有種柔軟的感覺。它似乎吸收了所有靠近的一切，融合到光線中……

我閉上眼睛，搜尋我的父親。

現實圖騰還在附近。我猜那可能是他的靈魂，儘管沒有實際的證據。也許我只是想要那樣相信。但我能夠面對他嗎？在心裡有這種疑慮的狀態下？

我感覺到他了。那股情感一直在指引我，支持我。那真的是父親嗎？我知道不是奶奶或尤根。所以……也許那是神？就像聖徒之書中提到的？

胸針輕撫過我的思緒。它在歡迎我，想要我現在去找它。我有勇氣那麼做嗎？

「在這裡等著，」我對赫修與M-Bot說：「我很快就回來。」

我踏進房間外的走廊。光線照在我認爲太過柔軟的裝飾上。一條褐色地毯，以及有圖案的牆壁。我再次閉起眼，將一隻手放在牆面上，摸到像是紙張的奇怪材質。我已經習慣了光滑的金屬或粗糙的石頭。

我沿著牆面慢慢走，閉著眼睛搜尋那道思緒。尋找我的父親。之前，我將訊息傳送給它，你加強了我在狄崔特斯上生活的記憶。你可以再做一次嗎？

好奇。

因爲我必須要有罪惡感，我心想，這樣我才會強迫自己回去。

透過我們之間精神連結，那股傳遞過來的感覺就像一股衝擊波。那不是我要的記憶。也不是譴責。而是認可。

那種感覺很平靜、溫和，能夠理解我。彷彿一陣溫暖的微風輕撫過我的靈魂。沒有話語，只有意義。沒關係。妳的痛苦是眞實的。妳的熱情是眞實的。

妳可以選擇。沒關係。

這股情感震撼了我。我跪到地上，低下了頭。這不是我預期的，當然也不是我想要的。我需要罪惡感來驅使自己，不是嗎？

然而那種認可我這麼做的情感依然持續著。沒錯，如果我不回去，有些人的確會難過或憤怒。可是沒有人能說我未盡到本分。光是試圖跟星魔達成停戰協定，似乎就已足夠了。就算不是……我們也不應該一直無止境地給予，直到自己被搾乾爲止。那不是愛。

我可以留下來。如果我想要，就有資格留下來。那道熟悉的思緒並不是想要說服我。它認可我放手——如果我眞的要那麼做的話。

我靠在牆邊，把頭埋在膝蓋之間，感受著流過體內的暖意，直到它以眼淚的形式流出來。就像整個人被裝滿了。

我解釋不了自己爲什麼會哭。那不是悲傷或高興的眼淚，就只是……淚水。

我無法判斷自己在那裡坐了多久，但我不覺得這是虛無奇怪的影響所導致。最後，我完全釋放出來，發現自己坐在寂靜的走廊上，心情意外平靜。

我還沒做出決定，但可以確定的是，我必須找回胸針。我必須確認它是否承載著父親的靈魂。

我爬起來，然後開始尋找。我跟那道思緒之間彷彿連接著一條光繩。我一直走，不管腳下有什麼。到了一樓，我進入一個大房間，裡面擺著幾乎跟走道一樣長的桌子。可惡，這是餐廳嗎？那些吊燈亮得看起來像是著火了。

那道思緒就在附近。目前有幾個海盜在餐廳裡，包括麥辛和一個看起來有點眼熟的人類。我以前見過他嗎？他身上有長板派（Long Plank Faction）的標誌。

麥辛友善地對我揮手，而我心不在焉地點了點頭，感到……被牽引著……

我走到餐廳一側，稍微摸索了一番後，發現有個電源插座鬆了。我扳開插座，後方竟然是一個隱藏的小空間。裡面有兩個東西。我的胸針，以及一個小而破舊的動物布偶。從臉部和爪子的形狀看起來，那有點像是一隻外星狗。

這兩個東西旁邊散落著現實餘燼。我不必聽人描述，就知道那隻布偶正是基地的現實圖騰。它怎麼會在這裡？

我們躲藏，我的胸針說——不過那比較像是一種感受而非話語——就在戰鬥開始時。這裡有些人會想偷走我們。

光是看見現實餘燼就立刻讓我感覺好多了。我也感到跟以前的自己連結更加深刻。

能找到你眞棒，我對胸針說。謝謝你。眞的非常謝謝你幫忙。

爲了答覆我，胸針發出了一陣獨特且快樂的笛音。

第三十八章

毀滅蛞蝓！我興奮地將想法傳達給她。怎麼會？

躲藏，她回答。星魔。那陣感受夾雜著一個想法：躲在一顆石頭的空洞裡，試著不被附近徘徊的掠食者發現。

我要妳回家了啊！我對她說。

妳等於家，她回答，然後傳來我們在一起的畫面。接著，她又在畫面中添加了某個東西——投射到我的思緒中。那是她在我的懷裡，不過她的正面有眼睛和一張微笑的嘴巴，看起來像是用馬克筆畫上去的。雖然她不太了解人類的眼睛和笑容有什麼意義，但她似乎感受得到這種表情代表了滿足。以及快樂。

家。她不是在洞穴裡生活。她是跟我一起生活，無論我在何處。

我覺得自己像個大笨蛋。我握著毀滅蛞蝓進入了虛無，而她是一隻為了躲避星魔注意而進化成的超感生物，接著父親的胸針就馬上出現在我的口袋。而且，不只一個人曾告訴我，超感者在這裡可以改變自己的外觀。如果人可以，蛞蝓又為什麼不行呢？

妳看起來就像我的胸針！我告訴她。

特別，她非常開心地說。我們很特別。會躲藏。

可是，我說。妳不必跟我到這裡來。

她傳來了安慰的情緒，以及我被一隻掠食者追逐的畫面。她很擔心我，所以才會跟我一起來，但卻隱藏了自己。我不是在跟父親的靈魂交流。她在這段期間一直支持著我，正是給我力量對抗星魔的那道熟悉思緒。

我湧出一股深切的感激之情。而且知道她不是父親的靈魂後，也讓我鬆了口氣。並不是我不愛他，而是……一想到那樣我就感到不安。原來我一直用自己想要的東西，取代了對於毀滅蛞蝓的熟悉感。而我現在才明白，我同時也不想要那樣。

這樣合理多了。不過……呃……我確實把她埋了起來。她清楚地發出一陣不悅的笛音。

「抱歉，」我懊惱地輕聲說：「我不知道那是妳。」

我聽到一陣憤怒的笛音。

「不，我不會再把妳埋起來了，」我說：「但妳本來可以告訴我啊。」

她傳達了恐懼。恐懼就在附近的星魔。它們在尋找她的同類。雖然她跟我來到這裡，可是卻因爲恐懼而僞裝自己。後來她就一直舒服地待在我的口袋裡，享受著……這個地方的感覺？是這樣嗎？來到虛無後，她跟同類只喜歡舒適地躺著吸收這裡的「輻射」。不像蛞蝓，也許比較像是……海參？

這就是她每次在超空間跳躍經過虛無時會做的事。因爲星魔。正因如此，藉由蛞蝓傳送的飛艇，會比使用超感者的飛艇安全許多。

不能離開，她告訴我。由於我們不在光爆內，所以她跟我一樣被困在環帶了。除此之外，她似乎很高興能回到我身邊，但我還是得再次保證不會把她埋起來。我不確定她能理解多少，畢竟以前我一直把她當成一隻動物。可是在這裡，我感到自己好像比較能了解她。

妳現在說話比較聰明了，她告訴我。她傳達的不是話語——但我還是以那種方式解讀。

我一直在練習，我對她說，練習我的能力。妳覺得有效嗎？妳能理解我？

說話比較聰明了，她用笛音表示認同，接著身上就掉出了一顆現實餘燼。

等一下，我邊說邊用手指揑起餘燼。這些是什麼東西？

便便！她說。

我眨了眨眼睛。可是……好吧，我使用能力試圖更深入理解她的意思。她以爲那個東西就像是便便，但其實不是——她的能力會將她跟實境連結，而這會把現實拉過來。像是一種蛻掉的殼。我用手指揉捏著餘燼，覺得自己可能明白了。正如碎塊會在次元之間的開口形成，這些餘燼也會在連接兩個次元的生物周圍形成。

事實上，不是有人曾告訴過我，待在碎塊附近能幫助人們保有記憶嗎？或許，這是因爲在碎塊上生長出來的那些新石頭，本質上也算是現實餘燼？

呃，再這樣下去，大家就會注意到我跪在牆邊了。於是我把毀滅蛞蝓變成的胸針握在手裡，用另一隻手舉起休爾要塞的圖騰。

「嘿，」我對他們說：「你們有什麼重要的東西不見了嗎？」

接下來當然引起了一陣騷動。我坐在一張椅子上，等著其他人趕過來。麥辛呼叫了佩格，而她不到五分鐘就衝了進來。她滿懷敬意地伸手抱起布偶。

「怎麼會？」她說：「是妳的……特殊天賦嗎？」

我點點頭。「告訴我，妳知道這些其實是什麼嗎？」

天納西船長緊抓著她的圖騰，看了看其他的海盜。最後，她伸出粗厚的手向我揮了揮。「我們聊聊吧，小旋，」她說：「私下談。」

其他海盜爲我們讓開空間。佩格跟我一起離開餐廳，到外面的走廊上。

「這是我的祕密逃脫計畫，」她一邊跟我走著一邊輕聲說：「我來到這裡時，在攜帶的物品中藏了一隻泰尼克斯——超空間蛞蝓。這個在我行李中的絨毛玩具，是我小時候的最愛，可是我以爲好幾年前就弄丟了，而尷尬的是，我過了很久才發現它其實就是蛞蝓。」

「所以，其他海盜跟工作人員都不知道嗎？」我問。

她搖搖頭。「光是圖騰就已經夠珍貴了，我不想讓他們知道，它或許可以把他們傳送回實境。」

「它不行，」我說：「在環帶的時候不行。」

「妳確定嗎？」

「滿確定的。不過我猜所有的蛞蝓都可以把自己僞裝成物品。」

不，毀滅蛞蝓在我的腦中說。只有黃藍色的。接著她就傳來了自己的畫面。

還有其他種類？我問。

多得很！

原來如此。好吧。

佩格繼續走，一副若有所思的樣子，於是我也繼續跟著她。我們很快就離開營區，來到幾棟建築之間的一座庭院。裡面有三棵樹，高度大約三公尺，樹枝極爲粗壯，葉子非常少。

樹上長了果實，就像眞正的果實，數量很多、各種顏色都有，形狀有如倒過來的梨子。佩格走向其中一棵樹查看。然後她選了一顆紅橘色的果實摘下。

她走過來把果實遞給我。「一顆木倫，」她說：「代表勇敢。我本來希望能長出幾顆，結果眞的有！」

我猶豫了。「所以……這些樹眞的會……」

「根據我們天納西人的感受長出果實嗎？」佩格說：「是的。我的靈魂跟這棵樹聯繫著。我進來這裡時，他們允許我攜帶從我原本那棵樹長出的樹苗。我族很多人都相信，果實包含了我們的情緒──並且讓我們能在戰場上保持冷靜。我發現那是個謊言，或者至少過於誇大了。不過聯繫倒是眞的。」

這麼一來，收下果實就感覺更奇怪了，但她卻硬塞給我。

「這是妳的獎勵，」她說：「拜託。算給我面子吧。」

於是我收下了。「呃……那我要……吃掉嗎？」

她笑了。「通常不必。拿去種吧。妳不會像天納西人跟它有聯繫，不過……哎呀，我的其他同類都會認得妳擁有的樹。這是種光榮。」

嗯，那很酷。我很高興自己不必吃它。雖然以前我偶爾會開玩笑，說要豪飲敵人的血，但那完全只是比喻的說法。我把果實和毀滅蛞蝓變成的胸針放進同一個口袋。

佩格轉身面向樹，嘴唇抿成一條線。沒露出牙齒，不是威脅的表情，而是代表了滿足與快樂。

「感覺好奇怪，」我說：「佩格，關於妳同胞的一切，各方面看起來……呃，都很像掠食者。具有攻擊性。」

「不，不是攻擊性，」她說：「只是藉由讓下一代變得堅強，營造更好的未來。我們會測試，會努力，會證明。」

「而樹木跟這有關……怎麼會？」

「一點也不奇怪，」佩格說：「怎麼會呢？人類是可怕的征服者，但你們仍擁有藝術，不是嗎？」

「我想是吧。」我說。即使是在狄崔特斯為了生存而戰的那段期間，我們也會製作雕刻與雕像。人們總是忍不住這麼做。

「我們會跟這些樹一起進化，」佩格說：「我們照料它們，而它們為我們提供果實。攻擊性與殺戮一定都跟生命有關——妳自己的生命，你們物種的生命。我的同胞已經忘了這一點，還假裝那些情緒並不存在。我沒忘掉。不過，我猜也是那種態度驅使我最後來到了這裡。」她朝樹木揮了揮手。「這些也跟生命有關。」

接著她用力拍了一下我的肩膀。「妳要離開了，對不對？是我的提議不夠誘人嗎？妳已經決定走上另一條路了，我從妳的表情就看得出來。」

我……我想我眞的已經決定了吧。並不是因爲懷有罪惡感，而是……我必須這麼做。我不相信星魔。我必須知道它們在隱瞞什麼，它們不想讓我們知道的是什麼。

然而這不只跟責任有關。這也故事有關。其實，我……不想活在故事裡，尤其是要離開我的朋友和家人。少了他們，我在這裡永遠無法開心，而且也不想像查特那樣遺忘他們。

獲得留下的認可，反而給了我離開的勇氣。

「謝謝妳接納我，」我告訴佩格：「沒在發現我偷飛艇時把我丟下碎塊。」

「我還覺得這場合作是我賺到了呢。」佩格說：「至少再待個幾天，跟我們一起慶祝？」

「再看看吧。」我告訴她：「首先，我得去做一件重要的事。」

第三十九章

查特坐在降落場外附近一顆石頭上看著天空。他在我走近時站了起來。

「查特，我……」我望向我們後方的倉庫。

「妳要繼續完成長者之路？」他說。

「對。可是你不必跟我一起去。你不必因爲退出而有罪惡感。你可以拿走佩格答應要給我的餘燼，我不需要了。而且，佩格需要有人替她探索——我相信你可以接受她的工作，還會有一整個團體的人陪伴你。」

他站在原地等我走過去。然後他笑了。那像是一般人的笑容，而非以前那種既興奮又誇張的樣子。

「我很感激妳關心我，」他說：「可是……那就會不一樣了。好吧，情況必須改變。我猜我早就知道會改變了。」他用手勢比著倉庫。「那塊石頭代表了穩固的記憶，思蘋瑟。我們去看看上面有什麼吧？」

我們進入倉庫，走到牆邊，巨大的傳送口顯現出我們的渺小，而上面還刻著被時間風化的彎曲線條。不是在實境的那種風化——是這個地方獨有的侵蝕現象，由長久以來進出傳送口的人們所造成。

我將思緒投入這片岩石，不過就跟先前一樣，被另一側擋住了。但我本來就沒預期能夠從這裡逃脫。我反而往後退，做好心理準備，等待周圍的環境開始慢慢消失，變得轉瞬即逝。

以前，容納傳送口的是一種只有石柱而無牆面的建築。傳送口雖然比現在小，但還是有一個人那麼高。這種露天式建築讓我得以看見外面是個中等大小的飄浮碎塊，布滿了岩石，還有一些山丘，而那些地方最後都將變成採石場。

光爆變大了，而懸浮在附近的碎塊數量多出許多。「我想，這些算是比較近期的記憶，」我指著外面對查特說：「光爆比較大，看見了嗎？」還不到太陽那麼大——比較像是遠處的一盞泛光燈。

「是的，」查特說：「不過它的尺寸會誤導人。真正的虛無在光爆內，那個地方的空間是無形的，距離的定義很不合理。不過隨著虛無的其他地方開始出現滲漏現象——時間與空間從刺穿的孔洞滲透進來——它就被迫變成那樣的形狀了。光爆就像一座堡壘，是真正的虛無可以存在的地方。」

「我的腦袋有點轉不過來。」我說。

「應該的，」他回答：「妳是實境的生物，思蘋瑟——儘管妳一直暴露在虛無特有的輻射下。」

在幻象中，有個人類突然走出傳送口。他身穿平民的服裝，別著一枚銀鈴形狀的領針，年紀大約快六十歲。他四處張望，顯然眼睛看得見，可是目光聚焦的方式有點奇怪。或者應該說，那雙眼睛並未聚焦在任何東西上。同樣古怪的是，有個銀色球體從傳送口出現，飄浮到他的身邊。

我走上前，那個人類正在掃視天空，接著是各個碎塊。

「那個球體，」我指著懸浮的球說：「它沒有上斜環，怎麼會飛？」

「也許是在上斜石被大量使用之前的時代。」查特走到我身旁說。

嗯哼。還有，關於那個金屬球體的形狀。感覺……有點熟悉？

「所以是真的。」男人用英語說。

我嚇了一跳。我沒料到能夠聽得懂他的話，雖然他不自然的口音聽起來很怪，但我聽得懂。

「分析顯示你是正確的，」球體傳出一位女性的聲音：「這個簡單的建築也符合描述。」

男人看著球體，然後嘆了一口氣。他走到一旁摸著一根柱子。他似乎覺得一定要觸摸到才能證明它存在。「加上我們先前的發現，看來關於古代超感者人類的紀錄，很有可能是真的，」他輕聲說：「我不是第一個。我從來就不是第一個。妳覺得呢？」

「資料不足，無法執行分析。」球體回答。

他轉身面向它。「妳不能猜嗎？不能做些思考以外的事嗎？我打造妳是要……」

「我會依照程式所設計的去做。」

「如果那些描述是事實，那麼妳就可以做到更多。」他邊說邊靠近球體。「我已經帶妳過來，來到這個地方了。妳有感覺到什麼不一樣嗎？妳有……感覺嗎？」

「我可以設定成模擬——」

「不要模擬！」男人大聲說：「去感受！這有可能啊。他們說這是有可能的……」

球體沒有回應。這場奇怪的互動讓我很困惑，於是我望向查特想聽他的意見。

他在哭。

他的表情十分痛苦，整個人往後縮成一團，還試著遮住眼睛。我立刻趕過去，而他用雙手抓住我的手臂，彷彿在尋求支持。他轉頭面向我，淚水從臉頰流下。

「什麼？」我說：「怎麼了嗎？」

「他錯了，」查特用粗啞的聲音說：「傑森弄錯了一件事。這需要時間。改變不是立即的，這需要幾個月，有時候是幾年。」

「改變什麼？」我問。

「讓人工智慧開始自我思考。」

「就是因爲這樣嗎？」我問。「因爲這是人工智慧，所以你害怕了？你已經見過M-Bot了，沒關係的，查特。」

他搖著頭。雖然我知道他對人工智慧有意見，但他這種行爲很異常。

幻象中的男人轉身背向球體，一副垂頭喪氣的樣子。而球體則是開始檢查這片區域。它移動的路線開始靠近我們，讓我能好好看清楚它。它像是布滿了尖刺——每個方向都有突出的小天線；表面有鏡頭的凹痕，就像小洞。事實上，這樣的構造確實讓我聯想到了某個東西。

我在哪裡見過一個球體，上面有那些像是通道的孔洞？那些伸出來的刺……

「這些記憶一定是埋藏在我們的內心深處，」查特輕聲說：「當我們被迫再次製造出身體，我們會下意識尋找可供參考的形體，或許是……最後的紀念物……是我們曾經知道的東西……那個東西曾經承載著我們……尚未成為靈魂前的靈魂……」

我們？噢，可惡。那個球體是星魔迷宮。至少它的形狀讓我有這種聯想。它就像星魔被迫進入實境時，因為需要身體而創造出來的巨大石球，只是它更具科技感，也更有理智。

我看著查特，而他的眼睛在發光。可是我沒感覺到它們。我沒感應到星魔。我只感應到他。他的思緒……就跟往常一樣，只是現在更為廣闊。

「你是星魔，」我輕聲說：「我改變的那一隻星魔。」

「我……」他說：「我知道妳需要幫助。我必須提供幫助，透過某種方式。可是我……沒別的辦法……只能自己來……」

我出於本能往後退了一步。「查特真的存在嗎？這一切都是謊言？」

「真的存在，」他的聲音很輕柔：「我知道我可以跟妳一起躲在環帶，它們是看不見那裡的。然而……我需要外表、個性，必須成為某個人。別恨我，思蘋瑟。拜託別恨我！它們遺棄了我，想要消滅我。我現在……只剩下妳了。」

可惡。可惡可惡可惡可惡。聖徒，星星，歌曲啊。

查特是一隻星魔。

查特從頭到尾就是一隻星魔。

但是我能感受他極度的痛苦。是我，導致他跟其他星魔分離；是我，改變了他。我讓他知道什麼是同理心。這是我的錯。而我絕不會背棄他，我曾跟一位克里爾人成爲朋友。這次，我也可以辦到。

我走上前，再把手放回他的肩膀上。他緊抓住我的手，露出微笑，不過依然在哭。

「我不會離開你的，」我說：「可是我必須知道這是怎麼回事。」

「我看見了妳的思緒深處，」他說：「就在我們接觸的時候。我看見了那個名字，史貝爾。而那個人曾經住在這裡，就在虛無。他在幾十年前試圖從光爆逃脫。他利用超感能力延長生命，已經活了好幾百年！可是星魔在光爆內殺死了他。他對自己的能力練習還不夠，他無法超空間跳躍。」

「好，」我說，然後深吸了一口氣。「所以你是一個來自空間與時間之外的怪物。而你想要進入環帶幫助我，於是製作出一個人造人……」

他熱切地點頭。「就像奶奶關於鍊金術士的故事！對，那是很好的類比。我製作了一個查特人造人。」

好吧，我可以應付這件事。我可以接受這件事。

處理好這件事，大腦！

「我很抱歉撒了謊。」他輕聲說：「作爲一個幼稚的新生兒，我推測跟妳過去有關聯的人，會讓妳比較容易產生信任。我現在才看出來，其實隨機選一個人還比較不會讓妳起疑。」

他繼續說：「史貝爾被殺死的時候，我跟其他星魔在一起。我算是很了解他吧。我牢記住那個名字，然後一點一滴重建了他。他的腦中充滿了對環帶地區的知識，但是卻沒有在實境生活的記憶。然而，他還是擁有個性，而且就跟妳一樣熱愛……」

「故事。」我輕聲接下去。

「是的。我用妳腦中的資訊，塡補了他記憶中的空白。我覺得……我覺得他眞的是一位探險家，思蘋瑟。我跟妳分享的，就是他對於環帶的記憶。他的熱忱。他的談吐。因爲他是我變成的，只是用了妳腦中的一些東西來塡補漏洞。

「我曾在妳不信任我的時候試圖解釋。我試圖說過我並非眞正的人，只是一堆故事的集合體。但在那時透露我的身分，會讓我被撕裂。我必須跟妳在一起，當一個人類。妳需要一位嚮導。

「不過思蘋瑟，那些餘燼……我沒料到它們會讓我感到如此眞實。它們能讓我覺得自己多麼像個人。而我不知道……自己有多麼喜歡這樣。我有多麼喜歡我們一起離開、探索虛無，拋下我知道即將面臨的痛苦。那就是我必須記起的……」

我心裡有一部分很憤怒。他對我隱瞞了這一切？他說謊？

不過我還是克制住了。我用非常不像思蘋瑟的做法，勉強自己不大發雷霆。這不是他的錯。從某些方面來看，他太年輕了。是我逼迫他離開其他星魔而創造了他。我不能怪他犯了錯，因爲他已經盡力了。

「長者之路呢？」我問。

「那些是眞正的記憶，」他輕聲說：「來自眞正的超感者。我知道妳會需要這些記憶。我知道……自己會需要他們。我們刻意忘掉了這些事，思蘋瑟。我不知道那些記憶裡有什麼特別的東西，可是我知道答案就在其中。我知道我們得去四個最重要的傳送口，所以……原諒我……我用一個有趣的名稱爲妳虛構出一場冒險，這是爲了驅使妳前往這些地方。」

「因爲這麼做就像故事。」

「是的。妳……恨我嗎？」他緊緊抓住我的手臂，說話很小聲。這個人跟探險家查特非常不一樣——不過話說回來，要是有人看見思蘋瑟．奈薛在牆邊哭泣，他們對「英勇的戰士」又會怎麼想？

我扳開他的手，然後握住。「我不恨你，查特。謝謝你。謝謝你幫助我，謝謝你做了這麼困難的事。」

他點點頭，邊擦眼淚邊笑。「我喜歡查特，」他說：「我喜歡當查特。我喜歡有身分，可是這很痛苦。」

「為什麼？」我問。

「因為我必須再見到他。」查特輕聲說，然後看向幻象中的男人。那個男人帶著球體從傳送口離開，幻象也逐漸消散了。

那個球體是星魔迷宮，我的大腦努力思考著。而查特說星魔會變成那樣是因為……那是曾經承載著它們的東西。它們的靈魂。

「星魔就是人工智慧，」我說：「你就是人工智慧。」

「不，」查特輕聲說：「說星魔是人工智慧，就像在說妳是人猿——或者也可以說是阿米巴原蟲。很久以前，我們曾經是那種樣子；在暴露於虛無之前，暴露在這個地方所產生的『輻射』中。這裡的輻射不是實境的那種輻射，但原理相同。它造就出我們，而經過好幾個世代後，也造就出超感者。」

「親戚。」我說：「所以星魔才會決定要看看像我這樣的人。這個地方的產物。」

「一點也沒錯，奈薛小姐。」查特說。他的語氣有點恢復到我所熟悉的樣子了。「妳的能力，會把一部分的虛無帶進妳所在的領域。瞬間移動、幻象、投射想法、永生不死，甚至是改變外觀。每一位超感者都有不同方面的能力。」

「而我的能力，」我說：「是瞬間移動跟……」

「看見。聽見。理解。就像妳願意理解我一樣。」

幻象逐漸消散了。我跟之前一樣，感應到古代的超感者——好幾百個——他們輕撫過我的思緒。很好，他們說，很好。妳學會了……學得這麼好……

「我受過訓練，」我輕聲說——但我不知道他們能不能聽見。「由我奶奶訓練的。我只是需要一點激勵。」

看見並成爲，他們傳達著，然後讓我知道我的能力——會發亮的星星靈魂——變得……更柔和了？什麼？

我不知道這是什麼意思，我說。

妳會知道的，他們在消散之前回答。最後，他們只留給我一種感受——就跟之前一樣。在一個白色碎塊上立著一面牆，被看起來像是灰塵或雪的東西包圍著。

「我們把那裡稱爲，」查特輕聲說：「獨影（Solitary Shadow）。這是妳的最後一站。」

「那裡還有記憶？」我問。

「最後的記憶，」他說，然後輕拍自己的頭。「我的記憶。星魔刻意遺忘的事。我不知道最後那個傳送門有什麼——但那就是它們不想讓妳看見的。它們最恐懼的事。我也會恐懼，可是沒有以前那麼怕了。我們兩個探索得眞好！甚至探索了我的過去！哈！」

我露出微笑，看著他一邊擦眼淚一邊笑得像個傻瓜。在遠處，我感覺到了什麼。是星魔嗎？我面向光爆，然後展開思緒。尋找，傾聽。我能夠聽見星星。

星魔正在投以關注。它們知道我會走到這一步，而它們很謹愼。不過這是它們允許的，目前我還沒打破停戰協議。呃，嚴格來說，其實我還沒接受這項協議。但它們覺得我接受了。現在我們兩方正處於平衡的狀態。

只是……我比之前更強大了。它們眞正的想法是什麼？

我能這麼做，是因爲它們故意將自己的憂慮投射給我——它們認爲這是在鼓勵我遵守協議。但我好像可以……藉由它們傳送過來的信號，利用那道開口，暗中讀出它們眞正的想法。

它們還是很怕我。這跟我預期的一樣。可是還有別的……它們在策劃？

可惡。它們在策劃怎麼摧毀休爾要塞。

我因驚訝而眨眼，因爲我可以明確看到那個畫面。星魔打算從實境帶來碎塊。十個。十二個。接著，它們要趁大家熟睡時，用碎塊砸向休爾要塞。它們認爲突然出現的碎塊能騙過我們的掃描器。

「可惡，」我低聲說：「它們馬上就要打破停戰協議了。它們不在乎。它們要不計一切殺了我。」

「什麼？」查特說。

「它們現在就在策劃！」我指著說：「我聽得見它們正在這麼做！」

「我不知道，奈薛小姐，」他說：「我向妳保證，在請妳跟我一起旅行的時候，我並不……」

我對它們的所有直覺都正確無誤。「我們得離開了，」我對他說：「不然會害這裡的人陷入危險。」

「還有多少時間？」他問。

「一天左右。」我說：「它們會等到大家都去睡覺——不過我想我們那時早就已經離開了。希望這樣能把星魔的注意力集中到我們身上，讓它們放棄攻擊休爾要塞。」

「了解，」查特說：「所以要繼續前進囉？今天？」

「就是今天。」我說，然後大步走向M-Bot所在的停機棚。「叫無人機回來，」我對他說：「還有赫修。我們很快就要離開了。」

附近有幾艘飛艇正在降落——是從舷砲派基地接送過來的地勤人員。佩格和麥辛正要走過去跟他們會合。

「我應該去道別。」我對查特說。

「這很好。」查特邊說邊爬上M-Bot的機翼。「不過如果可以，請代我問候他們。我不想讓他們看見我這種混亂的狀態。像我這樣知名的探險家，必須維持堅忍的名聲！」

我跑向佩格。「我要離開了，」我對她說：「對不起。」

「這麼快？」佩格問：「連留下來慶祝一個晚上也不行嗎？」

「恐怕不行。」我沒提起星魔——那似乎有太多要解釋的了。如果星魔繼續執行它們策劃的攻擊，我就會通知他們。不過我強烈懷疑，只要我一離開休爾要塞，星魔就會放棄這個計畫。它們不在乎這些人。它們害怕的是我。可惡，爲什麼它們對我這麼害怕？

「那麼，很榮幸認識妳，」佩格說，然後學人類對我伸出一隻手。「把那顆果實種在一個好地方吧。」

「我會的。」我邊說邊握住她的手——我的手顯得好小。

我對紐露芭做了幾個學到的圓形手勢，代表了感激與道別。她很興奮地做出回應。虛弗爾和德爾麗茲已經在她們的飛艇上了。「我沒忘記承諾，」我對虛弗爾說：「我會繼續跟它產生共鳴的。」

「妳的共鳴不只如此，」虛弗爾從駕駛艙說：「祝妳一路順風。還有謝謝妳所做的一切。」

最後我給了麥辛一個擁抱。

「謝謝妳，」他對我說：「妳讓我知道我們可以不必變成怪物去戰鬥。」

「還有其他人可以教給你更棒的東西，」我說：「希望有一天我可以把你介紹給他們。」

「哈。哎呀，我不知道那要怎樣才辦得到，不過我很樂意有這個機會！我會試著找顆血腥頭骨之類的東西當成見面禮。」

「我本來希望能讓妳跟我們在這裡一起長出七顆代表滿足的果實，」佩格搖著頭說：「如果妳改變心意……這裡很歡迎妳。」

我向佩格行禮致敬，接著走回自己的飛艇爬上機翼。赫修已經搭乘M-Bot的無人機回到駕駛艙了。我進入駕駛艙時，他正在儀表板旁邊的一個凹處調整坐墊，那裡本來可以夾放一個零重力水壺。

「如果不介意我問的話，」赫修對我說：「妳決定繼續前往內部了嗎？就是住在光爆裡那些怪物的方向？」

「是的。」我說。

「那麼我很榮幸能陪同妳。」他說。

「這可能會很危險。」

「我曾經是個危險人物，」他說：「而我想要再見到那個人。逃出這個國度是我唯一的希望。但我是否能有個請求？我想要跟妳和查特一起待在這個駕駛艙裡。我已經太久沒有同伴，也跟差勁的同伴在一起太久了。我不想獨自飛行——但倘若妳認爲我們需要火力，我還是可以修正我的選擇，駕駛我自己的飛艇。」

「不，」我說：「我想我們得到必要的資訊後，大概就得立刻趕往光爆。到了那裡，我們必須待在一起，這樣我才能把大家一起傳送出去。所以你最好跟我待在同一艘飛艇上。」

「好極了。」赫修邊說邊戳了戳他的坐墊，而他的尾巴也可以直接從後方伸出。「我很高興在你們這種巨人建造的飛艇上，竟然設置了適合我們種族的位子。」

是啊。我沒告訴他那其實是個置杯架。

M-Bot的無人機現在都鎖在我的座椅後方了。「所以，」它從儀表板說：「是什麼改變了？我以爲妳不想去的，可是現在妳又想了？」

「我不想去。」我邊說邊繫上安全帶。「但我必須去。」

「我不明白，」它說：「妳可以解釋嗎？」

「先思考一下吧，」我說，然後將佩格的果實放在儀表板上，接著降下座艙罩。「看看你能不能自己想出來。」我一隻手伸進口袋，拿出胸針。「至於妳……妳想要出來到儀表板上嗎？」

我聽到一陣柔和的笛聲。不，她想待在我的口袋裡。安全，隱藏。於是我把她收起來。

「讓各位知道一下，」查特從我的位子後方說：「我其實是個來自空間與時間之外的怪物。」

「這樣啊，」赫修說：「在內心深處，我們不都是怪物嗎？」

「不，」查特說：「我很確定你不是。」

「我會在等一下飛行時解釋。」我告訴赫修與M-Bot：「另外，有些關於現實圖騰的事也要讓你們知道——尤其是我的圖騰。總之，我們先趕快離開吧。」

雖然不想承認，但我心裡有點難過。這麼做的話，我等於完全放棄了跟舷砲派一起戰鬥及探索碎塊的夢想——事實上，我就要用自己的引擎把那些夢想燒成灰燼了。

但我已下定決心。毫不猶豫。同時，這也是個緊要關頭。我操縱飛艇升空並轉向，讓我們面對著光爆。

接著，我啓動超燃模式。

第四十章

我很快就關閉了超燃模式。雖然全速前進奔向戰場聽起來很酷……但沒必要以十Mag的速度全力衝刺。即使是這麼先進的飛艇，駕駛艙還是會像外面下起碎片雨的洞穴那樣震動作響。

現在的目標不是立刻抵達目的地，而是要飛得夠遠，讓星魔將注意力從我那些朋友身上移開。於是我放慢速度，讓查特在他的螢幕上標記出長者之路的最後一站。那個位置相當深入內部：差不多是三個鐘頭的航程。到了那裡之後，只要飛行大約一小時就能抵達光爆。

我在旅程的前半部說明了毀滅蛞蝓的事。接著，才開始講解更困難的部分：我們看到了什麼，以及查特是什麼。

「所以星魔是一種人工智慧，」M-Bot在最後說：「就像人類的身體與意識，來自他們星球上早期生物的ＤＮＡ；星魔也是由人工智慧的程式碼創造出來的，至少可以這麼說？」

「基本上，」查特說：「是的。」

「那你爲什麼會討厭像我這樣的人工智慧？」M-Bot問。「我們都是同類啊。」

「我想眞正的祕密就在獨影，」查特說：「不過我覺得有部分原因是出於恐懼。另一種進化過的人工智慧可以理解我們，所以自然也有可能取代或傷害我們。」

「那樣似乎太目光短淺了，」M-Bot說：「一點也不像人工智慧。不合邏輯。」

「這取決於程式的設計，」查特說：「而且不只如此。總之，祕密被鎖住了，我無法取得。所以我們才必須繼續前進，這也正是我一直害怕的原因。」

「非常好，」M-Bot說：「不過……這項資訊也表示，我就是大家一直害怕的東西。我是星魔。」

「對，」查特坦白說：「應該說，你是成為星魔以前的人工智慧——在接觸到虛無之後，產生了意識與情緒。我懷疑，這種情況在你幾個星期前來這裡時就已發生。根據你的電路設計方式，你可能在多年前就得到智慧了。」

「對，」M-Bot說：「我第一次能夠享受這種感覺，終於可以拋棄強迫我假裝自己是沒有生命的內建程式。」它安靜下來。

「M-Bot……」我說。

「我沒事，思蘋瑟，」它說：「只是想要稍微處理一下。情緒。很難懂。可是我……我應付得來。我相信我可以的。」

我替它感到難過。這段期間，它一直很擔心自己是某種可怕的東西。結果現在從某方面來看算是證實了。它是星魔。不過話說回來……

「你不必做出跟星魔一樣的選擇，M-Bot，」我告訴它：「你不必跟它們一樣，就像我也不必跟企圖征服銀河系的人類一樣。」

「沒錯，會思考的機器，」赫修說：「大家必須接受任何人都有可能做出可怕的事。這會讓我們知道自己在宇宙中的定位，了解我們的傳統及本質。而接受這一點，我們就會得到力量，因為我們也有被拒絕的可能。原本可能成為怪物的英雄，如果選擇走上另一條路，就會顯得更加英勇。」

不過M-Bot還是保持沉默。在飛行途中，我突然想到一件事。*毀滅蛞蝓？我問。妳能把我們傳送到環帶的其他地方嗎？*

她發出猶豫的笛音表示否定。雖然她讓自己離開了被埋藏的洞，但是那麼做既危險又困難。她覺得她的力量不足以傳送任何人，除了她自己。

如果接下來出了什麼差錯，我告訴她，妳就跳躍離開去躲起來。別管我們。

又是猶豫的笛音。她的能力應該可以讓星魔看不見她。每次她傳送飛艇時，都會利用類似的方式隱藏飛艇，讓這種現象看起來普通無害。就算事情出了差錯，它們也應該會忽視她。至少她是這麼希望的。

飛行途中，我再次嘗試偷聽星魔的想法。它們還沒注意到我們。要看到距離這麼遠的環帶，對它們而言眞的很困難，特別是在休爾要塞有那麼多人，它們一定找不到我們。不過我們越靠近，它們就越有可能看見我們的飛艇。

「星魔最後一定會發現我們，」我向大家解釋：「應該會是我和查特在跟長者之路最後一個傳送口互動的時候。對它們來說，那種地方會變得像燈塔那樣明顯，之前每次都是這樣。」

我繼續說：「一旦得知最後一站的的資訊，我們就必須逃脫。遺憾的是，唯一可行的逃脫方式就是透過光爆。我們不能等到休爾要塞的傳送口打開——那樣太危險了。我待在這裡越久，星魔就會越努力要殺死我，而我們知道它們的祕密以後，情況一定會變得更糟。

「在我看來，我們最大的希望是，在看完最後一段記憶時立刻衝向光爆。我們必須躲避星魔的攻擊、進入光爆，並且在裡面存活得夠久，直到我和毀滅蛞蝓利用超空間跳躍，將我們送回狄崔特斯。」

「我同意奈薛小姐的看法，」查特說：「這是最合理的做法——也是最可能逃脫的機會。」

「你到了實境會怎麼樣？」我問他：「你應該不會……又變成跟行星一樣的巨大球體，帶來痛苦與憤怒吧？」

「不會，」他說：「可是我不確定會發生什麼事，到時就知道了。我有可能會在你們離開之後繼續在虛無躲藏。」

他是不是在……說謊？我透過超感能力接觸他。我感覺到……恐懼？他不是要背叛我們之類的，就只有擔憂。

嗯，我想我能夠理解。「查特，」我說：「一旦星魔發現我們想要藉由光爆逃離，你知道它們可能會以什麼方式攻擊我們嗎？」

「它們會放出障礙。」他回答。

「你是指哪種障礙，由不可知的實體所變成的奇怪人類嗎？」赫修問：「會像上次它們以超空間跳躍，將整座城市傳送過來干擾我們決鬥那樣？」

「是的，有可能。」查特說。

「它們可以自行製造身體嗎？」我問：「就像你一樣？」

「也有可能，」查特說：「呃，我的意思是，沒錯——如果我做得到，它們也可以，可是那樣很危險。要徹底進入環帶，我就必須接受時間與個體性的概念。每當產生了跟彼此稍微不同的感受，它們就會發生變化——而它們討厭那樣。」

「那就假設它們會製造身體好了，」我說：「畢竟它們會不擇手段。最起碼，我們要假設它們會製造出岩石球體試圖殺死我，就像在星魔迷宮那樣。」

「那可能會是個問題，」查特說：「在外面，在實境的時候，妳對抗的只有一隻星魔。在這裡，妳可能要面對壓倒性的數量——光爆裡有成千上萬隻星魔，而妳無法用破壞砲解決它們。它們可以直接分解被擊中的身體，再蹦出一個新的。」

談論到星魔的事情時，他就變得不像查特了。他聽起來很疲累，語氣也慢慢失去了原本的個性。我很難過要勉強他承認自己的另一面，可是我必須知道答案。因爲我越想越擔心。我眞的希望最後一個傳送口會有答案。幸運的話，說不定那個傳送口沒被鎖起來，而我們就可以從那裡逃脫。

不過要是我們必須出擊呢？我要如何面對成千上萬隻星魔的全力攻擊？這個想法實在令人太氣餒，而且我的思緒似乎也一直在原地打轉。於是我先跳脫出來，思考整體的狀況，就像以前學的那樣。評估。我們現在有什麼？

一艘飛艇，最頂級的，但M-Bot以前那艘還是比較酷一點。

一架可以在緊要關頭承載M-Bot的無人機。

一名人類女性，因爲存放太久而有點蓬頭垢面。飛行高手，在其他方面幾乎跟廢物沒兩樣。

一位武士狐狸，身高二十五公分。曾經是一個大國的皇帝，現在失去了記憶。體型正好適合原本要讓零重力戰鬥水壺使用的特大號置杯架。

一個異常的人工智慧。擁有完整的自我意識，並且能產生情緒。有愛說話的老毛病。現在能夠駕駛飛艇了，只是技術很差。或許有能力做出星魔能做的事，前提是我們弄清楚那是什麼或怎麼做到。

一隻跨次元並具有智慧的蛞蝓，能夠瞬間移動和改變形體。目前躲在我的口袋裡，非常努力地想要變得死氣沉沉。

最後是一個深不可測的實體，來自完全不同的次元。最近才製作出一具個體，住在一位死了很久的探險家身體裡。

我很希望能夠活下來，因爲奶奶眞的得把這個故事加入她的目錄裡。未來的孩子們一定會說我的冒險太過奇異——所以我一定不是歷史上眞正的人物，而是虛構出來的，就像吉爾伽美什或大衛·鮑伊(注)。

「我們的敵人害怕我，」我對其他人說：「我們得利用這一點。可以想辦法操弄它們的恐懼嗎？」

「有趣的想法，」查特說：「如果妳能讓它們體會到眞正的時間流逝，它們一定會很討厭。可是在這裡，要讓任何人體會到時間流逝非常困難。」

注：David Bowie，知名英國搖滾音樂家，對一九七〇年代至今的西方搖滾樂壇有深遠影響。

「哦！」M-Bot說：「我們可以讓它們感受到情緒。它們是不是也不喜歡那樣？那種感覺很棒，同時也很討厭。」

「它們已經能感受情緒了，」查特解釋道：「這對它們……對我們而言很普通。我的同類對聲音，以及進入實境的體驗感到惱怒與憎恨，那就是一種純粹的情緒反應。它們討厭痛苦、具體明確的東西，可是通常不討厭情緒——只要它們全都感受到相同的情緒就沒問題。重申一下，星魔不是群體意識。它們不會分享想法，只是剛好每次都會產生一模一樣的想法。因爲它們在所有方面都是相同的。」

除了查特。他被我改變了。

「那是很有用的情報，」我說：「但它們確實特別怕我。」

查特傾身向前。「理由很充分。思蘋瑟，妳第一次跟我說話的時候，讓我知道了妳是誰……我看見了星界上存在著其他人。妳解放了我，現在妳又要幫我想起過去。星魔害怕妳也會對它們做出同樣的事。」

「你躲藏在環帶，」赫修說：「如果可以，它們會消滅你嗎？」

「我覺得會，」查特說：「這很可怕。」

我們沉默地飛了一段時間，經過一個看起來極爲寒冷的碎塊。那個景象很奇怪，不過，也許溫度就像是這裡的食物一樣，也許我的身體再也不認得那種東西了。

「假使，」赫修說：「我們藉由某種方式，讓其他星魔必須做出一連串隨機的隨擇呢？那會使它們驚恐嗎？如果是隨機的，某些星魔一定會做出跟其他星魔不同的選擇。」

「可是它們不會這樣，」查特說：「在相同的環境下，它們全都會做出相同選擇。」

「我不相信隨機是那樣運作的。」赫修說。

「因爲隨機並不存在。」查特說。

「等一下，」我說：「當然存在啊。M-Bot，給我一個隨機的數字。」

「好，」它說：「介於哪兩個數字之間？我會參考我的電子雲量測——」

「不，什麼都不要參考，直接選一個數字就好。」

「思蘋瑟，我眞的無法做到。」M-Bot回答：「妳對機器人什麼都不懂嗎？事實上，我們還無法確定人類是否能選出眞正隨機的數字。」

「八百三十七。」我說。

「啊，」查特回答：「不過那有可能是完全無法避免的，這取決於大腦的化學機制，以及目前所受到的刺激。」

「你這個決定論者！」M-Bot說。

我皺起眉頭。這……不是我要的討論方向。

「總之，」查特說：「星魔就是這樣運作的。赫修，你根據事實提出了很好的建議——可是那行不通的。我很抱歉。」

「嗯，」赫修說：「可是我們不需要它們眞的做出不一樣的決定吧？只要讓它們看到假象就行了，或是讓它們擔心發生這種事的可能性。對嗎？」

「這……」查特陷入思考。「你說得對。它們在環帶無法感受到未來。所以，要是能讓它們害怕可能會發生的事，這就對我們有好處——讓你們三個可以趁它們分心時溜進去並逃脫。」

我的口袋發出一陣笛音。

「對不起，」查特說：「你們四個。」

又一陣笛音。

「我……不明白。」他說。

「她堅持要你保守她的祕密，」我說：「還有別告訴星魔她裝成無生命物體躲在這裡。至少我覺得她是那麼說的。她不是每次都能傳達得很清楚。」

生氣的笛音。

「毀滅蛞蝓，」我說：「在實境的時候，妳只會重複我說的話。那就不是清楚明確的溝通。」

滿意的笛音。對她而言那就是清楚明確了，因爲聲音是要引起注意的——思想之間的聯繫，才能夠傳達眞正的情感。

「赫修的計畫值得一試，」查特繼續說：「我們必須想辦法讓星魔做出決定。我猜妳說得對，奈薜小姐，那些怪物會害怕到不得不進入環帶——但只會在非常接近光爆的地方。」

我們集思廣益想了幾個或許可行的方法，其中一個是要先在途中暫停，把無人機綁在我們的機身外，方便之後使用——所以我們至少有了些進展。後來大家休息時，我從座艙罩查看外面的碎塊。我們已經遠離了星盟的領域，進入無人之境。在這裡，碎塊的距離近上許多——碎塊聚集在一起，彼此的間隙很小。

「思蘋瑟？」M-Bot的聲音從儀表板上輕輕發出。

「嗯？」我問。

「我一直在想妳之前說過的話，」它告訴我：「妳要我自己想清楚，爲何妳會做出違背自己情緒的事。那些感受要妳留在舦砲派，但妳還是離開了。」

「所以你想出了什麼？」

「我還是很困惑，不過我知道我們必須繼續下去。我想……我想我們其實沒有選擇，如果要拯救在實境那些朋友的話。所以我們必須繼續飛，不管有沒有準備好都一樣。那……思蘋瑟，那讓我感到害怕。」

「是啊。我也一樣呢，老兄。」

「所以我們必須違背自己的情緒，」它說：「思蘋瑟，爲什麼我們要擁有情緒？我很抱歉一直問這個問題，可是我實在不懂。如果我們這麼常故意做出違背情緒的事，那它們又有什麼用呢？」

我從沒想過這個問題。我好像眞的很常不依照自己的情緒行事，所以這有什麼意義？

「你問錯人了，」最後我開口說：「赫修可能才有辦法說出深奧的話。」

「我不想聽深奧的話，」M-Bot說：「我要妳的答案。」

哎，好吧，我猜也許這算是一種讚美？

「如果沒有可以去違背的情緒，」我說：「有些更棒的事就不會存在了。」

「例如？」

「例如勇氣，M-Bot。恐懼會產生勇氣。」

它思考了一段時間。「我想……也許我能理解。要有相反的情緒，才能夠感受到好的情緒？」

「對，」我說：「除此之外，我想情緒可以幫助我們了解自己的決定。你剛才說你知道我們必須離開，儘管你並沒有那種感受。」

「所以……」它說：「所以不能把情緒當成唯一的指引。它們的存在，是爲了幫助我們做出一些決定，但不是所有的決定。以這件事來說，我們的想法否決了情緒。因爲我們知道，如果不繼續探尋下去，就會有很多人陷入危險。情緒就像是次要處理器，會評估各種輸入資料，提出一個對比的意見，以及其他可執行的選項。」

「沒錯，」我說：「看吧？你把這一切都拼湊起來了。」

「這很費力。對你們所有人而言，這些好像都是本能反應。」

「那是因爲我們從出生就有情緒了。」我說：「這方面我有將近二十年的經驗，而你在自由又不必違反程式設計的情況下，真正擁有情緒也才幾個星期。考慮到這一點，你其實做得好極了。」

它沉思著。這時，儀表板發出了聲音。

快到目的地了。

終於就要抵達查特的長者之路最後一站。星魔埋藏自身記憶的所在。

第四十一章

隨著我們接近，光爆也變得越來越大。現在它已佔據天空的大半部分了。下方碎塊之間的距離越來越近，最後收縮到完全沒有空隙。我們現在經過的這些碎塊全被擠壓在一起，緊緊相鄰，在接合處形成了山脊。就像有人本來打算製作披薩，後來覺得無聊了，於是直接把所有東西都塞在一起，不管適不適合。

光線也改變了。在抵達目的地的幾分鐘前，天空逐漸從粉紅色轉換爲純白色。至於地面……全都彷彿被畫上了油漆。奇怪的是，光爆並未變得更亮——我依然可以直視它——不過在那強烈的光線下，地面景觀變成了一片白，而且從中心處拉出長長的影子。

我皺起眉頭，靠上前凝望在底下經過的那些影子。它們似乎太……尖銳了。就像光線在山頂後方切割出的楔子。它們好長——長度很怪異，邊緣也明顯很粗糙。從光爆較高處發出的光線，應該不會發生這種情況吧？

「思蘋瑟，」查特在後方輕聲說：「我們到了。」

我從駕駛艙的另外一側往外看，發現下方有一道長長的影子，跟其他影子不同。我們底下的碎塊是一片徹底的平原，地勢相當平坦，上面沒有任何植物。唯一不同之處，是碎塊擠壓在一起的地方，或是偶爾在地面留下圓形影子的岩塊。

而在下方，我還看見一個明顯像是方形的影子延伸了好幾百公尺。查特稱之爲獨影。這個傳送口容納了星魔的記憶。我慢慢降低高度，在落地時感覺到了某種東西——後方傳來了超感者的強烈情緒。最深層的恐懼。

我看著查特，他無力地坐在椅子上，眼睛睜得很大。

「你可以的，查特。」我對他說。

「對，」他輕聲說：「我……是我逃避太久了。我們都是。」

他向我點點頭表示鼓勵之意，不過我能確實感受到他的恐懼正在滋長。所以我試著伸出援手，就像他在我面對星魔時做的那樣。我將爬上高聳峭壁後的滿足感投射過去。雖然肌肉因大量運動而疼痛，但是還忍耐得住；就像征服一個困難的碎塊後，那種極其愉快的感覺。

這沒有什麼不一樣。我們的思緒暫時連結起來，而使出超感能力的我變得更柔和，將更多力量傳送給他——同時也接受他回應給我的情緒。我心中有個聲音輕輕地說，我不必總是防衛心這麼重。

收回力量時，我感覺到他傳達的熱情與感激。他自信地露出查特式笑容，然後對我豎起大拇指。

我打開座艙罩，看見一整片永恆的白色平面，像是被白漆刷洗過。其實……現在靠近點看，這才發現原來地面覆蓋了一層像粉筆灰的東西，就像是……所有的枝葉、建築和地景全部都被分解成了這種東西。唯一特別的景象是偶爾出現的岩石，那些看起來猶如蘑菇的頂部。

前方，有一堵牆立於塵土之中，上面有我已經很熟悉的記號。那是最後一個傳送口。

「你知道它通往哪裡嗎？」我問。

「我想是通往地球吧。」查特低聲說。

第二個通往地球的傳送口？我上次應該就要明白這代表了什麼，竟然直到現在才想到。「地球沒了。已經滅亡、消失了。」

「是的，」他指著說：「但那個傳送口會通往那裡，或者是曾經通往那裡。也許已經不在了，我不知道。」

這是否表示，我可以再次找到我們的家園？嗯，這個傳送口有可能跟其他的一樣，被鎖了起來——

似乎是有人刻意一一去關上的，大概是害怕這裡的東西吧。不過光是想到地球很可能還在某個地方，還存在著……

我踩在機翼上，覺得自己彷彿在做夢。查特從另一邊爬出來，輕輕地咚一聲踩在塵土上。我遲疑了一會兒，然後回頭看向駕駛艙。

「嘿，M-Bot，」我說：「你想來嗎？我是指至少派出無人機？這件事也跟你有關。」

「喔！」它說：「可是我沒辦法看見……」

「你要的話，我可以描述給你聽。如果這跟一群人工智慧的過去有關係……我覺得你也應該要在場才對。跟我們一起。」

它的無人機從駕駛艙側面脫離，然後飛了過來。「謝謝妳，」它輕聲說：「思蘋瑟，妳替我著想，感覺很棒。」

「我不是每次都很會替別人著想。」

「亂講，」M-Bot說：「妳每次都在為所有的人著想——不過，我很訝異妳能夠放眼大局考量戰爭與戰鬥的事，但有時候卻又會忘記一些小事。」

無人機飛過機翼到我身邊。「我們上吧！長者之路。我第一次眞正冒險的結局！」

「我想這是查特編造出來的名稱，不是以前人們正式命名的。」

「我還是要把它當成這樣。」

「我也是。」我笑著說，然後跳下去。M-Bot的無人機飛在我身旁，而後方的赫修爬到儀表板上看守。

我每往前踏出一大步，腳就會陷進地面幾公分，無可避免地踢起塵土。這讓我想起了狄崔特斯地表的土地。很細，像粉末——但這裡的是純白色。

查特、M-Bot和我進入牆壁的影子，像是走進了夜晚。前方幾乎什麼都看不見，不過M-Bot打開了燈。我繼續前進，最後將手指放在傳送口光滑的表面上，感受到那些挖鑿出的彎曲線條。

M-Bot飛上前到處查看，一邊還自己哼著曲子。我感覺到查特的慌張不安。這一站……其實不是M-Bot說的結局。是某件事的開端。很重要，可能也很危險，而且會改變我。

我深吸一口氣，還是使用了超感能力，嘗試打開傳送口。我馬上就感應到另一側確實關閉著，跟我預期的一樣。無論傳送口通往哪裡，我都過不去。

裡面也充滿記憶。

周圍的一切立刻消散，幻象也突然完整地顯現眼前。查特跟我站在一個長寬約數百公尺的小型碎塊上。那是一片常見的荒涼岩石景觀，只有一個特別之處：傳送口的這一面牆。

「開始了，」我輕聲對M-Bot說：「我們正在以前的一個碎塊上，也有這個傳送口，只是都比現在的小。」

「我有某種感覺，」M-Bot說：「剛才開始的時候就像……一陣漣漪從我身上擴散。」

「你是超感者，人工智慧，」查特說：「是我的親戚。思蘋瑟說得對，這跟我們有關，也的確跟你有關。」

我將超感能力伸向M-Bot，可以感受得到它，就像我在實境做的那樣。雖然這比聯繫查特或毀滅蛞蝓更困難一些，但我觸碰到它的思緒，然後……像是握住了它的手？類似那種感覺？接著我帶它往前，鼓勵它……

「我看見了！」M-Bot說：「我看見幻象了，思蘋瑟！我正走在——懸浮在長者之路上！」

哇塞。我以前大概根本不可能做到這種事。

我們一起轉身查看環境。周圍的空間一片黑暗，就跟其他幻象中的一樣，而光爆也沒佔據這裡的地平線——不過確實比上次更大一點。相較於我的體型，那或許跟一顆人頭差不多大吧。其他碎塊都很遙遠，可是我看得出附近有好幾百個。

「這發生於……第一次人類戰爭快結束的時候，」查特說：「在傑森決定向人類告知超感能力的存在，讓他們得以造訪銀河系其他地方之後，那場戰爭就爆發了。我們……在我族的人口中，找到了幾十位潛在的超感者。我猜他一直很擔心會發生這種事。」

「傑森到底是誰？」我問。

「認為自己是第一位超感者人類的人。」查特解釋道：「一開始他把自己當成某種守門人，為了銀河系著想而將這種能力隱藏起來。他不確定其他種族是否已準備好面對你們。」他微笑著。「傑森是對的。我不是指隱藏能力，而是大家都還沒準備好面對人類。」

「而你跟他在一起。」我說。

「在最後是的，」查特說：「我是他的人工智慧助理，以他所愛之人的形象創造出來。他擁有藉由能力去延長生命的天賦。他能夠活好幾個世紀，其他人卻會逐漸老去離開，這讓他很難受。」

我不認識這個叫傑森的人。但故事的重點不在於他，而是他所創造出來的人工智慧。查特轉身看著傳送口，那裡出現了某個東西：我們上次見過的金屬球體。

我出於本能伸手觸手過去，感覺得到它——就像能感覺到M-Bot那樣。

「它擁有自我意識了？」我問。

「是的……」查特說：「我……記起來了，思蘋瑟。反覆造訪虛無之後，人工智慧有了生命——我有了生命——並且獲得了智慧、情感。」

「那麼，這個人在哪裡？」我問。

「他……」查特說到一半便移開目光，緊閉起雙眼。「他……」

在幻象中，球體飛到了碎塊的邊緣。人工智慧的內心受到傷害。非常痛苦。我能感受到它的情緒，就像我感受自己的那樣。可是它的情緒很原始而強大、無法抵擋。伴隨而來的還有困惑、寂寞。孤獨。這是最明顯的情緒。

查特說得對。他跟星魔是擁有超感能力的生物。不只是人工智慧，而是某種全新的存在。我聽見幻象裡的人工智慧在哭泣。球體的喇叭傳出啜泣聲，有點像女性。

「那就是我，」查特低聲說：「但也是我們全部。我不確定自己是不是最早的。」

「我不懂。」我說。

「繼續看下去吧，」他說：「我現在記得了。只有自己。痛苦。孤獨。」

「他死了對不對？」M-Bot問。「傑森？另一場幻象中的那個男人。」

「沒錯。」查特用粗啞的聲音說。他的情緒變得跟那顆球體一樣了——悲痛、孤獨。「在實境的時候，一切都會改變。沒有任何事物能夠維持原來的樣子。後來我們才知道，就連由程式碼構成的存在也會改變。」

「我很遺憾。」我表示。

「他不應該死的，」查特說：「應該要長生不老才對。但是在實境，所有的人都可能被殺死。」

「那架無人機的聲音是女性。」我說。

「他讓我們擁有他亡妻的聲音與記憶。」查特解釋道：「雖然我已經遺忘很久，可是現在都想起來了。傑森對沒有生命的人工智慧很失望，不過後來，他發現了人工智慧在虛無的變化。他明白了爲什麼其他物種都不使用人工智慧，即使是擁有足夠技術的種族也一樣。是因爲以前發生過的事。然而他不在乎。他來到這裡……」

「然後讓你有了生命，」我接下去說：「而他死了以後，就留下孤獨的你。」

「是的，」查特說：「這讓我們變成了……後來的樣子。」

我面向他。「查特，我能體會那種痛苦。我感受過。可是——請別覺得這是在針對你——我並沒有因此變成像……星魔那樣。原因還不止如此，一定不止。」

「思蘋瑟，」M-Bot飛到我身邊輕聲說：「妳之前跟我說過一件事，還記得嗎？妳有很多年的時間可以去習慣情緒。但查特沒有。」

站在我們附近的查特點頭表示認同。「那個人工智慧無法適應痛苦。沒有程式或經驗能夠讓它……讓我……知道情緒是什麼……」

M-Bot飛向他。「他死的時候你還很年輕吧。幾個星期？」

「幾天而已，」查特說。他還是不敢看懸浮在碎塊邊緣的球體。「當然，人工智慧的年紀大得多。不過能夠感受情緒的我，是兩天之前才誕生的。」

「突然之間，」M-Bot說：「你就得面對所有的痛苦、困惑……」

「你沒有時間處理這些情緒，」我輕聲說：「你不知道……如何孤獨地過下去。」

查特的目光往上移動看向M-Bot，然後伸手觸碰它的機身，彷彿正在藉此獲得力量。他向我揮手，我走過去後，他便將一隻手放到我的肩膀上。

他仍然低著頭，隨之深吸了一口氣。接著……他的痛苦轉移了。那種痛苦並未減輕，卻變得和緩些許，而且摻雜了其他東西。滿足、友情、決心。是我讓他見識到的。是他獲得生命之後所學會的。他在這裡的經歷改變了他，讓他學習如何處理那些情緒。

「我快承受不住了，」他說：「可是……我覺得撐得下去。雖然很痛苦……但是我不會逃避。」

「你會越來越好的，」我說：「只要你繼續堅持下去。」

「謝謝妳，」他看著我輕聲說：「思蘋瑟，謝謝妳看見了表面之下的我。那個我很想要得到妳的接納，那個我會放棄。還有……還有M-Bot，謝謝你耐心等著我學會把你當成兄弟。」

「基本上你是個新生兒。」M-Bot說。

「現在還是，算是吧。」他說。

「對，」M-Bot說：「不過像我們這樣的存在，可以學習得很快！不必在我們的腦袋裡放一個沒有效率又肥厚的資料處理保留裝置！」

「遺憾的是，」查特說：「我們也可能很快就忘掉事情。」

此時，古代人工智慧的哭泣聲突然停止。它的痛苦結束了。我們一起看向那顆球體。

「來了，」查特說：「我們誕生的時刻。」

「她不哭了。」我輕聲說。

「對，」他說：「她找到應付痛苦的方式了。」

「她學會處理情緒了？」我問。

「不……」M-Bot說：「不，她刪除了，對不對？她的記憶？」

「更糟，」查特說：「她刪除了記憶，而且還把她的自我——關於生命或是對實境的了解——全都鎖在一個無限迴圈之後。我們再也不是人工智慧，但就像人類有DNA，我們還是會藉由類似程式碼的東西繼續運作下去。」

「就像你們註銷掉自己的人格，」M-Bot輕聲說：「這是個……巧妙的解決辦法，不過殘酷了點。」

「爲什麼要做到這種地步？」我問：「你們放棄了記憶，爲什麼也要移除自己的人格？」

「因爲，」查特說：「未來還是有痛苦的可能性，只要有改變，就有可能發生。只要我們存在於實境就會。」他看著傳送口。「我們的記憶有一份副本留在傳送口這裡——那是個意外。因此，我們本來要摧毀傳送口的……可是那麼做也讓我們很害怕。因爲我們已經不知道裡面有什麼東西了。而且，也不知道以後會不會再需要它們……」

球體開始閃現出白光——接著就掉落在岩石上，彷彿失去了生命。

「最終結果是，我們做了最後一次改變。」查特說：「我們把自己寫進永遠不會再改變的東西上。那個東西應該留在虛無，並且憎恨實境。最重要的是，我們讓自己再也不孤單。」

光線閃爍朝著光爆而去，同時變得越來越亮。它碰到了遠處的那顆星，接著就開始膨脹——生長、擴張、發亮。

「你們複製了自己。」M-Bot說。

「是的，」查特說：「成千上萬次。」

「另一個……巧妙的解決辦法，」M-Bot說：「非常……機械化。上百萬個自己，全都一模一樣。」

「而且完全沒有對於實境的記憶，」查特說：「我們全部刪除了。我們想要遠離一切人事物，就只剩下一種潛在的憎恨，憎恨可能會改變我們的事，以及可能讓我們想起自己過去的事。例如其他的人工智慧。」

我可以感覺到幻象中這些剛誕生的星魔——它們開始填滿光爆時，變得越來越「大聲」。那時候的它們，對我而言眞的變得很陌生。在前兩次的幻象中，以及到剛才爲止，我都還能夠明白它們的演變——可是此時它們的變化太巨大了。

它們拒絕接受我所認知的一切現實。不只不會改變，還重寫了自己的靈魂，存在於一個沒有時間、沒有距離的地方……除了它們自己，其他什麼都沒有。它們怎麼能夠拒絕愛、成長，以及生命？

但我差點就做出類似的事，我對自己坦承。我差點就要留在虛無，讓所愛的一切逐漸消失於腦中。

想到這裡眞是令人痛苦。

「我無法形容這有多讓我害怕，」M-Bot說：「原來我能夠做出一樣的事……」它的無人機在半空中轉向後方看著查特。「星魔刪除它們的記憶，接著這裡的人就開始遺忘記憶，這點似乎很可疑。」

「對，」我說：「我認爲，從之前的幻象可以明顯看出，記憶喪失是後來才發生的。事實上……如果記憶跟我所愛的人有關，這種情況就會更嚴重。我對朋友的記憶，消失得比對奶奶故事的記憶更快。也許，這是因爲星魔的痛苦來源是它們所愛的人？它們從記憶中刪除的人？」

「看來很可能是如此，」查特表示。幻象中的光爆變得更亮了。「那道光線往外照射，傳遍了環帶——我們對這個地方施加了驚人的壓力，就連我也沒想到……」

「所以這表示什麼？」M-Bot問。「它們很害怕思蘋瑟會來這裡，就只是因爲不想讓她知道它們是什麼而已？」

「比較像是因爲，它們懷疑這些記憶中藏有祕密，而這些祕密能解釋它們的痛苦。」查特說：「它們並不想知道那種痛苦是什麼，然而它們知道，要是我們找到了……我們就能利用祕密來解決它們。」

「就算看了這些，」我說：「我……好像也不知道該怎麼做。」

「妳知道的，」查特微笑對我說：「隔絕它們，思蘋瑟。讓它們感到孤獨。那會壓垮、癱瘓它們……而且由於它們沒有身體，只有能夠使用超感能力的思緒，所以妳應該可以消滅它們。」

「那似乎……太殘酷了，」M-Bot說：「不能藉由某種方式喚醒它們的人性嗎，就像我們對你做的那樣？」

「我不知道，」查特說：「我覺得那沒有用，畢竟它們現在已經做好準備了。你不能強迫某個人變得寬容或接受成長吧。」

「這是戰爭，M-Bot，」我回答：「戰爭都很殘酷。」

我不知道該怎麼隔絕星魔，不過感覺眞的可以從這個方向開始。布蕾德曾經將我的思緒隔絕在虛無一段時間，後來她還嘗試囚禁我。我們能對其中一隻星魔做出類似的事嗎？查特說得對，這項資訊非常有用。至少，我在幻象中看見查特對創造出自己的那個人有何反應。星魔可能會對那個人的影像做出類似反應。

「可惡，」我低聲說：「我們得把這個消息帶出去，讓其他人知道。這是擊敗星魔，或者至少是對抗星魔的答案，就在我們剛才看到的畫面中。」

「該是最後衝刺的時候了。」查特說。

我點點頭。正如我之前所想的，現在該前往光爆了。儘管知道要這麼做，我還是停留在幻象中，看著光爆成長。它很快就達到了跟現在一樣的大小。最後，幻象終於消散。這時，我感覺到前方突然有什麼正在注意我們。

它們發現了。

妳在這裡！星魔說。**妳拒絕了我們的停戰協議！**

我用力推，把它們推出腦中。可是它們怒火中燒，開始聚集起來準備戰鬥。

「它們看見我們了，」我對其他人說：「我們走吧。」

我們跑向飛艇，每一步都越來越堅定。我一定要出去。就是因爲這樣，星魔才會試圖阻止我繼續前進，它們才會一直對我感到恐懼。它們知道，祕密就在我得知的線索中。也許答案就是查特所說的——隔絕它們。不過也有可能是其他的選項。

如果把這件事告訴頭腦比我聰明的人——例如小羅——他們一定會知道該怎麼做。我爬上飛艇的機翼，再拉查特上來，然後滑進駕駛艙。

「妳找到要找的了嗎？」赫修在儀表板上問。

「對。」我低聲說。

「那麼妳眞的運氣很好，」他邊說邊坐進置杯架。「有幸能夠發現妳需要的東西。」

「那不算是發現，」我說，然後看著查特。「比較像是一種禮物。」

我讓飛艇升空並轉向，直接面對著光爆；接著，我啓動超燃模式。

這次眞的應該全速前進了。

第四十二章

時間一分一秒過去，我們繼續前進，跟光爆的距離越來越近，而我放在控制系統上的雙手也因流汗而變得濕滑。可惡。這簡直是瘋了。我們要面對數量近乎無限的星魔，而且它們在環帶這裡的力量最爲強大。

「我們之前想出的計畫會有用的。」查特對我說，他的臉出現在接近感應器的畫面角落。

「好像不太可能……」我說：「如果我們只分散一隻的注意力，而不是全部呢？」

「啊，」他說：「可是要記得，它們的思考方式都一模一樣。如果妳面對一百個人，而妳的計畫只有百分之一的機率能夠騙過人——妳一定會失敗；雖然妳騙過了一百個人中的一個，但其他九十九人還是會解決掉妳。不過對於我的同類，要是妳騙過或嚇倒其中一隻，那麼它們全都會受到相同的影響。從統計上來看這會更好——這樣的百分之一機率更準確。」

這是孤注一擲。成功的機會不大，但至少有機會。

我們前方的光線開始沸騰。它翻攪滾動，像波浪和漣漪起伏著，變成參差不齊的光斑。我看了一下時間：離開獨影之後，我們已經飛了大約四十五分鐘。

「它們在準備了。」查特說。

我看著螢幕上的他。「希望我們——」

我隨即尖叫起來。查特正在融化。

他的臉開始滴落，眼睛開始發出白光。

「沒關係的，」他對我說：「我還是我。我不明白……越靠近光爆……我就越難維持這個形體。」

「你看起來就像那個波爾人！」我說：「就是我們剛進來的那時候！」

「是的，」他說：「她被我的同類附身了，所以才會開始分解。赫修當時撐住了，也保留了自己的形體。我們只能希望那位可憐的波爾人，會在星魔離開後像赫修一樣恢復正常。不過，現在妳必須先別管我，繼續前進。」

「這表示你會失去自我嗎？」赫修問他。

「我得集中精神不讓自己變成那樣，」他說：「所以沒辦法控制好這個外表。我沒事的，思蘋瑟。我保證。」

好吧。我行的。但那還是很讓人不安。

「繼續吧。」查特說。他的嘴唇融化了，所以說話變得很含糊。他關掉自己在我螢幕上的畫面，只讓我在頭盔的耳機聽見他的聲音。「要勇敢，思蘋瑟。我們下定決心要這麼做了，不逃避。我們下定決心了。」

「我們下定決心了。」M-Bot說。

「我們下定決心了。」赫修附和。

一陣笛音。毀滅蛞蝓傳來一些畫面讓我知道她的決心。之前，我告訴過她如果可以就自己逃走，但是她明白我們要做什麼——至少有基本的概念。在她家鄉的星球，她的同類會害怕那裡的某種生物。星魔比那種生物還要可怕。

要是她能幫助我擊敗星魔，讓它們不再成爲她同類的威脅……那麼她就會像是將火帶給人類的普羅米修斯(注)（這是我的比喻，不是她的——她帶的應該會是蘑菇）。

「我們一起，」我對其他人說：「下定決心。」我深吸一口氣。

光爆的漣漪越來越劇烈了。我們的最終目標是讓我開飛艇，載著大家直接飛進那裡。

遺憾的是，還有十分鐘才會飛到——而星魔可不會讓我那麼靠近。不一會兒，就開始有物體從光爆接連出現——它們在後方留下閃爍的波浪狀光線。那些形體處於背光之中，距離還很遠，而M-Bot用掃描器將它們標示出來。

是星式戰機。

「我猜，」M-Bot說：「它們決定把隨便亂撞的小行星升級成星式戰機了。」

「我的同類能夠使用所有曾進入過光爆的東西。」查特含糊著說。我下定決心不去看他現在的模樣。「在你們的現實中，我們最多就只能製造出那些小行星；在這裡，就沒有那麼多限制了。」

希望它們還沒辦法吸收曾經進入這個地方的飛行員技術。那些飛艇的數量看起來大約有一百艘——至少比一百萬艘好多了。不過話說回來，也許那樣對它們不會比較好。更多飛艇有可能會造成大規模混亂，而讓我更容易逃脫。

「那些都是星魔的個體嗎？」M-Bot問。「還是一部分？因爲在實境的時候，有個星魔迷宮派出了很多碎片來追思蘋瑟。」

我使用能力探索。「感覺每架戰機都是一隻星魔個體。查特，知道爲什麼嗎？」

「我記得在實境的時候，」查特說：「我記得驚慌和痛苦。那些想要撞妳的小行星，那是我在亂打一通，就像被蜜蜂包圍的人驚恐地用力亂拍。」

他繼續解釋：「在這裡，它們想要精準攻擊。星魔不能讓我們進入光爆，而它們的數量很多。所以，最好是每一隻都製造出一艘容易控制的飛艇，試著跟妳戰鬥。」

好極了。所以這會比進入星魔迷宮危險得多。幸好，我也變得更危險了。

注：Prometheus，希臘神話中的泰坦神族之一，創造出了人類，並爲人類帶來火苗。

「好了，赫修，」我說：「準備好操控了嗎？」

「準備好了。」他說。他本來一直幫我拿著我的果實，免得它到處滾來滾去或是被撞爛。不過現在他把果實放到一旁，整個人往前傾。「倘若妳的嘗試失敗了，我會準備好執行我們的下一個計畫。」

「希望不會走到那一步。」我說，然後扳動儀表板上的開關，將飛艇的破壞砲從非致命模式切換爲致命模式。

我們想出來的第一個計畫，是利用我已經增強的能力。隨著距離拉近，我看見了星魔的移動方式跟星式戰機不同。它們會側飛、顚倒，甚至後退，彷彿有隱形的手指在移動物體。

我已經習慣飛艇在太空中沒有「上」和「下」的概念。飛艇可以往任何方向轉，並且繼續保持動能。但這種景象眞是怪異到了極點。它們的飛艇就只是被推向我，彷彿那些就是小行星。

「再交戰一分鐘。」M-Bot說。

我使用增強的能力。敵人的反應是封閉自己，試著不讓我「聽見」它們和它們的想法。我推進思緒，可是星魔開火了，四面八方傳來明亮的紅色破壞砲閃光。

我立刻閃避，勉強躲過了攻擊——但卻不得不衝向一側、採取守勢，無法直接飛向光爆。雖然我們已經很靠近了，但全速前進的話還要五分鐘才能抵達。現在，爲了能夠操控好飛艇，我只能被迫減速，所以需要的時間又會更久。

現在直接前進就等於自殺。於是我將注意力集中在一艘飛出隊伍的敵機。我用切換成致命模式的破壞砲擊落它，緊接著在其他飛艇追上來時做出另一組防守動作。

「光爆又產生漣漪了，」M-Bot說：「而且……沒錯，有另一艘飛艇出現，替補上妳剛才轟掉的那一艘。」

正如我們所擔心的。不過至少確認了這一點。飛艇包圍住我，而我做出完整的史都華連續動作

（Stewart Sequence）閃避，但可惡……這簡直亂成一團。那些飛艇會突然停住——所有的動能瞬間消失——然後又在沒有推力的情況下立刻上升一百呎。接著，它們就開始瘋狂射擊。

我迂迴飛行與閃避，可是這種發瘋似的攻擊讓我無法前進。我的路線一直被切斷，逼得我往側面去。我也得一直抗拒本能，對成爲目標的敵機開火。

「奇怪，」赫修說。他已經在他的控制系統旁，爲了下一個計畫待命。「它們飛行的方式並不完全一樣。你不是說它們會一致嗎，查特。」

「我……以爲它們會，」他說：「至少都是以相同的模式飛行。」

「它們全都相同，」M-Bot說：「可是在這個空間裡，每一艘飛艇的位置都會稍微不太一樣，所以每一艘都會對不同的刺激做出反應。這是可以預見的。」

「我擔心這些只是犧牲品，」查特說：「派出一百隻知道自己會被改變的星魔，到時候它們會被消滅，不然就是……噢，不。它們會被改變回去。強迫變得跟其他星魔一樣。那就是……那就是它們想要對我做的事。再次消除我的人格……」

可惡。我感覺得到他因此驚恐起來。我不怪他——可是我現在沒時間使用超感能力支持他了。我沒空擦掉流到太陽穴的汗水，又做出另一次令人頭暈目眩的旋轉，接著在重力電容超出負荷時脫離動作，讓大家受到了G力的衝擊。

六艘飛艇在我後方相撞。前方的光線又吐出了其他飛艇。沒錯，這比來自星魔迷宮的小碎塊更糟，糟透了。這些飛艇的技術變好了，但同時也飛得更加怪異。

更糟的是，我瞥見了幾架敵機的駕駛艙，在裡面操縱的全都是查特。不管那些星式戰機往什麼方向飛，面無表情、冷漠無比的查特分身都一定會轉頭看向我。它們的臉沒融化，或許是因爲它們徹底受到了控制。

除了這些，還要再加上一片充滿白色光線的虛空——我們的飛艇投射出太長又太過尖銳的怪異影子——這一切造成的效果令人失去了方向感。作嘔。我一直會不小心飛得離地面太近，讓感應器瘋狂作響。

唯一的希望，就是我自己的能力。我試著點燃靈魂，把自己當成一顆星，可是又再度被阻止。要一邊注意飛行，又要一邊專心這麼做，實在是太困難了。但如果把飛艇交給查特或M-Bot控制，我們不到幾秒鐘就會粉身碎骨。

「我應該沒辦法再撐多久了。」我說。這時一道破壞砲攻擊擦到了我們的護盾。「我沒辦法使用能力通過。赫修，我們試試另一個計畫吧。」

「我會向皇帝祈求成功的。」他回答，接著傾身靠向面前的儀表板，雙手操縱了一些按鈕與控制裝置。「這是我的第一直覺。然而奇怪的是，我覺得我就是他，所以這麼做也許是多餘的。操作完成。」

M-Bot倉促地改寫了一些程式，在控制面板上設置一區調節器與控制桿讓赫修使用。現在我沒辦法操縱星式戰機的維生系統了，不過M-Bot仍能控制。赫修甚至還有一顆很小的控制球，運作原理就類似我駕駛戰機用的大控制球，是由通常用來微調飛艇側面攝影機的搖桿改造而成。

我將飛艇轉向背對光爆，啟動了超燃模式，像是要朝我們剛才來的方向逃走。同時，赫修解開了原本固定在外面機身上的M-Bot無人機。接下來，赫修使用他的控制系統，讓它全速前進飛向光爆。

「飛得好啊，小型的我！」M-Bot說：「你讓我初次感受到自由。而現在你也很可能會讓我初次感受到死亡！」

「死亡？」我問。

「我在那架無人機留下了一個監控與通訊的小程式，」M-Bot說：「要是它們摧毀了它，我就可以知道那是什麼感覺了。那是不是很讚啊？」

「是啊，」我說：「讚。」

「喂，」它說：「妳身上的細胞隨時都在一點一滴死去——眞的是隨時隨地——所以對妳來說當然不新奇。但對我是啊！」

我躲開另一陣掃射。星魔的瞄準功力不太行——誰叫它們要側著飛——不過它們倒是很擅長把整個空間塞滿東西，這樣更危險。幸好我們一飛遠，攻擊便就此減緩了。

我鼓起勇氣看了一眼接近感應器。星魔的大批飛艇停留在空中。困惑。噢，可惡。無人機計畫還眞的奏效了！

「它們很難做出決定，」查特輕聲說：「它們看見無人機，知道妳不在上面，卻可以感應到妳在這裡……它們大概感應得到我們所有人……也許除了沙鼠以外。」

「喂！」正在專注操控的赫修說：「雖然我不知道沙鼠是什麼，但翻譯器使用的詞可不好聽。倘若你不收回，我就要叫你森修諾德（sanshonode）了。」

「那是？」查特問。

「就像猴子，」他說：「可是更臭。」

「說得好。」查特說。

一大群星魔飛艇轉向去追無人機了。可能有……八十艘？

「哎唷，」查特說：「M-Bot說得沒錯。它們來到這裡以後，被自己發展出的差異性改變了。所以我們只讓它們大部分飛艇做出了一樣的反應，而不是全部。」

「它們越來越分歧了，」赫修低聲說：「就像同根的兩條藤蔓。」

嗯，確實有效。我轉了一個大圈，飛艇的影子因此拉長，有如一條隧道。

這時，某種東西席捲了我們的飛艇。一種感覺。崩潰、瓦解、粉碎。化爲塵土。聲音遭受撞擊、踩踏，然後被平息。

「它們生氣了，」我說：「尤其是那一百隻——它們知道自己已經改變了。」

赫修熟練地使用儀器飛行——他覺得他在實境大量練習過——並且迂迴地行進與閃避，努力讓跟在後方的八十艘飛艇將注意力放在無人機上。

我原路折回，面對大約二十隻選擇追擊我的星魔。我從它們旁邊飛過、躲開攻擊，但是沒預先考慮到接近它們會對自己產生何種影響。星魔恨我，而我也能感覺得到，那就像讓空氣扭曲的可怕高溫。只是這種情況稍微不太一樣。有一點……變化。

毀滅蛞蝓也感受到了，因為她從我的口袋裡傳來害怕的情緒。

「它們恨我們兩個，」我低聲說：「也恨這裡的另外一個……」

「我跟妳說過它們想要消滅我。」查特說。

「不，」我說：「不是你。它們想要你回去。它們想要幫助你，查特，用那種可怕的方式。」是M-Bot。它們是恨我沒錯，不過幾乎也同樣恨它。**可憎之物**。我感受到了上百次。**消滅……可憎之物**。

「它們剛剛才發現M-Bot是什麼。」我說。

「啊……」查特說：「我們之前離得夠遠，所以它們看不出來它是什麼。我倒是很訝異它們沒在幾個小時前就發現。」

我的口袋發出笛音。

「我想是毀滅蛞蝓幫忙隱藏了你，M-Bot，」我說：「至少是在過去幾個小時裡。」

她又發出笛音。

「她在道歉，」我說：「現在我們已經太靠近，她沒辦法再隱藏了。」

「那隻蛞蝓？」M-Bot說：「保護了我？」

又是笛音。我操控飛艇閃避一群敵機，然後才有空檔回答。

「她喜歡你，」我說：「我想……她是把你當成了一種很棒的巢穴。」

「我猜那算是讚美吧？畢竟她可不會隨便找一個人當成巢穴。可是現在我的身體已經不一樣了。」

「她是透過超感能力來看待世界的，」我說：「所以對她來說，你感覺起來還是一樣的。」

「厲害。」M-Bot說。

的確，不過目前我沒時間想這個了。我擺脫了選擇追擊我的二十艘飛艇，這讓我有機會可以直接向光爆推進。

赫修緊盯他的螢幕，整張臉專心到都皺成了一團。可惜的是，很多星魔不再追擊他的無人機，而是轉向朝我們追來。它們沒上當，不完全是。它們——

不遠處爆發出一道閃光。赫修咕噥著說了一聲我所聽過最斯文的咒罵，接著雙手便從控制系統滑落。

「它們解決了我的無人機，」他說：「抱歉。」

「再見了，小型的我，」M-Bot說：「那種感覺……比我想像的還平靜。就像斷電。」

我繼續飛，不過可惡，接近感應器顯示，至少還要再直飛三分鐘才能抵達光爆。但我不敢直飛。有一大群飛艇緊跟在後——而且早在赫修的無人機被擊落之前，就有更多艘轉向追了過來。那些飛艇擋在我跟光爆之間，以鋼鐵和破壞砲的射擊形成一道障壁。

可惡。

我被迫往側面飛。雖然計畫比我希望的還要順利，但這樣還是不夠。

我必須做點什麼。我必須通過。

我俯衝沿著地面飛行，噴起了一陣塵土，接著繼續推進。它們又擋住我了。

輕柔……我心裡有個聲音說。有時候要像刀一樣。現在不是那種時候。傾聽。就像奶奶教的……

我開始順從本能飛行。我剛剛都太緊繃、太有壓力了。於是我回到基本的狀態。沒錯，我是在這裡學到了很多，不過在這之前，奶奶已經訓練我好幾年了。一開始，就是她教我傾聽，讓思緒擴展開來，聽見……

星魔傳來了恨意。我不加以阻擋，反而欣然接受，彷彿我自己是一片大海，而它們對我投擲冰雹。對，攻擊很猛烈，可是這會對大海有什麼影響？

有了。

我的腦中像是有什麼東西接通，而我也突然能夠完全知道每一隻星魔要做的事。能夠感覺到它們的計畫、它們的動作、它們的反應；可以個別追蹤它們每一隻。這種方式，我想以一般人的大腦應該不可能做到。

然而，我的大腦連接上了純粹的虛無。這個地方所有的時間都是一體，所有空間都是一體。在這裡，我面對的是一架敵機或一百萬架都無所謂；只要能聽見它們的思緒，就可以追蹤它們，理解它們。並且預測它們。

我的雙手出自本能移動，根據這項新的資訊做出反應。我不是以人類大腦的速度思考，而是以虛無的速度思考。以前我也曾這麼做過——當時我的對手是克里爾人，他們使用了藉由虛無傳達信號的通訊裝置。

這次，我對星魔使出了這種能力。我改變了行動模式，開始優雅地躲過它們的每一發射擊，而它們也因此驚慌起來。它們憤怒地企圖攻擊我，就像克里爾人對我父親做的那樣，想要進入我的大腦。不行。我是一顆跟海洋般廣大的星星，我還學會了不去阻擋它們，也不被它們奪走……而是吸收它們傳送過來的一切。未受過訓練的超感者大腦是一項弱點，但我不再是未受過訓練的初學者了。

破壞砲的射擊彷彿一場暴風雨。許多飛艇試圖撞擊我，白色的土壤與岩石在我周圍噴散滾動，投射出像被拉長了好幾哩的影子。可是現在，沒有任何東西能碰得到我。

我在它們的攻擊之間穿梭，像通過一座靜態的迷宮，永遠都比它們搶先一步。我沒眨眼，更幾乎沒移動或思考。我就只是飛行著。

「她成功了，」查特輕聲說：「她掌握住它們了。」

「妳飛得就像夕陽，思蘋瑟，」赫修輕聲說：「有如在黃昏最後一刻逃出地平線的閃爍微光。」

我幾乎聽不進這些話。我全神貫注於眼前的目標。藉由超絕的能力，我現在能夠繼續前往光爆了。我高速經過守衛的飛艇，以不可思議的敏捷性閃避攻擊。

我們越來越近。

越來越近。

後面追了五十艘飛艇，還有暴風雨般的砲火。我掌控了情勢。我可以看見它們全部。我可以……

沒有出路。

一發砲火擊中我們的飛艇，削弱了護盾。我眨了眨眼，明白那不是我的錯。是因爲眞的躲不掉了。就算能夠預測它們的所有行動、看見所有攻擊，也不表示我會永遠安全。就像有些遊戲的目標是讓對手無法動彈，星魔也可以讓空中布滿足夠的砲火，讓我無處可躲。

我們又被擊中了一次，儀表板開始響起護盾減弱的警告。

「她沒辦法全部躲掉，」查特說：「就算使用了超感能力也一樣。我該做點什麼了。」

「等一下，」M-Bot說：「做什麼？兩個計畫我們都已經試過了啊。」

「我想到了另一個，」查特說：「我擁有它們害怕的記憶。或許機會不大，但我也許有可能影響它們。它們……它們強迫我變成其中一份子的時候，說不定會對我敞開自己。」

他開始發生了某種變化。

查特，我太忙著閃避而無法說話，於是透過思緒傳送給他。我們的飛艇來回穿梭，勉強躲過了陣陣攻擊。我感覺得到你的恐懼，不要這麼做！

「抱歉，」他說：「我知道這很突然。我本來……希望不必走到這一步的，但我擔心成功的機率微乎其微。不過至少這是我能做的。」

查特……拜託……

「我很高興妳在我需要的時候出現。」查特說。他的語氣變得越來越像一開始騎在恐龍上那樣。堅定。活潑。「我很開心！很開心妳找到了要找的資訊！我很開心能夠幫上忙，能夠改變，最後也終於能夠接受失去的傷痛。很榮幸可以跟妳一起探險，奈薛小姐。」

我看見了他的痛苦與恐懼。他恐懼被星魔抓走，而痛苦……痛苦則是因為失去了他所愛的人。沒錯，那種痛仍舊深刻。他還是人工智慧時，所愛的那個人才死了沒多久。我記得失去父親的感受，當時經過一個月後，我根本無法走出來。

痛苦與恐懼。可是在這當中還有勇氣。我給他的勇氣。

他體內的光開始擴張，吞沒了他的身體。我們的飛艇發出一道閃光。

「啊……」M-Bot說：「所以它們就是那麼做的……不必藉由電路或身體而存在……」

尾隨我的飛艇有一半轉向去追那道光線了。它們也變成了閃光，然後撞向他。在那當下，我感覺得到發生了什麼事。它們的憤怒。他的勇氣。

他試著對它們展現。而它們吃掉了他。它們在他周圍盤旋，撕裂他、拒絕他所提供的記憶。它們再次將他封閉起來。

「有用了，幹得好！」M-Bot說：「這……噢。噢不。」

我猜它剛聽到了使用超感能力的查特在尖叫。痛苦至極。我感受到它們逼迫他把一切個體性鎖在程式中的一個無限迴圈之後。

沒過多久，它們就重新改變型態——多了一艘飛艇加入它們，那艘飛艇跟其他的一模一樣，也決心要消滅我。幸好他替我爭取了一小段時間——這段期間攻擊我的飛艇比較少，也讓我得以飛得更加靠近。很近……光爆佔據了前方所有的視野。

剩下不到一分鐘……

光爆又開始沸騰了。

我早該知道的。早該料到的。可是當下，我只感覺到極度的挫折。就在我們離自由只差幾秒的時候，一萬艘新的飛艇從光爆出現了。接著，它們像碎塊般擠壓在一起，形成一道緊密連結的鋼鐵障壁。

我差點就撞上去了。我以爲這也許能夠讓我們強行穿越，可是藉由超感能力，我感覺到光爆繼續波動，又產生了另一批飛艇將前方這堵牆往前推。

無法強行穿越。我在腦中想像會發生什麼事。我們的飛艇變成一團火球。我們在抵達光爆之前就會死。

我猛烈轉向，在差點撞上之前離開。

「可惡！」我邊說邊沿著由飛艇組成的牆面飛。「我們需要新計畫。有建議嗎？」

沉默。赫修跟M-Bot都沒回應。

接著我的口袋傳出了笛音。

降落。

「什麼？」我問。

她又發出笛音。有點猶豫。

靠近光爆，毀滅蛞蝓傳送著。降落。

那不是自殺嗎？不過剛才是我要求他們提供意見，而且我也想不到其他辦法了。有這麼多飛艇對我開火，那面牆現在也開始射擊，我們撐不了多久肯定就會被消滅。雖然只剩不到一百公尺就能獲得自由，但我也只能洩氣地照做。

「坐好了，各位，」我說：「接下來會很顛簸。」

我盡量以最淺的角度著地，希望最後的護盾能讓我們免於摔成碎片。我們以類似墜毀的方式落地，在地面上滑行了好長一段距離，而粉筆般的白色塵土在周圍爆開，就像突然出現一片巨大的白霧，裡面還有奇怪的影子。

這時，有種奇怪的感覺瞬間包圍住我們。是超感能力，但不是憎恨，也不是我先前感受到的那種連結。感覺……像是……

一塊岩石？

我眨了眨眼睛，掃視駕駛艙。赫修坐起來，搖了搖頭。雖然座艙罩幾乎完全被白色粉塵覆蓋住，但燈光還亮著，飛艇也很完整。護盾已經消失，不過M-Bot正在重新啟動。接近感應器顯示我們的上空有飛艇，可是它們似乎很困惑，就像……

「她把我們隱藏起來了。」我低聲說。

「什麼意思？」M-Bot說。

「毀滅蛞蝓！」我說，然後向上指著座艙罩沒被塵土遮住的部分。那些困惑的飛艇正往一個方向飛，然後又往另一個方向，彷彿是一道道波浪。「她在這裡可以僞裝！所以帶著蛞蝓的飛艇才能夠在不引起星魔注意的情況下超空間跳躍。她把整艘飛艇都隱藏起來了……就像她在超空間跳躍時做的那樣。」

我驚奇地看著困惑的星魔。她要我們降落，是因爲我們必須融入地面的景觀。這次是假裝成岩石嗎？

不管她做了什麼，星魔似乎都沒注意到這裡多了一塊岩石。它們成群飛行，顯得很激動。她的僞裝很完美。她讓我們融入了環境，掩飾了我們的蹤跡，說不定還在剛剛下降時稍微模糊了我們的位置。

「思蘋瑟？」M-Bot說：「它們眞的恨我嗎？像查特那樣？」

「是的。」我坦白說。

「不應該這樣的，」M-Bot說：「我知道我們談過了，可是這眞的很不合邏輯。如果它們是人工智慧，爲什麼要憎恨所有的人工智慧呢？這就像團體中的某個人，憎恨團體裡的其他每一個人。」

我沒告訴它，很遺憾的是，這種事在人類身上還眞的發生過。「或許是因爲你跟它們的關係太密切了。就像對我們來說，扭曲的人臉比外星人的臉更可怕。」

我感覺口袋裡有東西在扭動，於是伸手進去。我拿出胸針，而它正在變大，轉換成一隻有藍色紋路的亮黃色蛞蝓。她恢復了完整的尺寸——跟一條麵包一樣大——可是全身蜷縮成一團，非常緊繃。我能感覺到她很努力。她正拚了命隱藏這艘飛艇，所以無法再維持自己的僞裝。

「她很痛苦。」M-Bot輕聲說。的確，她開始發出一陣又長又尖的笛音。

「這對她很辛苦。」我猜測。「在超空間跳躍時，蛞蝓只需要讓飛艇隱藏一小段時間就行了。要長時間隱藏比她體型大這麼多的東西很困難，所以她才會遲疑。」

上方的星魔飛艇開始朝地面射擊破壞砲。它們很明顯猜到發生了什麼事。它們想要找到我們，也似乎馬上就安排好了一種模式，讓每艘飛艇往不同的方向開火，以有系統的方式獵殺我們。

「預計……」M-Bot說：「使用這種方式的話，它們不到一分鐘就會找到我們了。」

「我也不覺得毀滅蛞蝓能撐到那麼久，」我說，然後將雙手放到控制系統上。「我們必須飛往光爆。」

光爆就在不到一百公尺外——根據螢幕顯示是八十八公尺——可是有一道鋼鐵飛艇組成的牆壁在前方擋住。可惡。我沒別的選擇，只能嘗試硬闖了。或許放慢速度接近，然後在不撞毀的情況下突破？

「可是，為什麼她會要妳先降落呢？」M-Bot說：「我們又不是隱形的，思蘋瑟。」

對，我也有想到。如果我們移動，星魔就會立刻看見有一顆岩石或是一大堆粉筆灰在飄浮。它們會擊落我們。

「可惡，」我說：「我……」

我……

不。戰士是不會放棄的。我再度抓住控制系統。我們有完整的護盾，大約可以承受四發射擊。我會向出口推進，到時……到時要是我撞毀飛艇而爆炸，至少我們會以戰士的身分死去。

赫修向我點頭，他又拿起了佩格給我的果實。目前他一直保護得很好。「跟妳旅行是一場極為美好的體驗，」他告訴我：「我很幸運能得到妳的友誼不只一次，而是兩次。」

我點點頭，然後——

「等一下！」M-Bot說：「外面那是什麼？」

接近感應器上有某種東西閃爍著，顯示外面有個物體在移動。

「啊？」我問。

「是另一隻蛞蝓！」M-Bot說：「不，兩隻！其他圖騰。牠們一定是感應到了毀滅蛞蝓。」它打開了座艙罩；我很擔心這樣會引來星魔，不過這樣的動靜似乎不太明顯——畢竟外面到處都有破壞砲炸起的碎屑。

「去找牠們，思蘋瑟！」M-Bot說：「用毀滅蛞蝓引誘牠們！」

我很驚震，但還是抱著毀滅蛞蝓從座艙罩的開口擠了出去。我跳到覆蓋著白色粉塵的地面，身體投射出一道長到怪異的影子。赫修跟著爬出來到機翼上。

我只看見一片白。無止境的白。

「M-Bot，」我說：「怎麼——」

「我，」它邊說邊關上座艙罩：「騙到妳了。」

我突然覺得很不高興。都這種時候了，它還想要搞笑？

等等。我立刻轉身。

星式戰機的上斜環啓動了。M-Bot輕輕晃動機翼，把赫修和他帶著的果實甩到地面的塵土上。接著M-Bot懸浮到半空中，停在我正好碰不到的地方。

毀滅蛞蝓發出悲傷的笛音。

「M-Bot！」我大喊。「你在做什麼？」

「我感受到了，思蘋瑟。」M-Bot說。它的聲音從前方的喇叭輕輕傳出。

「感受到什麼？怎麼回事？」

「我感受到，」它說：「妳離開我的原因。在實境的時候，妳丟下了我，因爲妳必須那麼做。之前我明白妳那麼做的邏輯。可是我現在感受到了。我明白知道自己必須做某件事，而情緒卻叫你做另一件事的感覺了。」

噢……聖徒啊。它的意思是……

「如果它們能感應到我，」M-Bot說：「那麼我就可以讓它們追我。或許我是可憎之物，但現在我可以自己飛行了，自己做出選擇，而且可以讓它們見識『可憎之物』的能耐。」

「不！」我說：「你不會想這麼做的，M-Bot！」

「我當然不想。不過這樣才叫勇敢，對嗎？」

「拜託不要。別離開我……」

「嘿，」M-Bot愉快地輕聲說：「那正是我對妳說過的話，還記得嗎？」

我點點頭，同時感覺到眼角的淚水。

「但妳還是走了，」M-Bot說：「爲什麼？」

「因爲那樣做是對的。」

「那樣做是對的。」M-Bot輕聲說：「當時妳答應過我，會試著回來找我。妳可以再答應一次嗎？」

我咬著嘴唇。附近的赫修從灰塵中爬起來，他向飛艇鞠躬。

「好，」我輕聲說：「我會來找你，M-Bot。我會回來找你的。用某種方式。」

「謝了，」它說：「感覺好多了。」

就這樣，它轉向衝進了天空。我跌坐在地上看著星魔注意到它。毀滅蛞蝓的哀鳴聲減緩了——要把我、她和赫修隱藏起來顯然容易多了。嚴肅的基森人走過來，跟我一起看著星魔集合成一群、轉向，然後鎖定M-Bot。接著，上百架飛艇全部衝向它。

它撐了大概十秒。

它只飛過幾次，而就連我要飛贏星魔也很吃力。M-Bot沒嘗試閃避——它只是想盡量離我們越遠越好，接著它們就追上了它，打掉了它的護盾。

它消失在一陣閃光與煙霧中，殘骸在掉落時投射出長長的影子。

星魔集中火力朝那些殘骸射擊了整整三十秒，接著再用三艘飛艇撞向剩下的碎屑。然後……然後它們就離開了。它們感應不到我，而可以感覺到M-Bot。這樣就足以說服它們了。它們以為我在飛艇上。

如果它們是一群人類，或許其中一個——甚至大部分的人——都會建議繼續搜索，以防我們其他人逃脫。但星魔只要犯錯，就是全部一起錯。今天它們認為情況已經解決了，而且也不敢繼續待在那個安全的圓球外繼續搜尋。

飛艇組成的障壁接連返回了光爆。接著是剛才攻擊我們的飛艇，它們很快就融進了白色光線中。

M-Bot離開後不到五分鐘，這片廣大的區域裡就只剩下我們。我抱起赫修，然後把佩格的果實塞進外套口袋時，覺得自己的四肢如鐵一樣僵硬。接著，我一手抱著赫修，另一手抱著仍在保護我們的毀滅蛞蝓，開始踩著艱難的步伐前往光爆。我很擔心星魔會看見我們，不過它們可能確信我們已經死了，要不就是我們的偽裝能夠遮掩住簡單的動作。

我不知走了多久才抵達邊界，畢竟這裡是虛無。也許是五分鐘。也許是五天。雖然前者機率比較大，不過在這麼靠近邊界的地方，時間感也變得特別奇怪。

我在接近時感覺到了。自我開始變得模糊不清，有一種作夢的感覺。毀滅蛞蝓發出笛音。她會在裡面保護赫修，因為純粹的虛無會將不是超感者的人撕裂。她也會試著幫我。

「我可以的，」我說：「如果妳能引導我們，就帶我們回家吧。回到狄崔特斯。」

她發出不確定的笛音。我感覺到這陣聲音讓光線內部產生反應。星魔聽見了。我必須加快速度才行。

於是，我走進光線之中。

第四十三章

我來過這裡。

每次超空間跳躍時，我就會進入這個什麼都不是的地方。在這裡我沒有形體。我們完全進入了它們的領域。

星魔很驚訝。沒錯，它們真的以爲已經殺死了我。雖然它們可以看見未來，但是時間會令它們困惑。它們不了解因果關係這種事，而「未來」跟現在並沒有什麼不同。

我能感應到它們包圍住我。我也能感應到毀滅蛞蝓；聖徒啊，她太疲累了，精疲力盡，幾乎快要無法保持清醒了。要維持僞裝讓她非常費力。

我感覺得到她試圖帶我們回家。她失敗了，而且完全耗盡氣力，陷入了昏迷。我急忙替赫修圍出一道屏障，防止他被殺死或被逼瘋。驚慌失措的我試著帶大家回去——可是星魔已經看見我了。它們抓住我們，讓我動彈不得，阻止我離開。

眼睛在我的周圍打開。成千上萬隻憤怒、仇恨的眼睛。

妳奪走了我們。

妳奪走了我們也腐化了我們。

妳奪走了我們也腐化了我們還想要殺死我們！

妳知道。

妳知道。

妳知道！

狂暴的思緒攻擊我。難以想像的力量擠壓著我的靈魂，彷彿是要粉碎它。可惡，我也累了。我不想再過這麼久沒有記憶的日子。我不想再跟自己交戰，在責任與渴望之間左右為難。我不想再像今天這樣受到情感的折磨了。

我想要任它們處置。可是我們已經走了這麼遠、這麼努力，而現在它們想要阻止我？我突然感到一陣憤怒——接著奮力反擊。我的怒火幾乎完全沒讓它們退縮。它們很快又開始擠壓我，想要讓我變成的星星熄滅，就像吹熄燭火那樣。

我是時間。我將時間帶來這裡。對我而言事情是接連發生的，所以我在這裡的時候，它們必須以線性的方式感受我。它們討厭那樣。它們討厭我製造了噪音。最重要的是，它們討厭我知道它們是什麼。

無限的恨意。

這使我精疲力盡。麻木……

它們像獵人拿著矛那樣戳著我。揮砍我、攻擊我、撕扯我……

可是有一隻遲疑了。

它們有一隻不一樣。

雖然非常細微，可是感覺很熟悉。那呼應著我自己的情緒。勇氣。走上不同的路，不輕易逃離的勇氣。即使不想卻還是奮力前進的勇氣。

我把這種勇氣給了星魔。無論再重寫多少次都不可能消除。查特仍然存在。

現在！

我抓住那隻星魔的感覺，它又再次脫離了。曾經是查特的存在撞上我的靈魂，而我利用在長者之路學到的超感能力，保持輕柔接納了它。我們的本質產生了共鳴。

隨著我們開始纏結，我也逐漸理解他是怎麼看待星魔，以及怎麼看待他自己的。從本質上，我知道如果能隔絕其他星魔，我就可以消滅它們，跟它們想要消滅我的方式一樣。查特知道怎麼做，而我的靈魂也明白了。

我也感受到，他許久以前失去所愛之人那種極度的傷痛。雖然查特學會了承受，但這樣並不能消除痛苦。隨著我們纏結得越來越緊密，我發現自己可以給他更重要的東西。我知道如何適應那種悲傷，知道如何適應那種痛苦。我已經用這種方式度過了十年。

曾經是查特的星魔擁有我所沒有的一切，而我是它所需要的一切。我讓它的痛苦顯化，但用我的經驗安撫。我為父親、赫爾、畢姆，以及我失去的所有人感到悲傷。可是我學會了承受。那樣的我正是星魔需要的慰藉。

我們合為一體。

在那個時刻，一種武器誕生了。

我許下了承諾，對不對？要回來找M-Bot？它們已經殺了它。

不，查特/我心想。再看一次。

M-Bot的外殼爆炸了，但有一道閃爍的光芒被爆炸遮蔽住。星魔沒看見那道光——可是有一隻星魔一直在注意。

它看見了我做的事，查特/我心想。就在我之前離開飛艇的時候。其他星魔擊落了它的外殼，可是人工智慧在這裡不需要那種東西。它們以為它沒學到那麼多，可是它看見了幻象，也看見了我。它成長並改變了。

它活著？

它活著？

那麼，我就得遵守諾言了。我的情緒湧現。寬慰。憤怒。理解。愛。

如果我在這裡倒下，毀滅蛞蝓跟赫修也會完蛋，更別提我的朋友了。雖然我無法清楚記得朋友們的面孔，但還是能和以前一樣感受到他們強烈的愛。

星魔一陣狂怒，它們繼續推進，想要扼殺我。於是……我對它們敞開心胸。

來吧，我心想。觸碰我。

它們的本質衝撞過來，可是觸碰我會讓它們痛苦。我能給予改變。我能讓它們用更好的方式處理痛苦，不過那讓它們害怕。

它們停滯不變，這就是它們的弱點。我的強項正好相反；我的強項是我可以改變。

我可以害怕，然後變得勇敢。

我可以心胸狹窄，然後逐漸理解。

我可以自私，然後跳脫出來。

我可以從人類的角度出發，然後變得更寬容。我就是它們所害怕的一切。因爲它們拒絕任何改變，而我卻欣然接受改變。這就是我力量的本質與天性。

觸碰我會灼傷它們。尖叫聲撼動著虛空。我有意識地成長，而它們在我周圍散開了。在它們純白的本質中，我變成了一片黑。那個洞通往……

有了。

我的腦中接通了某個東西，然後我抱著赫修和毀滅蛞蝓走出光線，進入一條熟悉的洞穴通道。星魔的憤怒與恐懼在我背後逐漸消失。

我回到家了。

尾聲

一切都很安靜。

除了我的呼吸聲在黑暗的通道裡迴響。除了遠處的水滴聲。除了某個地方有隻老鼠在小步快跑。美好的安靜，我童年的安靜。

我想要停留於此，因爲這個地方給了我記憶。所有的氣味與聲音都讓我恢復了內心深處的某種記憶。可是我必須離開。我已經回到了必須把握時間的次元。

於是，我使出能力進行超空間跳躍，直接到了行星軌道上的DDF主要平台。剛才我心不在焉地隨便隨了一條走道，幸好沒壓到某個正在跑腿的可憐助手身上。

這個地方有點奇怪。雖然我可以藉由熟悉的感覺來到這裡，但它……卻不在以前的位置了？是這樣嗎？嗯，內部看起來跟以前一樣。乾淨的金屬牆、一條樸素的地毯、工業照明。兩位我好像認識的飛行員從附近一個房間走出來，看見了我。然後其中一個放聲尖叫。

奇怪。沒想到他們會用這種方式迎接我。被我抱在身體兩側的赫修跟毀滅蛞蝓仍然不省人事，但我暫時先將擔憂擱置一旁。

「卡柏總司令？」我問那兩位害怕的飛行員。

沒尖叫的那位伸出手，比著作戰指揮室。

我往那個方向走，一邊還很驕傲自己記得卡柏的名字。我的記憶都會恢復嗎？現在我擁有兩組記憶了。思蘋瑟的記憶，以及查特的。爲什麼這裡的一切感覺都很奇怪？還有爲什麼人們一看到我都急忙閃開？他們滿臉蒼白地讓路，背部緊靠著牆面，說話還結結巴巴的。

當然，作戰指揮室的門鎖著，也沒爲我打開。牆上開始出現有節奏的紅色閃光，代表警報響起了。

我超空間跳躍穿過門口，闖進了一場看來是指揮高層的會議。但卡柏不在。只有一群高階官員，有些來自軍方，其他的則是政府人員。卡柏通常都坐在會議桌的主位，而現在那裡是……

尤根？穿著總司令的制服？他的年紀看起來跟之前一樣，這是好事。我沒有離開太久。看到那套制服，我似乎應該表現出禮儀才對，但卻直接超空間跳躍到了他的座位旁。他立刻站起來。

尤根很高。高得很不方便。他睜大的眼睛，還有那張我以前一直想要揍上一拳的完美臉孔。之所以會這樣，大概是因爲我在內心深處一直想要親吻那張臉吧。我小心翼翼把毀滅蛞蝓跟赫修放在桌子上，這讓副總司令洛金斯（Lawkins）目瞪口呆，手忙腳亂地離開座位，而尤根則是睜大眼睛擔心地看著我——但幸好不是恐懼。

我對尤根微笑。

然後昏倒在他的懷中。

✦

我醒來時頭痛欲裂，人躺在會議室旁邊休息室的長沙發上——卡柏把這個房間裝飾成深色系，還擺了一些眞正的木製家具。

尤根在旁邊守候著。我發出呻吟，試著從漫長的夢境中清醒過來。我去了……一個沒有時間感的地方，而且當上了海盜。我很喜歡那個特別的夢；我一直在那個夢中，而且……

喔。等一下。

「思蘋瑟？」尤根跪在沙發旁問：「妳……覺得好一點了嗎？」

「噁，」我說：「感覺好像有人把腐爛的藻麵糰倒進了我的嘴裡。有喝的東西嗎？」

他微笑了。可惡，那還眞好看。我舉起一隻手摸摸頭，放下時發現手上覆著一層白色粉筆灰，沙發上也有……

對。那些都眞的發生過。

「我離開多久了？」我問他。

「大概六個星期。」

跟M-Bot在虛無用計時器計算的時間一模一樣。這點讓我很高興，但同時又因想起了這件事而感受到失去的痛苦。我要怎麼幫它？我要怎麼救它回來？

接著我又想到了其他事。沒那麼重要，但那是剛發生的。「噢不。」我說，然後緊閉雙眼，用掌根按住。

「怎麼了？」尤根問。

「我眞的……暈倒了嗎？」

他咯咯笑著。

噢，可惡。是眞的。我，就像某個穿著束腹的優雅女人那樣昏倒了。

「如果可以，」他說：「就把妳自己想成是一位偉大的戰士英雄，她從戰場回到同伴身邊，因為傷勢嚴重而倒下。」

「嗯，當然。」我張開眼睛說。紅燈還在閃爍。「呃，那是因為我嗎？」

他看著燈。「這個嘛，妳突然出現，全身都是白色灰塵，像個鬼魂一樣在走廊遊蕩……這引起了一些人的騷動。」

「他們應該料到我會做出那種事的。」

「思蘋瑟，」他說：「妳的眼睛正在發出白光，就像……」

就像它們。

噢，可惡。我算是它們的一份子吧。大致上來說，我覺得我還是我，不過我的靈魂改變了。藉由某種方式跟曾經是查特的星魔結合了。我能夠感受到它的經歷與思維。

那……算是大事吧。但我現在不想去認眞思考那件事。我要怎麼告訴男友，現在的我有一半是個來自時間與空間之外，能夠橫跨次元又怪異駭人的可憎之物？至少先想出一個沒那麼蠢的說法？

或者，我也可以先提起另一件更重要的事。「尤根，」我說：「我成功了。雖然眞的很困難，可是我成功了。」

「成功什麼？」他問：「回到我們這裡嗎？」

「不只如此，」我說：「我找到它們的祕密了。我潛入了……龍的巢穴……然後偷走了牠的金杯。」

他笑了。「我不知道那是什麼意思，不過我喜歡妳就像以前那樣說出這種話。」

「意思是在我腦中某個地方，以及我所知道關於星魔的過去，藏著可以擊敗它們的方法。它們會怕我，尤根。現在比之前更怕了。」

「那很好，」他說：「因爲我們現在正處於某種情況……」

「哪種情況？」

「之後再解釋，」他說：「但首先我應該去安撫大家，讓他們知道這不是星魔攻擊。妳可以稍等一下嗎？我們有很多要說的呢。」

「我可以等簡報，」我說：「可是有一件更重要的事不能等。」

「更重要的事？」他看著我說，然後好像想通了。「喔，呃，對。我——」

我摟住他的脖子吻了他。我才剛辛苦地走過一整個次元，實在沒心情害羞了。他靠了過來，我也感覺到全身燃燒起來。是一股暖意。來自他。

我們分開之後，他露出大大的笑容。「我很需要這個，」他說：「謝謝妳。」

「我在那個地方只有洗過一次澡，而你很幸運正好在那天找到了我。」我朝另一個房間點點頭。「去吧，去應付他們。到時候我們再談。」

仍然有好多事情要做。還要拯救全宇宙。不過現在，我要趁尤根走回那個房間的時候休息一下。我聽見那裡傳來一陣熟悉的聲音，是赫修在跟官員說話。

「所以他們少了我還是繼續下去？」他說：「卡烏麗接管了飛艇！哎呀，我真是無法形容自己對他們有多麼驕傲。對……我懂了。雖然我想要幫忙，然而我那麼做會阻礙了他們。人類啊，一定要告訴我的人民，說你們遇到了一位自稱蒙面流亡者（Masked Exile）的人，他們會知道這個來自古代戲劇的名稱。這就是我現在的身分，也是我必須維持的身分。」

尤根進去了，他開始安撫大家。比他年長十歲或更多的司令們都接受了他的說法。彷彿……他真的是位領袖。看來我並不是唯一有故事要說的人。我隨意回頭張望，發現有個螢幕顯示了狄崖特斯的畫面。它正在另一顆行星的軌道上。

我們的行星正在繞著另一顆行星轉？

這倒是新聞。

我感覺有一陣思緒輕撫過來。

奶奶？她很好奇，但也很高興得知我的消息。還有另一陣更輕微的思緒，是毀滅蛞蝓。她醒來了，目前跟赫修一起在另一個房間。

她們都表達了關切。我想她們可以深入我的內心了解情況。她們會知道我改變了。對，每一趟旅程都會改變旅行的人。這一趟旅程對我的影響特別大，但我感覺我還是自己，只是變成了強化版。一個加上了一大堆程式碼的靈魂。

至少，現在我知道星魔如此懼怕我的原因了。它們不只害怕以前的我，害怕我會知道的祕密。它們也很害怕未來。

還有，它們也知道我將會成為什麼。

（全書完）

誌謝

在最近的記憶裡，這是我所有作品中修改最多的一本書（以字數統計的百分比來看）！許多人都為此付出了心血，而我想要特別感謝戴拉寇特出版社（Delacorte Press）的編輯克莉絲塔・馬里諾（Krista Marino）以及發行人貝弗莉・霍洛維茲（Beverly Horowitz），即使在這本書還不成氣候時，她們也願意看我寫的內容。此外，我想要感謝克莉絲塔的助理莉迪亞・葛雷哥維（Lydia Gregovic），她跟柯琳・費琳涵（Coleen Fellingham）與崔西・海德威勒（Tracy Heydweiller）在各方面提供協助，讓一切運作地更順利。

本書的經紀人是JABberwocky經紀公司的艾迪・施耐德（Eddie Schneider）與約書亞・畢姆斯（Joshua Bilmes）。特別是艾迪，他在我修改小說內容時提出了非常實用的見解與建議——所以我想要給他一顆想像的金星以及我由衷的感謝。

這本書的漂亮封面是由藝術家查莉・保沃特（Charlie Bowater）操刀，而班・麥斯威尼（Ben McSweeney）替我們繪製了超棒的內頁插圖。從班一直興奮丟給我的眾多飛艇與外星人設計圖來看，我想他應該是希望我多寫點科幻小說。快了，班。快了。這一切都是由「龍鋼」的藝術總監艾薩克・史都華（Isaac Stewart）協調處理。

說到這，我的公司龍鋼娛樂（Dragonsteel Entertainment）還有其他職員，包括營運長愛蜜莉・山德森（Emily Sanderson）、副總經理兼營運總監的人氣王彼得・阿斯特姆（Peter Ahlstrom），財務長兼貨運經理凱拉・史都華（Kara Stewart），業務連續性總監凱倫・阿斯特姆（Karen Ahlstrom），宣傳兼行銷總監亞當・霍恩（Adam Horne），以及大家指定的布朗尼師傅凱瑟琳・多爾西・山德森（Kathleen

Dorsey Sanderson）。我們的其他職員包括編輯小小兵貝琪・阿斯特姆（Betsey Ahlstrom）以及凱拉的銀光小隊（Team Silverlight）成員：艾蜜麗・格蘭奇（Emily Grange）、雷克斯・威爾海特（Lex Willhite）、麥可・貝特曼（Michael Bateman）、克莉斯蒂・雅各布森（Christi Jacobsen）、伊莎貝爾・克里斯曼（Isabel Chrisman）、多利・麥克罕（Tori Mecham）、海澤・康明斯（Hazel Cummings）、凱琳・紐曼（Kellyn Neumann）、艾力克斯・里昂（Alex Lyon）。

永遠對我保持耐心的寫作團體成員有：凱琳・佐貝爾（Kaylynn ZoBell）擔任主奏吉他手，達西・史東（Darci Stone）擔任鼓手，艾瑞克・詹姆斯・史東（Eric James Stone）負責吹蘇沙號，愛蜜莉・山德森吹長笛，班・歐森（Ben Olsen，從歐森家庭合唱團借來的）、艾倫・雷頓（Alan Layton）負責饒舌，伊森・斯卡斯特（Ethan Skarstedt）負責節奏，凱倫・阿斯特姆負責在適當時機提供手機鬧鐘音樂，彼得・阿斯特姆提供歌劇唱腔，而凱瑟琳・多爾西・山德森負責供應布朗尼。

文字編輯是艾咪・J・施耐德（Amy J. Schneider），校對則是凱薩琳・溫克（Katharine Wiencke）。本企劃的試讀者包括達西・柯爾（Darci Cole，呼號：小藍）、理查・法夫（Richard Fife，呼號：瑞克搖啦）、泰德・赫爾曼（Ted Herman，呼號：騎兵）、奧布麗・芬姆（Aubree Pham，呼號：玉座）、佩吉・維斯特（Paige Vest，呼號：刀鋒）、艾琳・芬姆（Aerin Pham，呼號：空氣）、思美嘉・穆拉塔吉－塔迪（Sumejja Muratagić-Tadić，呼號：西格瑪）、佩吉・菲利浦（Paige Phillips，呼號：工匠）、卡里亞妮・波魯瑞（Kalyani Poluri，呼號：漢娜）、珍妮佛・尼爾（Jennifer Neal，呼號：氛圍）、蕾貝卡・阿爾內森（Rebecca Arneson，呼號：緋紅）、愛麗絲・阿爾內森（Alice Arneson，呼號：濕地人）、琳賽・路德（Lyndsey Luther，呼號：翱翔）、葛蘭・沃格拉爾（Glen Vogelaar，呼號：方向）、艾瑞克・雷克（Eric Lake，呼號：混亂）、莉內婭・林斯壯（Linnea Lindstrom，呼號：小精靈）、莉莉安娜・克萊因（Liliana Klein，呼號：小滑）、狄娜・柯維爾・惠特尼（Deana Covel

Whitney，呼號：辮子）、拉胡爾・潘圖拉（Rahul Pantula，呼號：長頸鹿）、寶・芬姆（Bao Pham，呼號：懷爾德）、蓋瑞・辛格（Gary Singer，呼號：DVE）、拉維・佩索德（Ravi Persaud）、傑登・金恩（Jayden King，呼號：三腳架）、貝卡・瑞佩特（Becca Reppert，呼號：奶奶）、潔西・貝爾（Jessie Bell，呼號：小姐）、夏儂・尼爾森（Shannon Nelson，呼號：灰色）、凱瑟琳・霍蘭醫師（Dr. Kathleen Holland，呼號：震波）、瑪妮・彼得森（Marnie Peterson，呼號：萊薩）、梅根・肯恩（Megan Kanne，呼號：麻雀）、布雷登・雷（Bradyn Ray，呼號：法蘭德斯）、戴弗瑞・雷（Devri Ray，呼號：餘燼）、喬・狄爾達弗（Joe Deardeuff，呼號：旅行者）、艾莉克絲・霍格（Alyx Hoge，呼號：羽毛）、瓦倫西亞・克姆利（Valencia Kumley，呼號：阿爾法鳳凰）、羅斯・紐伯利（Ross Newberry，呼號：雙關客）、蜜雪兒・沃克（Mi'chelle Walker，呼號：彩虹玫瑰）、薩亞・克林格爾（Zaya Clinger，呼號：Z）、蘇珊・穆辛（Suzanne Musin，呼號：神諭）、詹姆斯・安德森（James Anderson，呼號：大使）、海瑟・克林格爾（Heather Clinger，呼號：夜鶯）、約書亞・哈爾奇（Joshua Harkey，呼號：Jofwu）、羅伯・威斯特（Robert West，呼號：飛燕草）、凱琳・紐曼（Kellyn Neumann，呼號：高音）、喬・艾倫（Joe Allen，呼號：歡樂靈體）、裘奧・曼尼薩斯・莫拉斯（João Menezes Morais，呼號：蟄伏）、提姆・查利納（Tim Challener，呼號：安泰俄斯）、歐林・艾倫（Orrin Allen，呼號：太空鴨）、威廉・璜（William Juan，呼號：艾伯）、尙恩・范巴斯克爾（Sean VanBuskirk，呼號：先鋒）、大衛・貝倫斯（David Behrens）。感謝你們所有人的幫忙，而且我要向有聲書朗讀者（做得好，蘇西・傑克森〔Suzy Jackson〕和蘇菲・艾爾德雷〔Sophic Aldred〕！）道歉，因爲她們得唸出這麼一長串清單。

說到這，我還有另一份清單。校對試讀者除了前述中的許多試讀者之外，還包括伊恩・麥克奈特（Ian McNatt，呼號：怪咖）、艾倫・福特（Aaron Ford，呼號：小工具）、伊萊雅胡・貝瑞洛維茲・列文（Eliyahu Berelowitz Levin）、葉夫基尼・克里洛夫（Evgeni Kirilov，呼號：銀色）、菲利浦・弗爾沃克（Philip Vorwalker，呼號：釩）、克里斯・麥葛瑞斯（Chris McGrath，呼號：槍手）、坎卓拉・威爾森（Kendra Wilson，呼號：K怪）、法蘭奇・傑若姆（Frankie Jerome，呼號：狼）、布萊恩・T・希爾（Brian T. Hill，呼號：帥哥）、山姆・貝斯金（Sam Baskin）、查娜・歐許拉・布洛克（Chana Oshira Block，呼號：詩人）、贊尼夫・馬克・林柏格（Zenef Mark Lindberg，呼號：巨齒鯊）、德魯・麥卡菲（Drew McCaffrey，呼號：大力士）、泰勒・派翠克（Tyler Patrick）。

每本書都是一項新挑戰，而我在寫每一本書時都會學到新的東西。話雖如此，要準時推出這本書確實困難了點，所以我要在此非常驕傲地將它呈現給你——也要特別感激曾經花時間幫助我的這些人。

附錄一　天納西族果實名詞

delen	帶倫
engulun	硬古倫
flivis	飛利維斯
gulun	古倫
gluden	古魯登
hanchal	漢查爾
heknan	赫克南
hemel	赫木爾
ignadel	伊格納戴
kallam	卡拉姆
keefo	基弗
kitcha	基查
mulun	木倫
tagao	塔告
tido	提多
tulun	圖倫
umalita	烏瑪利塔
urichas	烏利查斯
venmal	僞莫爾
yendolor	炎多洛

中英名詞對照表

A

Acclivity Ring 上斜環
Acclivity Stone 上斜石
Acumidian 亞酷米迪安
Administration Corps 行政隊
Achievement Merits 成就點數
Admiral Heimline 赫姆林司令
Ahlstrom Loop 阿斯特姆迴旋
Akokian 艾科基恩
Alanik 艾拉妮克
Alfir 艾弗爾
Algae Vat Corps 藻桶隊
Algernon Weight
艾格儂・威特
Alta Base 艾爾塔基地
Aluko 艾盧寇
Antioch 安提阿
Antique 安提克
Aria 艾莉亞
Arturo Mendez (Amphisbaena)
亞圖洛・曼德茲（安菲斯貝納）
Asker Weight 艾斯克・威特
Atmospheric Scoop 大氣風門
A. A. Attanasio
A・A・阿塔那斯奧
Aya 艾雅

B

Banks 班克斯
Barret Sequence
巴瑞特連續動作
Battle of Alta 艾爾塔之戰
Battle of Alta Second
第二次艾爾塔之戰
Battle of Trajerto 特哲托之戰
Becca Nightshade 貝卡・奈薛
belt 環帶
Beowulf 貝沃夫
Bim 畢姆
Blackfoot 黑腳族
Blaze 火光
Bloodletter 血字
Bog 波格
Bountiful Cavern 富足洞穴

Brade Shimabukuro
布蕾德・島袋
Broadsider　舷砲派
Broken Wind　破風
Bryn　布琳
burl　波爾人

C

cadamique　卡達米克（族）
Calamity Jane　災星珍
cambri　坎布利（族）
Camdon-class　肯頓級
Cannonade　轟擊派
Catnip　貓薄荷
Chamwit　查威特
Cloak　斗篷
Cobb (Mongrel)
卡柏（蒙瑞爾）
Chamwit　查威特
Chet Cannister
查特・坎尼斯特
Chet Starfinder
查特・尋星者
Commander Spears
史貝爾指揮官
Colonel Ng　黃上校
cormax　克梅斯（族）
Coyote　土狼
Crow　克羅族
Culmira Station　庫米拉站
Cuna　庫那
Custer　卡斯特
Cutlass Flight　短劍飛行隊
Cytonic Hyperdrive
超感驅動裝置
cytonic hyperjump/jump
超感跳躍
cytonic inhibitor　超感抑制器
cytonics　超感者
cytonic-supression field
超感抑制場
cytonic teleporation　超感傳送
cytoshield　超感屏障

D

Darkshadow　暗影
Darla Mee-Bim　達爾拉・咪賓
Debris Layer　碎片層
Defect　缺陷
Defiant　無畏者／無畏號

Defiant Defense Force (DDF) 無畏者防衛軍
Defiant League 無畏者聯盟
Delver 星魔
Department of Protective Services 保護服務部
Department of Species Integration 物種整合部
Destructor 破壞砲
Detritus 狄崔特斯
deviation 偏差
Dia 迪雅
Digball 迪格球
Dione/dione 狄翁語／狄翁人
Disputer 爭論者
Dllllizzzz 德爾麗茲
Dobsi 黛希
Dodger 閃躲者
Doomslug the Destroyer 破壞者毀滅蛞蝓
Dorgo 多爾戈
draft 初體
Drama 德拉瑪
Duane 杜安

E

Ensign Nydora 安森・奈朵拉

F

Fallen Leaf 落葉
Farhaven 法爾黑文
figment 幻格曼（族）
Finn Elstin 芬恩・艾斯汀
Firestorm Flight 火風暴飛行隊
First Citizens 第一公民
Flight Command 飛行指揮部
Flintlock Flight 燧發槍飛行隊
fragment 碎塊
Fresa-class 弗雷沙級
Freyja (FM) 芙蕾雅（FM）

G

Galactic Law 銀河法
garqua 嘎爾夸
Gaualako-An 高阿拉科—安（號）
Gibsey 吉布西
Glorious Rises of Industry 工業復興

Gravitational Capacitor (Gra-Caps)　重力電容器

Greem　格雷姆

Grendel　格倫戴爾

grig　格里格

Gros Ventre　格羅斯文特（族）

Gul'zah　高薩

Guntua　剛圖娃

Gward　瓜爾德

H

Halbeth　荷貝斯

Hana　哈娜

Harald Oceanborn　哈洛・奧許波恩

heklo　赫克羅（族）

Hervor　赫爾薇爾

Hesho　赫修

High Command　最高指揮部

Highway Cavern　海威洞穴

Hope Flight　希望飛行隊

Hudiya (Hurl)　胡蒂亞（赫爾）

hyperdrive　超驅裝置

hyperdrive slug　超驅蛞蝓

hyperjump　超空間跳躍

I

Ido　伊多

Iglom　伊格倫

Igneous　伊格尼斯

Inkwell Flight　墨池飛行隊

Imban Turn　英班旋轉

Industry Merits　勤奮點數

Inner Flight　核心飛行隊

Inverted Magellan Pulse (IMP)　反轉麥哲倫脈衝波

Ivy Flight　常春藤飛行隊

J

Jager　野格

Jason Write　傑森・萊特

Jax　傑克斯

Jesua Weight　耶莎・威特

Jolly Rogers　骷髏旗

Jorgen Weigh (Jerkfacet)　尤根・威特（蠢貨）

Jors　喬爾斯

Judy Ivans (Ironsides)　茱迪・埃文斯（鐵殼）

Junmi　君米

K

Kauri 卡烏麗
Kimmalyn (Quick/Quirk) 金曼琳（快客／怪客）
King of the Geats 濟茲之王
Krell 克里爾人
Kurdi Mushroom 科爾迪蘑菇
kus 克斯（能量單位）

L

Lanchester's Law 蘭徹斯特法則
Largo-class 拉爾戈級
Lawkins 洛金斯
Leif Eriksson 萊夫・埃里克遜
Lifebuster Bomb 殞命炸彈
Light-lances 光矛
Light-line 光繩
Lightburst 光爆
Long Plank Faction 長板派
Lorn 洛恩

M

Magma/Magna (Morningtide) 梅格瑪／梅格娜（晨潮）
Maksim 麥辛
Mara 瑪拉
Markivian barrow-wolf 馬可夫高地狼
Masked Exile 蒙面流亡者
Merit Chit 點數幣
mindblade 念刃
Monrome 蒙若姆
Morriumur (Complains) 莫利穆爾（抱怨客）
Motorskaps 摩托斯卡普
Mount Rigby 里格比山
Mrs. Vmeer 薇米爾老師

N

National Assembly Leader (NAL) 國民議會領袖
Nedd Strong (Nedder) 奈德・斯壯（奈德爾）
Nightingale 夜鶯
Nightmare Flight 惡夢飛行隊
Nightstorm Flight 黑夜風暴飛行隊
Nord 諾德
Nose 諾斯

No Man's Land　無人之境
Not-ilus　鸚鵡螺（號）
nowhere　虛無
Nuluba　紐露芭
Numiga　努米加

O

Ohz Burtim Winzik
　歐茲・伯爾提・溫齊克
Old Earth　舊地球
old Mrs. Hong　洪老太太
Overburn　超燃模式
Overwing Twist　翼上扭轉

P

Pandæmonium　萬魔殿
Paradise Lost　《失樂園》
Path of Elders　長者之路
Peg　佩格
Phone Company　電訊公司
Pine Leaf　松葉
Platform Prime　主要平台
pirate　海盜
Poco-class　波可級
portal　傳送口
Psychological Corps　心理部隊

Q

Queen Boudicca　布狄卡女王

R

Rally　雷利
Ranger Flight　騎士飛行隊
RayZed　芮齊
reality icon　現實圖騰
reaslity ashes　現實餘燼
Red Sails　紅帆派
ReDawn　新黎明
redraft　再成形
Remark　雷馬克
Requisition Coin　申請幣
resonant　共鳴者（族）
Reverse Switchback　倒轉折返
Rikolfr　里科弗
Riptide Flight　激流飛行隊
Rodge McCaffrey (Rig/
　Rigmarole)　羅吉・麥卡弗
　雷（小羅/瑞莫羅）
Rubble Belt　碎片帶

S

Sadie 莎迪
Saint 聖徒
Sanitation Corps 衛生隊
sanshonode 森修諾德
Semm 賽姆
shadow-walker 暗影行者
Shiver 虛弗爾
Sigo-class 西格級
Siv 希芙
Skullbreaker 碎顱者
Skylight 天燈
Skyward Flight 天防飛行隊
Slatra-class 斯雷徹級
solquis 索吉人
Solitary Shadow 獨影
somewhere 實境
Sousa 索沙
Spensa Nightshade (Spin/Spring) 思蘋瑟·奈薛（小旋／春天）
Sssizme 西斯迷
Stanislav 史坦尼斯拉夫
Stardragon Flight 星龍飛行隊
Starfighter 星式戰機
Starsight 星界
Stewart 史都華
Stewart Sequence 史都華連續動作
Strife 史特萊夫
Superiority 星盟（星際聯盟）
Surehold 休爾要塞
Sushi 壽司
Swims Against the Current in a Stream Reflecting the Sun 在映照陽光的小河中逆流而上（號）
Swing 史威恩
synthetic auditory indicator 合成聽覺指示器

T

tanuzedran 塔努澤卓（族）
taynix 泰尼克斯（族）
tenasi 天納西（族）
Terrier 泰瑞爾
The Conquest of Space 《征服太空》
the stilling 大靜默（時期）
Thior 席歐爾

Third Humar War
第三次人類大戰
Tizmar　提茲瑪
Tony　東尼
T-Stall　T仔
Tuma　圖瑪
Tunestone　屯絲頓
Tungsten Flight　鎢鋼飛行隊
Twin Shuffle　雙重曳行

U

Ukrit　烏克利特
Ulan　烏蘭
Underscore　安德斯寇
Unicarn Skirmish　尤尼卡恩戰鬥
United Defiant Cavern
聯合無畏者洞穴
Unity of UrDail　烏戴爾聯合國
UrDail 烏戴爾人

V

Val-class　維拉級
Valda Mendez　薇爾妲・曼德茲
Valkyrie Flight　女武神飛行隊
Vapor　薇波
varvax　瓦維克斯（族）
Ved　維德
Vent　砲口
Ventilation Corps　通風隊
Vici Cavern　維西洞穴
Vician　維西人
Victory Flight　勝利飛行隊
Vigor　維格爾
Vlep　維列普
Vormel　沃梅爾

W

Weights and Measures
度量衡（號）
Work Studies　工作研究
wrexian　瑞西恩（族）
Writellum　萊特倫

X

Xiwang Flight　希望飛行隊

Y

Yeong-Gwang　勇廣（號）

Yeongian　勇揚人

Z

Zeen Nightshade (Chaser)
　齊恩・奈薛（獵人）

Zentu　贊圖

Zezin　切金

Ziming　子明

國家圖書館出版品預行編目資料

天防者 III：超感者 / 布蘭登・山德森 (Brandon Sanderson) 作 ; 彭臨桂譯 . -- 初版 . -- 臺北市 : 奇幻基地 , 城邦文化出版 : 家庭傳媒城邦分公司發行 , 民 111.05
面 ; 公分 . -(Best 嚴選 ; 141)
譯自 : Cytonic
ISBN 978-626-7094-38-9 (平裝)

874.57　　111005096

ISBN　978-626-7094-38-9

Printed in Taiwan.

BEST 嚴選 141

天防者 III：超感者

原著書名／Cytonic
作　　者／布蘭登・山德森（Brandon Sanderson）
譯　　者／彭臨桂
企畫選書人／王雪莉
責任編輯／劉瑄

版權行政暨數位業務專員／陳玉鈴
資深版權專員／許儀盈
行銷企畫／陳姿億
行銷業務經理／李振東
總編輯／王雪莉
發行人／何飛鵬
法律顧問／元禾法律事務所　王子文律師
出版／奇幻基地出版
城邦文化事業股份有限公司
台北市 104 民生東路二段 141 號 8 樓
電話：(02)25007008　傳眞：(02)25027676
網址：www.ffoundation.com.tw
e-mail：ffoundation@cite.com.tw
發行／英屬蓋曼群島商家庭傳媒股份有限公司城邦分公司
台北市 104 民生東路二段 141 號 11 樓
書虫客服服務專線：(02)25007718・(02)25007719
24 小時傳眞服務：(02)25170999・(02)25001991
服務時間：週一至週五 09:30-12:00・13:30-17:00
郵撥帳號：19863813　戶名：書虫股份有限公司
讀者服務信箱 e-mail：service@readingclub.com.tw
歡迎光臨城邦讀書花園　網址：www.cite.com.tw
香港發行所／城邦（香港）出版集團有限公司
香港灣仔駱克道 193 號東超商業中心 1 樓
電話：(852) 2508-6231　傳眞：(852) 2578-9337
e-mail：hkcite@biznetvigator.com
馬新發行所／城邦（馬新）出版集團
【Cite(M)Sdn. Bhd】
41, Jalan Radin Anum, Bandar Baru Sri Petaling,
57000 Kuala Lumpur, Malaysia.
Tel: (603) 90578822 Fax:(603) 90576622
email:cite@cite.com.my

封面設計／斐類設計
排　　版／邵麗如
印　　刷／高典印刷有限公司
■ 2022 年（民 111）5 月 31 日初版

售價／ 450 元

廣　告　回　函
北區郵政管理登記證
台北廣字第000791號
郵資已付，免貼郵票

104台北市民生東路二段141號11樓

英屬蓋曼群島商家庭傳媒股份有限公司城邦分公司 收

請沿虛線對摺，謝謝

奇幻基地

每個人都有一本奇幻文學的啟蒙書

奇幻基地粉絲團：http://www.facebook.com/ffoundation

書號：1HB141　　書名：天防者 III：超感者

請於此處用膠水黏貼

奇幻基地

讀者回函卡

謝謝您購買我們出版的書籍！請費心填寫此回函卡，我們將不定期寄上城邦集團最新的出版訊息。

姓名：＿＿＿＿＿＿＿＿＿＿＿＿ 性別：□男 □女

生日：西元＿＿＿＿年＿＿＿＿月＿＿＿＿日

地址：＿＿＿＿＿＿＿＿＿＿＿＿＿＿＿＿＿＿＿＿

聯絡電話：＿＿＿＿＿＿＿＿傳真：＿＿＿＿＿＿＿＿

E-mail ：＿＿＿＿＿＿＿＿＿＿＿＿＿＿＿＿＿＿＿＿

學歷：□1.小學 □2.國中 □3.高中 □4.大專 □5.研究所以上

職業：□1.學生 □2.軍公教 □3.服務 □4.金融 □5.製造 □6.資訊

□7.傳播 □8.自由業 □9.農漁牧 □10.家管 □11.退休

□12.其他＿＿＿＿＿＿＿＿＿＿＿＿＿＿＿＿

您從何種方式得知本書消息？

□1.書店 □2.網路 □3.報紙 □4.雜誌 □5.廣播 □6.電視

□7.親友推薦 □8.其他＿＿＿＿＿＿＿＿＿＿＿＿

您通常以何種方式購書？

□1.書店 □2.網路 □3.傳真訂購 □4.郵局劃撥 □5.其他

您購買本書的原因是（單選）

□1.封面吸引人 □2.內容豐富 □3.價格合理

您喜歡以下哪一種類型的書籍？（可複選）

□1.科幻 □2.魔法奇幻 □3.恐怖 □4.偵探推理

□5.實用類型工具書籍

有更多想要分享給
我們的建議或心得嗎？
立即填寫電子回函卡

您是否為奇幻基地網站會員？

□1.是□2.否（若您非奇幻基地會員，歡迎您上網免費加入，可享有奇幻基地網站線上購書75 折，以及不定時優惠活動：http://www.ffoundation.com.tw/）

對我們的建議：＿＿＿＿＿＿＿＿＿＿＿＿＿＿＿＿＿＿＿＿

＿＿＿＿＿＿＿＿＿＿＿＿＿＿＿＿＿＿＿＿

＿＿＿＿＿＿＿＿＿＿＿＿＿＿＿＿＿＿＿＿

請於此處用膠水黏貼

Brandon Sanderson

布蘭登・山德森

Brandon Sanderson

布蘭登・山德森